HEYNE <

Zum Buch

Zusammen mit seinem Partner, einem Investmentbanker, hat der geniale Alex Hoffmann eine revolutionäre Form des automatisierten Aktienhandels entwickelt. Künstliche Intelligenz und das Sammeln von Angstparametern im globalen Internet werden zu einer hochgeheimen Software verknüpft, die mit geradezu unheimlicher Präzision die Bewegungen der Finanzmärkte voraussagen kann. Hoffmanns Hedgefonds mit Sitz in Genf macht Milliarden. Eines Nachts überwindet ein geheimnisvoller Einbrecher die ausgeklügelten Sicherheitsanlagen seines Domizils am Genfer See und reißt ihn und seine Frau aus dem Schlaf. Damit beginnt ein Albtraum voller Paranoia und Gewalt, in dessen Verlauf Hoffmann mit wachsender Verzweiflung versucht, demjenigen auf die Spur zu kommen, der sein Leben zerstören will. Seine Nachforschungen konfrontieren ihn mit den elementarsten Fragen nach dem Wesen des Menschen. Am Ende jenes Tages wird Hoffmanns Welt – unsere Welt – für immer eine andere sein.

Zum Autor

Robert Harris wurde 1957 in Nottingham geboren und studierte in Cambridge. Er war Reporter bei der BBC und Redakteur bei großen Tageszeitungen. 2003 wurde er als bester Kolumnist mit dem »British Press Award« ausgezeichnet. Er schrieb mehrere Sachbücher, und seine Romane *Vaterland*, *Enigma*, *Aurora*, *Pompeji*, *Imperium*, *Ghost*, *Titan*, *Angst*, *Intrige* und zuletzt *Dictator* wurden allesamt internationale Bestseller. Seine Zusammenarbeit mit Roman Polanski bei der Verfilmung von *Ghost* (als *The Ghostwriter)* brachte ihm den französischen »César« und den »Europäischen Filmpreis« für das beste Drehbuch ein. Robert Harris lebt mit seiner Familie in Berkshire.

ROBERT

HARRIS

ANGST

ROMAN

Aus dem Englischen von
Wolfgang Müller

WILHELM HEYNE VERLAG
MÜNCHEN

Die Originalausgabe THE FEAR INDEX
erschien bei Hutchinson, London

Verwendung des Zitats aus Mary Shelley,
Frankenstein oder der moderne Prometheus,
übersetzt von Ursula von Wiese,
mit freundlicher Genehmigung des Manesse-Verlags, München

Verlagsgruppe Random House FSC® N001967

5. Auflage
Vollständige deutsche Taschenbuchausgabe 05/2013

Printed in Germany
Umschlaggestaltung: © Eisele Grafik-Design, München
Satz: Leingärtner, Nabburg
Druck und Bindung: GGP Media GmbH, Pößneck
ISBN: 978-3-453-43713-5

www.heyne.de

Für meine Familie:
Gill, Holly, Charlie, Matilda und Sam

EINS

Lernen Sie von mir, wenn auch nicht durch Vorschriften, so doch wenigstens durch mein Beispiel, wie gefährlich Wissen ist und wieviel glücklicher derjenige Mensch, welcher seine Geburtsstadt für die Welt hält, als derjenige, der größer werden will, als es seine Natur erlaubt.

Mary Shelley
Frankenstein, 1818

Dr. Alexander Hoffmann saß im Arbeitszimmer seines Genfer Hauses vor dem Kamin. Im Aschenbecher lag eine kalte, halb gerauchte Zigarre, der Schirm der verstellbaren Schreibtischlampe war weit nach vorn über seine Schulter gezogen. Er blätterte in *The Expression of the Emotions in Man and Animals*, einer englischen Erstausgabe von Charles Darwins Buch über den Ausdruck der Gemütsbewegungen bei Mensch und Tier. Hoffmann hörte nicht, dass die viktorianische Standuhr im Flur Mitternacht schlug. Ihm war auch nicht aufgefallen, dass das Feuer erloschen war. Seine außerordentliche Fähigkeit zur Konzentration galt allein dem Buch.

Er wusste, dass es 1872 in London von John Murray & Co. veröffentlicht worden war, in einer Ausgabe mit siebentausend Exemplaren, gedruckt in zwei Auflagen. Er wusste auch, dass die zweite Auflage auf Seite 208 einen Druckfehler – »htat« – enthielt. Da sein eigenes Exemplar diesen Fehler nicht aufwies, nahm er an, dass es aus der ersten Auflage stammte, was seinen Wert beträchtlich erhöhte. Er drehte das Buch um und inspizierte den Rücken. Der Einband war original, grünes Leinen mit Goldschrift, der Rücken war oben und unten nur leicht ausgefranst. Das Buch entsprach dem, was man in der Branche ein »gutes Exemplar« nannte, und es war schätzungsweise 15 000 US-Dollar wert. Als die Märkte in New York geschlossen hatten, war Hoffmann vom Büro aus sofort nach Hause gefahren und hatte es kurz nach zehn Uhr zur Hand genommen. Sicherlich, er sammelte wissenschaftliche Erstausgaben, hatte im Internet nach dem Buch gesucht und tatsächlich vorgehabt, es zu kaufen. Seltsam war nur, dass er das Buch gar nicht bestellt hatte.

Sein erster Gedanke war gewesen, dass seine Frau es gekauft hatte, was sie bestritten hatte, er aber zunächst nicht hatte glauben wollen. Während sie in der Küche herumgelaufen war und den Tisch gedeckt hatte, war er hinter ihr hergelaufen und hatte ihr das Buch unter die Nase gehalten.

»Du hast es mir also nicht gekauft?«

»Nein, Alex, tut mir leid. Was weiß ich, vielleicht hast du ja eine heimliche Verehrerin.«

»Bist du dir ganz sicher? Wir haben nicht irgendeinen Jahrestag, und ich habe vergessen, dir etwas zu schenken?«

»Herrgott, es ist nicht von mir, okay?«

Dem Buch hatte kein Begleitschreiben beigelegen, nur die Visitenkarte eines holländischen Buchhändlers: Rosengarten & Nijenhuis, Antiquariat für wissenschaftliche & medizinische Bücher. Gegründet 1911. Prinsengracht 227,

1016 HN Amsterdam, Niederlande. Hoffmann hatte auf das Pedal des Mülleimers getreten und die Noppenfolie und das dicke braune Papier herausgeholt. Auf der leeren Hülle des Pakets klebte ein bedrucktes Etikett, die Adresse war korrekt: Dr. Alexander Hoffmann, Villa Clairmont, Chemin de Ruth 79, 1223 Cologny, Genf, Schweiz. Die Sendung war am Tag zuvor per Kurier aus Amsterdam eingetroffen.

Sie hatten zusammen zu Abend gegessen – Fischpastete mit grünem Salat, die ihre Haushälterin zubereitet hatte, bevor sie nach Hause gegangen war. Danach hatte Gabrielle in der Küche noch ein paar besorgte Last-Minute-Anrufe wegen ihrer Ausstellung am nächsten Tag erledigt, während Hoffmann sich mit dem mysteriösen Buch in sein Arbeitszimmer zurückgezogen hatte.

Als sie eine Stunde später den Kopf zur Tür hereinsteckte, um ihm zu sagen, dass sie zu Bett gehe, las er immer noch.

»Komm bald nach, Liebling«, sagte sie. »Ich warte auf dich.«

Er erwiderte nichts. Sie blieb noch einen Augenblick in der Tür stehen und betrachtete ihn. Mit seinen zweiundvierzig Jahren sah er immer noch jung aus. Ihm war nie bewusst gewesen, wie attraktiv er eigentlich war – eine, wie sie fand, ebenso anziehende wie seltene Eigenschaft bei einem Mann. Allerdings war er nicht anspruchslos, wie sie im Lauf der Zeit festgestellt hatte. Ganz im Gegenteil: Alles, was ihn intellektuell nicht forderte, war ihm in höchstem Maße gleichgültig. Ein Charakterzug, der ihm unter ihren Freunden den Ruf eines ausgesprochenen Rüpels eingebracht hatte. Aber auch das mochte sie. Sein außergewöhnlich jungenhaftes Amerikanergesicht war über das Buch gebeugt, die Brille hatte er hochgezogen und in sein dichtes, hellbraunes Haar geschoben. Der Schein des Feuers spiegelte sich in den Gläsern, die ihr einen warnenden Blick zuzuwerfen schienen. Sie kannte ihn gut genug, um ihn jetzt nicht zu stören. Sie seufzte und ging nach oben.

Hoffmann wusste seit Jahren, dass *The Expression of the Emotions in Man and Animals* eines der ersten Bücher war, in das jemals Fotografien aufgenommen worden waren. Allerdings hatte er die Bilder noch nie im Original zu Gesicht bekommen. Außer viktorianischen Künstlermodellen zeigten die Schwarz-Weiß-Tafeln Insassen des Surrey Lunatic Asylum in verschiedenen emotionalen Zuständen – Trauer, Verzweiflung, Freude, Trotz, Entsetzen. Das Buch sollte eine Studie über den *Homo sapiens* als Tier sein: der Maske seiner gesellschaftlichen Umgangsformen beraubt, mit den instinktiven Reaktionen des Tieres. Obwohl die Modelle seinerzeit schon lange genug im wissenschaftlichen Zeitalter gelebt hatten, um daran gewöhnt zu sein, fotografiert zu werden, gaben die verdrehten Augen und schiefen Zähne ihrem Gesicht das Aussehen durchtriebener, abergläubischer Bauern aus dem Mittelalter. Sie erinnerten Hoffmann an einen kindlichen Albtraum – an Erwachsene aus einem altmodischen Märchenbuch, die mitten in der Nacht ins Schlafzimmer des Kindes eindrangen, um es aus dem Bett zu zerren und in den Wald zu verschleppen.

Noch etwas anderes irritierte ihn. Die Visitenkarte steckte zwischen den Seiten, die das Gefühl der Furcht abhandelten, als hätte der Absender seine Aufmerksamkeit gezielt darauf lenken wollen:

Der zum Fürchten gebrachte Mensch steht anfangs bewegungslos wie eine Statue und athemlos da oder drückt sich nieder, als wollte er instinctiv der Entdeckung entgehen. Das Herz zieht sich schnell und heftig zusammen, so daß es gegen die Rippen schlägt oder anstößt …

Hoffmann hatte die Angewohnheit, beim Denken den Kopf zur Seite zu neigen und ins Leere zu starren. Genau das tat er jetzt. War das Zufall? Er kam zu dem Schluss, dass es sich tatsächlich nur um einen Zufall handeln konnte. Andererseits hatten die physiologischen Auswirkungen der Angst einen unmittelbaren Bezug zu VIXAL-4, dem Projekt, an dem er gerade arbeitete. Das weckte in ihm den Verdacht, dass trotz allem mehr dahinterstecken könnte. Aber VIXAL-4 war streng geheim, es war nur seinem Forschungsteam bekannt. Obwohl er sorgfältig darauf achtete, seine Leute gut zu bezahlen – 250 000 Dollar Anfangsgehalt plus wesentlich mehr an möglichen Boni –, war es doch sehr unwahrscheinlich, dass einer von ihnen 15 000 Dollar für ein anonymes Geschenk ausgeben würde. Eine Person jedoch kannte er, die sich einen solchen Betrag locker leisten konnte, die alles über das Projekt wusste und die auch den Witz in einem solchen Geschenk gesehen hätte – wenn es das war: ein kostspieliger Witz. Das war sein Geschäftspartner Hugo Quarry. Ohne auch nur einen Gedanken daran zu verschwenden, wie spät es war, rief er ihn an.

»Hallo, Alex, was gibt's?« Selbst wenn Quarry die Störung kurz nach Mitternacht merkwürdig vorgekommen wäre, so hätten seine makellosen Manieren es ihm nie erlaubt, sich etwas anmerken zu lassen. Außerdem hatte er sich an Hoffmanns Eigenheiten gewöhnt. Er nannte ihn den »verrückten Professor« – von Angesicht zu Angesicht wie auch hinter dessen Rücken. Es machte einen Teil seines Charmes aus, dass er bei jedem den gleichen Umgangston anschlug, öffentlich wie privat.

Hoffmann, der immer noch den Abschnitt über die Furcht las, sagte zerstreut: »Oh, hi. Sag mal, hast du mir ein Buch gekauft?«

»Glaube nicht, alter Junge. Warum? Hätte ich es tun sollen?«

»Jemand hat mir eine Darwin-Erstausgabe geschickt, und ich weiß nicht, wer.«

»Hört sich ziemlich kostspielig an.«

»Und ob. Du weißt, wie wichtig Darwin für VIXAL ist, deshalb habe ich gedacht, dass du vielleicht …«

»Tut mir leid. Vielleicht einer unserer Kunden? Als kleines Dankeschön, und er hat vergessen, eine Karte beizulegen? Die haben weiß Gott einen Haufen Geld durch uns gemacht.«

»Ja, möglich … Okay, entschuldige die Störung.«

»Schon gut. Also dann, bis morgen früh. Großer Tag morgen. Eigentlich ist es ja schon morgen. Du solltest jetzt im Bett liegen.«

»Ja, bin schon unterwegs. Nacht.«

Wenn die Furcht auf den höchsten Gipfel steigt, dann wird der fürchterliche Schrei des Entsetzens gehört. Große Schweißtropfen stehen auf der Haut. Alle Muskeln des Körpers werden erschlafft. Das äußerste Gesunkensein aller Kräfte folgt bald und die Geisteskräfte versagen ihre Thätigkeit. Die Eingeweide werden afficirt. Die Schließmuskeln hören auf zu wirken und halten den Inhalt der Körperhöhlen nicht länger mehr zurück …

Hoffmann hielt sich das Buch unter die Nase und atmete ein. Eine Mischung aus Leder, Bibliotheksstaub und Zigarrenrauch, so streng, dass er ihn förmlich schmecken konnte, mit einem Hauch einer chemischen Substanz – Formaldehyd vielleicht, oder Leuchtgas. Er musste an ein Laboratorium oder einen Hörsaal aus dem 19. Jahrhundert denken. Für einen Augenblick sah er Bunsenbrenner auf hölzernen Labortischen, Glaskolben mit Säure und das Skelett eines Affen vor sich. Er schob die Visitenkarte des Buchhändlers wieder zwischen die Seiten und klappte das Buch vorsichtig zu. Dann trug er es zum Bücherregal, wo er ihm mit zwei Fingern behutsam Platz schaffte, zwischen einer Erstausgabe von *The Origin of Species*, die er für 125 000 Dollar bei einer Auktion von Sotheby's in New York gekauft hatte, und einem ledergebundenen Exemplar von *The Descent of Man*, das einst Thomas Henry Huxley gehört hatte.

Später würde er versuchen, sich an den genauen Ablauf dessen zu erinnern, was er danach getan hatte. Er schaute sich am Bloomberg-Terminal auf seinem Schreibtisch die Schlussnotierungen in den USA an: Dow Jones, S&P 500 und NASDAQ – all diese Indizes hatten mit Verlusten geschlossen. Er tauschte ein paar E-Mails mit Susumu Takahashi aus, dem für die VIXAL-4-Transaktionen während der Nacht verantwortlichen Händler, der berichtete, dass alles reibungslos funktioniere, und Hoffmann daran erinnerte, dass die Tokioter Börse nach den alljährlichen drei Feiertagen der Goldenen Woche in weniger als zwei Stunden wieder öffnen werde. Sie werde sicher schwach tendieren und die in Europa und den USA in der vergangenen Woche rückläufige Kursentwicklung ihrerseits nachholen. Und es gebe noch etwas anderes: VIXAL beabsichtige, weitere drei Millionen Procter-&-Gamble-Anteile zu 62 Dollar das Stück in Short-Positionen aufzubauen, was ihre Gesamtposition auf sechs Millionen steigern werde. Ein großer Trade: Ob Hoffmann zustimmen wolle? Hoffmann mailte sein Okay zurück, warf dann seine halb gerauchte Zigarre in den Kamin, stellte ein feinmaschiges Metallgitter davor und löschte das Licht im Arbeitszimmer. Im großen Flur überprüfte er, ob die Haustür abgeschlossen war, und schaltete die Alarmanlage mit dem vierstelligen Code 1729 ein. (Die Zahl hatte Hoffmann einem Gespräch entliehen, das die Mathematiker G.H. Hardy und S.I. Ramanujan im Jahr 1920 geführt hatten. Hardy war in einem Taxi mit dieser Nummer ins Krankenhaus gefahren, um seinen im Sterben liegenden Kollegen zu besuchen. »Was für eine langweilige Zahl«, hatte Hardy gesagt, worauf Ramanujan erwidert hatte: »Aber nein, Hardy, ganz und gar nicht. Das ist sogar eine sehr interessante Zahl. Es ist die kleinste Zahl, die sich auf zwei verschiedene Weisen als Summe zweier dritter Potenzen darstellen lässt.«) Hoffmann ließ unten nur eine einzige Lampe brennen – dessen war er sich später sicher – und ging dann die geschwungene weiße Marmortreppe ins Bad hinauf. Er nahm die Brille ab, zog sich aus, wusch sich, putzte sich die Zähne und zog einen blauen Seidenpyjama an. Als er die Weckzeit auf seinem Handy auf 6:30 Uhr einstellte, sah er, dass es 0:20 Uhr war.

Er ging ins Schlafzimmer und war überrascht, dass Gabrielle noch wach war. In einen schwarzen Seidenkimono gehüllt, lag sie rücklings auf der Tagesdecke. Auf der Frisierkommode flackerte eine Duftkerze, sonst lag der Raum im Dunkeln. Die Hände hatte sie unter dem Kopf verschränkt, die Ellbogen steil abgewinkelt, die Beine auf

Kniehöhe übereinandergeschlagen. Ein schmaler, weißer Fuß mit dunkelrot lackierten Nägeln zeichnete ungeduldig Kreise in die wohlriechende Luft.

»O Gott«, sagte er. »Ich habe unser Date vergessen.«

»Keine Sorge.« Sie öffnete den Gürtel, öffnete den seidenen Kimono und breitete die Arme aus. »Ich vergesse nie ein Date.«

*

Es musste um halb vier morgens gewesen sein, als Hoffmann durch irgendetwas geweckt wurde. Er kämpfte sich aus den Tiefen seines Schlafs, öffnete die Augen und blickte in eine himmlische Vision aus gleißend weißem Licht. Sie hatte eine geometrische Form, wie ein Diagramm, mit dicht an dicht verlaufenden waagerechten Linien und in weitem Abstand zueinander stehenden senkrechten Säulen, allerdings ohne eingezeichnete Werte – der Traum eines Mathematikers, der jedoch verpuffte, nachdem er ihn ein paar Sekunden lang mit zusammengekniffenen Augen betrachtet hatte. Was er sah, war das grelle Licht von acht 500 Watt starken Wolfram-Halogen-Überwachungsscheinwerfern, das durch die Jalousieschlitze strahlte. Mit der Wattleistung hätte man ein kleines Fußballfeld beleuchten können. Eigentlich hatte er die Anlage auswechseln wollen.

Die Schaltuhr für die Scheinwerfer war auf dreißig Sekunden eingestellt. Während er darauf wartete, dass das Licht wieder ausging, überlegte er, was die Infrarotstrahlen, die den Garten wie ein Raster durchzogen, unterbrochen haben könnte. Vielleicht eine Katze, dachte er, oder ein Fuchs oder Zweige und Laub, die der Wind abgerissen hatte. Ein paar Sekunden später erlosch das Licht tatsächlich, und das Zimmer versank wieder in tiefer Dunkelheit.

Allerdings war Hoffmann jetzt hellwach. Er griff nach seinem Handy. Es war eines aus einer Kleinserie, die speziell für den Hedgefonds hergestellt worden war und gewisse vertrauliche Anrufe und E-Mails verschlüsseln konnte. Er schaltete es ein und warf auf der Website von Profit & Loss einen schnellen Blick auf die Kurse in Fernost – unter der Bettdecke, weil Gabrielle diese Angewohnheit sogar noch mehr verabscheute als seine Zigarren. Wie vorausgesagt, gaben die Märkte in Tokio, Singapur und Sidney nach, während VIXAL-4 schon um 0,3 Prozent zugelegt hatte, was nach seiner Rechnung hieß, dass er in diesen wenigen Stunden Schlaf fast drei Millionen Dollar verdient hatte. Zufrieden schaltete er das Handy aus und legte es wieder auf den Nachttisch. In diesem Augenblick hörte er ein Geräusch: leise, nicht identifizierbar und doch seltsam beunruhigend, als ob sich irgendwer durchs Erdgeschoss bewegte.

Er schaute zu dem winzigen roten Lichtpunkt des Rauchmelders an der Decke und schob unter der Bettdecke vorsichtig seine Hand hinüber zu Gabrielles Seite. Wenn sie sich geliebt hatten und sie danach nicht einschlafen konnte, war Gabrielle in letzter Zeit immer noch zum Arbeiten nach unten in ihr Studio gegangen. Seine Hand fuhr über die warme wellige Matratze, bis die Fingerspitzen die Haut ihrer Hüfte berührten. Sie brabbelte etwas Unverständliches, drehte sich zu ihm um und zog die Bettdecke fester um ihre Schultern.

Er hörte wieder ein Geräusch, stützte sich auf die Ellbogen und lauschte angestrengt. Er konnte es nicht einordnen, es war ein unregelmäßiges, schwaches Klopfen.

Vielleicht die noch ungewohnten Geräusche der Heizung oder eine im Luftzug schlagende Tür. Zu diesem Zeitpunkt war er noch ziemlich ruhig. Das Haus verfügte über erstklassige Sicherheitseinrichtungen, was einer der Gründe gewesen war, warum er es wenige Wochen zuvor gekauft hatte: außer den Flutlichtstrahlern eine drei Meter hohe Mauer mit schweren elektronischen Toren, die das gesamte Grundstück umschlossen, kugelsichere Fenster in allen Erdgeschossräumen und eine über Bewegungsmelder gesteuerte Alarmanlage, die er – da war er sich sicher – eingeschaltet hatte, bevor er schlafen gegangen war. Die Wahrscheinlichkeit, dass ein Einbrecher all das überwunden hatte, war winzig. Außerdem war Hoffmann körperlich fit: Er hatte schon vor langer Zeit festgestellt, dass er bei hoher Endorphinausschüttung besser denken konnte. Er trainierte. Er joggte. In ihm regte sich der atavistische Instinkt, sein Territorium zu schützen.

Er schlüpfte aus dem Bett, vorsichtig, um Gabrielle nicht zu wecken, setzte seine Brille auf, zog Morgenmantel und Hausschuhe an. Unschlüssig stand er da und schaute sich in der Dunkelheit um. Ihm fiel nichts ein, was er als Waffe aus dem Zimmer mitnehmen konnte. Er steckte das Handy ein und öffnete die Schlafzimmertür – erst nur einen Spalt weit, dann ganz. Die Lampe von unten warf ein schwaches Licht auf den Treppenabsatz. Er blieb auf der Türschwelle stehen und lauschte. Die Geräusche – wenn es sie denn gegeben hatte, was er allmählich bezweifelte – waren verklungen. Nach etwa einer Minute ging er zur Treppe und dann sehr langsam hinunter.

Vielleicht lag es daran, dass er vor dem Zubettgehen Darwin gelesen hatte. Jedenfalls registrierte er jetzt, während er die Treppe hinunterging, mit wissenschaftlicher

Nüchternheit seine eigenen körperlichen Symptome. Sein Atem ging schneller, und sein Herzschlag beschleunigte sich so stark, dass er sich unwohl fühlte. Seine Haare schienen sich wie Borsten aufzustellen.

Er ging die letzte Stufe hinunter.

Das Haus war eine Belle-Époque-Villa, 1902 erbaut von einem französischen Geschäftsmann, der ein Vermögen damit gemacht hatte, aus Kohleabfällen Öl zu gewinnen. Der Vorbesitzer hatte das Haus bis ins kleinste Detail von einem Innenarchitekten gestalten lassen, sodass Hoffmann nur noch hatte einzuziehen brauchen. Vielleicht war das der Grund, warum er sich nie ganz zu Hause gefühlt hatte. Links von ihm befand sich die Haustür, direkt vor ihm die Tür in den Salon. Rechts führte ein Durchgang ins Innere des Hauses: zum Esszimmer, zur Küche, zur Bibliothek und zu einem viktorianischen Wintergarten, in dem Gabrielle sich ihr Studio eingerichtet hatte. Mit erhobenen, abwehrbereiten Händen stand Hoffmann regungslos da. Er hörte nichts. Aus einer Ecke der Halle zwinkerte ihm das winzige rote Auge des Bewegungsmelders zu. Wenn er nicht aufpasste, würde er selbst den Alarm auslösen. Seit ihrem Einzug hatte er das in Cologny schon zweimal miterlebt – große Häuser, die wie reiche hysterische alte Ladys grundlos hinter ihren hohen, von Efeu überwucherten Mauern losheulten.

Er nahm die Hände herunter und ging quer durch den Flur zu der Stelle, an der ein antikes Barometer an der Wand hing. Er drückte auf einen Schnappverschluss, und das Barometer schwang auf. Dahinter versteckte sich das Fach für den Steuerkasten der Alarmanlage. Er streckte den rechten Zeigefinger aus, um den Code einzutippen, der die Anlage ausschaltete – und erstarrte.

Die Alarmanlage war schon deaktiviert.

Der Finger verharrte in der Luft, während der rationale Teil seines Gehirns nach einer beruhigenden Erklärung suchte. Vielleicht war Gabrielle noch einmal hinuntergegangen, hatte die Anlage ausgeschaltet und dann, als sie zurück ins Bett gegangen war, vergessen, sie wieder einzuschalten. Oder er selbst hatte entgegen seiner Erinnerung vergessen, sie einzuschalten. Oder sie funktionierte nicht richtig.

Er drehte sich langsam nach links und warf einen prüfenden Blick auf die Haustür. Der Schein der Lampe spiegelte sich in ihrem glänzenden schwarzen Anstrich. Die Tür schien verschlossen zu sein, kein Anzeichen, dass sie gewaltsam geöffnet worden war. Wie die Alarmanlage war auch die Tür auf dem neuesten technischen Stand und durch denselben vierstelligen Code gesichert. Er schaute sich um, blickte die Treppe hinauf und in den Durchgang, der ins Innere des Hauses führte. Alles war ruhig. Er ging auf die Tür zu. Er tippte den Code ein und hörte das Klicken der zurückgleitenden Bolzen. Er drückte die schwere Messingklinke hinunter, öffnete die Tür und trat hinaus auf die dunkle Vorderveranda.

Über der tiefschwarzen Rasenfläche stand der silbrig blaue Mond, der wie ein Diskus aussah, der mit hoher Geschwindigkeit die dahineilenden schwarzen Wolkenmassen durchtrennte. Die Schatten der großen Tannen, die das Haus von der Straße abschirmten, schwankten rauschend im Wind.

Hoffmann ging ein paar Schritte hinaus in die Kieseinfahrt – gerade weit genug, um den Strahl der Infrarotsensoren zu unterbrechen und die Scheinwerfer vor dem Haus einzuschalten. Das grelle Licht ließ ihn zusammenfahren und wie einen flüchtenden Sträfling zur Salzsäule erstarren. Er hielt sich schützend die Hände vor die Augen, drehte sich zu dem gelben Licht der Eingangshalle um und sah, dass neben der Haustür fein säuberlich ein Paar großer schwarzer Stiefel stand – als hätte ihr Besitzer keinen Dreck ins Haus tragen oder dessen Bewohner nicht stören wollen. Die Stiefel gehörten nicht Hoffmann, und sie gehörten bestimmt nicht Gabrielle. Außerdem war er sich sicher, dass sie noch nicht dagestanden hatten, als er vor knapp sechs Stunden nach Hause gekommen war.

Während er auf die Stiefel stierte, zog er sein Handy aus dem Morgenmantel und ließ es beinahe fallen, bevor er die 911 wählte. Dann fiel ihm ein, dass er sich ja in der Schweiz befand, und er wählte die 117.

Laut Genfer Polizei, die alle Notrufe aufzeichnete und die später eine Kopie davon anfertigte – klingelte es nur einmal, um 3:59 Uhr. Eine Frau hob ab und sagte mit scharfer Stimme: *»Oui, police?«*

Ihre Stimme kam Hoffmann in der Stille sehr laut vor. Sie machte ihm bewusst, wie sichtbar und ungeschützt er im Licht der Scheinwerfer war. Er machte ein paar schnelle Schritte nach links, um von der Eingangshalle aus nicht mehr gesehen werden zu können, und gleichzeitig nach vorn, in den Schutz der Hauswand. Er hielt das Telefon dicht an seinen Mund und flüsterte: *»J'ai un intrus sur ma propriété.«* Auf dem Band sollte sich seine Stimme später ruhig und dünn anhören, fast roboterhaft. Es war die Stimme eines Mannes, dessen Großhirnrinde ihre ganze Kraft auf das Überleben konzentrierte, ohne dass der Mann sich dessen bewusst war. Es war die Stimme nackter Angst.

»Quelle est votre adresse, monsieur?«

Er nannte sie ihr. Während er sich an der Hauswand

entlangbewegte, konnte er hören, wie ihre Finger auf der Tatstatur tippten.

»Et votre nom?«

»Alexander Hoffmann«, flüsterte er.

Die Überwachungsscheinwerfer gingen aus.

»Okay, Monsieur Hoffmann. Restez là. Une voiture est en route.«

Sie legte auf. Hoffmann stand allein in der Dunkelheit an der Ecke des Hauses. Für die erste Maiwoche in der Schweiz war es ungewöhnlich kalt. Der Wind blies von Nordost, vom Genfer See. Er konnte hören, wie die Wellen in schneller Folge gegen die nahen Anlegestellen schwappten und die Leinen scheppernd gegen die Stahlmasten der Jachten schlugen. Er zog sich den Morgenmantel enger um die Schultern. Er schlotterte am ganzen Leib. Er musste die Zähne zusammenbeißen, damit sie nicht klapperten. Und doch verspürte er seltsamerweise keine Panik. Er stellte fest, dass Panik und Angst etwas vollkommen Verschiedenes waren. Panik war moralischer und nervöser Zusammenbruch, eine Verschwendung wertvoller Energie, während Angst durch und durch Anspannung und Instinkt war: ein auf den Hinterbeinen stehendes Tier, das einen ganz vereinnahmte, das die Kontrolle über Gehirn und Muskeln übernahm. Er schnüffelte in der Luft und schaute an der Villa entlang in Richtung See. Irgendwo an der Rückseite des Hauses, in einem Raum im Erdgeschoss, brannte Licht. Es tauchte das Gebüsch im Garten in ein zauberhaftes Licht, gleich dem in einer Märchengrotte.

Er wartete eine halbe Minute, dann schlich er sich langsam durch das breite Blumenbeet, das diese Seite des Hauses säumte. Erst war er sich nicht sicher, aus welchem Zimmer das Licht kam. Seit der Makler ihnen das Grundstück gezeigt hatte, war er nicht mehr so weit vorgedrungen. Als er sich dem Lichtkegel näherte, fiel ihm wieder ein, dass es sich um die Küche handelte. Schließlich hatte er sie erreicht, schob den Kopf am Fensterrahmen vorbei und sah im Innern eine Gestalt. Der Mann stand mit dem Rücken zum Fenster an der Arbeitsinsel mit der Granitplatte, die das Zentrum der Küche bildete. In aller Ruhe nahm er nacheinander die Messer aus ihren Schlitzen im Hackblock und schärfte sie mit einem elektrischen Messerschleifer.

Hoffmanns Herz schlug so schnell, dass er das Rauschen seines Pulses hören konnte. Sein erster Gedanke galt Gabrielle: Er musste sie aus dem Haus schaffen, solange der Einbrecher in der Küche beschäftigt war – aus dem Haus schaffen oder zumindest dafür sorgen, dass sie sich im Bad einschloss, bis die Polizei eintraf.

Er hatte immer noch das Telefon in der Hand. Ohne den Blick von dem Einbrecher abzuwenden, wählte er ihre Nummer. Sekunden später hörte er ihr Telefon klingeln – zu laut und zu nah, als dass es bei ihr im Schlafzimmer sein konnte. Im selben Augenblick hob der Fremde den Kopf. Gabrielles Handy lag da, wo sie es liegen lassen hatte, als sie ins Bett gegangen war: auf dem großen Kiefernesstisch. Das rosa Plastikgehäuse mit seinem leuchtenden Display bewegte sich summend über das Holz wie ein auf dem Rücken liegendes tropisches Insekt. Der Einbrecher neigte den Kopf zur Seite und schaute es an. Einige Sekunden lang rührte er sich nicht vom Fleck. Dann legte er mit unverändert enervierender Gelassenheit das Messer zur Seite – Hoffmanns Lieblingsmesser, das mit der langen, schmalen Klinge, das sich besonders gut zum Ausbeinen eignete – und ging um die Kücheninsel herum zum Tisch. Dabei wandte er den Körper halb dem Fenster zu, sodass Hoffmann ihn zum ersten Mal richtig sehen konnte – hohle Wangen, unrasiert, kahler Schädel, an den Seiten lange, dünne, graue Haare, die zu einem fettigen Pferdeschwanz zusammengebunden waren. Er trug einen abgewetzten braunen Ledermantel. Er sah aus wie jemand, der in einem Zirkus oder bei einem Schausteller arbeitete. Er schaute das Telefon an, als hätte er noch nie zuvor eines gesehen, nahm es in die Hand, zögerte kurz, drückte dann auf einen Knopf und hielt es sich ans Ohr.

Eine Welle mörderischer Wut erfasste Hoffmann. Sie überflutete ihn wie Licht. Leise sagte er: »Gottverdammter Wichser, verschwinde aus meinem Haus.« Befriedigt sah er, dass der Einbrecher panisch zusammenzuckte, als hätte von oben ein unsichtbarer Draht an ihm gerissen. Ruckartig drehte er den Kopf hin und her – links, rechts, links. Dann verharrte sein Blick auf dem Fenster. Einen Augenblick lang trafen seine stechenden Augen auf die Hoffmanns, blind, denn er schaute auf schwarzes Glas. Schwer zu sagen, wer von beiden mehr Angst hatte. Plötzlich warf der Eindringling das Telefon auf den Tisch und stürzte erstaunlich flink auf die Tür zu.

Hoffmann fluchte, drehte sich um und hastete den Weg zurück, den er gekommen war. Die Hausschuhe behinderten ihn, er knickte um und humpelte keuchend weiter durch das glitschige Blumenbeet zur Vorderseite der Villa. Als er die Hausecke erreichte, hörte er, wie die Eingangstür zugeschlagen wurde. Er nahm an, dass der Einbrecher sich aus dem Staub machen wollte. Die Sekunden verstrichen, aber der Mann tauchte nicht auf. Er musste sich eingeschlossen haben.

»O Gott«, flüsterte Hoffmann. »O Gott.«

Er hastete weiter zur Vorderveranda. Die Stiefel standen noch da – mit heraushängenden Zungen, alt, kauernd, heimtückisch. Seine Hände zitterten, als er den Sicherheitscode eingab. Er schrie Gabrielles Namen, obwohl das Schlafzimmer an der Rückseite des Hauses lag und sie ihn kaum hören konnte. Die Bolzen glitten klickend zurück. Er stieß die Tür auf und blickte in Dunkelheit. Die Lampe im Flur war ausgeschaltet.

Ein paar Sekunden lang stand er keuchend auf der Türschwelle, schätzte die Entfernung bis zur Treppe ab, kalkulierte seine Chancen und stürzte dann los. »Gabrielle! Gabrielle!« Er hatte die Hälfte des Weges zurückgelegt, als das Haus zu explodieren schien. Die Treppe stürzte ein, die Marmorfliesen platzten aus dem Boden, die Wände schossen davon und verschwanden in der Nacht.

ZWEI

Ein Gran in der Wage kann den Ausschlag geben, welches Individuum fortleben und welches zu Grunde gehen [...] soll.

Charles Darwin
Die Entstehung der Arten, 1859

An nichts von dem, was danach geschah, konnte Hoffmann sich erinnern – keine Gedanken oder Träume störten seinen sonst ruhelosen Geist. Bis er schließlich in all dem Nebel – wie eine flache Landzunge am Ende einer langen Reise – allmählich wieder Sinneseindrücke wahrnahm: eisiges Wasser, das ihm am Hals und dann den Rücken hinunterlief, ein kalter Druck auf der Schädeldecke, ein stechender Schmerz im Kopf, ein mechanisches Plappern in den Ohren, der vertraute, süßlich durchdringende Duft des Parfüms seiner Frau. Er begriff, dass er auf der Seite lag und etwas sanft auf seine Wange drückte. Er spürte einen Druck auf seiner Hand.

Er öffnete die Augen und sah nur Zentimeter von seinem Gesicht entfernt eine weiße Plastikschale, in die er sich sofort übergab. Die Fischpastete vom Vorabend hinterließ einen säuerlichen Geschmack in seinem Mund. Er würgte und übergab sich noch einmal. Die Schale verschwand. Ein grelles Licht leuchtete erst in das eine, dann in das andere Auge. Man wischte ihm Nase und Mund ab, ein Glas Wasser wurde ihm gegen die Lippen gedrückt. Patzig wie ein Baby stieß er es erst weg, nahm es dann doch und trank es aus. Dann öffnete er die Augen wieder und schaute sich blinzelnd seine neue Welt an.

Er lag in stabiler Seitenlage auf dem Boden des Hausflurs, mit dem Rücken an die Wand gelehnt. Im Fenster blitzte ein Blaulicht wie ein endloses Gewitter, aus einem Funkgerät drang unverständliches Geplapper. Neben ihm kniete Gabrielle und hielt seine Hand. Sie lächelte und drückte seine Finger. »Gott sei Dank«, sagte sie. Sie trug Jeans und Pullover. Er stützte sich auf einen Ellbogen und schaute sich verwirrt um. Ohne Brille sah er alles leicht verschwommen: zwei Sanitäter, die sich über einen Koffer mit glänzenden Apparaturen beugten; zwei uniformierte Gendarmen, einer stand mit dem plärrenden Funkgerät am Gürtel neben der Tür, der andere kam gerade die Treppe herunter; ein weiterer Mann – müdes Gesicht, in den Fünfzigern, dunkelblaue Windjacke, weißes Hemd mit dunkler Krawatte – musterte Hoffmann mit distanzierter Anteilnahme. Alle waren angezogen, nur Hoffmann nicht, und plötzlich erschien es ihm von äußerster Wichtigkeit, dass auch er sich anzog. Aber als er versuchte, sich weiter aufzurichten, versagten ihm die Arme. Ein stechender Schmerz fuhr ihm durch den Schädel.

Der Mann mit der dunklen Krawatte sagte: »Kommen Sie, ich helfe Ihnen.« Er trat auf ihn zu und streckte die Hand aus. »Inspektor Jean-Philippe Leclerc, Polizei Genf.«

Einer der Sanitäter nahm Hoffmanns anderen Arm, und zusammen mit dem Inspektor zog er Hoffmann in die Höhe. An der Stelle, wo sein Kopf an der cremefarbenen Wand gelehnt hatte, blieb ein federartiger Blutfleck zurück. Auf dem Boden war noch mehr Blut – in schmierigen Streifen, als ob jemand darin ausgerutscht wäre. Hoffmanns Knie knickten ein. »Ich habe Sie«, versicherte ihm Leclerc. »Tief durchatmen. Lassen Sie sich Zeit.«

»Er muss ins Krankenhaus«, sagte Gabrielle besorgt.

»Der Krankenwagen ist in zehn Minuten da«, sagte der Sanitäter. »Er wurde aufgehalten.«

»Warum warten wir nicht da drin?«, schlug Leclerc vor. Er öffnete die Tür, die in den kühlen Salon führte.

Hoffmann wollte sich nicht hinlegen. Nachdem er sich aufs Sofa gesetzt hatte, ging der Sanitäter in die Hocke und hielt seine Hand vor Hoffmanns Gesicht.

»Wie viele Finger sehen Sie?«

Hoffmann sagte: »Kann ich meine …?« Wie hieß das Wort? Er zeigte auf seine Augen.

»Er braucht sein Brille«, sagte Gabrielle. »Hier, Liebling.« Sie schob ihm die Brille auf die Nase und küsste ihn auf die Stirn. »Immer schön langsam, okay?«

»Können Sie jetzt meine Finger sehen?«, fragte der Sanitäter.

Hoffmann zählte sorgfältig. Bevor er antwortete, fuhr er sich mit der Zunge über die Lippen. »Drei.«

»Und jetzt?«

»Vier.«

»Wir müssen Ihren Blutdruck messen, Monsieur.«

Hoffmann saß friedlich da, während man ihm den Pyjamaärmel hochkrempelte, die Plastikmanschette um den Bizeps legte und sie aufpumpte. Der Kopf des Stethoskops fühlte sich auf seiner Haut kalt an. Sein Gehirn schaltete Stufe um Stufe wieder in die Gegenwart zurück. Systematisch ging er die Einrichtung des Zimmers durch: die blassgelben Wände, die mit weißer Seide bezogenen Polstersessel und Chaiselongues, der Bechstein-Stutzflügel, die leise tickende Louis-Quinze-Uhr auf dem Kaminsims, die dunklen Grautöne der Auerbach-Landschaft darüber. Vor ihm auf dem Couchtisch stand eines von Gabrielles frühen Selbstporträts: ein 50-mal-50-Zentimeter-Kubus, der sich aus hundert Mirogard-Glasplatten zusammensetzte, auf die sie mit schwarzer Tinte die Schichtbilder einer Kernspintomografie ihres eigenen Körpers nachgezeichnet hatte. Die Wirkung war die eines fremdartigen, verletzlichen, in der Luft schwebenden außerirdischen Wesens. Hoffmann schaute es an, als sähe er es zum ersten Mal. Und da war noch etwas, woran er sich eigentlich hätte erinnern müssen. Was war das? Es war eine neue Erfahrung für ihn, eine bestimmte Information nicht sofort abrufen zu können. Als der Sanitäter seine Arbeit beendet hatte, fragte er Gabrielle: »Hast du heute nicht noch etwas Besonderes vor?« Er legte die Stirn in Falten, während er angestrengt das Chaos seines Gedächtnisses durchforstete. »Ich weiß«, sagte er schließlich erleichtert. »Deine Ausstellung.«

»Ja, aber die sage ich ab.«

»Nein, kommt gar nicht infrage, nicht deine erste Ausstellung.«

»Gut«, sagte Leclerc, der in einem der Sessel saß und Hoffmann beobachtete. »Das ist sehr gut.«

Hoffmann drehte sich langsam um und schaute ihn an. Bei der Bewegung schoss ihm wieder ein krampfhafter Schmerz durch den Kopf. Er musterte Leclerc. »Gut?«

»Es ist gut, dass Sie sich erinnern können.« Der Inspektor hob ermunternd den Daumen. »Was ist das Letzte von heute Nacht, woran Sie sich erinnern können?«

Gabrielle unterbrach ihn. »Ich glaube, erst sollte sich

ein Arzt Alex anschauen, bevor er irgendwelche Fragen beantwortet. Er braucht jetzt Ruhe.«

»Das Letzte, woran ich mich erinnere?« Hoffmann dachte sorgfältig darüber nach, so als versuchte er, ein mathematisches Problem zu lösen. »Ich schätze, das war, als ich wieder ins Haus gegangen bin. Er muss hinter der Tür auf mich gewartet haben.«

»Er? Es war nur ein einziger Mann?« Leclerc öffnete den Reißverschluss seiner Windjacke und kramte aus irgendeinem verborgenen Schlupfwinkel ein Notizbuch hervor, neigte sich in seinem Sessel etwas zur Seite und brachte noch einen Stift zum Vorschein. Dabei schaute er Hoffmann die ganze Zeit über aufmunternd an.

»Soweit ich weiß, ja. Nur einer.« Hoffmann fasste sich an den Hinterkopf. Er ertastete einen stramm sitzenden Verband. »Womit hat er mich niedergeschlagen?«

»So wie es aussieht, mit einem Feuerlöscher.«

»Mein Gott. Wie lange war ich bewusstlos?«

»Fünfundzwanzig Minuten.«

»Nur?« Hoffmann kam es vor, als wäre er stundenlang bewusstlos gewesen. Als er zum Fenster schaute, sah er, dass es noch dunkel war. Auf der Louis-Quinze-Uhr war es noch keine fünf Uhr. »Ich habe nach dir gerufen«, sagte er zu Gabrielle. »Das weiß ich auch noch.«

»Stimmt, ich habe dich gehört. Ich bin die Treppe runter und habe dich gefunden. Die Haustür stand offen. Und dann war auch schon gleich die Polizei da.«

Hoffmann schaute wieder zu Leclerc. »Haben Sie ihn geschnappt?«

»Leider war er schon weg, als unsere Streife eingetroffen ist.« Leclerc blätterte in seinem Notizbuch zurück. »Merkwürdig. Sieht so aus, als wenn er einfach durchs Tor rein- und dann wieder rausmarschiert ist. Obwohl man, wenn ich das richtig verstehe, zwei Codes braucht, um erst das Tor und dann die Haustür zu öffnen. Ich frage mich, ob Sie diesen Mann vielleicht irgendwoher gekannt haben. Ich gehe mal davon aus, dass Sie ihm nicht aufgemacht haben.«

»Ich habe ihn noch nie im Leben gesehen.«

»Ah.« Leclerc machte sich eine Notiz. »Dann konnten Sie ihn also ganz gut erkennen?«

»Er war in der Küche. Ich habe ihn durchs Fenster beobachtet.«

»Ich verstehe nicht. Sie waren draußen, und er war drinnen?«

»Ja.«

»Entschuldigung, aber wie ist das passiert?«

In anfänglich stockenden Worten, mit zurückkehrender Kraft und Erinnerung aber immer flüssiger, berichtete Hoffmann, was passiert war: wie er ein Geräusch gehört hatte, nach unten gegangen war, die ausgeschaltete Alarmanlage entdeckt und die Tür geöffnet hatte, wie er die Stiefel und das aus einem Erdgeschosszimmer in den Garten fallende Licht gesehen hatte und wie er dann am Haus entlanggegangen war und den Einbrecher durchs Fenster beobachtet hatte.

»Können Sie ihn beschreiben?« Leclerc schrieb schnell mit und hatte kaum eine Seite vollgeschrieben, als er schon zur nächsten blätterte und weiterschrieb.

»Alex«, sagte Gabrielle.

»Schon gut, Gabby«, sagte Hoffmann. »Wenn sie den Dreckskerl schnappen sollen, dann brauchen sie unsere Hilfe.« Er schloss die Augen. Er sah den Mann deutlich vor sich – fast zu deutlich, wie er mit seinen wilden Augen durch die hell erleuchtete Küche in seine Richtung schaute. »Er war mittelgroß. Grobschlächtig. Über fünfzig. Hageres Gesicht. Kahl oben auf dem Kopf. Lange, dünne, graue Haare, zu einem Pferdeschwanz zusammengebunden. Er trug einen Ledermantel … Oder eine Lederjacke, das weiß ich nicht mehr.« Ein Zweifel regte sich in seinem Gehirn. Hoffmann hielt inne. Leclerc schaute ihn an und wartete, bis er fortfuhr. »Ich habe gesagt, dass ich ihn noch nie im Leben gesehen habe. Wenn ich jetzt darüber nachdenke … Ich frage mich, ob das stimmt. Vielleicht habe ich ihn doch schon mal gesehen … Flüchtig, irgendwo auf der Straße, schon möglich. Irgendetwas kam mir bekannt vor …« Seine Stimme brach ab.

»Erzählen Sie weiter«, sagte Leclerc.

Hoffmann dachte kurz nach und schüttelte dann fast unmerklich den Kopf. »Nein. Ich kann mich nicht erinnern. Tut mir leid. Ehrlich gesagt, hatte ich in letzter Zeit das komische Gefühl, dass man mich beobachtet. Aber ich wollte das nicht an die große Glocke hängen.«

»Das hast du nie erwähnt«, sagte Gabrielle überrascht.

»Ich wollte dich nicht beunruhigen. Außerdem war da nie irgendwas Konkretes.«

»Vielleicht hat er das Haus schon eine Zeit lang beobachtet«, sagte Leclerc. »Oder er ist Ihnen gefolgt. Sie könnten ihn irgendwo auf der Straße gesehen haben, ohne dass es Ihnen bewusst war. Keine Angst, das fällt Ihnen schon wieder ein. Was hat er in der Küche gemacht?«

Hoffmann warf Gabrielle einen Blick zu. Er zögerte. »Er hat die Messer geschärft.«

»O Gott!« Gabrielle hielt sich die Hand vor den Mund.

»Würden Sie ihn wiedererkennen, wenn Sie ihn sehen?«

»O ja«, sagte Hoffmann grimmig. »Und ob.«

Leclerc klopfte mit dem Stift auf das Notizbuch. »Wir müssen die Beschreibung rausgeben.« Er stand auf. »Entschuldigen Sie mich einen Augenblick«, sagte er und ging hinaus in den Flur.

Plötzlich fühlte Hoffmann sich müde. Er schloss wieder die Augen und lehnte den Kopf an die Rückenlehne des Sofas, als ihm die Verletzung am Kopf einfiel. »Entschuldige, Gabby, ich ruiniere dir deine Möbel.«

»Zum Teufel mit den Möbeln.«

Er schaute sie an. Ohne Make-up sah sie älter aus, zerbrechlicher und – was er noch nie bei ihr gesehen hatte – verängstigt. Es gab ihm einen Stich. Er lächelte sie gezwungen an. Erst schüttelte sie den Kopf, aber dann erwiderte sie knapp und zögernd sein Lächeln. Einen kurzen Augenblick lang wagte er zu hoffen, dass sich die ganze Geschichte als Lappalie entpuppen würde, dass sich herausstellen würde, dass irgendein Penner in irgendeinem Abfallhaufen einen Zettel mit den Zugangscodes gefunden hatte, und dass sie eines Tages darüber lachen würden – über den Schlag auf seinen Kopf (mit einem Feuerlöscher!), über seine Pseudoheldentat, über ihre Angst.

Leclerc kam mit zwei durchsichtigen Beweisbeuteln in den Salon zurück.

»Das haben wir in der Küche gefunden«, sagte er und setzte sich seufzend wieder hin. Er hielt die Beutel hoch. Der eine enthielt ein Paar Handschellen, der andere etwas, was wie ein schwarzes Lederhalsband aussah, an dem ein schwarzer Golfball befestigt war.

»Was ist das?«, fragte Gabrielle.

»Ein Mundknebel«, sagte Leclerc. »Neu. Hat er wahrscheinlich in einem Sexshop gekauft. In der BDSM-Gemeinde ein ziemlich beliebtes Spielzeug.«

»Oh, mein Gott!« Gabrielle schaute Hoffmann entsetzt an. »Was hatte der mit uns vor?«

Hoffmann fühlte wieder seine Kräfte schwinden. Sein Mund war völlig trocken. »Keine Ahnung. Vielleicht kidnappen.«

»Das ist natürlich eine Möglichkeit«, sagte Leclerc und ließ seinen Blick durch den Raum schweifen. »Sie sind ganz offensichtlich ein reicher Mann. Allerdings ist Kidnapping in Genf praktisch unbekannt. Das ist eine gesetzestreue Stadt.« Er zog wieder den Stift aus der Jacke. »Darf ich Sie nach Ihrem Beruf fragen, Doktor Hoffmann?«

»Ich bin Physiker.«

»Physiker.« Leclerc machte eine Notiz. Er nickte gedankenversunken und hob eine Augenbraue. »Das überrascht mich allerdings. Engländer?«

»Amerikaner.«

»Jude?«

»Was hat das denn damit zu tun?«

»Verzeihung. Aber Ihr Name ... Ich frage nur für den Fall, dass rassistische Motive im Spiel sind.«

»Nein, kein Jude.«

»Und Sie, Madame Hoffmann?«

»Ich bin Engländerin.«

»Seit wann leben Sie in der Schweiz, Doktor Hoffmann?«

»Seit vierzehn Jahren.« Abermals übermannte ihn die Müdigkeit fast. »Ich habe in den Neunzigern einen Job am Europäischen Kernforschungszentrum CERN bekommen, ich war an der Entwicklung des Large Hadron Collider beteiligt. Da war ich ungefähr sechs Jahr lang.«

»Und jetzt?«

»Leite ich eine Firma.«

»Und wie heißt die?«

»Hoffmann Investment Technologies.«

»Und was macht die?«

»Was sie macht? Sie macht Geld. Sie ist ein Hedgefonds.«

»Sehr gut. ›Sie macht Geld.‹ Wie lange wohnen Sie schon hier?«

»Wie gesagt, vierzehn Jahre.«

»Nein, ich meine hier, hier in diesem Haus.«

»Oh …« Er warf Gabrielle einen verlegenen Blick zu.

»Erst seit einem Monat«, sagte sie.

»Ein Monat. Als Sie eingezogen sind, haben Sie da die Zugangscodes ändern lassen?«

»Natürlich.«

»Und wer außer Ihnen beiden kennt die Kombination für die Alarmanlage oder sonstige Codes?«

»Die Haushälterin, das Mädchen und der Gärtner«, sagte Gabrielle.

»Wohnt einer von denen im Haus?«

»Nein.«

»Kennt irgendwer in Ihrem Büro die Codes, Doktor Hoffmann?«

»Meine Sekretärin.« Hoffmann runzelte die Stirn. Wie schwerfällig sein Gehirn arbeitete, wie ein von einem Virus befallener Computer. »Ach ja, und der Sicherheitsberater der Firma. Er hat alles überprüft, bevor wir das Haus gekauft haben.«

»Wie heißt der?«

»Genoud.« Er dachte kurz nach. »Maurice Genoud.«

Leclerc hob den Blick. »Da gab's mal einen Maurice Genoud bei der Genfer Polizei. Wenn ich mich recht erinnere, ist der in die private Sicherheitsbranche gewechselt. Tja ...« Ein nachdenklicher Ausdruck machte sich auf Leclercs zerfurchtem Gesicht breit. Er widmete sich wieder seinen Notizen. »Sie müssen natürlich sofort alle Kombinationen ändern lassen. Ich schlage vor, Sie geben die neuen Codes erst an Ihre Angestellten weiter, wenn ich mit allen gesprochen habe.«

Als im Hausflur die Klingel ertönte, zuckte Hoffmann zusammen.

»Das ist wahrscheinlich der Krankenwagen«, sagte Gabrielle. »Ich mache das Tor auf.«

Während sie draußen war, sagte Hoffmann: »Ich nehme an, dass die Presse von der Geschichte erfährt, oder?«

»Ist das ein Problem?«

»Ich versuche, meinen Namen möglichst aus den Zeitungen herauszuhalten.«

»Wir werden so diskret wie möglich vorgehen. Haben Sie Feinde, Doktor Hoffmann?«

»Nein, nicht dass ich wüsste. Jedenfalls niemand, der so etwas tun würde.«

»Irgendeinen reichen Investor, einen Russen vielleicht, der etwas Geld verloren hat?«

»Wir verlieren kein Geld.« Dennoch ging Hoffmann im Stillen seine Kundenliste nach jemand durch, der vielleicht doch in den Einbruch verwickelt sein könnte. Nein, das war unvorstellbar. »Glauben Sie, wir sind hier im Haus sicher, solange sich dieser Verrückte da draußen rumtreibt?«

»Den Tag über sind unsere Leute sowieso noch hier, und heute Nacht behalten wir das Grundstück im Auge. Vielleicht postieren wir draußen auf der Straße einen Wagen. Allerdings muss ich sagen, dass es Personen in Ihrer

Stellung gewöhnlich vorziehen, eigene Vorkehrungen zu treffen.«

»Sie meinen, Bodyguards anheuern?« Hoffmann verzog das Gesicht. »Ich will so nicht leben.«

»Unglücklicherweise wird ein Haus wie dieses immer ungebetene Aufmerksamkeit auf sich ziehen. Und Banker sind zurzeit nicht gerade beliebt, selbst in der Schweiz nicht.« Leclerc schaute sich wieder im Zimmer um. »Darf ich fragen, wie viel Sie für das Haus bezahlt haben?«

Normalerweise hätte Hoffmann geantwortet, dass ihn das einen Scheiß angehe, aber dazu hatte er jetzt nicht die Kraft. »Sechzig Millionen Dollar.«

»Meine Güte!« Leclerc verzog gequält die Lippen. »Tja, ich kann es mir nicht mehr leisten, in Genf zu leben. Meine Frau und ich sind nach Frankreich gezogen, in ein Haus gleich hinter der Grenze. Ist billiger. Allerdings muss ich jetzt jeden Tag nach Genf reinfahren. Was soll man machen.«

Von draußen waren die Geräusche eines Dieselmotors zu hören. Gabrielle steckte den Kopf zur Tür herein. »Der Krankenwagen ist da. Ich gehe hoch und hole dir ein paar Sachen zum Anziehen.«

Hoffmann versuchte aufzustehen. Leclerc wollte ihm helfen, aber Hoffmann winkte ihn weg. Schweizer, dachte er säuerlich. Tun so, als wären wir Ausländer willkommen, aber eigentlich stecken sie voller Ressentiments. Was geht das mich an, dass er in Frankreich lebt? Er musste ein paarmal vor und zurück wippen, bis er genügend Schwung hatte, um aus dem Sofa hochzukommen. Beim dritten Mal schaffte er es und stand schwankend auf dem Aubussonteppich. Von dem Getöse in seinem Kopf wurde ihm wieder schlecht.

»Ich hoffe, dieser unangenehme Zwischenfall verleidet Ihnen nicht unser schönes Land«, sagte Leclerc.

Hoffmann fragte sich, ob das als Witz gemeint war, aber das Gesicht des Inspektors sah vollkommen aufrichtig aus.

»Aber nein. Keineswegs.«

Sie gingen zusammen in den Flur. Hoffmann achtete übervorsichtig auf jeden seiner Schritte, wie ein Betrunkener, der nüchtern wirken wollte. Im Haus liefen jetzt jede Menge Leute von irgendwelchen Bereitschaftsdiensten herum. Es waren noch mehr Gendarmen eingetroffen. Zwei Sanitäter, ein Mann und eine Frau, schoben eine Trage ins Haus. In Gegenwart der bedeutungsschweren offiziellen Uniformen fühlte sich Hoffmann wieder nackt, verletzlich und hinfällig. Er war erleichtert, als er Gabrielle mit seinem Regenmantel die Treppe herunterkommen sah. Leclerc nahm ihr den Mantel ab und legte ihn Hoffmann um die Schultern.

Hoffmann bemerkte den Feuerlöscher, der in einen Plastikbeutel verpackt neben der Haustür stand. Der bloße Anblick genügte, dass er wieder einen stechenden Schmerz spürte. »Lassen Sie ein Phantombild von dem Mann anfertigen?«, fragte er Leclerc.

»Vielleicht.«

»Ich glaube, dann sollte ich Ihnen noch etwas zeigen.« Der Gedanke war ihm ganz plötzlich gekommen, wie eine Offenbarung. Er ignorierte die Einwände der Sanitäter, die darauf drangen, dass er sich auf die Trage legte, drehte sich um und ging durch den Flur zu seinem Arbeitszimmer. Das Bloomberg-Terminal auf seinem Schreibtisch war immer noch eingeschaltet. Aus den Augenwinkeln registrierte er das rote Leuchten. Fast alle Kurse waren gefallen. Die Märkte in Fernost erlitten anscheinend starke Verluste. Er schaltete das Licht ein, ging zum Bücherregal und nahm *The Expression of the Emotions in Man and Animals* heraus. Seine Hände zitterten vor Aufregung. Er blätterte durch die Seiten.

»Hier ist es«, sagte er, drehte sich um und präsentierte Leclerc und Gabrielle seinen Fund. Er klopfte mit dem Finger auf die Seite. »Das ist der Mann, der mich überfallen hat.«

Es war die bildliche Darstellung der Emotion des Entsetzens – ein alter Mann, die Augen aufgerissen, der zahnlose Mund weit offen. Der große französische Arzt Guillaume-Benjamin Duchenne, ein Experte auf dem Gebiet des Galvanismus, hatte mithilfe von Elektroden die Gesichtsmuskeln gereizt, um den gewünschten Ausdruck hervorzurufen.

Hoffmann spürte Leclercs und Gabrielles Zweifel – nein, schlimmer: ihre Bestürzung.

»Entschuldigung«, sagte Leclerc verwirrt. »Sie behaupten also, dass das der Mann ist, der heute Nacht in Ihrem Haus war?«

»O Alex«, sagte Gabrielle.

»Natürlich behaupte ich nicht, dass es dieser Mann war, er ist seit über hundert Jahren tot. Ich will nur sagen, dass er genauso ausgesehen hat.« Beide schauten ihn durchdringend an. Sie glaubten, dass er verrückt geworden war, dachte Hoffmann. Er holte Luft. »Also«, sagte er langsam zu Leclerc. »Dieses Buch wurde mir gestern kommentarlos zugeschickt. Ich hatte es nicht bestellt, okay? Ich habe keine Ahnung, wer es mir geschickt hat. Vielleicht ist das alles ein Zufall. Aber Sie müssen zugeben, wie merkwürdig es ist, dass nur wenige Stunden danach ein Mann, der genauso aussieht, als wäre er diesen Seiten entsprungen, hier auftaucht und mich überfällt.« Sie schwiegen. »Wie auch immer«, sagte Hoffmann. »Ich sage nur, wenn Sie ein Phantombild anfertigen lassen wollen, dann ist das hier der Ausgangspunkt.«

»Danke«, sagte Leclerc. »Wir werden das im Auge behalten.«

Eine Pause entstand.

»Also gut«, sagte Gabrielle schließlich fröhlich. »Aber jetzt fahren wir erst mal ins Krankenhaus.«

*

Leclerc verabschiedete sie an der Haustür.

Der Mond war hinter den Wolken verschwunden. Der Himmel war noch schwarz, obwohl es schon in einer halben Stunde dämmern würde. Der Sanitäter öffnete die Hecktüren des Krankenwagens und half dem amerikanischen Physiker mit seinem bandagierten Kopf, dem schwarzen Regenmantel und den dünnen, rosafarbenen Knöcheln, die aus dem teuren Pyjama herauslugten, beim Einsteigen. Seit seinen wirren Bemerkungen über die viktorianische Fotografie hatte er kein Wort mehr gesagt. Auf Leclerc machte er einen beschämten Eindruck. Das Buch hatte er mitgenommen. Hoffmanns Frau, die die Tasche mit seiner Kleidung trug, stieg nach ihm ein. Die Türen wurden zugeschlagen, und dann verließ der Krankenwagen mit einem Streifenwagen im Schlepptau das Grundstück.

Leclerc schaute den beiden Wagen hinterher, bis sie das Ende der geschwungenen Auffahrt erreichten. Die Bremslichter leuchteten kurz auf, dann bogen sie in die Hauptstraße ein und waren verschwunden.

Er ging zurück ins Haus.

»Große Hütte für zwei Leute«, brummte einer der Gendarmen, der gleich hinter der Tür im Flur stand.

Leclerc machte ein grummelndes Geräusch. »Große Hütte für zehn Leute.«

Er begab sich auf einen einsamen Erkundungsrundgang, um ein Gefühl dafür zu bekommen, womit er es hier zu tun hatte. Fünf, sechs – nein, sieben Schlafzimmer im ersten Stock, alle mit eigenem Bad, alle augenscheinlich noch nie benutzt. Das Schlafzimmer des Hausherrn riesig, ein Plasmafernseher im Bad, Waschbecken für sie und ihn, hypermoderne Duschkabinen mit einem Dutzend Wanddüsen. Auf der anderen Seite des Gangs ein Fitnessraum mit Hometrainer, Rudermaschine, Crosstrainer, Gewichten, noch einem großen Fernseher. Keine Spielsachen. Nirgends Hinweise auf Kinder, auch nicht auf den gerahmten Fotografien, die überall hingen und hauptsächlich die Hoffmanns auf teuren Urlaubsreisen zeigten – beim Skifahren natürlich, bei Segeltörns, Händchen haltend auf irgendeiner Veranda, die auf Pfählen in eine außerirdisch blaue Korallenlagune gebaut war.

Leclerc ging die Treppe hinunter und versuchte, sich in die Gefühlswelt Hoffmanns hineinzuversetzen, als dieser eineinhalb Stunden zuvor hinuntergegangen war – nicht wissend, was ihn erwarten würde. Er machte einen Bogen um die Blutflecke und ging ins Arbeitszimmer. Eine ganze Wand war Büchern vorbehalten. Wahllos griff er eines davon heraus und schaute auf den Rücken: *Die Traumdeutung* von Sigmund Freud. Er schlug es auf. Veröffentlicht 1900 in Leipzig und Wien. Eine Erstausgabe. Er zog ein anderes heraus. *La psychologie des foules* von Gustave Le Bon. Paris, 1895. Und noch eines: *L'homme machine* von Julien

Offray de La Mettrie, Leiden, 1747. Ebenfalls eine Erstausgabe ... Leclerc wusste nicht viel über seltene Bücher, aber es reichte, um zu erkennen, dass die Sammlung Millionen wert sein musste. Kein Wunder, dass überall im Haus Rauchmelder angebracht waren. Die Themen der Bücher waren hauptsächlich wissenschaftliche: aus der Soziologie, Psychologie, Biologie, Anthropologie. Nirgendwo etwas über Geld.

Er ging zum Schreibtisch und setzte sich auf Hoffmanns antiken Kapitänsstuhl. Ab und zu, wenn die schimmernden Zahlenkolonnen sich änderten, lief eine leichte Wellenbewegung über den großen Bildschirm: *1,06*, *-78*, *-4,03 %*, *-$0,95*. Die Zahlen waren ihm ein Rätsel, er konnte sie genauso wenig entschlüsseln wie die Inschrift auf dem Stein von Rosette. Wenn er den Schlüssel fände, dachte er, dann könnte er vielleicht genauso reich werden wie dieser Kerl. Die Geldanlagen, die er sich vor ein paar Jahren von einem pickeligen »Finanzberater« für seinen eigenen komfortablen Ruhestand hatte aufschwatzen lassen, waren jetzt nur noch die Hälfte dessen wert, was er dafür bezahlt hatte. So wie die Dinge liefen, würde er nach seiner Pensionierung einen Teilzeitjob annehmen müssen: als Sicherheitschef in einem Kaufhaus vielleicht. Er würde arbeiten, bis er in die Grube fuhr – dazu waren nicht einmal sein Vater und Großvater gezwungen gewesen. Dreißig Jahre bei der Polizei, und er konnte es sich nicht einmal leisten, in der Stadt zu wohnen, in der er geboren war! Und wer kaufte all die teuren Anwesen? Frauen und Töchter von Präsidenten der sogenannten neuen Demokratien, Politiker aus zentralasiatischen Republiken, russische Oligarchen, afghanische Warlords, Waffenhändler – kurz: Geldwäscher, von denen viele die wahren Kriminellen dieser Welt waren. Und er vergeudete seine Zeit damit, in der Bahnhofsgegend halbwüchsigen algerischen Drogenhändlern hinterherzuhecheln. Um auf andere Gedanken zu kommen, zwang er sich, aufzustehen und in ein anderes Zimmer zu gehen.

Er stand in der Küche vor der granitenen Arbeitsinsel und begutachtete die Messer. In der Hoffnung auf Fingerabdrücke hatte er sie in Beweisbeutel packen und diese versiegeln lassen. Das war der Teil von Hoffmanns Geschichte, den er nicht verstand. Hätte der Einbrecher das Paar entführen wollen, so wäre er vorbereitet gewesen und hätte die passenden Waffen mitgebracht. Ein Kidnapper hätte außerdem mindestens einen, wenn nicht mehrere Komplizen gebraucht: Hoffmann war relativ jung und fit – er hätte sich gewehrt. War also Raub das Motiv? Ein simpler Dieb wäre allerdings einfach eingestiegen, hätte sich alles, was er tragen konnte, unter den Nagel gerissen und wäre so schnell wie möglich wieder verschwunden. Tragbare Beute gab es jede Menge. Es schien also alles darauf hinzudeuten, dass der Einbrecher geistesverwirrt war. Aber woher konnte ein gewalttätiger Psychopath die Zugangscodes kennen? Es war ein Rätsel. Gab es vielleicht einen anderen Weg ins Haus, einen, der nicht gesichert war?

Leclerc ging zurück in den Flur und wandte sich nach links. Der hintere Teil des Hauses öffnete sich zu einem viktorianischen Wintergarten, der als Künstleratelier genutzt wurde, obwohl es sich bei dem, was er vorfand, nicht gerade um das handelte, was der Inspektor unter Kunst verstand. Es sah mehr wie ein radiologisches Labor oder eine Glaserwerkstatt aus. An der ursprünglichen Außenwand des Hauses hingen eine riesige Collage aus elektronischen

Bildern des menschlichen Körpers – digitale Bilder, Infrarot- und Röntgenbilder – und anatomische Zeichnungen von verschiedenen Organen, Gliedmaßen und Muskeln.

In Holzstellagen lagerten Platten aus entspiegeltem Glas und Plexiglas in unterschiedlichen Größen und Stärken. In einer Stahltruhe steckten Dutzende von dicken, sorgfältig beschrifteten Ordnern mit Computerbildern. »MRT-Aufnahmen Kopf, 1–14, sagittal, axial, koronar.« – »Mann, Schnittbilder, virtuelles Krankenhaus, sagittal & koronar.« Auf einem Labortisch standen zahlreiche Tintenfässchen und ein Leuchtkasten, daneben lagen eine Schraubzwinge und verschiedene Gravierwerkzeuge und Pinsel. In einer schwarzen Halterung aus Gummi steckte eine Handbohrmaschine. Daneben befanden sich eine dunkelblaue Teedose – »Taylor's of Harrowgate, Earl Grey Tea« – voller Bohrköpfe und ein Stapel Hochglanzbroschüren für eine Ausstellung mit dem Titel »Menschliche Konturen«, die heute in einer Galerie am Plaine de Plainpalais eröffnen sollte. Innen fand Leclerc eine biografische Notiz: »Gabrielle Hoffmann wurde in Yorkshire, England, geboren. Nach einem Doppelabschluss in Kunst und Französisch an der Universität Salford schloss sie das Royal College of Art in London mit dem Grad des Master of Arts ab. Sie arbeitete mehrere Jahre für die Vereinten Nationen in Genf.« Er rollte die Broschüre zusammen und steckte sie in die Jackentasche.

Neben dem Labortisch stand auf zwei Holzböcken eine ihrer Arbeiten: das 3-D-Bild eines Fötus, das aus etwa zwanzig auf sehr klare Glasplatten gezeichneten Schnittbildern bestand. Verglichen mit dem Körper, war der Kopf unverhältnismäßig groß, die spindeldürren Beine waren nach oben gebogen und steckten unter dem Kopf. Von der

Seite betrachtet, vermittelte das Bild einen Eindruck von Tiefe, aber wenn man es von vorn anschaute, verlor sich dieser Eindruck und verschwand dann völlig. Er konnte nicht sagen, ob das Bild schon fertig war oder nicht. Er musste zugeben, dass eine gewisse Kraft von ihm ausging, aber bei sich zu Hause hätte er es nicht aufgehängt. Es sah ihm zu sehr nach einem versteinerten, in einem Aquarium schwebenden Reptil aus. Seine Frau würde es sicher abstoßend finden.

Eine Tür führte in den Garten. Sie war geschlossen und verriegelt. Einen Schlüssel konnte er nirgends entdecken. Hinter dem dicken Glas tänzelten die Lichter Genfs über den See. Am Quai du Mont-Blanc war die Bewegung eines einsamen Scheinwerferpaars zu erkennen.

Leclerc verließ den Wintergarten. Im Durchgang befanden sich zwei weitere Türen. Hinter einer der beiden verbarg sich eine Toilette mit einem großen altmodischen Wasserklosett. Leclerc nutzte die Gelegenheit. Hinter der anderen befand sich ein Abstellraum voller Gerümpel, der aus Hoffmanns letztem Haus zu stammen schien: verschnürte Teppichrollen, eine Brotbackmaschine, Liegestühle, ein Krocketspiel und, im hintersten Eck und in tadellosem Zustand, ein Kinderbettchen, ein Wickeltisch und ein aufziehbares Mobile mit Sternen und Monden.

DREI

Verdacht, das Kind der Gefahr, drückt sich äusserst characteristisch bei vielen wilden Thieren aus.

Charles Darwin
Die Abstammung des Menschen, 1871

Laut den später veröffentlichten Aufzeichnungen des Genfer Rettungsdienstes gab der Krankenwagen per Funk durch, dass er Hoffmanns Anwesen um 5:22 Uhr verlassen habe. Zu dieser Stunde dauerte die Fahrt durch die leere Genfer Innenstadt bis zum Krankenhaus nur fünf Minuten.

Auch im Krankenwagen widersetzte sich Hoffmann den Vorschriften. Er legte sich nicht hin, sondern saß aufrecht auf der Trage und brütete störrisch vor sich hin. Er war ein hochintelligenter, reicher Mann, der es gewohnt war, dass man ihm respektvoll zuhörte. Doch plötzlich musste er sich damit abfinden, in ein ärmeres, weniger begünstigtes Land deportiert zu werden: in das Königreich der Kranken, in dem jeder ein Bürger zweiter Klasse war. Die Erinnerung an Gabrielles und Leclercs Blicke, als er ihnen *The Expression of the Emotions in Man and Animals* gezeigt hatte, ärgerte ihn – als wäre die offensichtliche Verbindung zwischen dem Buch und dem Überfall die Ausgeburt eines fiebrigen, beschädigten Gehirns. Er hatte das Buch mitgenommen. Es lag auf seinen Knien. Ruhelos klopfte er mit dem Finger darauf.

Als der Krankenwagen in die Straße einbog, streckte die Sanitäterin den Arm aus, um ihn zu stützen. Hoffmann schaute sie ärgerlich an. Er hatte kein Vertrauen in die Genfer Polizei oder in staatliche Behörden ganz allgemein. Er hatte überhaupt nur wenig Vertrauen in irgendwen außer ihn selbst. Er suchte in den Taschen des Morgenmantels nach seinem Handy.

Gabrielle, die ihm gegenüber neben der Sanitäterin saß, fragte: »Was hast du vor?«

»Hugo anrufen.«

Sie verdrehte die Augen. »Herrgott, Alex …«

»Was ist? Er muss wissen, was passiert ist.« Während er es klingeln hörte, beugte er sich vor und nahm besänftigend ihre Hand. »Mir geht es schon viel besser, glaub mir.«

Schließlich hob Quarry ab. »Alex?« Seine sonst so lässige Stimme klang diesmal angespannt, nervös. Verhieß ein Anruf vor Morgengrauen jemals gute Nachrichten? »Was ist passiert?«

»Tut mir leid, dass ich dich so früh störe, Hugo. Bei uns ist eingebrochen worden.«

»O Gott. Ist alles in Ordnung mit euch?«

»Gabrielle ist okay, ich habe einen Schlag auf den Kopf abbekommen. Wir sind gerade auf dem Weg ins Krankenhaus.«

»In welches?«

»Uniklinik, nehme ich an.« Hoffmann schaute Gabrielle an, die daraufhin nickte. »Ja, Uniklinik.«

»Ich bin schon unterwegs.«

Zwei Minuten später fuhr der Krankenwagen die Zufahrtsstraße zum großen Universitätsspital hinauf. Durch die getönten Scheiben konnte Hoffmann einen kurzen Blick auf das riesige Gebäude werfen – zehn hell erleuchtete Stockwerke, die in der Dunkelheit wie ein großer internationaler Flughafen strahlten. Dann verschwanden die Lichter, als hätte irgendjemand einen Vorhang heruntergezogen. Der Krankenwagen tauchte in eine sanft geschwungene unterirdische Passage ein und hielt dann an. Der Motor wurde abgestellt, und es herrschte Stille. Gabrielle lächelte ihm beruhigend zu, und Hoffmann dachte: »Lasst, die ihr eintretet, alle Hoffnung fahren!« Die Hecktüren schwangen auf, und er blickte in eine makellos saubere Tiefgarage. Die weit entfernte Stimme eines Mannes hallte laut von den Betonwänden wider.

Diesmal erhob Hoffmann keinen Einspruch, als man ihm sagte, er solle sich hinlegen: Er hatte sich der Maschinerie ergeben, jetzt musste er sich deren Abläufen unterordnen. Er legte sich hin, die Trage wurde abgesenkt. Er fühlte sich entsetzlich hilflos, als er unter Neonröhren durch geheimnisvolle fabrikartige Korridore bis zur Notaufnahme gerollt wurde, in der man ihn kurz abstellte. Der begleitende Gendarm übergab seine Papiere. Hoffmann sah, wie seine Daten registriert wurden, wandte auf seinem Kissen den Kopf und blickte in einen Raum voller Menschen. Betrunkene und Süchtige, die nicht darauf achteten, was auf dem Bildschirm des Fernsehers an der Wand zu sehen war: japanische Börsenmakler, die in Mobiltelefone sprachen und in deren Gesicht sich Entsetzen und Verzweiflung spiegelte. Bevor Hoffmann herausfinden konnte, worum es da ging, wurde er schon durch einen kurzen Gang in eine leere Nische geschoben.

Gabrielle setzte sich auf einen Plastikstuhl, nahm ihre

Puderdose heraus und zog mit schnellen, nervösen Bewegungen ihre Lippen nach. Hoffmann betrachtete sie wie eine Fremde. Sie erschien ihm mysteriös, akkurat und verschlossen, wie eine Katze, die ihr Gesicht putzte. Genau das hatte sie auch getan, als er sie auf einer Party in Saint-Genis-Pouilly zum ersten Mal gesehen hatte. Ein junger türkischer Arzt mit abgespanntem Gesicht trat mit einem Klemmbrett in der Hand an die Trage. Das Plastikschild an seinem weißen Kittel wies ihn als Dr. Muhammet Çelik aus. Er warf einen Blick auf Hoffmanns Krankenblatt. Dann leuchtete er ihm in die Augen, schlug mit einem kleinen Hammer auf sein Knie, fragte ihn nach dem Namen des amerikanischen Präsidenten und forderte ihn auf, rückwärts von hundert bis achtzig zu zählen.

Hoffmann beantwortete alles ohne Mühe. Der Arzt nickte zufrieden und streifte sich ein Paar Operationshandschuhe über. Er nahm Hoffmann den provisorischen Verband ab, strich die Haare auseinander und inspizierte die Wunde. Mit sanftem Druck tastete er den Kopf ab. Hoffmann kam sich vor, als würde er auf Läuse untersucht. Währenddessen unterhielt sich der Arzt mit Gabrielle, als wäre Hoffmann gar nicht vorhanden.

»Er hat viel Blut verloren«, sagte Gabrielle.

»Kopfwunden bluten immer stark. Aber ein paar Stiche werden wohl reichen.«

»Ist die Wunde tief?«

»Nein, nicht besonders, aber die Schwellung ist ziemlich groß. Da, sehen Sie? War ein stumpfer Gegenstand, oder?«

»Ein Feuerlöscher.«

»Okay, ich schreibe das eben auf. Dann müssen wir noch eine Kopf-CT machen.«

Çelik beugte sich zu Hoffmanns Gesicht hinunter. Er lächelte, öffnete die Augen sehr weit und sprach äußerst langsam. »Also, Monsieur Hoffmann. Die Wunde werde ich später nähen. Jetzt bringen wir Sie erst mal nach unten und machen ein paar Bilder vom Innern Ihres Kopfes. Das erledigt eine Maschine, die wir CT-Scanner nennen, ein Computertomograf. Wissen Sie, was das ist, Monsieur Hoffmann?«

»Die Computertomografie erstellt mittels eines rotierenden Detektors und einer Röntgenstrahlenquelle Querschnittsbilder. Technologie aus den Siebzigern, nichts Weltbewegendes. Und noch was, wenn ich darum bitten dürfte … nicht Monsieur Hoffmann, sondern Doktor Hoffmann.«

Auf dem Weg zum Lift sagte Gabrielle: »Es gab keinen Grund, so grob zu werden. Er wollte dir nur helfen.«

»Er hat mich behandelt wie ein Kind.«

»Dann hör auf, dich wie eins zu benehmen. Hier, halt das.« Sie ließ die Tasche mit seiner Wäsche auf seinen Schoß fallen und ging voraus, um den Aufzug zu holen.

Gabrielle kannte offensichtlich den Weg in die Röntgenabteilung, was Hoffmann auf rätselhafte Weise ärgerte. Die Angestellten des Krankenhauses hatten ihr in den letzten Jahren bei ihrer künstlerischen Arbeit geholfen, hatten ihr Zugang zu den Computertomografen verschafft, wenn diese nicht benutzt wurden, und waren nach Schichtende noch geblieben, um die Bilder zu machen, die sie brauchte. Einige waren ihre Freunde geworden. Er hätte ihnen dankbar sein sollen, aber er war es nicht. Die Türen des Lifts zum dunklen Untergeschoss öffneten sich. Ihm fiel ein, dass die Klinik über sehr viele Computertomografen verfügte. Viele Schwerverletzte wurden per Hubschrauber aus den Skiorten Chamonix, Megève und sogar Courchevel hierhergeflogen. Hoffmann ahnte die Unzahl an Büroräumen und technischen Anlagen, die sich in der Dunkelheit verbargen – eine ganze Abteilung, die jenseits des kleinen Außenpostens für Notfälle verlassen vor sich hin schlummerte. Ein junger Mann mit langen, schwarzen Locken ging ihnen mit großen Schritten entgegen. »Gabrielle!«, rief er laut. Er küsste ihr die Hand, drehte sich dann um und schaute Hoffmann an. »Zur Abwechslung hast du also mal einen echten Patienten für mich.«

»Das ist mein Mann, Alexander Hoffmann«, sagte Gabrielle. »Alex, das ist Fabien Tallon, der Röntgentechniker. Du erinnerst dich doch an Fabien, oder? Ich habe dir viel von ihm erzählt.«

»Ich glaube nicht«, sagte Hoffmann. Er schaute den jungen Mann an. Tallon hatte große, dunkle, leuchtende Augen, einen breiten Mund, sehr weiße Zähne und einen schwarzen Dreitagebart. Sein Hemd war weiter aufgeknöpft als nötig, sodass seine breite Rugbyspielerbrust nicht zu übersehen war. Hoffmann fragte sich plötzlich, ob Gabrielle vielleicht eine Affäre mit ihm hatte. Er versuchte, sich den Gedanken aus dem Kopf zu schlagen, aber er wollte sich nicht verscheuchen lassen. Sein letzter Anfall von Eifersucht war schon Jahre her. Er hatte vergessen, dass die Eifersucht einem einen nahezu köstlichen Stich versetzen konnte. Sein Blick wanderte zwischen den beiden hin und her, dann sagte er: »Ich möchte Ihnen für alles danken, was Sie für Gabrielle getan haben.«

»Ist mir ein Vergnügen, Alex. Also, mal sehen, was wir für Sie tun können.« Mühelos wie einen Einkaufswagen schob er das Bett durch den Kontrollbereich in den Raum mit dem Computertomografen. »Stehen Sie bitte auf.«

Wieder fügte sich Hoffmann mechanisch der Prozedur. Ihm wurden Mantel und Brille abgenommen. Man sagte ihm, er solle sich auf den Rand des mobilen Untersuchungstisches setzen, der Teil des Tomografen war. Der Kopfverband wurde entfernt. Man wies ihn an, sich mit dem Rücken auf den Untersuchungstisch zu legen, mit dem Kopf zur Öffnung des Tomografen. Tallon passte die Nackenstütze an. »In weniger als einer Minute ist alles vorbei«, sagte er und verschwand. Leise zischend schloss sich die Tür. Hoffmann hob leicht den Kopf. Er war allein. Jenseits seiner nackten Füße, hinter der dicken Glasscheibe in der gegenüberliegenden Wand, stand Gabrielle und beobachtete ihn. Neben ihr erschien Tallon. Sie wechselten ein paar Worte, die er nicht verstehen konnte. Er hörte ein Knacken, dann über Lautsprecher die laute Stimme Tallons.

»Flach auf dem Rücken liegen, Alex. Und möglichst nicht bewegen.«

Hoffmann tat, wie ihm befohlen. Ein Brummen setzte ein, und der Untersuchungstisch glitt rückwärts durch die breite Trommel des Tomographen. Er schaute das weiße Plastikgehäuse an. Die Prozedur erfolgte in zwei Schritten: einem kurzen für eine Übersichtsaufnahme und einem zweiten, langsameren, in dem die einzelnen Schnittbilder erstellt wurden. Es war, als bewegte er sich durch eine Art radioaktive Autowaschanlage. Der Tisch hielt an und glitt wieder zurück. Hoffmann stellte sich vor, sein Hirn würde von einem grellen, reinigenden Licht besprüht, dem nichts verborgen blieb – alle Verunreinigungen wurden von zischender, brennender Materie aufgespürt und ausgelöscht.

Der Lautsprecher knackte, und er konnte gerade noch hören, wie im Hintergrund Gabrielles Stimme verstummte.

Täuschte er sich, oder hatte sie geflüstert? »Danke, Alex, das war's«, sagte Tallon. »Bleiben Sie so liegen. Ich komme gleich rein und hole Sie raus.« Er nahm sein Gespräch mit Gabrielle wieder auf. »Es ist doch so …« Seine Stimme wurde abgeschnitten.

Hoffmann kam die Zeit lang vor, die er noch so dalag – jedenfalls lang genug, um darüber nachzudenken, wie einfach es für Gabrielle gewesen wäre, in den letzten Monaten eine Affäre anzufangen. Da waren die zahlreichen Stunden, die sie in der Klinik verbrachte, um die Bilder zusammenzutragen, die sie für ihre Arbeit brauchte. Und da waren die noch viel zahlreicheren Tage und Nächte, die er in seinem Büro mit der Entwicklung von VIXAL zugebracht hatte. Welchen Fixpunkt hatte eine Ehe nach mehr als sieben Jahren, wenn der Zusammenhalt, den Kinder ausübten, fehlte? Plötzlich spürte er eine weitere, lange vergessene Empfindung: den köstlich kindlichen Schmerz von Selbstmitleid. Zu seinem Entsetzen stellte er fest, dass er anfing zu weinen.

»Alles in Ordnung, Alex?« Tallons Gesicht erschien über ihm. Attraktiv, besorgt, unausstehlich.

»Alles bestens.«

»Sicher?«

»Ja.« Hoffmann wischte sich mit dem Ärmel seines Morgenmantels schnell über die Augen und setzte seine Brille auf. Der rationale Teil seines Gehirns wusste, dass diese plötzlichen Stimmungsschwankungen wahrscheinlich Symptome eines Kopftraumas waren, aber das machte sie nicht weniger real. Er weigerte sich, sich wieder auf die Rolltrage zu legen. Er schwang die Beine vom Untersuchungstisch und atmete einige Male tief durch. Als er den anderen Raum betrat, hatte er seine Selbstbeherrschung zurückgewonnen.

»Alex«, sagte Gabrielle. »Das ist die Radiologin, Doktor Dufort.«

Sie deutete auf eine winzige Frau mit kurz geschorenem, grauem Haar, die vor einem Computerbildschirm saß. Dufort drehte sich halb um, nickte ihm über ihre schmale Schulter flüchtig zu und wandte sich dann wieder den Bildern der Tomografie zu.

Hoffmann schaute auf den Bildschirm. »Bin ich das?«, fragte er.

»Ja, Monsieur.« Sie drehte sich nicht um.

Hoffmann betrachtete gleichgültig die Aufnahme seines Gehirns. Er war sogar enttäuscht. Das Schwarz-Weiß-Bild auf dem Bildschirm hätte alles sein können – Teil eines Korallenriffs, aufgenommen mit einer ferngesteuerten Unterwasserkamera, eine Ansicht von der Mondoberfläche, das Gesicht eines Affen. Die Unordnung, der Mangel an Form und Schönheit deprimierten ihn. Das bekamen sie sicher noch besser hin, dachte er. Das konnte nicht das Endprodukt sein. Das konnte nur ein vorübergehendes Stadium in der Evolution sein, und die Aufgabe des Menschen war es, den Weg für die nächste Stufe zu bereiten, so wie sich aus Gas organische Materie entwickelt hatte. Künstliche Intelligenz oder autonomes maschinelles Lernen, wie er es lieber nannte, beschäftigte ihn seit über fünfzehn Jahren. Törichte, von Journalisten bestärkte Menschen glaubten, das Ziel sei es, das menschliche Gehirn zu kopieren und eine digitalisierte Version von sich selbst herzustellen. Aber warum sollte man sich ernsthaft damit abgeben, etwas so Anfälliges und Unzuverlässiges mit eingebautem Alterungsprozess nachzubilden: eine CPU, einen Hauptprozessor, der völlig zerstört werden konnte, wenn irgendein mechanisches Hilfsaggregat – wie das Herz oder die Leber – vorübergehend seine Tätigkeit einstellte? Das war, als verlöre man den Cray-Supercomputer mit seinem kompletten Datenspeicher, nur weil man einen Stecker auswechseln musste.

Die Radiologin kippte das Bild des Gehirns auf seiner Achse nach vorn. Es sah aus, als nickte es ihm zu – ein Gruß aus dem Weltall. Sie ließ es rotieren. Sie drehte es hin und her.

»Kein Anzeichen einer Fraktur«, sagte sie. »Keine Schwellung, das ist das Wichtigste. Allerdings frage ich mich, was das da ist …«

Aus dem Schädelknochen ragte ein Höcker auf, der wie eine umgedrehte Walnussschale aussah. Eine weiße Linie von unterschiedlicher Stärke umschloss die schwammartige, graue Hirnmasse. Sie zoomte näher. Das Bild wurde größer, verschwamm und löste sich schließlich in einer blassgrauen Supernova auf. Hoffmann beugte sich vor, damit er sich die Aufnahme genauer ansehen konnte.

»Da«, sagte Dufort und berührte mit dem abgekauten Nagel ihres ringlosen Fingers den Bildschirm. »Sehen Sie diese weißen Pünktchen? Die wie Sterne leuchten? Das sind winzige Blutungen im Hirngewebe.«

»Ist das was Ernstes?«, fragte Gabrielle.

»Nein, nicht unbedingt. Das ist eine typische Folge von Verletzungen dieser Art. Bei einem kräftigen Schlag auf den Kopf federt das Gehirn zurück. Die Folge ist eine kleine Blutung. Die scheint aber gestoppt zu sein.« Sie hob ihre Brille an und beugte sich wie ein Juwelier, der einen wertvollen Stein begutachtete, bis dicht zum Bildschirm vor. »Trotzdem würde ich gern noch eine Untersuchung machen.«

Das riesige, unpersönliche Krankenhaus, das abnormale Testergebnis, das kühl verkündete medizinische Urteil, der erste Schritt in den unwiderruflichen Niedergang, in Hilflosigkeit und Tod – so oft schon hatte sich Hoffmann diesen Augenblick vorgestellt, dass er nicht sofort begriff: Das hier war keine seiner hypochondrischen Fantasien.

»Was für eine Untersuchung?«, fragte er.

»Ich würde gern noch eine MRT-Aufnahme machen, damit ich mir das genauer anschauen kann. Das weiche Gewebe ist bei dieser Technik sehr viel schärfer abgebildet. Das Bild müsste uns eigentlich zeigen, ob es sich um eine Vorerkrankung handelt oder nicht.«

Eine Vorerkrankung ...

»Wie lange dauert das?«

»Die Untersuchung selbst dauert nicht lange. Die Frage ist, wann ein Gerät frei ist.« Sie rief eine andere Datei auf und klickte sich durch. »Am Mittag ist ein Apparat frei, vorausgesetzt, es kommt kein Notfall rein.«

»Ist das hier kein Notfall?«, fragte Gabrielle.

»Nein, nein, bei Ihrem Mann besteht keine unmittelbare Gefahr.«

»Wenn das so ist, dann verzichte ich auf die Untersuchung«, sagte Hoffmann.

»Sei nicht albern«, sagte Gabrielle. »Lass dich untersuchen. Wenn du schon mal da bist.«

»Ich will die Untersuchung nicht.«

»Das ist doch lächerlich ...«

»Hörst du schlecht? Ich will diese verdammte Untersuchung nicht!«

Einen Augenblick lang herrschte schockiertes Schweigen.

»Wir verstehen ja, dass Sie durcheinander sind, Alex«, sagte Tallon. »Trotzdem ist das kein Grund, so mit Gabrielle zu reden.«

»Erzählen Sie mir nicht, wie ich mit meiner Frau zu reden habe!« Er hob die Hand an die Stirn. Seine Finger waren eiskalt. Sein Hals war trocken. Er musste so schnell wie möglich aus dem Krankenhaus verschwinden. Er schluckte, bevor er weitersprach. »Tut mir leid, aber ich möchte diese Untersuchung nicht. Ich habe heute noch einige wichtige Dinge zu erledigen.«

»Monsieur«, sagte Dufort mit fester Stimme. »Wir behalten alle Patienten, die so lange bewusstlos gewesen sind wie Sie, für mindestens vierundzwanzig Stunden zur Beobachtung da.«

»Tut mir leid, das ist unmöglich.«

»Was für wichtige Dinge?« Gabrielle sah ihn ungläubig an. »Du gehst ja wohl heute nicht mehr ins Büro, oder?«

»Doch, natürlich. Und du gehst zur Eröffnung deiner Ausstellung in die Galerie ...«

»Alex ...«

»Natürlich gehst du. Du hast seit Monaten dafür gearbeitet, denk an die ganze Zeit, die du allein hier im Krankenhaus gewesen bist. Und heute Abend gehen wir zusammen essen und feiern deinen Erfolg.« Er merkte, dass er schon wieder lauter wurde, und zwang sich zu mehr Gelassenheit. »Nur weil dieser Kerl in unser Haus eingedrungen ist, heißt das noch lange nicht, dass er auch in unser Leben eindringen muss. Außer wir lassen es zu. Schau nur mich an.« Er deutete auf sich. »Mir geht's blendend. Du hast die Aufnahme doch gesehen, nichts gebrochen, keine Schwellung.«

»Und für keinen Penny gesunden Menschenverstand«, sagte jemand auf englisch hinter ihm.

»Oh, Hugo«, sagte Gabrielle, ohne sich umzudrehen.

»Würdest du deinem Geschäftspartner bitte erklären, dass er ein Mensch aus Fleisch und Blut ist. Genau wie wir alle.«

»Ach, ist er das?« Quarry stand neben der Tür. Sein Mantel war offen, er trug einen kirschroten Schal und hatte die Hände in den Taschen.

»Geschäftspartner?«, wiederholte Dr. Çelik, den Quarry beschwatzt hatte, ihn von der Notaufnahme ins Untergeschoss zu begleiten, und der ihn jetzt misstrauisch beäugte. »Sagten Sie nicht, Sie seien sein Bruder?«

»Al, lass die verdammte Untersuchung machen«, sagte Quarry. »Die Präsentation können wir verschieben.«

»Genau«, sagte Gabrielle.

»Ich verspreche, dass ich die Untersuchung machen lasse«, sagte Hoffmann mit ruhiger Stimme. »Nur nicht heute. Sind Sie damit einverstanden, Doktor? Ich werde ja wohl nicht gleich umkippen, oder?«

»Monsieur«, sagte die grauhaarige Radiologin, die seit dem Nachmittag des Vortages Dienst hatte und allmählich die Geduld verlor. »Was Sie tun oder nicht tun, ist ganz allein Ihre Entscheidung. Wenn Sie mich fragen, die Wunde sollte in jedem Fall genäht werden. Wenn Sie gehen wollen, dann müssen Sie unterschreiben, dass Sie das Krankenhaus von jeder Verantwortung entbinden. Alles andere ist Ihre Sache.«

»Schön«, entgegnete er. »Sie nähen die Wunde, und ich unterschreibe Ihren Wisch. Und ich komme ein andermal wieder, wenn es mir besser passt, und dann können Sie diese MRT-Aufnahme machen.« Er sah Gabrielle an. »Zufrieden?«

Bevor sie etwas erwidern konnte, ertönte ein vertrautes elektronisches Wecksignal. Es dauerte einen Moment, bis Hoffmann begriff, dass sein Handy klingelte. Es war auf halb sieben eingestellt, eine Zeit, die ihm schon jetzt wie aus einem anderen Leben vorkam.

*

Quarry und Gabrielle setzten sich in den Warteraum vor der Notaufnahme, während Hoffmann Dr. Çelik folgte, um sich die Wunde nähen zu lassen. Man verabreichte ihm ein lokales Betäubungsmittel – mit einer Spritze, deren Stich ihn vor Schmerz kurz aufstöhnen ließ – und rasierte ihm dann mit einem Einwegrasierer aus Plastik rund um die Wunde einen schmalen Streifen Haare ab. Hinterher zückte Dr. Çelik einen kleinen Spiegel, damit Hoffmann sein Werk begutachten konnte – wie ein Friseur, der von seinem Kunden gelobt werden wollte. Die Platzwunde war etwa fünf Zentimeter lang. Genäht glich sie einem verzerrten Mund, die rasierten Streifen sahen aus wie dicke weiße Lippen. Sie schienen Hoffmann anzüglich anzugrinsen.

»Wenn das Betäubungsmittel nachlässt, wird es wehtun«, sagte Çelik heiter. »Nehmen Sie dann eine Schmerztablette.« Er steckte den Spiegel wieder weg, und das Grinsen verschwand.

»Kommt kein neuer Verband drauf?«

»Nein, offen heilt es schneller.«

»Gut. Dann kann ich ja jetzt gehen.«

Çelik zuckte die Achseln. »Das ist Ihr gutes Recht. Aber erst unterschreiben Sie mir das Formular.«

Hoffmann unterschrieb den kleinen Zettel: »Hiermit erkläre ich, dass ich das Universätsspital wider ärztlichen Rat verlasse, dass ich über die Risiken informiert wurde und dass ich die volle Verantwortung für mein Handeln übernehme.« Dann nahm er seine Tasche und folgte Çelik zu einer kleinen Duschkabine. Der türkische Arzt schaltete das Licht ein, und als er sich umdrehte, murmelte er kaum hörbar »Arschloch« – jedenfalls glaubte Hoffmann, das gehört zu haben. Bevor er reagieren konnte, hatte Çelik die Tür schon geschlossen.

Er war zum ersten Mal allein, seit er aus der Bewusstlosigkeit erwacht war, und einen Augenblick lang genoss er es. Dann zog er seinen Morgenmantel und den Pyjama aus. An der Wand gegenüber hing ein Spiegel, und er hielt kurz inne, um unter dem gnadenlosen Licht der Neonröhre sein Spiegelbild zu begutachten: die bleiche Haut, den schlaffen Bauch, die Brüste, die einen Hauch voller waren als früher und wie die eines pubertierenden Mädchens aussahen. Er entdeckte ein paar graue Haare auf der Brust. Über seine linke Hüfte zog sich ein langer, schwarzer Bluterguss. Er drehte sich zur Seite, fuhr mit den Fingern über die abgeschürfte, dunkle Haut und umfasste kurz seinen Penis. Keine Reaktion. Er fragte sich, ob man von einem Schlag auf den Kopf impotent werden konnte. Als er nach unten schaute und seine Füße auf den kalten Bodenfliesen betrachtete, kamen sie ihm unnatürlich gespreizt und geädert vor. Das war das Alter, dachte er schockiert, das war die Zukunft: Er sah aus wie das Porträt von Lucian Freud, das Gabrielle ihm schenken wollte. Er bückte sich nach der Tasche, und für einen Augenblick verschwammen die Konturen des Raums, und er schwankte leicht. Er setzte sich auf den weißen Plastikstuhl und senkte den Kopf zwischen die Knie.

Als er sich wieder erholt hatte, zog er sich langsam und bedächtig an – Boxershorts, T-Shirt, Socken, Jeans, schlichtes weißes Hemd mit langen Ärmeln, Sportsakko. Mit jedem Kleidungsstück kam er mehr zu Kräften, fühlte er sich ein bisschen weniger verletzlich. Gabrielle hatte seine Brieftasche in die Innentasche der Jacke gesteckt. Er schaute hinein. Dreitausend Schweizer Franken in neuen Scheinen. Er setzte sich und zog seine Desert-Boots an. Er stand wieder auf, schaute in den Spiegel und fühlte sich zufriedenstellend getarnt. Die Kleidung verriet nicht das Geringste über ihn, genau so wie er es mochte. Heutzutage ging ein Manager eines zehn Milliarden Dollar schweren Hedgefonds als der Bursche vom Paketdienst durch. In dieser Hinsicht, wenn auch nur in dieser, war Geld demokratisch geworden – großes Geld, souveränes Geld, Geld, das Protzerei nicht nötig hatte.

Es klopfte an der Tür, und er hörte die Stimme von Dr. Dufort, der Radiologin. »Monsieur Hoffmann? Alles in Ordnung, Monsieur Hoffmann?«

»Ja, danke«, sagte er laut. »Schon viel besser.«

»Ich habe jetzt Dienstschluss. Ich möchte Ihnen noch etwas geben.« Er öffnete die Tür. Sie hatte einen Regenmantel und Gummistiefel angezogen und hielt einen Schirm in der Hand. »Hier. Das sind die Ergebnisse Ihrer Kopf-CT.« Sie drückte ihm eine CD in einer durchsichtigen Plastikhülle in die Hand. »Wenn ich Ihnen einen Rat geben darf: Gehen Sie damit so bald wie möglich zu Ihrem Arzt.«

»Das werde ich, danke.«

»Wirklich?« Sie sah ihn zweifelnd an. »Gehen Sie zu Ihrem Arzt. Wenn da irgendetwas nicht stimmt, verschwindet das nicht von selbst. Besser, man stellt sich seinen Ängsten sofort, sonst wird man dieses nagende Gefühl nie los.«

»Sie glauben also, dass da wirklich etwas sein könnte?« Er hasste den Klang seiner Stimme. Sie hörte sich ängstlich und mitleiderregend an.

»Ich weiß es nicht, Monsieur. Um das feststellen zu können, müssen Sie eine MRT-Aufnahme machen lassen.«

»Was könnte es denn sein?« Hoffmann zögerte. »Ein Tumor?«

»Nein, das glaube ich nicht.«

»Was dann?«

Er suchte in ihren Augen nach einem Hinweis, aber er sah nur Langeweile. Er begriff, dass sie wohl sehr oft schlechte Nachrichten überbringen musste.

»Wahrscheinlich ist es überhaupt nichts«, sagte sie. »Mögliche Erklärungen könnten zum Beispiel MS sein, oder vielleicht Demenz. Aber das ist reine Spekulation. Besser, man ist vorbereitet.« Sie klopfte ihm auf die Hand. »Gehen Sie zu Ihrem Arzt, Monsieur. Glauben Sie mir: Das Unbekannte macht einem immer am meisten Angst.«

VIER

Der geringste Vortheil, den ein Wesen in irgend einem Lebens-Alter oder zu irgend einer Jahreszeit über seine Mitbewerber voraus hat, oder eine wenn-auch noch so wenig bessere Anpassung an die umgebenden Natur-Verhältnisse kann die Wage sinken machen.

Charles Darwin
Die Entstehung der Arten, 1859

In den verschwiegenen engsten Kreisen der Superreichen wurde gelegentlich die Frage aufgeworfen, warum Hoffmann Hugo Quarry zu seinem gleichberechtigten Teilhaber bei Hoffmann Investment Technologies gemacht hatte. Schließlich waren es die Algorithmen des Physikers, die die Gewinne erwirtschafteten. Die Firma trug seinen Namen. Aber es passte zu Hoffmanns Naturell, einen extrovertierten Mann an seiner Seite zu haben, hinter dem er sich verstecken konnte. Außerdem wusste er, dass es ohne seinen Partner keine Firma gegeben hätte. Nicht nur, dass Quarry über Erfahrung in Bankgeschäften verfügte, was Hoffmann abging. Er besaß auch etwas, was Hoffmann sich nie hätte aneignen können, auch wenn er sich noch so sehr bemüht hätte: Geschick im Umgang mit Menschen.

Das lag natürlich an seinem Charme. Aber es war mehr

als das. Es war die Fähigkeit, Menschen auf ein höheres Ziel einzuschwören. In einem Krieg hätte Quarry den perfekten Adjutanten für einen Feldmarschall abgegeben – eine Position, die sowohl sein Ur- als auch sein Ururgroßvater in der britischen Armee tatsächlich bekleidet hatte. Er sorgte für die Umsetzung von Befehlen, besänftigte verletzte Gefühle und feuerte Untergebene mit so viel Feingefühl, dass sie schließlich glaubten, es sei ihr eigener Wunsch gewesen, die Firma zu verlassen. Er requirierte als zeitweiliges Stabsquartier das beste Château vor Ort und brachte nach einem Sechzehnstundentag bei einem Abendessen, für das er selbst die passenden Weine ausgesucht hatte, eifersüchtige Rivalen zusammen. Er hatte sein Studium in Oxford mit Bestnoten in Philosophie, Politik- und Wirtschaftswissenschaften abgeschlossen, er hatte eine Exfrau und drei Kinder, die in einem düsteren Lutyens-Herrenhaus in den verregneten Hügeln von Surrey sicher verstaut waren, und er besaß ein Chalet in Chamonix, in dem er sich im Winter mit der an diesem oder jenem Wochenende gerade aktuellen Freundin vergnügte. Seine austauschbaren Gespielinnen, allesamt schlau, bildschön und unterernährt, legte er immer zeitig genug wieder ab, um der Gefahr zu entgehen, dass Gynäkologen oder Rechtsanwälte ins Spiel kamen. Gabrielle konnte ihn nicht ausstehen.

Trotzdem machte die Krise sie vorübergehend zu Verbündeten. Während Hoffmann sich nähen ließ, holte Quarry ihr aus dem Automaten im Gang einen miesen Kaffee. Zusammen saßen sie auf den harten Holzstühlen des winzigen Warteraums, an dessen Decke Galaxien von Plastiksternen funkelten. In passenden Augenblicken drückte er ihr die Hand. Er ließ sich von ihr erzählen, was vorgefallen war. Als sie ihm berichtete, wie merkwürdig Alex sich danach verhalten habe, versicherte er ihr, dass alles wieder gut werde. »Es ist doch so, Gabs, wirklich normal ist er doch noch nie gewesen, oder? Selbst in seinen besten Momenten, nicht. Wir kriegen das schon geregelt, keine Sorge. Gib mir zehn Minuten, okay?«

Er rief seine Sekretärin an und sagte ihr, sie solle sofort einen Chauffeur zum Krankenhaus schicken. Dann weckte er Maurice Genoud, den Sicherheitschef der Firma, und wies ihn in rüdem Tonfall an, in einer Stunde zu einer Krisensitzung ins Büro zu kommen und sofort einen seiner Leute zu Hoffmanns Haus zu schicken. Schließlich schaffte er es, sich bis zu Inspektor Leclerc durchstellen zu lassen und diesen davon zu überzeugen, dass Dr. Hoffmann nicht sofort nach Verlassen des Krankenhauses im Polizeipräsidium erscheinen müsse, um seine Aussage protokollieren zu lassen. Leclerc erklärte sich damit einverstanden, aus seinen detaillierten Notizen einen Bericht anzufertigen, den Hoffmann, falls nötig, korrigieren und später am Tag unterzeichnen würde.

Während Quarry telefonierte, beobachtete Gabrielle ihn mit widerwilliger Bewunderung. Er war das genaue Gegenteil von Alex. Er war gut aussehend, *und* er wusste es. Auch seine blasierten südenglischen Manieren zerrten an ihren presbyterianischen nordenglischen Nerven. Manchmal fragte sie sich, ob er schwul war und ob hinter seinen Vollblutstuten womöglich mehr Show als Action steckte.

»Hugo«, sagte sie mit ernster Stimme, nachdem er seine Telefonate beendet hatte. »Ich möchte, dass du mir einen Gefallen tust. Sag ihm, dass er heute auf keinen Fall mehr ins Büro gehen darf.«

Quarry nahm wieder ihre Hand. »Meine Liebe, wenn ich der Meinung wäre, dass das irgendetwas nutzen würde, würde ich es sofort tun. Aber du weißt ja mindestens ebenso gut wie ich: Wenn er sich etwas in den Kopf gesetzt hat, dann zieht er das auch durch.«

»Ist das, was er heute noch zu erledigen hat, wirklich so wichtig?«

»Ja, ziemlich.« Quarry drehte kaum merklich sein Handgelenk, sodass er auf die Uhr sehen konnte, ohne ihre Hand loszulassen. »Ich meine, natürlich gibt es nichts, was man nicht aufschieben könnte, wenn wirklich die Gesundheit auf dem Spiel stünde. Aber wenn ich ehrlich bin … Es wäre definitiv besser, wenn er bei dieser Sache heute dabei wäre. Die Leute kommen von weit her, nur um ihn zu treffen.«

Sie zog ihre Hand weg. »An deiner Stelle würde ich darauf achten, dass du deine goldene Gans nicht umbringst«, sagte sie bitter. »Das wäre definitiv schlecht fürs Geschäft.«

»Du brauchst nicht zu glauben, dass ich das nicht weiß«, sagte Quarry sanft. Sein Lächeln kräuselte die Haut um seine tiefblauen Augen. Seine Wimpern waren strohblond, ebenso wie sein Haarschopf. »Hör zu, wenn ich zu der Überzeugung komme, dass er sich selbst in Gefahr bringt, dann verfrachte ich ihn binnen einer Viertelstunde nach Hause und stecke ihn mit Mutti ins Bett. Du hast mein Wort. Da, schau …« Er blickte über ihre Schulter. »Da kommt er schon, unser lieber alter Gänserich. Zwar ein bisschen gerupft und zerzaust, aber er ist es, kein Zweifel.«

Im nächsten Augenblick war er auf den Beinen.

»Na, mein Junge«, sagte er und ging Hoffmann entgegen. »Wie fühlst du dich? Du siehst blass aus.«

»Wenn ich erst mal hier raus bin, geht's mir wieder besser.« Hoffmann schob die CD in seine Manteltasche, damit Gabrielle sie nicht zu Gesicht bekam. Er küsste sie auf die Wange. »Kommt alles wieder in Ordnung, Schatz.«

*

Sie durchquerten den Empfangsbereich. Es war kurz vor halb acht. Inzwischen hatte der Tag begonnen, widerwillig, wolkenverhangen und kalt. Die dichten Wolkenbänke, die über dem Krankenhaus hingen, hatten die gleiche graue Farbe wie das Hirngewebe. Zumindest kam es Hoffmann so vor, der überall dort, wo er hinschaute, seine CT-Aufnahme zu sehen meinte. Über den runden Vorplatz blies ein heftiger Wind, der ihm den Regenmantel um die Beine wickelte. Eine kleine Gruppe Raucher, Ärzte in weißen Kitteln und Patienten in Morgenmänteln, stand dicht gedrängt vor dem Haupteingang und trotzte dem ungewöhnlich kalten Maiwetter. Der Zigarettenrauch wirbelte durch das Licht der Natriumdampflampen und verschwand im Nieselregen.

Quarry führte sie zu dem bestellten Wagen. Es handelte sich um einen großen Mercedes des diskreten und zuverlässigen Genfer Limousinenservices, den der Hedgefonds unter Vertrag hatte. Er stand auf dem Behindertenparkplatz. Der Fahrer, ein kräftig gebauter Mann mit Schnurrbart, stieg aus und öffnete ihnen die hintere Tür. Der hatte ihn früher schon gefahren, dachte Hoffmann. Krampfhaft versuchte er, sich an den Namen des Mannes zu erinnern.

»Georges!«, sagte er erleichtert. »Einen schönen guten Morgen, Georges!«

»Guten Morgen, Monsieur.« Der Chauffeur lächelte

und berührte mit der Hand seine Mütze, als erst Gabrielle und dann Quarry einstiegen. »Verzeihung, Monsieur«, sagte er im Flüsterton zu Hoffmann. »Nichts für ungut, aber mein Name ist Claude.«

»Also dann, meine Lieben«, sagte Quarry, wobei er gleichzeitig die Knie der links und rechts neben ihm sitzenden Hoffmanns drückte. »Wohin jetzt?«

»Ins Büro«, sagte Hoffmann im selben Augenblick, in dem Gabrielle »nach Hause« sagte.

»Ins Büro«, wiederholte Hoffmann. »Und dann bringen Sie meine Frau nach Hause.«

Auf den Zufahrtsstraßen in die Innenstadt setzte gerade der Berufsverkehr ein. Als der Mercedes in den Boulevard de la Cluse einbog, verfiel Hoffmann in sein gewohnheitsmäßiges Schweigen. Er fragte sich, ob die anderen seinen Lapsus bemerkt hatten. Was um Himmels willen hatte ihn dazu getrieben? Normalerweise kümmerte er sich nicht im Geringsten darum, wer sein Fahrer war, ganz zu schweigen davon, dass er mit ihm sprach. Autofahrten verbrachte er in Gesellschaft seines iPads. Er suchte im Netz nach technischen Forschungsarbeiten, und wenn ihm nach leichterer Kost war, dann las er die digitale Ausgabe der *Financial Times* oder des *Wall Street Journal*. Selten schaute er auch nur aus dem Fenster. Jetzt hatte er nichts anderes zu tun, und das war ein seltsames Gefühl. Zum ersten Mal seit Jahren sah er wieder Menschen, die an einer Bushaltestelle standen und einen erschöpften Eindruck auf ihn machten, obwohl der Tag noch gar nicht richtig begonnen hatte. Ihm fiel auf, wie viele Marokkaner und Algerier an den Straßenecken herumhingen, was es damals, als er in die Schweiz übergesiedelt war, noch nicht gegeben hatte. Andererseits, dachte er, was war so besonders daran? Ihre Anwesenheit in Genf war genau wie seine oder die von Quarry eine Folge der Globalisierung.

Der Fahrer bremste, um nach links abzubiegen. Eine Glocke klingelte, und neben der Limousine tauchte eine Trambahn auf. Hoffmann schaute geistesabwesend zu den Gesichtern in den erleuchteten Fenstern hoch. Einen Augenblick lang schienen sie regungslos im morgendlichen Halbdunkel zu schweben, dann glitten sie stumm an ihm vorüber. Manche blickten mit leeren Augen geradeaus, andere dösten, einer las in der *Tribune de Genève*. Als das letzte Fenster an ihm vorüberglitt, sah er das kantige Profil eines Mannes in den Fünfzigern mit länglichem Kopf und zotteligen, grauen, zu einem Pferdeschwanz zusammengebundenen Haaren. Kurz verharrte der Kopf neben Hoffmann, dann beschleunigte die Trambahn, und in der nächsten Sekunde war die Erscheinung in einem übel riechenden Sprühregen aus blassblauen Funken verschwunden.

Das alles war so schnell geschehen, dass Hoffmann sich nicht sicher war, was er gesehen hatte. Hatte er geträumt? Quarry musste gespürt haben, dass er zusammengezuckt war, oder er hatte gehört, dass Hoffmann scharf eingeatmet hatte. Jedenfalls schaute er ihn an und fragte: »Alles in Ordnung, alter Junge?« Hoffmann war so erschrocken, dass er kein Wort herausbrachte.

»Was ist los?« Gabrielle reckte den Kopf nach hinten und schaute hinter Quarrys Rücken zu ihrem Mann hinüber.

»Nichts.« Hoffmann hatte sich wieder gefangen. »Anscheinend lässt die Wirkung des Betäubungsmittels nach.« Er hielt sich schützend die Hand über die Augen und sah aus dem Fenster. »Machen Sie bitte das Radio an.«

Die Stimme einer Nachrichtensprecherin erfüllte das Innere des Wagens. Sie klang irritierend fröhlich, als wüsste ihre Besitzerin nicht, was sie da vorlas. Sie hätte noch das Armageddon mit heiterer Stimme verkündet.

Trotz des Todes dreier Bankangestellter in Athen bekräftigte die griechische Regierung gestern Abend, ihre Sparmaßnahmen fortsetzen zu wollen. Die drei Männer starben, nachdem gegen die Ausgabenkürzungen protestierende Demonstranten die Bank mit Benzinbomben angegriffen hatten …

Hoffmann versuchte, sich darüber klar zu werden, ob er halluzinierte oder nicht. Wenn nicht, musste er sofort Leclerc anrufen und den Fahrer anweisen, der Trambahn zu folgen, bis die Polizei eintraf. Was aber, wenn er fantasierte? Angesichts der Demütigungen, die in diesem Fall folgen würden, wand er sich innerlich. Schlimmer, er würde nicht mehr auf die Signale seines Gehirns vertrauen können. Er konnte alles ertragen, aber nicht, wahnsinnig zu werden. Eher wollte er sterben, als eine derartige Erniedrigung ein weiteres Mal auszuhalten. Also sagte er nichts und wandte das Gesicht von den anderen ab, um die Panik in seinen Augen vor ihnen zu verbergen. Währenddessen plapperte die Stimme im Radio munter weiter.

Nach den großen Verlusten der vergangenen Woche in Europa und Amerika wird allgemein erwartet, dass die Finanzmärkte heute Morgen schwach eröffnen werden. Die Krise wurde durch Ängste ausgelöst, ein oder mehrere Länder der Eurozone könnten möglicherweise ihre Schulden nicht bezahlen. Über Nacht kam es in Fernost zu weiteren schweren Verlusten …

Wenn sein Gehirn ein Algorithmus wäre, dachte Hoffmann, würde er es in Quarantäne schieben. Er würde es abschalten.

In Großbritannien sind heute die Wähler aufgerufen, eine neue Regierung zu wählen. Allgemein wird damit gerechnet, dass die Labour Party, die Partei der linken Mitte, nach dreizehn Jahren im Amt die Macht verlieren wird …

»Hast du per Brief gewählt, Gabs?«, fragte Quarry beiläufig.

»Ja. Du nicht?«

»Gott, nein. Warum sollte ich mich mit so was abgeben? Wen hast du gewählt? Halt, nicht sagen, lass mich raten. Die Grünen.«

»Die Wahl ist geheim«, entgegnete sie steif und schaute irritiert zur Seite, weil er richtiggelegen hatte.

Hoffmanns Hedgefonds hatte seinen Sitz an der Südspitze des Sees, im Stadtteil Les Eaux-Vives, der so solide und selbstbewusst war wie die Schweizer Geschäftsleute, die ihn im 19. Jahrhundert erbaut hatten. Wuchtiges Mauerwerk, breite Kopien der Pariser Boulevards, Trambahnoberleitungen, an den Bordsteinkanten blühende Kirschbäume, deren staubig weiße und rosafarbene Blütenpracht die grauen Gehwege besprenkelte, Läden und Restaurants in den Erdgeschossen und darüber sieben unerschütterliche Stockwerke mit Büros und Wohnungen. Inmitten dieser bürgerlichen Ehrbarkeit verriet nur ein kleines Namensschild an der Türsprechanlage einer schmalen Gründerzeitfassade die Existenz von Hoffmann Investment Technologies. Wenn man nicht gerade nach ihm suchte, war das Haus leicht zu übersehen. Durch ein von einer Kamera observiertes Stahltor gelangte man hinunter in die Tiefgarage. Das Haus war von einem *salon de thé* und einem bis spät in die Nacht geöffneten Supermarkt gesäumt. In der Ferne war auf den Gipfeln des Jura noch Schnee zu erkennen.

»Versprich mir, dass du dich nicht überanstrengst«, sagte Gabrielle, als der Mercedes vor dem Haus anhielt.

Hoffmann streckte hinter Quarry die Hand aus und drückte ihr die Schulter. »Ich fühle mich mit jeder Minute besser. Was ist mit dir? Willst du wirklich schon wieder nach Hause?«

»Genoud schickt jemand vorbei«, sagte Quarry.

Gabrielle zog hinter Quarrys Rücken ein Gesicht – ihr Hugo-Gesicht: Mundwinkel nach unten, herausgestreckte Zunge, verdrehte Augen. Hoffmann konnte sich gerade noch ein Lachen verkneifen. »Hugo hat wie immer alles im Griff«, sagte sie. »Stimmt's, Hugo?« Sie küsste die auf ihrer Schulter liegende Hand ihres Mannes. »Ich bleibe sowieso nicht. Ich hole nur ein paar Sachen und fahre dann gleich zur Galerie.«

Der Chauffeur öffnete die Fondtür.

»He«, sagte Hoffmann, der sie nur ungern allein ließ. »Ich wünsche dir viel Glück. Sobald ich mich loseisen kann, komme ich rüber, okay?«

»Das wäre schön.« Er stieg aus. Plötzlich hatte sie eine so starke Ahnung, dass sie ihn nie wiedersehen würde, dass ihr fast schlecht wurde. »Sollten wir nicht doch für heute alles absagen und uns einen gemeinsamen freien Tag gönnen?«

»Keine Chance. Du wirst sehen, alles läuft bestens.«

»Ciao, meine Liebe«, sagte Quarry und schob sein elegantes Hinterteil über das Lederpolster zur Tür. »Weißt du, was?«, sagte er. »Vielleicht schaue ich auch vorbei und kaufe dir eins von diesen Dingern ab. Ich glaube, bei uns im Empfang würden die sich ganz gut machen.«

Als der Wagen abfuhr, drehte Gabrielle sich um und schaute durchs Rückfenster. Quarry hatte den linken Arm um Alex' Schultern gelegt. Er führte ihn über den Gehweg und gestikulierte dabei mit der Rechten. Sie konnte nicht sagen, was die Geste bedeutete, war sich aber sicher, dass er irgendeinen Scherz machte. In der nächsten Sekunde waren sie verschwunden.

*

Die Büroräume von Hoffmann Investment Technologies präsentierten sich dem Besucher wie der sorgfältig inszenierte Ablauf eines Zaubertricks. Als Erstes öffneten sich schwere automatische Rauchglastüren zu einem schmalen Empfangsbereich mit niedriger Decke und dezent beleuchteten Granitwänden, der kaum breiter als ein Gang war. Dann hielt man sein Gesicht vor das Kameraauge eines 3-D-Scanners: Der geometrische Algorithmus brauchte weniger als eine Sekunde, um die Gesichtszüge mit seiner Datenbank abzugleichen. (Während dieses Vorgangs war es wichtig, einen neutralen Gesichtsausdruck beizubehalten.) Wenn man ein Besucher war, nannte man dem humorlosen Wachmann seinen Namen. Hatte man diese Hürde genommen, passierte man eine metallene Personenschleuse, ging durch einen weiteren kurzen Gang und bog dann nach links ab, wo sich plötzlich ein gewaltiger, von Tageslicht durchfluteter offener Raum vor einem auftat: In diesem Augenblick wurde einem klar, dass man sich in einem aus drei Häusern zusammengefügten Gebäude befand. Das Mauerwerk an der Rückseite war abgerissen und durch eine durchsichtige alpine Eislawine aus ungerahmtem Glas ersetzt worden, die sich über acht Stockwerke erstreckte. Man blickte hinunter in einen Innenhof, dessen Mitte ein sprudelnder Springbrunnen und weit ausgreifende Riesenfarne zierten. In schalldichten Glassilos glitten Zwillingsaufzüge lautlos auf und ab.

Als der Showman und Verkaufsmensch Quarry sich vor neun Monaten das Gebäude angesehen hatte, war er von dem Konzept sofort überwältigt gewesen. Hoffmann hatten vor allem die Computersysteme begeistert, die die Haustechnik steuerten – die Beleuchtung, die sich automatisch an die natürlichen Lichtverhältnisse anpasste, die Fenster, die sich zur Temperaturregelung automatisch öffneten, die Lüftungsschächte auf dem Dach, die frische Luft ansaugten und auf diese Weise eine Klimaanlage für die offenen Arbeitsräume überflüssig machten, die Grundwasser-Wärmepumpen, die Regenwasser-Wiederaufbereitungsanlage mit ihrem 100 000-Liter-Vorratstank, mit dem alle Toiletten gespeist wurden. Das Gebäude wurde als holistisches, digital vernetztes Objekt mit minimaler Kohlenstoffemission angepriesen. Im Brandfall schlossen sich die Klappen des Belüftungssystems, um die Ausbreitung des Rauchs zu verhindern, und die Aufzüge fuhren ins Erdgeschoss, damit man sie nicht mehr benutzen konnte. Zudem war das Gebäude – was das Wichtigste war – an die schnellste Glasfaserleitung ganz Europas angeschlossen. Das gab den Ausschlag: Sie mieteten gleich den ganzen fünften Stock. Die Firmen, die die anderen Büros gemietet hatten, waren so geheimnisvoll wie ihre Namen – DigiSyst, EcoTec, EuroTel. Kein Mitarbeiter einer Firma schien die Existenz einer anderen auch nur wahrzunehmen. In den Aufzügen herrschte immer peinliche Stille –

außer wenn Leute zustiegen und das gewünschte Stockwerk nannten (das Spracherkennungssystem konnte Regionaldialekte von vierundzwanzig Sprachen unterscheiden). Das gefiel Hoffmann besonders – seine Privatsphäre ging ihm über alles, und Smalltalk verabscheute er.

Der fünfte Stock war ein Königreich im Königreich, das durch eine Wand aus lichtundurchlässigem, türkisfarbenem Blasenglas von den Aufzügen getrennt war. Um die Räume betreten zu können, war es wie im Erdgeschoss nötig, sein entspanntes Gesicht von einem Scanner identifizieren zu lassen. Das Gesichtserkennungssystem aktivierte eine gläserne Schiebewand, die leicht vibrierend zur Seite glitt und den Blick auf den separaten Empfangsbereich von Hoffmann Investment Technologies freigab: niedrige schwarze und graue Polsterwürfel, die wie Kinderbauklötze zu Sesseln und Sofas zusammengesetzt waren; ein Couchtisch aus Chrom und Glas; verstellbare Konsolen mit Touchscreen-Computern, auf denen Besucher durchs Netz surfen konnten, während sie warteten, bis man sie hereinbat. Auf jedem Monitor verkündeten Bildschirmschoner in roten Buchstaben vor weißem Hintergrund die Leitlinien des Unternehmens:

DAS UNTERNEHMEN DER ZUKUNFT KENNT KEIN PAPIER
DAS UNTERNEHMEN DER ZUKUNFT KENNT KEIN INVENTAR
DAS UNTERNEHMEN DER ZUKUNFT IST VOLLDIGITAL
DAS UNTERNEHMEN DER ZUKUNFT EXISTIERT

Im Empfangsbereich lagen keine Zeitungen oder Zeitschriften aus: Es gehörte zur Unternehmenspolitik, möglichst keine Druckerzeugnisse oder Schreibpapier jedweder Art ins Haus zu lassen. Natürlich galt diese Regel nicht für Besucher, aber die Beschäftigten einschließlich der Seniorchefs hatten jedes Mal, wenn sie im Besitz von Druckerschwärze oder Zellstoff anstatt von Silikon oder Plastik erwischt wurden, eine Strafe von zehn Schweizer Franken zu zahlen und mussten sich überdies einen Eintrag im Intranet der Firma gefallen lassen. Es war erstaunlich, wie schnell sich die Gewohnheiten der Leute, sogar die von Quarry, durch diese einfache Vorschrift veränderten. Zehn Jahre nachdem Bill Gates in *Digitales Business* seine Heilsbotschaft vom papierlosen Büro verkündet hatte, hatte Hoffmann sie mehr oder weniger umgesetzt. In gewisser Weise war er auf diese Leistung fast genauso stolz wie auf seine übrigen.

Deshalb war es ihm unangenehm, dass er jetzt mit seiner Erstausgabe von *The Expression of the Emotions in Man and Animals* durchs Empfangszimmer ging. Wenn er jemand anders dabei erwischt hätte, hätte er ihn darauf hingewiesen, dass der Text über das Projekt Gutenberg oder darwin-online.org.uk problemlos im Netz zugänglich sei, und er hätte ihn sarkastisch gefragt, ob er sich für einen schnelleren Leser als den VIXAL-4-Algorithmus halte oder ob er sein Gehirn auf die Suche nach Wörtern getrimmt habe. Er sah keinen Widerspruch darin, das Buch am Arbeitsplatz zu verbieten und es zu Hause in seltenen Erstausgaben auszustellen. Bücher waren Antiquitäten wie jedes andere Artefakt aus der Vergangenheit. Genauso gut hätte man einen Sammler von venezianischen Kronleuchtern oder Regency-Kommoden dafür rügen können, dass er elektrisches Licht oder eine Toilette mit Wasserspülung benutze. Hoffmann schob den Band unter seinen Mantel und blickte kurz schuldbewusst zu einer der winzigen Überwachungskameras hinauf.

»Na, Professor, wer verstößt denn da gegen die eigenen Regeln?«, sagte Quarry und nahm seinen Schal ab. »Starkes Stück.«

»Hatte ganz vergessen, dass ich es dabeihabe.«

»Na klar. Wer's glaubt. Dein oder mein Büro?«

»Weiß nicht. Egal, von mir aus deins.«

Der Weg zu Quarrys Büro führte durch den Handelsraum. Der japanische Markt würde in einer Viertelstunde schließen, die europäischen Börsen würden um neun Uhr öffnen, und schon jetzt steckten knapp fünfzig quantitative Analysten – Quants, wie sie im geringschätzigen Börsenjargon hießen – bis zum Hals in Arbeit. Wenn sie sprachen, dann höchstens im Flüsterton. Die meisten starrten stumm auf die sechs Monitore ihrer Multi-Screen-Computer. Auf riesigen Plasmabildschirmen liefen mit ausgeschaltetem Ton CNBC und Bloomberg. Unter den Fernsehern zeigte eine Serie von leuchtend roten Digitaluhren lautlos die unerbittlich verstreichende Zeit in Tokio, Peking, Moskau, Genf, London und New York an. Das war das Geräusch von Geld in der zweiten Dekade des 21. Jahrhunderts. Das gelegentliche leise Klackern von Computertastaturen war der einzige Hinweis darauf, dass überhaupt Menschen anwesend waren.

Hoffmann hob seine Hand an den Hinterkopf und befühlte das harte, runzelige Lächeln seiner Wunde. Er fragte sich, wie viel man davon sehen konnte. Vielleicht sollte er eine Baseballkappe tragen? Er war sich bewusst, dass er unrasiert war und blass aussah. Er versuchte, jeden Blickkontakt zu vermeiden, was allerdings nicht sonderlich schwer war, da kaum einer auch nur den Kopf hob, als er den Raum durchquerte. Neun von zehn seiner Quant-Truppe waren Männer. Warum, dafür hatte auch Hoffmann keine Erklärung. Es gab keine entsprechende Firmenpolitik, es bewarben sich einfach mehr Männer. Üblicherweise solche, die das Zwillingselend des akademischen Betriebs – die Gehälter waren zu niedrig, die Trauben hingen zu hoch – hinter sich lassen wollten. Ein halbes Dutzend war vom Large Hadron Collider zu ihm gewechselt. Hoffmann wäre nie auf den Gedanken gekommen, einen Bewerber einzustellen, der keinen Doktortitel in Mathematik oder Physik vorzuweisen hatte und der nach dem Urteil von Fachkollegen nicht zu den besten fünfzehn Prozent auf seinem Gebiet zählte. Nationalität spielte ebenso wenig eine Rolle wie soziale Kompetenz, was zur Folge hatte, dass Hoffmanns Belegschaft gelegentlich den Eindruck einer UN-Konferenz über das Asperger-Syndrom vermittelte. Quarry bezeichnete ihren Laden als Welt der Nerds. Die durchschnittliche Bonusausschüttung des letzten Jahres betrug fast eine halbe Million Dollar pro Kopf.

Nur fünf Leute im Management hatten eigene Büros: die Leiter der Abteilungen Finanzen, Risikomanagement und Operatives Geschäft, außerdem Hoffmann als Präsident und Quarry, der als CEO die Geschäfte des Unternehmens leitete. Die Büros waren die üblichen schalldichten Glaskästen mit weißen Jalousien, beigefarbenem Teppichboden und skandinavischen Möbeln aus hellem Holz und Chrom. Von Quarrys Fenstern aus blickte man hinunter auf die Straße und direkt gegenüber auf eine deutsche Privatbank, die sich mit schweren Gardinen vor fremden Blicken schützte. Quarry ließ sich gerade von Benetti in Viareggio eine 65-Meter-Jacht bauen. An den Wänden hingen gerahmte Baupläne und künstlerische Zeichnungen, auf seinem Schreibtisch stand ein maßstabgetreues Modell. Unterhalb des Decks würde er rund um den gesamten Rumpf eine Lichtleiste einbauen lassen: Wenn er im Hafen beim Abendessen sitzen würde, würde er sie mit seinem Schlüsselanhänger ein- und ausschalten oder die Farben verändern können. Er hatte vor, die Jacht *Trade Alpha* zu nennen. Hoffmann, der mit einem kleinen Katamaran vollkommen zufrieden war, befürchtete zunächst, ihre Kunden könnten derart zur Schau gestellten Pomp als Beweis dafür nehmen, dass sie zu viel Geld verdienten. Aber wie üblich wusste Quarry besser als er, wie ihre Kunden tickten: »Falsch, die werden das lieben. Die werden jedem erzählen: ›Hast du eine Ahnung, wie viel Kohle die machen …?‹ Die sind dann noch schärfer darauf, da mitmischen zu können. Glaub mir. Das sind kleine Jungs. Die laufen mit der Herde.«

Jetzt saß er vor seinem Modell, betrachtete einen der drei Miniaturswimmingpools und sagte: »Kaffee? Frühstück?«

»Nur Kaffee.« Hoffmann ging zum Fenster.

Quarry drückte auf einen Knopf seiner Telefonanlage und sagte zu seiner Sekretärin: »Bring uns zwei Kaffee, schwarz.« Und zu Hoffmanns Rücken sagte er: »Du solltest viel Wasser trinken. Nicht dass du mir noch dehydrierst.« Aber Hoffmann hörte nicht zu. »Und eine Flasche Wasser, Schätzchen. Für mich noch eine Banane und einen Joghurt. Ist Genoud schon da?«

»Noch nicht, Hugo.«

»Wenn er kommt, schick ihn gleich rein.« Er ließ die Taste los. »Was Interessantes zu sehen da draußen?«

Hoffmann stützte sich auf das Fensterbrett. Er schaute hinunter auf die Straße. An der Ecke gegenüber wartete eine Gruppe Fußgänger darauf, dass die Ampel auf Grün sprang, obwohl nirgendwo ein Auto zu sehen war. Nachdem er sie eine Zeit lang beobachtet hatte, brummte Hoffmann bissig: »Diese verkniffenen Schweizer …«

»Wir kommen hier mit verkniffenen acht Prozent Steuern davon. Denk einfach daran, dann fühlst du dich gleich wieder besser.«

Eine durchtrainierte, sommersprossige Frau mit wallendem, dunkelrotem Haar kam, ohne anzuklopfen, ins Zimmer. Sie trug einen tief ausgeschnittenen Pullover. Hugos Sekretärin, eine Australierin, an deren Namen Hoffmann sich nicht erinnern konnte. Er vermutete, dass sie eine von Hugos Exfreundinnen war, die das für diese Stellung verbindlich vorgeschriebene Rentenalter von einunddreißig Jahren überschritten hatte und deshalb mit anderweitigen, leichteren Aufgaben betraut worden war. Sie trug ein Tablett. Hinter ihr drückte sich ein Mann in dunklem Anzug mit schwarzer Krawatte herum. Über seinem Arm hing ein hellbrauner Regenmantel.

»Monsieur Genoud ist da«, sagte sie und fragte dann beflissen: »Wie geht es Ihnen, Alex?«

Hoffmann schaute Quarry an. »Du hast es ihr erzählt?«

»Ja, ich habe sie vom Krankenhaus aus angerufen. Sie hat den Wagen für uns bestellt. Na, wenn schon. Ist doch kein Geheimnis, oder?«

»Wenn du nichts dagegen hast, würde ich es vorziehen, dass nicht gleich jeder im Büro Bescheid weiß.«

»Gut, gut, wie du willst. Du hast es gehört, Amber, behalt's für dich.«

»Natürlich, Hugo.« Sie sah Hoffmann verwirrt an. »Tut mir leid, Alex.«

Hoffmann hob weihevoll die Hand. Er nahm seinen Kaffee vom Tablett und trat wieder ans Fenster. Die Fußgänger waren verschwunden. Eine Trambahn hielt an, die

Türen öffneten sich, Fahrgäste stiegen aus. Es sah aus, als wäre die Trambahn, aus der die Menschen wie Innereien ins Freie quollen, von vorn bis hinten aufgeschlitzt worden. Hoffmann versuchte, sich auf einzelne Gesichter zu konzentrieren, aber es waren zu viele und sie zerstreuten sich zu schnell. Er trank seinen Kaffee. Als er sich wieder umdrehte, stand Genoud im Raum, und die Tür war geschlossen. Sie hatten mit ihm gesprochen, aber er hatte es nicht bemerkt. Er wurde sich der Stille bewusst.

»Ja?«

»Ich habe Monsieur Quarry gerade Bericht erstattet, Doktor Hoffmann«, sagte er. »Ich habe mit einigen meiner alten Kollegen von der Genfer Polizei gesprochen. Sie haben eine Beschreibung des Mannes herausgegeben. Die Kriminaltechniker sind jetzt in Ihrem Haus.«

»Der Inspektor, der den Fall bearbeitet, heißt Leclerc«, sagte Hoffmann.

»Ja, ich kenne ihn. Unglücklicherweise steht er kurz vor seiner Pensionierung. Der Fall scheint ihm schon jetzt über den Kopf zu wachsen.« Genoud zögerte. »Darf ich Sie etwas fragen, Doktor Hoffmann? Sind Sie sich sicher, dass Sie ihm alles erzählt haben?«

»Natürlich. Warum zum Teufel sollte ich nicht?« Hoffmann scherte sich nicht um seinen Tonfall.

Quarry mischte sich ein. »Was Inspektor Clouseau glaubt, ist mir scheißegal. Die Frage ist: Wie hat es dieser Irre geschafft, Alex' Sicherheitssystem zu knacken? Und wenn er es einmal geknackt hat, kann er es noch mal knacken? Und wenn er das System von Alex' Haus geknackt hat, kann er dann auch das von unserem Büro knacken? Dafür bezahlen wir Sie doch, richtig, Maurice? Für unsere Sicherheit.«

Genouds Gesicht lief rot an. »Dieses Gebäude ist so gut geschützt wie jedes andere in Genf. Was Doktor Hoffmanns Haus angeht, sagt die Polizei, dass der Einbrecher die Codes für das Tor, die Haustür und möglicherweise auch für die Alarmanlage anscheinend gekannt hat. Dagegen kann kein Sicherheitssystem der Welt etwas ausrichten.«

»Ich werde die Codes noch heute Abend ändern«, sagte Hoffmann. »Und in Zukunft entscheide nur ich, wer sie bekommt.«

»Ich kann Ihnen versichern, Doktor Hoffmann, dass bisher nur zwei Personen in unserer Firma die Kombinationen kannten«, sagte Genoud. »Ich und einer meiner Techniker. Auf unserer Seite hat es sicher keine undichte Stelle gegeben.«

»Das sagen *Sie!* Aber irgendwoher muss er sie ja bekommen haben.«

»Okay, lassen wir die Codes für den Augenblick mal beiseite«, sagte Quarry. »Das Wichtigste ist Folgendes: Solange dieser Kerl nicht geschnappt ist, muss Alex' Sicherheit gewährleistet sein. Was brauchen wir dafür?«

»Natürlich einen Wachmann vor dem Haus, rund um die Uhr, einer meiner Leute ist schon da. Mindestens zwei Leute für heute Nacht. Einen, der auf dem Grundstück patrouilliert, einen anderen im Haus, im Erdgeschoss. Für Fahrten in der Stadt würde ich einen Fahrer mit Anti-Terror-Ausbildung und einen weiteren Sicherheitsmann vorschlagen.«

»Bewaffnet?«

»Das liegt bei Ihnen.«

»Was sagst du dazu, Professor?«

Noch vor einer Stunde hätte Hoffmann jede dieser Sicherheitsvorkehrungen als absurd zurückgewiesen. Aber der Geist in der Trambahn hatte ihn aufgerüttelt. In seinem Gehirn flackerten wie Buschfeuer kleine Panikattacken auf. »Ich will auch für Gabrielle Rundumschutz. Wir gehen davon aus, dass dieser Wahnsinnige mich im Visier hatte. Was, wenn er es auf sie abgesehen hatte?«

Genoud tippte etwas in seinen Organizer. »Wird erledigt.«

»Nur bis zu seiner Verhaftung, verstanden? Danach schalten wir wieder auf Normal.«

»Und was ist mit Ihnen, Monsieur Quarry?«, fragte Genoud. »Sollen wir für Sie auch Vorsichtsmaßnahmen treffen?«

Quarry lachte. »Das Einzige, was mir schlaflose Nächte bereitet, ist der Gedanke an eine Vaterschaftsklage.«

*

»Also dann«, sagte Quarry, als Genoud gegangen war. »Gehen wir die Präsentation durch – wenn du immer noch der Meinung bist, dass du dem gewachsen bist.«

»Bin ich, fangen wir an.«

»Gut, Gott sei Dank. Neun Investoren – alle Bestandskunden, wie vereinbart. Vier institutionelle Anleger, drei superreiche Privatpersonen, zwei Vertreter von Familien und ein Rebhuhn in einem Birnbaum.«

»Ein Rebhuhn?«

»Okay, kein Rebhuhn. Ich gestehe, es ist kein Rebhuhn dabei.« Quarry sprühte vor guter Laune. Auch wenn er zu drei Vierteln Spieler war, so war doch ein Viertel von ihm Verkäufer, und es war schon eine Zeit lang her, dass er diesem entscheidenden Teil seines Ichs hatte Zucker geben können. »Folgende Grundregeln: Erstens, jeder muss eine

Vertraulichkeitsvereinbarung bezüglich aller firmeneigenen Software unterschreiben. Zweitens, jedem ist gestattet, einen vorher bezeichneten professionellen Berater mitzubringen. Sie werden in etwa eineinhalb Stunden eintreffen. Ich schlage vor, du nimmst jetzt eine Dusche und rasierst dich. Ich will einen brillanten Auftritt von dir, exzentrisch ja, aber nicht, wenn ich das so sagen darf, völlig durchgeknallt. Du führst sie durch die Grundlagen. Wir zeigen ihnen die Hardware. Das Geschäftliche mache ich. Dann gehen wir alle zusammen zum Lunch ins Beau-Rivage.«

»Wie viel hast du im Auge?«

»Am liebsten eine Milliarde. Siebenhundertfünfzig ist aber auch okay.«

»Und wie viel Provision? Was hatten wir gesagt? Wir bleiben bei zwei und zwanzig, oder?«

»Willst du was ändern?«

»Ich weiß nicht. Das ist deine Entscheidung.«

»Mehr als das Übliche sieht gierig aus, bei weniger verlieren sie den Respekt vor uns. Mit unserer Erfolgsbilanz ist das ein Verkäufermarkt, trotzdem würde ich bei zwei und zwanzig bleiben.« Quarry schob seinen Stuhl zurück und schwang in einer einzigen, elegant flüssigen Bewegung seine Füße auf den Schreibtisch. »Das wird ein Riesentag für uns, Alexi. Ein Jahr haben wir darauf gewartet, ihnen das vorführen zu können. Denen läuft jetzt schon der Sabber runter.«

Zwei Prozent Verwaltungsgebühr pro Jahr bei einer Milliarde Dollar machte zwanzig Millionen Dollar, und das nur dafür, dass man morgens zur Arbeit erschien. Zwanzig Prozent Performancegebühr bei einer Milliarde Dollar und einer Rendite von zwanzig Prozent – eine bescheidene Annahme angesichts Hoffmanns aktueller Ausbeute – waren noch einmal vierzig Millionen Dollar pro Jahr. Mit anderen Worten: ein Jahreseinkommen von sechzig Millionen Dollar für einen halben Morgen Arbeit und zwei Stunden qualvollen Smalltalks in einem eleganten Restaurant. Dafür war sogar Hoffmann bereit, Dummköpfe zu ertragen.

»Wer genau taucht da gleich auf?«, fragte er.

»Na ja, die üblichen Verdächtigen eben.« In den nächsten zehn Minuten machte Quarry ihn nacheinander mit allen Kunden vertraut. »Aber um die brauchst du dir keine Gedanken zu machen. Um die kümmere ich mich. Du redest nur über deine kostbaren Algorithmen. Also, ruh dich jetzt noch ein bisschen aus.«

FÜNF

Kaum irgend eine Fähigkeit ist für den intellectuellen Fortschritt des Menschen von grösserer Bedeutung als die Fähigkeit der Aufmerksamkeit. Thiere zeigen diese Fähigkeit offenbar, so wenn eine Katze vor einer Höhle wartet und sich vorbereitet, auf ihre Beute zu springen.

Charles Darwin
Die Abstammung des Menschen, 1871

Hoffmanns Büro sah genauso aus wie das von Quarry, nur dass keine Bootsbilder an der Wand hingen. Abgesehen von drei gerahmten Fotografien, war es überhaupt nicht dekoriert. Eines der Fotos zeigte Gabrielle, aufgenommen zwei Jahre zuvor beim Lunch am Pampelonne-Strand in Saint-Tropez. Die Sonne schien ihr ins Gesicht, lachend schaute sie direkt in die Kamera. Sie hatte gerade lange im Meer geschwommen, und filigrane Spuren getrockneten Salzes überzogen ihre Wangen. Nie hatte Hoffmann einen so quicklebendigen Menschen gesehen. Jedes Mal, wenn er das Foto betrachtete, hob sich seine Stimmung. Das nächste Foto war von ihm selbst, aufgenommen 2001. Er trug einen Schutzhelm und stand 175 Meter unter der Erdoberfläche in dem Tunnel, der später den Teilchenbeschleuniger des Large Hadron Collider aufnehmen würde. Das dritte Foto zeigte Quarry im Frack, als er in London aus der Hand eines Ministers der Labour-Regierung die Auszeichnung zum *Algorithmic Hedge Fund Manager of the Year* entgegennahm. Unnötig zu erwähnen, dass Hoffmann es abgelehnt hatte, an der Zeremonie auch nur teilzunehmen. Quarry hatte seine Entscheidung begrüßt, weil sie seiner Meinung nach dem geheimnisvollen Nimbus der Firma zugutekam.

Hoffmann schloss die Tür, ging an den Doppelglaswänden seines Büros entlang und ließ alle Jalousien herunter. Er hängte den Regenmantel auf, nahm die CD mit seiner Kopf-CT aus der Hülle und klopfte damit gegen seine Zähne, während er darüber nachdachte, was er nun damit machen sollte. Bis auf den unvermeidlichen Multi-Screen-Computer mit den Bloomberg-Charts auf sechs Monitoren, eine Tastatur, eine Maus und ein Telefon war sein Schreibtisch leer. Er setzte sich in seinen hellbeige orthopädischen Zweitausend-Dollar-Drehsessel mit pneumatischem Kippmechanismus, öffnete die unterste Schublade und schob die CD so weit nach hinten wie möglich. Dann schaltete er den Computer ein. In Tokio hatte der Nikkei 225 – der japanische Aktienindex mit 225 Unternehmen – um 3,3 Prozent niedriger geschlossen. Mitsubishi hatte 5,4 Prozent verloren, Japan Petroleum Exploration 4 Prozent, Mazda 5 Prozent und Nikon 3,5 Prozent. Der Shanghai Composite Index war um 4,1 Prozent auf ein Achtmonatstief gefallen. Das wuchs sich zu einer allgemeinen Talfahrt aus, dachte Hoffmann.

Noch bevor er begriff, was mit ihm passierte, verschwammen plötzlich die Bildschirme vor seinen Augen. Er fing an zu weinen. Seine Hände zitterten. Ein fremdartiger, wehklagender Ton kam aus seinem Hals. Sein gesamter Oberkörper bebte krampfartig. Er fiel auseinander, dachte er, als er elend die Stirn auf den Schreibtisch legte. Und doch blieb er auf eigentümliche Weise gleichgültig gegenüber seinem Kollaps, als ob er sich von hoch oben aus einer Ecke des Raumes beobachtete. Er war sich bewusst, dass er wie ein erschöpftes Tier stoßweise keuchte. Nach ein paar Minuten ließ das krampfhafte Zittern nach, und er kam wieder zu Atem. Er fühlte sich gleich viel besser, sogar leicht euphorisch – die billige Katharsis eines Weinanfalls. Er begriff, dass das zu einer Sucht werden konnte. Er richtete sich wieder auf, nahm die Brille ab, wischte sich mit zitternden Fingern die Tränen aus den Augen und fuhr dann mit dem Handrücken über die Nase. Er blies die Backen auf. »O Gott«, flüsterte er. »O Gott.«

Ein paar Minuten lang blieb er regungslos sitzen, bis er sich sicher war, dass er sich wieder gefangen hatte. Dann stand er auf, ging zum Kleiderständer und zog das Darwin-Buch aus der Tasche seines Regenmantels. Er legte es auf den Schreibtisch und setzte sich wieder. Der 138 Jahre alte grüne Leineneinband und der leicht ausgefranste Rücken wirkten in seinem Büro, wo nichts älter als sechs Monate war, in höchstem Maße fehl am Platz. Zögernd öffnete er das Buch an der Stelle, an der er kurz nach Mitternacht seine Lektüre beendet hatte (Kapitel XII: »Ueberraschung – Erstaunen – Furcht – Entsetzen«). Er nahm die Visitenkarte des holländischen Buchhändlers heraus. *Rosengarten & Nijenhuis, Antiquariat für wissenschaftliche & medizinische Bücher. Gegründet 1911.* Er griff nach dem Telefon. Nachdem er kurz überlegt hatte, ob dies der beste Weg war, wählte er die Nummer des Buchladens in Amsterdam.

Das Telefon klingelte lange. Kein Wunder, es war noch vor halb neun. Aber Hoffmann hatte kein Gespür für Zeit.

Wenn er selbst an seinem Schreibtisch saß, ging er davon aus, dass alle anderen das Gleiche taten. Er ließ es klingeln und klingeln und dachte dabei an Amsterdam. Zwei Mal war er dort gewesen. Er mochte die Eleganz der Stadt, ihren Sinn für Geschichte. Sie hatte Esprit. Wenn all das vorbei war, musste er mit Gabrielle hinfahren. Sie konnten in einem Café Dope rauchen – deshalb fuhr man doch nach Amsterdam, oder? – und sich in einem Dachzimmer eines Boutique-Hotels den ganzen Nachmittag lieben. Er lauschte den langen Klingeltönen und stellte sich ein Telefon in einem verstaubten Buchladen vor: kleine gewellte Bleiglasscheiben aus der Jahrhundertwende; in einer Kanalstraße mit Kopfsteinpflaster und Bäumen; hohe Regale mit wackeligen Trittleitern; komplizierte wissenschaftliche Instrumente aus glänzendem Messing – ein Sextant vielleicht, ein Mikroskop; einen betagten Bücherliebhaber, gebückt und kahlköpfig, der die Tür abschloss und es gerade noch zu seinem Schreibtisch schaffte, um den Hörer abzuheben …

»Goedemorgen. Rosengarten en Nijenhuis.«

Die Stimme war weder betagt noch männlich, sondern jung und weiblich. Ein beschwingter Singsang.

»Sprechen Sie englisch?«, fragte er.

»Aber sicher. Wie kann ich Ihnen behilflich sein?«

Er räusperte sich und rutschte auf dem Stuhl etwas vor. »Ich glaube, Sie haben mir vorgestern ein Buch geschickt. Mein Name ist Alexander Hoffmann. Ich bin aus Genf.«

»Hoffmann? Ja, Doktor Hoffmann! Natürlich, ich erinnere mich. Die Darwin-Erstausgabe. Ein wunderschönes Buch. Sie haben es also schon. Dann hat das mit der Lieferung ja bestens geklappt.«

»Ja, ich habe das Buch. Aber es lag kein Schreiben bei,

ich kann mich also gar nicht bei demjenigen bedanken, der es mir geschenkt hat. Könnten Sie mir da weiterhelfen?«

Es entstand eine Pause. »Alexander Hoffmann, sagten Sie, richtig?«

»Ja.«

Diesmal war die Pause länger, und als das Mädchen wieder sprach, klang es etwas verwirrt. »Sie haben das Buch selbst gekauft, Doktor Hoffmann.«

Hoffmann schloss die Augen. Als er sie wieder öffnete, schien es ihm, als wäre sein Büro leicht zur Seite gekippt. »Das kann nicht sein«, sagte er. »Ich habe es nicht gekauft. Da muss sich jemand für mich ausgegeben haben.«

»Aber Sie haben es selbst bezahlt. Sind Sie sich sicher, dass Sie es nicht einfach vergessen haben?«

»Wie habe ich bezahlt?«

»Per Banküberweisung.«

»Und wie viel?«

»Zehntausend Euro.«

Mit der freien Hand umklammerte Hoffmann die Schreibtischkante. »Moment. Wie ist das abgelaufen? Ist jemand in Ihren Laden gekommen und hat gesagt, er sei Hoffmann?«

»Es gibt keinen Laden. Schon seit fünf Jahren nicht mehr. Nur ein Postfach. Wir sitzen jetzt in einem Lagerhaus außerhalb von Rotterdam.«

»Aber irgendwer muss ja wenigstens mit mir telefoniert haben, oder?«

»Nein, dass man mit einem Kunden spricht, kommt heutzutage nur noch selten vor. Die Bestellungen kommen alle per E-Mail.«

Hoffmann klemmte das Telefon zwischen Schulter und Kinn. Er tippte auf die Tastatur, holte sein E-Mail-Fach auf den Bildschirm und scrollte dann durch den Postausgang. »Wann soll ich Ihnen die E-Mail geschickt haben?«

»Am dritten Mai.«

»Tja, ich habe jetzt die E-Mails vom Dritten vor mir, und ich kann Ihnen versichern, dass ich Ihnen an diesem Tag keine E-Mail geschickt habe. Wie lautet die Adresse auf der Bestellung?«

»A Punkt Hoffmann at Hoffmann Investment Technologies Punkt com.«

»Ja, das ist meine Adresse. Aber ich habe hier keine Nachricht an einen Buchhändler.«

»Vielleicht haben Sie sie von einem anderen Computer geschickt?«

»Nein, das habe ich bestimmt nicht.« Noch während er das aussprach, spürte er, wie das Selbstvertrauen aus seiner Stimme schwand. Ihm wurde fast übel vor Panik, so als täte sich vor ihm ein Abgrund auf. Die Radiologin hatte Demenz als eine mögliche Erklärung für die weißen Pünktchen auf seiner Kopf-CT genannt. Vielleicht hatte er die Nachricht von seinem Mobiltelefon, seinem Laptop oder seinem Computer zu Hause verschickt und es einfach vergessen. Aber selbst wenn, so musste es doch irgendeinen Beleg dafür geben. »Was genau stand in der Nachricht, die ich Ihnen geschickt habe?«, fragte er. »Würden Sie sie mir bitte vorlesen?«

»Es gab keine Nachricht. Das läuft automatisch ab. Der Kunde klickt auf den Titel in unserem Online-Katalog und füllt ein elektronisches Bestellformular aus – Name, Adresse, Zahlungsweise.« Sie musste die Unsicherheit in seiner Stimme gespürt haben und begann sich zu sorgen. »Ich hoffe, Sie möchten die Bestellung nicht stornieren.«

»Nein, nein, ich will nur Klarheit haben. Sie sagen, ich

habe per Banküberweisung bezahlt. Wie lautet die Nummer des Kontos, von dem das Geld kam?«

»Diese Information darf ich Ihnen nicht geben.«

Hoffmann nahm all seine Kraft zusammen. »Jetzt hören Sie mal gut zu. Ich bin ganz offensichtlich das Opfer eines Betrugs geworden. Das ist Identitätsdiebstahl. Sollten Sie mir nicht auf der Stelle die Kontonummer nennen, damit ich herausfinden kann, was zum Teufel hier vorgeht, dann werde ich die Bestellung stornieren und die ganze gottverdammte Geschichte der Polizei und meinen Anwälten übergeben.«

Am anderen Ende der Leitung herrschte Schweigen. Schließlich sagte die Frau kühl: »Ich darf diese Information per Telefon nicht weitergeben, aber ich kann die Nummer an die auf der Bestellung angegebene E-Mail-Adresse schicken. Das kann ich sofort erledigen. Sind Sie damit einverstanden?«

»Ja, einverstanden. Danke.«

Hoffmann legte auf und atmete tief durch. Er stützte die Ellbogen auf die Tischplatte, legte die Fingerspitzen an die Schläfen und starrte auf seinen Monitor. Die Zeit kam ihm ewig vor, aber tatsächlich dauerte es nur zwanzig Sekunden, bis ihm sein Postfach den Eingang einer neuen Nachricht meldete. Er öffnete sie. Sie kam von dem Buchladen. Sie enthielt keine Grußformel, nur eine einzige Zeile aus zwanzig Ziffern und Buchstaben und den Namen des Kontoinhabers: A.J. Hoffmann. Er starrte auf den Namen, drückte dann auf einen Knopf der Sprechanlage und sagte zu seiner Sekretärin: »Marie-Claude, könnten Sie mir bitte eine Liste meiner privaten Bankverbindungen rübermailen. Sofort, bitte.«

»Natürlich.«

»Ach, noch was. Sie bewahren doch die Sicherheitscodes für mein Haus auf, oder?«

»Ja, Doktor Hoffmann.« Marie-Claude Durade war eine forsche Schweizerin Mitte fünfzig und arbeitete seit fünf Jahren für Hoffmann. Sie war die einzige Person im ganzen Gebäude, die ihn nicht mit seinem Vornamen ansprach. Er hielt es für undenkbar, dass sie in irgendwelche illegalen Aktivitäten verwickelt sein konnte.

»Wo bewahren Sie die auf?«

»In Ihrer privaten Datei auf meinem Computer.«

»Hat schon mal irgendwer nach den Codes gefragt?«

»Nein.«

»Und Sie haben auch nie mit jemandem darüber gesprochen?«

»Natürlich nicht.«

»Auch nicht mit Ihrem Mann?«

»Mein Mann ist im letzten Jahr gestorben.«

»O ja, natürlich. Entschuldigen Sie bitte. Die Sache ist die: Letzte Nacht ist bei mir eingebrochen worden. Möglich, dass die Polizei ein paar Fragen an Sie hat. Nur damit Sie Bescheid wissen.«

»Ja, Doktor Hoffmann.«

Während er darauf wartete, dass sie ihm die Einzelheiten der Konten auf seinen Bildschirm schickte, blätterte er in seinem Darwin. Er schaute im Register unter »Verdacht« nach und schlug die Stelle auf:

> *Ein Mensch kann sein Herz mit Haß oder dem schwärzesten Verdachte erfüllt haben oder von Neid oder Eifersucht zernagt sein: da aber diese Gefühle nicht sofort zu Handlungen führen und sie gewöhnlich eine Zeit lang anhalten, so werden sie auch durch kein äußerliches Zeichen sichtbar …*

Bei allem gebotenen Respekt gegenüber Darwin war Hoffmann der Meinung, dass das empirisch falsch war. Sein Herz war erfüllt von schwärzestem Verdacht, und er hatte keinen Zweifel daran, dass man ihm das auch ansah – an den herunterhängenden Mundwinkeln, an seinem düsteren Gesichtsausdruck, an seinen zusammengekniffenen, unruhigen Augen. Wer hatte schon jemals von einem Identitätsdiebstahl gehört, bei dem der Dieb seinem Opfer ein Geschenk machte? Irgendwer wollte ihn um den Verstand bringen: Darum ging es hier. Irgendwer wollte, dass er an seinem Verstand zweifelte, wollte ihn vielleicht umbringen. Oder er wurde tatsächlich verrückt.

Er stand auf und ging aufgewühlt in seinem Büro umher. Er hob eine Lamelle der Jalousie an und schaute in den Handelsraum. Hatte er da draußen einen Feind? Seine sechzig Quants waren in drei Teams aufgeteilt. Entwicklung: Entwurf und Analyse der Algorithmen. Technologie: Umsetzung der Prototypen in operative Werkzeuge. Ausführung: Überwachung der realen Trades. Ohne Frage waren einige von ihnen ein bisschen durchgeknallt. Zum Beispiel der Ungar Imre Szabó – er konnte durch keinen Gang gehen, ohne jeden Türgriff zu berühren. Ein anderer musste alles mit Messer und Gabel essen, sogar Kekse und Kartoffelchips. Hoffmann hatte sie zwar alle persönlich eingestellt, ungeachtet ihrer Grillen, trotzdem kannte er sie nicht besonders gut. Sie waren Kollegen, keine Freunde. Jetzt bedauerte er das. Er ließ die Lamelle zurückschnalzen und setzte sich wieder vor seinen Computer.

In seinem Posteingang wartete schon die Liste seiner Bankkonten auf ihn. Er hatte acht – je eins für Schweizer Franken, Dollar, Pfund Sterling und Euro, ein Girokonto, ein Sparkonto, ein Offshore-Konto und ein Gemeinschaftskonto. Er verglich die Nummern mit der des Kontos, von dem das Buch bezahlt worden war. Keine passte. Er klopfte ein paar Sekunden mit dem Finger auf die Tischplatte, nahm dann sein Telefon und rief Lin Ju-Long an, den Leiter der Finanzabteilung der Firma.

»LJ? Alex hier. Tun Sie mir bitte einen Gefallen. Überprüfen Sie eine Kontonummer. Das Konto läuft auf meinen Namen, aber ich kann nichts damit anfangen. Ich will wissen, ob es sich irgendwo bei uns versteckt.« Er leitete die E-Mail aus dem Buchladen an Ju-Long weiter. »Ich schicke sie gerade rüber. Haben Sie sie?«

Kurz herrschte Stille.

»Ja, Alex, ist da. Also, was ich Ihnen gleich sagen kann: Die Nummer fängt mit KY an, das ist das IBAN-Präfix für ein Konto auf den Kaimaninseln.«

»Könnte das irgendein Firmenkonto sein?«

»Ich lasse es gleich mal durchlaufen. Irgendein Problem damit?«

»Nein, will nur wissen, was das für ein Konto ist. Ich wäre Ihnen dankbar, LJ, wenn das unter uns bliebe.«

»Okay, Alex. Tut mir leid wegen …«

»Alles bestens«, fiel Hoffmann ihm schnell ins Wort. »Nichts passiert.«

»Schön zu hören. Ach, übrigens: Hat Gana schon mit Ihnen gesprochen?«

Gana war Ganapathi Rajamani, der Leiter des Risikomanagements der Firma.

»Nein«, sagte Hoffmann. »Warum?«

»Sie haben letzte Nacht eine große Short-Position in Procter & Gamble autorisiert. Zwei Millionen zu zweiundsechzig das Stück.«

»Und?«

»Gana macht sich Sorgen. Er sagt, unser Risikolimit sei überschritten. Er will eine Sitzung des Risikoausschusses.«

»Er soll mit Hugo darüber sprechen. Und sagen Sie mir gleich Bescheid, wenn Sie was über das Konto wissen, okay?«

Hoffmann fühlte sich zu müde, um noch irgendetwas zu tun. Er sagte Marie-Claude, dass er für eine Stunde ungestört bleiben wolle. Dann schaltete er sein Handy aus. Er legte sich auf die Couch und versuchte sich vorzustellen, wer um Himmels willen sich die Mühe gemacht haben sollte, seinen Namen zu klauen, um ihm die seltene Ausgabe eines viktorianischen naturgeschichtlichen Buches zu schenken und dafür ein Dollarkonto auf den Kaimaninseln zu benutzen, das anscheinend ihm selbst gehörte. Aber dieses abenteuerliche Rätsel war selbst für ihn zu viel, und er versank schon bald in tiefen Schlaf.

*

Inspektor Leclerc wusste, dass der Chef der Genfer Polizei ein Pünktlichkeitsfanatiker war, der ausnahmslos exakt um neun Uhr im Präsidium am Boulevard Carl-Vogt eintraf und als erste Handlung des Tages immer die Zusammenfassung dessen las, was über Nacht im Kanton vorgefallen war. Als deshalb um 9:08 Uhr sein Telefon klingelte, wusste Leclerc ziemlich genau, wen er am anderen Ende der Leitung zu erwarten hatte.

»Jean-Philippe?«, sagte eine forsche Stimme.

»Morgen, Chef.«

»Der Anschlag auf den amerikanischen Banker, Hoffmann.«

»Ja, Chef?«

»Wie weit sind wir da?«

»Er hat sich gerade selbst auf eigene Verantwortung aus dem Universitätsspital entlassen. Im Augenblick schauen sich unsere Kriminaltechniker das Haus an. Einer unserer Leute behält das Anwesen im Auge. Das ist alles.«

»Dann ist er also nicht ernstlich verletzt?«

»Anscheinend nicht.«

»Seltsame Geschichte. Was halten Sie davon?«

»Ziemlich abenteuerlich das Ganze. Das Haus gleicht einer Festung, aber irgendwie ist der Einbrecher einfach so reinmarschiert. Er war darauf vorbereitet, das oder die Opfer zu fesseln, und es sieht ganz so aus, als hätte er in der Küche mit Messern rumgespielt. Aber dann hat er Hoffmann nur eins übergebraten und ist abgehauen. Gestohlen wurde nichts. Ehrlich gesagt habe ich das Gefühl, dass Hoffmann uns nicht die ganze Geschichte erzählt hat. Aber ich bin mir nicht sicher, ob das, wenn es stimmt, Absicht war oder ob er einfach ein bisschen durcheinander ist.«

Am anderen Ende herrschte kurz Stille. Leclerc konnte hören, wie im Hintergrund jemand hin und her ging.

»Machen Sie gerade Feierabend?«

»Bin auf dem Sprung, Chef.«

»Tun Sie mir einen Gefallen, hängen Sie noch eine Schicht dran, okay? Ich hatte eben das Büro vom Finanzminister am Telefon. Die wollten wissen, was da passiert ist. Wäre gut, wenn Sie das schnell vom Tisch kriegen könnten.«

»Der Finanzminister?«, wiederholte Leclerc erstaunt. »Warum interessiert der sich dafür?«

»Na ja, das Übliche, nehme ich an. Für die Reichen gelten andere Gesetze. Halten Sie mich immer auf dem neuesten Stand, okay?«

Nachdem er aufgelegt hatte, stieß Leclerc eine Reihe unterdrückter Flüche aus. Er trottete zu dem Kaffeeautomaten im Gang und holte sich einen sehr schwarzen und außergewöhnlich miesen Espresso. Seine Augen juckten, seine Nebenhöhlen schmerzten. Er war zu alt für so was, dachte er. Dabei gab es gar nicht mehr viel, was er noch tun konnte: Zur Befragung des Hauspersonals hatte er schon einen seiner Untergebenen geschickt. Er ging wieder ins Büro, rief seine Frau an und sagte ihr, dass er erst nach dem Mittagessen nach Hause kommen werde. Dann loggte er sich ins Internet ein. Vielleicht konnte er etwas über Dr. Alexander Hoffmann, Physiker und Hedgefonds-Manager herausfinden. Zu seiner Überraschung fand er fast nichts – keinen Eintrag bei Wikipedia, keinen Zeitungsartikel und nicht ein einziges Foto. Und trotzdem hatte der Finanzminister sein persönliches Interesse geäußert.

Was zum Teufel war überhaupt ein Hedgefonds, fragte er sich. Er schaute nach: »… ein privater Investmentfonds, der eine Vielfalt von Anlagegegenständen und -strategien einsetzt, um ein abgesichertes Portfolio zu unterhalten, das die Fonds-Investoren bei fallenden Kursen schützt und bei steigenden Kursen hohe Renditen erwirtschaftet.«

Auch nicht schlauer als zuvor ging Leclerc ein weiteres Mal seine Notizen durch. Hoffmann hatte gesagt, dass er seit acht Jahren im Finanzsektor arbeite. Davor war er sechs Jahre lang an der Entwicklung des Large Hadron Collider beteiligt gewesen. Zufällig kannte Leclerc einen ehemaligen Polizeiinspektor, der jetzt für den CERN-Sicherheitsdienst arbeitete. Er rief ihn an, und eine Viertelstunde später saß er in seinem kleinen Renault. Auf der Route de Meyrin fuhr er im morgendlichen Berufsverkehr langsam in nordwestlicher Richtung, vorbei am Flughafen und durch das triste Gewerbegebiet von Zimeysa.

Vor den fernen Bergen schien die riesige rostfarbene CERN-Holzkuppel aus dem Ackerland aufzuragen wie eine Sechzigerjahrevision von der Zukunft: ein gigantischer Anachronismus. Leclerc parkte gegenüber der Kuppel und ging ins Hauptgebäude. Er nannte seinen Namen und bekam einen Besucherausweis, den er sich an die Windjacke klemmte. Während er auf seinen Bekannten wartete, schaute er sich die kleine Ausstellung im Empfangsbereich an. Offensichtlich befanden sich direkt unter ihm in einem 27 Kilometer langen, kreisförmigen Tunnel 1600 supraleitende Magnete, von denen jeder fast dreißig Tonnen wog und Partikelstrahlen so schnell durch die Röhre schießen konnte, dass sie den Tunnel 11 000 Mal pro Sekunde umrundeten. Die Strahlenkollisionen mit einer Energie von sieben Billionen Elektronenvolt je Proton sollten die Ursprünge des Universums enthüllen, Extradimensionen entdecken und das Wesen der dunklen Materie erklären. Von dem, was Leclerc verstand, schien nichts auch nur im Entferntesten irgendetwas mit den Finanzmärkten zu tun zu haben.

*

Quarrys Gäste begannen kurz nach zehn einzutrudeln. Das erste Paar – ein 56-jähriger Genfer namens Etienne Mussard und seine jüngere Schwester Clarisse – reiste mit dem Bus an. »Die kommen früh«, hatte Quarry Hoffmann vorgewarnt. »Die kommen immer früh, für alles.« Beide waren schäbig gekleidet, unverheiratet und lebten zusammen im Vorort Lancy in einer kleinen Vierzimmerwohnung, die sie von ihren Eltern geerbt hatten. Sie hatten kein Auto. Sie machten nie Urlaub. Sie gingen fast nie auswärts essen. Quarry schätzte Monsieur Mussards Privatvermögen auf etwa 700 Millionen Euro, das von Madame Mussard auf 550 Millionen. Ihr Urgroßvater mütterlicherseits, Robert Fazy, hatte eine Privatbank besessen, die in den 1980ern verkauft worden war – nach einem Skandal im Zusammenhang mit jüdischen Vermögen, die die Nazis beschlagnahmt und während des Zweiten Weltkriegs bei Fazy et Cie deponiert hatten. Sie kamen in Begleitung des Anwalts der Familie, Dr. Max-Albert Gallant, dessen Kanzlei passenderweise auch Hoffmann Investment Technologies in rechtlichen Angelegenheiten vertrat. Gallant hatte für Quarry den Kontakt zu den Mussards hergestellt. »Sie behandeln mich wie einen Sohn«, sagte Quarry. »Sie sind unglaublich rüde und jammern in einer Tour.«

Kurz nach diesem grauen Pärchen traf die vielleicht schillerndste Figur unter Hoffmanns Kunden ein: Elmira Gulzhan, die 38-jährige Tochter des Präsidenten von Asachstan. Sie wohnte in Paris, hatte das INSEAD in Fontainebleau absolviert und war für die Verwaltung des Familienbesitzes im Ausland verantwortlich, dessen Wert 2009 von der CIA auf etwa 19 Milliarden US-Dollar taxiert worden war. Quarry hatte es einfädeln können, ihr wie zufällig bei einer Skiparty in Val d'Isère über den Weg zu laufen. Aktuell hatten die Gulzhans 120 Millionen Dollar in den Hedgefonds investiert. Quarry hoffte, sie davon überzeugen zu können, die Summe mindestens zu verdoppeln. Beim Skifahren hatte er sich auch mit ihrem langjährigen Liebhaber François de Gombart-Tonnelle angefreundet, einem Pariser Anwalt, der sie heute begleitete. Als sie ihrem kugelsicheren Mercedes entstieg, trug sie eine lange Jacke aus smaragdgrüner Seide mit farblich passendem Kopftuch, das locker ihr glattes, glänzend schwarzes Haar bedeckte. Quarry empfing sie in der Lobby. »Lass dich nicht täuschen«, hatte er Hoffmann gewarnt. »Sie sieht vielleicht aus, als wäre sie gerade zur Rennbahn unterwegs, aber sie ist jederzeit gut genug für einen Job bei Goldman. Und sie kann dafür sorgen, dass ihr Daddy dir die Fingernägel rausreißen lässt.«

Als Nächstes fuhr eine Limousine des Hotels Président Wilson vom anderen Seeufer vor, in der zwei Amerikaner saßen, die eigens für die Präsentation aus New York angereist waren. Ezra Klein war der Chefanalyst des Winter Bay Trust, einem 14-Milliarden-Dollar-Dachfonds, der, in den Worten seines Wertpapierprospekts, »danach strebt, durch eine breite Palette aktiv verwalteter Portfolios anstelle von einzelnen Bonds oder Aktien Ihr Risiko zu minimieren und gleichzeitig hohe Renditen zu erzielen«. Klein eilte der Ruf außerordentlicher Intelligenz voraus, der durch zwei Eigenheiten noch verstärkt wurde. Erstens sprach er mit einer Geschwindigkeit von sechs Wörtern pro Sekunde und damit etwa doppelt so schnell wie ein normales menschliches Wesen (seine perplexen Untergebenen hatten diesen Wert heimlich gestoppt). Zweitens bediente er sich, während er redete, bei jedem dritten Wort eines Akronyms oder eines Ausdrucks aus dem Finanzjargon. »Ezra ist Autist«, sagte Quarry. »Keine Frau, keine Kinder, keine Sexualorgane jedweder Art, soweit ich das beurteilen kann. Winter Bay könnte für noch mal hundert Millionen gut sein. Mal sehen.«

Neben Klein saß eine massige Gestalt – jenseits der fünfzig und in voller Wall-Street-Uniform aus schwarzem Dreiteiler und rot-weiß gestreifter Krawatte –, die nicht einmal so tat, als hörte sie dem unverständlichen Gequassel ihres Nachbarn zu. Es handelte sich um Bill Easterbrook vom amerikanischen Bankenkonglomerat AmCor. »Du hast Bill schon mal getroffen«, hatte Quarry zu Hoffmann gesagt. »Weißt du noch? Der Dinosaurier, der aussieht, als wäre er einem Oliver-Stone-Film entsprungen. Inzwischen arbeitet er in einem ausgegliederten Unternehmen, das AmCor Alternative Investments heißt. Im Grunde nur ein Buchungstrick, um die Regulierungsbehörde zufriedenzustellen.« Quarry hatte selbst zehn Jahre für AmCor in London gearbeitet. Er und Easterbrook kannten sich schon sehr lange. »Sehr, sehr lange«, wie er mit verträumtem Gesichtsausdruck sagte: zu lange, sollte das heißen, um sich noch daran erinnern zu können, was damals im Nebel der glorreichen Koks-und-Callgirl-Zeiten der 1990er so alles passiert war. Als Quarry bei AmCor gekündigt hatte, um sich mit Hoffmann zusammenzutun, hatte ihnen Easterbrook auf Provisionsbasis die ersten Kunden vermittelt. Jetzt war AmCor Alternative mit fast einer Milliarde Dollar an verwaltetem Vermögen Hoffmanns größter Investor. Easterbrook war ebenfalls ein Gast, für den Quarry sich zur persönlichen Begrüßung eigens in die Lobby bemühte.

Und so trafen nach und nach alle ein: der 27-jährige Amschel Herxheimer aus der Banken- und Handelsdynastie Herxheimer, dessen Schwester mit Quarry in Oxford studiert hatte und der nun auf die Übernahme der zweihundert Jahre alten Privatbank der Familie vorbereitet wurde; der langweilige Iain Mould von einer Bausparkasse in Fife, die einst noch langweiliger war – bis sie Anfang des Jahrhunderts an die Börse ging, binnen drei Jahren Schulden in der Höhe des halben Bruttoinlandsprodukts von Schottland aufhäufte und daraufhin von der britischen Regierung übernommen werden musste; der Milliardär

Mieczysław Łukasiński, der früher Mathematikprofessor und Chef der Kommunistischen Jugendunion Polens und nun Besitzer des drittgrößten Versicherungsunternehmens in Osteuropa war; und schließlich zwei chinesische Unternehmer, Liwei Xu und Qi Zhang, die eine Investmentbank aus Schanghai vertraten. Mit den Chinesen zusammen waren nicht weniger als sechs Männer in dunklen Anzügen angereist, von denen die Chinesen behaupteten, sie seien ihre Anwälte. Quarry hingegen hielt sie für Computerexperten, die Hoffmanns Netzsicherheit ausspionieren sollten. Nach einem verbissen-höflichen Wortgefecht zogen sie schließlich widerwillig ab.

Nicht ein einziger ihrer Investoren hatte Quarrys Einladung abgelehnt. »Die kommen aus zwei Gründen«, hatte er Hoffmann erklärt. »Erstens weil wir drei Jahre lang einen Profit von 83 Prozent für sie gemacht haben, sogar als die Finanzmärkte abgeschmiert sind. Ich wette gegen jeden, der irgendeinen anderen Hedgefonds kennen will, der derart konsequent Alpha produziert hat. Die müssen sich doch fragen: ›Wie, zum Henker, machen die das?‹ Und trotzdem haben wir uns geweigert, auch nur einen einzigen zusätzlichen Cent an Investitionen von ihnen zu nehmen.«

»Und der zweite Grund?«

»Jetzt sei mal nicht so bescheiden.«

»Ich verstehe nicht.«

»Du natürlich, du blöder Penner. Die wollen dich *in natura* sehen. Die wollen rauskriegen, woran du arbeitest. Du bist inzwischen eine Legende, die wollen den Saum deiner Robe berühren, nur um zu testen, ob sich dabei ihre Finger in Gold verwandeln.«

*

Hoffmann wurde von Marie-Claude geweckt.

»Doktor Hoffmann?« Sie rüttelte sanft an seiner Schulter. »Doktor Hoffmann? Monsieur Quarry lässt Ihnen ausrichten, dass Sie im Sitzungszimmer erwartet werden.«

Er hatte lebhaft geträumt, aber als er die Augen öffnete, verschwanden die Bilder wie zerplatzende Seifenblasen. Für einen Augenblick erinnerte ihn Marie-Claudes Gesicht an seine Mutter. Sie hatte die gleichen graugrünen Augen, die gleiche markante Nase, den gleichen besorgten, intelligenten Gesichtsausdruck. »Danke«, sagte er und setzte sich auf. »Sagen Sie ihm, dass ich in einer Minute da bin.« Dann fügte er spontan hinzu: »Tut mir leid wegen Ihres Mannes, ich war etwas …« Er machte eine hilflose Handbewegung. »… zerstreut.«

»Schon in Ordnung. Danke.«

Auf der anderen Seite des Gangs, gegenüber von seinem Büro, befand sich ein Waschraum. Er drehte den Kaltwasserhahn auf und hielt die Hände darunter. Mehrmals spritzte er sich das eiskalte Wasser ins Gesicht. Zum Rasieren hatte er keine Zeit mehr. Die normalerweise weiche und glatte Haut an seinem Kinn und um seinen Mund herum fühlte sich kratzig und rau wie die eines Tieres an. Plötzlich fühlte er sich seltsam aufgedreht – eine irrationale Stimmungsschwankung, die ohne Zweifel mit seiner Verletzung zu tun hatte. Er hatte eine Begegnung mit dem Tod überlebt – eine beglückende Erfahrung. Und jetzt wartete im Sitzungszimmer eine Schar Bittsteller, die – wie Hugo sich ausgedrückt hatte – den Saum seiner Robe berühren wollte, in der Hoffnung, dass seine genialische Gabe zur Geldvermehrung auf sie abfärben würde. Die Reichen dieser Erde hatten sich dazu aufgerafft, ihre Jachten, Pools und Rennbahnen, ihre Handelsräume in Manhattan und ihre Kontore in Schanghai zu verlassen, und waren in der Schweiz zusammengekommen, um den Worten des Dr. Alexander Hoffmann zu lauschen, des legendären Gründers von Hoffmann Investment Technologies – wieder eine von Hugos Wortschöpfungen –, der ihnen seine Vision von der Zukunft predigen würde. Und was für eine Geschichte er zu erzählen hatte! Was für eine Heilsbotschaft er zu überbringen hatte!

Während ihm solche Gedanken durch den lädierten Schädel schossen, trocknete er sich das Gesicht ab, dann drückte er das Kreuz durch und begab sich auf den Weg zum Sitzungszimmer. Als er den Handelsraum durchquerte, kam ihm die kleine Gestalt Ganapathi Rajamanis, des Leiters der Abteilung Risikomanagement, mit geschmeidigen Schritten entgegen. Hoffmann ließ ihn mit einer abweisenden Handbewegung stehen: Was immer er auf dem Herzen hatte, es musste warten.

SECHS

Wird der Wohlstand sehr gross, so verwandelt er ohne Zweifel leicht die Menschen in unnütze Drohnen, aber ihre Zahl ist niemals gross; auch tritt ein Eliminationsprocess in einem gewissen Grade hier ein, da wir täglich sehen, wie reiche Leute närrisch oder verschwenderisch werden und allen ihren Wohlstand vergeuden.

Charles Darwin
Die Abstammung des Menschen, 1871

Das Sitzungszimmer war genauso unpersönlich wie die Büros des Managements – die gleichen schalldichten Glaswände, die gleichen vom Boden bis zur Decke reichenden Jalousien. Ein riesiger leerer Bildschirm für Videokonferenzen nahm die gesamte Stirnwand ein, vor der ein großer ovaler Tisch aus hellem skandinavischem Holz stand. Als Hoffmann den Raum betrat, waren bis auf einen alle achtzehn Stühle von ihren Kunden und deren Beratern besetzt. Nur der Platz neben Quarry am Kopfende des Tisches war noch frei. Quarry verfolgte sichtlich erleichtert, wie Hoffmann an den Glaswänden entlang zu dem noch freien Stuhl ging. »Da ist er ja endlich«, sagte er. »Meine Damen und Herren, Doktor Alexander Hoffmann, Präsident von Hoffmann Investment Technologies. Wie Sie sehen, ist sein Gehirn derart groß, dass wir ihm ein kleines Ventil in seinen Kopf schneiden mussten, damit es richtig durchatmen kann. Kleiner Witz am Rande, Alex, nichts für ungut. Er hat sich den Kopf angestoßen, deshalb die Naht. Aber es geht schon wieder, oder, Alex?«

Alle Augen waren auf ihn gerichtet. Als er hinter ihnen vorbeiging, drehten sich die Gäste auf ihren Stühlen um und schauten zu ihm hoch. Hoffmann war vor Verlegenheit rot angelaufen und vermied jeden Augenkontakt. Er nahm seinen Platz neben Quarry ein, verschränkte die Hände auf dem Tisch und schaute starr auf seine Finger. Quarry legte ihm die Hand auf die Schulter, und Hoffmann spürte, wie der Druck des Gewichts stärker wurde, als sein Partner sich erhob.

»Also dann, fangen wir an. Liebe Freunde, ich darf Sie herzlich in Genf willkommen heißen. Es sind jetzt fast acht Jahre vergangen, seit Alex und ich uns zusammengetan haben und – er mit seinem Gehirn, ich mit meiner Schönheit – einen sehr speziellen Fonds aufgelegt haben, der ausschließlich auf dem algorithmisch gesteuerten Handel mit Wertpapieren basiert. Begonnen haben wir mit hundert Millionen Dollar an verwaltetem Vermögen, dessen Löwenanteil wir meinem alten Freund Bill Easterbrook von AmCor zu verdanken haben – Bill, herzlich willkommen. Wir haben im ersten Jahr Profit gemacht, und wir haben auch in jedem folgenden Jahr Profit gemacht, weshalb unser Unternehmen heute mit einem verwalteten Vermögen von zehn Milliarden Dollar hundertmal größer ist als am Anfang.

Ich verschone Sie mit pompösen Sprüchen über unsere Erfolgsbilanz. Das ist wohl auch nicht nötig. Sie alle bekommen unsere Quartalszahlen, und Sie wissen, was wir zusammen erreicht haben. Ich möchte Ihnen nur eine Statistik nennen. Am 9. Oktober 2007 schloss der Dow Jones Industrial Average mit 14164 Punkten. Gestern Abend – ich habe das noch einmal überprüft, bevor ich das Büro verlassen habe – schloss der Dow mit 10866. Das entspricht einem Verlust über die letzten zweieinhalb Jahre von fast einem Viertel. Stellen Sie sich das vor! All die armen Trottel mit ihren Pensionsplänen und Indexfonds haben etwa 25 Prozent ihres Investments verloren. *Sie* jedoch haben auf *uns* vertraut, und der Wert Ihres Vermögens hat sich im gleichen Zeitraum um 83 Prozent erhöht. Ich glaube, Sie werden mir zustimmen, meine Damen und Herren, dass Sie damals eine ziemlich kluge Entscheidung getroffen haben, als Sie uns Ihr Geld anvertraut haben.«

Zum ersten Mal riskierte Hoffmann einen kurzen Blick in die Runde. Quarrys Publikum hörte konzentriert zu. (»Zwei Dinge interessieren die Leute mehr als alles andere auf der Welt«, hatte Quarry einmal zu ihm gesagt. »Das Sexleben der anderen und das eigene Geld.«) Sogar Ezra Klein, der wie ein Student in einer Koranschule hin und her wippte, war vorübergehend verstummt. Währenddessen konnte Mieczysław Łukasiński mit seinem feisten, bäuerlichen Gesicht einfach nicht aufhören zu grinsen.

Quarrys rechte Hand lag immer noch auf Hoffmanns Schulter, die linke steckte lässig in der Hosentasche. »In unserem Geschäft nennen wir die Differenz zwischen Marktergebnis und Fonds-Performance Alpha. In den vergangenen drei Jahren hat Hoffmann Investment Technologies ein Alpha von 112 Prozent generiert. Deshalb haben uns die Journalisten der Börsenblätter zweimal zum *Algorithmic Hedge Fund of the Year* gewählt.« Er hielt kurz inne und fuhr dann fort. »Ich kann Ihnen eines versichern: Diese konstante Performance hat nichts mit Glück zu tun. Pro Jahr geben wir 32 Millionen Dollar für Forschung aus. Wir beschäftigen sechzig der hervorragendsten wissenschaftlichen Köpfe der Welt. Hat man mir zumindest gesagt. Ich selbst habe keinen blassen Schimmer von dem, was die da tun.«

Er ließ das mitleidige Gelächter gelassen über sich ergehen. Der britische Banker Iain Mould kicherte besonders heftig, und Hoffmann wusste sofort, dass er ein Idiot war. Quarry nahm seine rechte Hand von Hoffmanns Schulter und zog die andere aus der Tasche. Er stützte sich mit beiden Händen auf den Tisch und beugte sich vor. Sein Tonfall wurde plötzlich ernst und eindringlich.

»Vor achtzehn Monaten haben Alex und sein Team einen bedeutenden technologischen Durchbruch erzielt. Als Folge davon mussten wir die sehr harte Entscheidung treffen, den Fonds umgehend zu schließen, das heißt, keine weiteren Investments mehr anzunehmen, selbst von unseren Bestandskunden nicht. Ich weiß, dass diese Entscheidung jeden Einzelnen von Ihnen enttäuscht und verunsichert hat, dass manche von Ihnen sogar ziemlich verärgert darüber waren. Und das ist der Grund, warum wir sie heute hierhergebeten haben.«

Er warf einen Blick zu Elmira Gulzhan, die ihm gegenüber am anderen Ende des Tisches saß. Hoffmann wusste, dass sie Quarry am Telefon angeschrien hatte. Sie hatte gedroht, das Geld ihrer Familie aus dem Fonds abzuziehen, und sogar noch drastischere Konsequenzen angedeutet. (»Wenn Sie die Gulzhans abservieren, dann servieren die Gulzhans *Sie* ab.«)

»Nun …«, sagte Quarry und sandte die kaum wahrnehmbare Andeutung eines Kusses in Elmiras Richtung.

»Wir möchten uns bei Ihnen dafür entschuldigen. Aber wir standen auf dem Standpunkt, dass wir uns darauf konzentrieren müssen, die neue Investmentstrategie dem Umfang unseres aktuellen Anlagevermögens anzupassen. Wie Ihnen sicher bewusst ist, besteht bei jeder Art von Fonds das Risiko, dass die Ausweitung des Umfangs die Performance beeinträchtigen kann. Und dieses Risiko wollten wir so weit wie nur irgend möglich ausschließen.

Wir sind nun der Überzeugung, dass das neue System, das wir VIXAL-4 nennen, stabil genug ist, um die Erweiterung des Portfolios zu meistern. Tatsächlich lag das generierte Alpha in den vergangenen sechs Monaten schon wesentlich höher als zuvor, als wir noch die ursprünglichen Algorithmen einsetzten. Deshalb kann ich Ihnen mitteilen, dass mit Stichtag heute Hoffmann Investment Technologies seine Haltung modifiziert und bereit ist, ausschließlich von seinen Bestandskunden weitere Investments zu akzeptieren.«

Er machte eine Pause und trank einen Schluck Wasser, damit sich die Wirkung seiner Worte entfalten konnte. Es herrschte vollkommene Stille im Raum.

»Na, wo bleibt der Beifall?«, sagte er mit strahlendem Gesicht. »Sind das etwa keine guten Nachrichten?«

Die Spannung löste sich in Gelächter auf. Zum ersten Mal, seit Hoffmann den Raum betreten hatte, schauten sich alle offen an. Er begriff, dass sie jetzt alle Mitglieder eines Privatclubs waren, einer Freimaurerloge, zusammengeschweißt durch ein geheimes Wissen. Auf den Gesichtern rund um den Tisch erschien ein Lächeln, das Komplizenschaft verhieß. Sie waren die Eingeweihten.

»Jetzt ist wohl der richtige Augenblick, Sie der Obhut von Alex zu überlassen«, sagte Quarry und sah sich zufrieden um. »Er wird Ihnen etwas über die technische Seite erzählen.« Er hatte sich schon fast gesetzt, als er sich noch einmal kurz erhob. »Vielleicht habe ich ja diesmal Glück und verstehe selbst etwas.«

Wieder Gelächter, dann ergriff Hoffmann das Wort.

Er war kein Mann, dem die Gabe der öffentlichen Rede in die Wiege gelegt worden war. Die wenigen Seminare, die er vor seiner Abreise aus den USA in Princeton gehalten hatte, waren für den Lehrer und seine Schüler gleichermaßen eine Qual gewesen. Umso erstaunter registrierte er, dass er heute vor Energie und Klarheit geradezu sprühte. Er berührte leicht die Naht an seinem Kopf, holte ein paarmal tief Luft und stand dann auf.

»Meine Damen und Herren, was die Details unserer Arbeit hier in der Firma angeht, müssen wir uns natürlich bedeckt halten, um uns vor Diebstahl unserer Ideen durch Mitbewerber zu schützen, aber die Grundzüge sind, wie Sie ja wissen, kein großes Geheimnis. Wir nehmen ein paar Hundert verschiedene Aktien und handeln damit in einem 24-Stunden-Zyklus. Die in unsere Computer einprogrammierten Algorithmen bestimmen die Positionen, die wir halten, auf der Basis detaillierter Analysen vorangegangener Entwicklungen. Meist handelt es sich um liquide Futures – aus dem Dow Jones oder dem S&P 500 – und die üblichen Rohstoffe wie Brent-Rohöl, Erdgas, Gold, Silber, Kupfer, Weizen, was auch immer. Wir sind auch im Hochfrequenz-Handel aktiv, sodass wir Positionen manchmal nur wenige Millisekunden halten. Eigentlich keine sonderlich komplizierte Angelegenheit. Sogar die gleitende 200-Tage-Durchschnittslinie von S&P erlaubt eine ziemlich zuverlässige Vorhersage des Marktes. Wenn der aktuelle Index höher ist als der vorangegangene Durchschnitt, dann ist eine Hausse wahrscheinlich, ein niedrigerer Index deutet auf eine Baisse hin. Oder wir können eine Vorhersage treffen, indem wir die Daten der letzten zwanzig Jahre zugrunde legen: Wenn zum Beispiel Zinn bei diesem und der Yen bei jenem Kurs steht, dann ist es ziemlich wahrscheinlich, dass der DAX bei dem und dem Kurs steht. Natürlich existieren bei Weitem mehr Durchschnittspaare, als wir in unsere Rechnung einbeziehen können – mehrere Millionen –, aber das Prinzip kann man in einem recht einfachen Satz festhalten: Der verlässlichste Wegweiser in die Zukunft ist die Vergangenheit. Wir müssen bei der Einschätzung des Marktes nur in fünfundfünfzig Prozent der Fälle richtigliegen, um einen Profit zu machen.

Als wir anfingen, konnten nur wenige ahnen, wie wichtig der algorithmische Handel einst werden würde. Die Pioniere auf diesem Gebiet sind regelmäßig als Quants, Freaks oder Nerds verunglimpft worden. Wir waren die Typen, mit denen auf den Partys kein Mädchen tanzen wollte …«

»Das stimmt immer noch«, warf Quarry ein.

Hoffmann quittierte den Einwurf mit einer wegwerfenden Handbewegung. »Möglich, aber die Erfolge, die wir in diesem Unternehmen erzielt haben, sprechen für sich. Hugo hat darauf hingewiesen, dass wir in einer Phase, in der der Dow Jones um fast fünfundzwanzig Prozent gefallen ist, einen Wertzuwachs von dreiundachtzig Prozent erreicht haben. Wie war das möglich? Sehr einfach. An den Märkten herrschte zwei Jahre lang Panik, und unsere Algorithmen sind gerade bei Panik erfolgreich, weil nämlich der Mensch, wenn er Angst hat, immer auf vorhersehbare Weise reagiert.« Er hob die Hände. »›Der Himmelsraum ist mit nackten Wesen erfüllt, die durch die Luft daherfahren. Menschen, nackte Männer, nackte Frauen, die dahinfahren und Sturm und Schneegestöber entfachen. Hört ihr es sausen? Es braust wie der Flügelschlag großer Vögel oben in der Luft. Das ist die Angst nackter Menschen, das ist die Flucht nackter Menschen!‹«

Er hielt inne und schaute in die erhobenen Gesichter seiner Kunden. Manchen stand der Mund offen, wie kleinen Vogeljungen, die auf Nahrung hofften. Sein eigener Mund war trocken.

»Das sind nicht meine Worte. Sie stammen von einem Eskimo-Schamanen, den Elias Canetti in *Masse und Macht* zitiert. Während der Arbeit an VIXAL-4 hatte ich diese Sätze als Bildschirmschoner auf meinem Computer. Kann ich einen Schluck Wasser haben, Hugo?«

Quarry beugte sich vor und gab ihm eine Flasche Evian und ein Glas. Hoffmann ließ das Glas stehen, schraubte den Plastikverschluss ab und trank aus der Flasche. Er wusste nicht, wie er auf seine Zuhörer wirkte. Es war ihm auch ziemlich egal. Er wischte sich mit dem Handrücken den Mund ab.

»Um 350 vor Christus definierte Aristoteles den Menschen als *zoon logon echon*, das *vernunftbegabte Wesen* oder, genauer, als das *Wesen, das spricht*. Vor allem die Sprache unterscheidet uns von allen anderen Kreaturen auf diesem Planeten. Die Entwicklung der Sprache befreite uns aus einer Welt der physischen Objekte und ersetzte sie durch ein Universum aus Symbolen. Niedrigere Wesen mögen auf eine primitive Weise ebenfalls miteinander kommunizieren und sogar die Bedeutung einiger weniger unserer menschlichen Symbole verstehen lernen – zum Beispiel ein Hund, der auf ›Sitz!‹ oder ›Komm!‹ reagiert. Aber nur der Mensch war in den vielleicht 40000 zurückliegenden Jahren ein *zoon logon echon*, ein Wesen mit Sprache. Das ist jetzt vorbei: Wir Menschen teilen unsere Welt mit Computern.«

Hoffmann deutete mit der Flasche zum Handelsraum, wobei er etwas Wasser auf dem Tisch verschüttete.

»Früher stellten wir uns vor, dass Computer – Roboter – die Hilfsarbeiten in unserem Leben übernehmen würden, dass sie sich eine Schürze umbinden und als Roboterdienstmagd herumlaufen und für uns die Hausarbeit oder sonst was erledigen würden, damit wir unsere freie Zeit genießen können. In Wahrheit geschieht das Gegenteil. Wir verfügen über ein riesiges Potenzial an überschüssigen, einfachen Arbeitskräften, die diese simplen Hilfsarbeiten verrichten, oft bei schlechter Bezahlung an sehr langen Arbeitstagen. Stattdessen verdrängen Computer Menschen mit Berufsausbildung: Übersetzer, Medizintechniker, Kanzleiangestellte, Buchhalter, Börsenhändler.

Computer sind zunehmend zuverlässigere Übersetzer in den Bereichen Handel und Technologie. In der Medizin hören sie sich die Symptome von Patienten an, diagnostizieren Krankheiten und verordnen sogar Behandlungen. Im Recht suchen und bewerten sie riesige Mengen an komplexen Dokumenten zu einem Bruchteil der Kosten eines Juristen. Algorithmen zur Spracherkennung erfassen die Bedeutung des gesprochenen wie des geschriebenen Wortes. Nachrichtenbulletins können in Echtzeit analysiert werden.

Als Hugo und ich diesen Fonds gründeten, bestanden unsere Daten ausschließlich aus digitalisierten Finanzstatistiken. Sonst gab es fast nichts. Doch im Lauf der letzten Jahre bekamen wir Zugriff auf eine völlig neue Galaxie von Informationen. Nicht mehr lange, dann wird jede Information auf der Welt digital verfügbar sein – jeder winzige

Fetzen an menschlichem Wissen, jeder kleine jemals gedachte Gedanke, den wir für wert befinden, Tausende von Jahren aufbewahrt zu werden. Jede Straße der Welt ist kartografiert, jedes Gebäude fotografiert. Wohin wir Menschen auch gehen oder fahren, was wir kaufen, welche Website wir anklicken, wir hinterlassen eine digitale Spur wie eine Schnecke ihre Schleimspur. Und Computer können diese Daten lesen, durchsuchen, analysieren und schließlich auf verschiedene Arten verwerten, die wir uns heute noch nicht einmal ansatzweise vorstellen können.

Die meisten Menschen sind sich dessen, was passiert ist, kaum bewusst. Warum auch? Wenn Sie aus diesem Gebäude auf die Straße gehen, sieht alles in etwa genauso aus, wie es immer ausgesehen hat. Ein Mensch von vor hundert Jahren könnte in diesem Teil von Genf herumlaufen und sich immer noch wie zu Hause fühlen. Aber hinter der physischen Fassade, den Mauern, den Ziegeln, dem Glas, ist die Welt eine entstellte, verzerrte, geschrumpfte, als ob der Planet in eine andere Dimension übergegangen wäre. Ich gebe Ihnen ein kleines Beispiel. Im Jahr 2007 hat die britische Regierung die Datensätze von fünfundzwanzig Millionen Menschen verloren, ihre Steuerkennziffern, ihre Kontonummern, ihre Adressen, ihre Geburtsdaten. Aber das waren keine Lastwagenladungen, die man verloren hat, das waren gerade mal zwei CDs. Und das ist noch gar nichts. Google wird eines Tages jedes jemals veröffentlichte Buch digitalisiert haben. Bibliotheken werden nicht mehr gebraucht werden. Man benötigt nur noch einen Bildschirm, den man in der Hand halten kann.

Aber der entscheidende Punkt ist: Menschen lesen immer noch mit der gleichen Geschwindigkeit wie Aristoteles. Der durchschnittliche amerikanische College-Student liest vierhundertfünfzig Wörter pro Minute. Die besonders Intelligenten schaffen achthundert. Das sind etwa zwei Seiten pro Minute. IBM hat erst im letzten Jahr bekanntgegeben, dass es für die US-Regierung einen Computer entwickelt, der 20 000 Billionen Berechnungen pro Sekunde erledigen kann. Für den Umfang an Informationen, den wir Menschen verarbeiten können, gibt es eine physische Grenze. Wir als Spezies haben das Ende der Fahnenstange erreicht. Für den Umfang an Informationen hingegen, den ein Computer verarbeiten kann, gibt es keine Grenze.

Die Sprache – also die Ersetzung von Objekten durch Symbole – hat für uns Menschen einen weiteren großen Nachteil. Der griechische Philosoph Epiktet hat das schon vor zweitausend Jahren erkannt, als er schrieb: ›Nicht die Dinge selbst verstören und beunruhigen die Menschen, sondern ihre Meinungen und Fantasien über die Dinge.‹ Die Sprache entfesselte die Kraft der Fantasie und damit auch Gerüchte, Panik, Angst. Algorithmen haben keine Fantasie. Sie geraten nicht in Panik. Deshalb eignen sie sich perfekt für den Handel an den Finanzmärkten.

Wir haben mit unserer neuen Generation von VIXAL-Algorithmen versucht, die Komponente des Kurses, die sich allein aus vorhersehbaren menschlichen Verhaltensmustern ableiten lässt, zu isolieren, zu messen und in unsere Marktberechnungen einzubeziehen. Warum, zum Beispiel, fällt ein Aktienkurs, der in Erwartung positiver Zahlen steigt, unweigerlich unter seinen alten Kurs, wenn die Zahlen schlechter als erwartet ausfallen? Warum halten Händler manchmal störrisch an einer bestimmten Aktie fest, auch wenn sie an Wert verliert und die Verluste immer größer werden, während sie ein andermal eine völlig makellose Aktie verkaufen, anstatt sie zu halten, nur weil die Kurse allgemein fallen? Der Algorithmus, der mit seiner Strategie diese Mysterien auflösen kann, wird einen gewaltigen Wettbewerbsvorteil haben. Wir glauben, dass wir nun genügend Datenmaterial zur Verfügung haben, um diese Anomalien vorhersagen und von ihnen profitieren zu können.«

Ezra Klein, der immer schneller auf seinem Stuhl hin und her gewippt war, konnte sich nicht länger zurückhalten. »Das ist *verhaltensorientierte Finanzierungslehre*, nichts weiter!«, platzte es aus ihm heraus. Die beiden Worte klangen aus seinem Mund wie Ketzerei. »Zugegeben, die Efficient-Markets-Hypothese ist erledigt, aber wie filtern Sie die Nebengeräusche heraus, damit die Verhaltenstheorie in der Praxis funktioniert?«

»Wenn man aus der Bewertung einer Aktie die Schwankung herausrechnet, der sie im Laufe der Zeit unterliegt, dann bleibt nur die Verhaltenswirkung übrig, wenn überhaupt.«

»Ja, aber wie finden Sie heraus, was die Verhaltenswirkung hervorgerufen hat? Da können Sie gleich die Geschichte des gesamten verdammten Universums untersuchen.«

»Ezra, ich stimme Ihnen ja zu«, sagte Hoffmann gelassen. »Wir können nicht für die letzten zwanzig Jahre jeden Aspekt menschlichen Verhaltens an den Märkten und dessen wahrscheinlichen Auslöser analysieren, egal, wie viel digitales Datenmaterial wir jetzt zur Verfügung haben und wie schnell unsere Hardware sie abfragen kann. Wir wussten von Anfang an, dass wir den Fokus würden eingrenzen müssen. Die Lösung, die wir gefunden haben, ist die, dass wir uns auf eine einzige bestimmte Emotion beschränken, über die wir substanzielles Material haben.«

»Und die wäre?«

»Die Angst.«

Unruhe machte sich im Raum breit. Typisch Klein, dachte Hoffmann, dass er die Hypothese effizienter Märkte erwähnt hatte. Obwohl Hoffmann selbst sich bemüht hatte, ohne Fachkauderwelsch auszukommen, war ihm doch die wachsende Verwirrung unter seinen Zuhörern aufgefallen. Aber jetzt hatte er ihre Aufmerksamkeit, keine Frage. Er fuhr fort. »Historisch betrachtet, ist Angst die stärkste Emotion in der Wirtschaft. Erinnern Sie sich an Franklin D. Roosevelt in der Großen Depression? Von ihm stammt das berühmteste Zitat der Finanzgeschichte: ›Das Einzige, wovor wir Angst haben müssen, ist die Angst selbst.‹ Angst ist wahrscheinlich die stärkte menschliche Emotion, Punkt. Wer ist schon jemals morgens um vier aufgewacht, weil er überglücklich war? Die Angst ist so stark, dass es uns relativ leichtgefallen ist, die Nebengeräusche herauszufiltern, die von anderen emotionalen Inputs ausgehen, und uns auf diesen einen Impuls zu konzentrieren. Es ist uns zum Beispiel gelungen, aktuelle Marktschwankungen mit der Häufigkeitsrate von angstbesetzten Wörtern in den Medien in Beziehung zu setzen – Terror, Alarm, Panik, Horror, Entsetzen, Grauen, Furcht, Anthrax, Atom. Unsere Schlussfolgerung: Die Welt wird von Angst beherrscht wie noch nie zuvor.«

»Das liegt an El Kaida«, sagte Elmira Gulzhan.

»Zum Teil. Aber warum sollte El Kaida mehr Angst verbreiten als das Gleichgewicht des Schreckens im Kalten Krieg? In den Fünfzigern und Sechzigern drohte uns von beiden Seiten die Zerstörung, übrigens eine Zeit mit enormem Marktwachstum und großer Stabilität. Unsere Schlussfolgerung lautet, dass die Digitalisierung an sich eine epidemische Angst hervorruft und dass Epiktet recht hatte: Wir leben nicht in einer Welt aus realen Dingen, sondern aus Meinungen und Fantasien. Die zunehmende Marktvolatilität ist eine Funktion der Digitalisierung, was heißt: überspitzte menschliche Stimmungsschwankungen durch beispiellose Informationsverbreitung per Internet.«

»Und wir sind draufgekommen, wie man Geld damit macht«, sagte Quarry aufgekratzt. Mit einem Nicken bedeutete er Hoffmann, fortzufahren.

»Wie die meisten von Ihnen sicher wissen, berechnet die Chicago Board of Exchange den VIX, den S&P 500 Volatility Index, den es jetzt in der einen oder anderen Form seit siebzehn Jahren gibt. Dieser Ticker bildet die Kurse von Kauf- und Verkaufsoptionen auf im S&P 500 gehandelten Aktien ab. Für Mathematiker: Der VIX wird als Quadratwurzel aus der Varianz des Swapsatzes für einen Dreißigtagezeitraum berechnet, notiert in annualisierter Form. Für Normalsterbliche: Er zeigt die implizite Volatilität des Marktes für den kommenden Monat an. Der VIX verändert sich von Minute zu Minute. Je höher der Index, desto größer die Unsicherheit im Markt. Die Händler nennen ihn deshalb Angstbarometer. Und das ist natürlich selbst liquide – man kann VIX-Optionen und VIX-Futures handeln, und wir handeln sie.

Der VIX war also unser Ausgangspunkt. Er hat uns mit einem Haufen nützlichem Datenmaterial versorgt, das bis 1993 zurückreicht. Das können wir mit den neuen Verhaltensindizes, die wir gesammelt haben, genauso kombinieren wie mit unseren schon existierenden Methoden. Der VIX hat uns auch den Namen für unseren Algorithmus-Prototypen, den VIXAL-1, geliefert, einen Namen, den wir bis heute beibehalten haben, auch wenn wir den VIX selbst inzwischen weit hinter uns gelassen haben. Wir sind nun bei der vierten Iteration angelangt, die wir mit einem beachtlichen Mangel an Fantasie VIXAL-4 nennen.«

Wieder meldete sich Klein zu Wort. »Die implizite Volatilität des VIX kann nach oben genauso ausschlagen wie nach unten.«

»Das wird von uns berücksichtigt«, sagte Hoffmann. »Nach unseren Kriterien bemessen wir Optimismus als etwas, was von der Abwesenheit von Angst bis zu einer Gegenreaktion auf die Angst reichen kann. Denken Sie daran, dass Angst nicht nur umfassende Marktpanik und Flucht in Sicherheit bedeuten kann. Es gibt auch so etwas wie den ›Klammereffekt‹, wenn eine Aktie gegen jede Vernunft gehalten wird, oder den ›Adrenalineffekt‹, wenn der Wert einer Aktie stark ansteigt. Wir sind noch dabei, diese verschiedenen Kategorien zu untersuchen, um ihre Einflüsse auf den Markt bestimmen und unser Modell verfeinern zu können.« Easterbrook hob die Hand. »Ja, Bill?«

»Ist dieser Algorithmus schon einsatzfähig?«

»Das zielt mehr auf die praktische als auf die theoretische Seite. Das kann Ihnen Hugo besser beantworten. Hugo.«

»Die ersten Tests von VIXAL-1 anhand von Vergangenheitsdaten hat unsere Entwicklungsabteilung vor knapp zwei Jahren durchgeführt«, sagte Quarry. »Das waren natürlich Simulationen, ohne jede Einwirkung auf den Markt. Tatsächlich eingestiegen sind wir im Mai 2009 mit VIXAL-2, erst mal mit Spielgeld, hundert Millionen Dollar. Nachdem die Kinderkrankheiten beseitigt waren, haben wir im November mit VIXAL-3 weitergemacht und den Einsatz auf eine Milliarde Dollar erhöht. Das verlief so erfolgreich, dass wir uns vor einer Woche dazu entschlossen haben, VIXAL-4 die Kontrolle über den gesamten Fonds zu übergeben.«

»Mit welchen Ergebnissen?«

»Die detaillierten Zahlen stellen wir Ihnen am Ende unserer kleinen Einführung vor. Über den Daumen würde ich sagen: VIXAL-2 hat in den sechs Monaten seines Einsatzes im Handel um die zwölf Millionen Dollar gemacht, VIXAL-3 hundertachtzehn Millionen. Stand gestern Abend liegen wir mit VIXAL-4 bei 79,7 Millionen.«

Easterbrook runzelte die Stirn. »Haben Sie nicht gerade gesagt, dass der erst seit einer Woche läuft?«

»Korrekt.«

»Aber das heißt …«

»Das heißt …«, sagte Ezra Klein, der im Kopf nachrechnete und dann fast von seinem Stuhl aufsprang. »Bei einem Zehn-Milliarden-Dollar-Fonds können Sie mit einem Profit von 4,14 Milliarden pro Jahr rechnen.«

»Außerdem ist der VIXAL-4 ein autonomer, selbstlernender Algorithmus«, sagte Hoffmann. »Da er immer weiter Daten sammelt und analysiert, wird er voraussichtlich noch effektiver werden.«

Rund um den Tisch war leises Pfeifen und Gemurmel zu hören. Die beiden Chinesen fingen an, miteinander zu flüstern.

»Sie werden jetzt sicher verstehen, dass wir uns entschlossen haben, zusätzliche Investments anzunehmen«, sagte Quarry grinsend. »Bevor jemand eine Klonstrategie entwickelt, müssen wir unser Spielzeug auf Teufel komm raus melken. Das scheint mir jetzt der passende Moment zu sein, meine Damen und Herren, Ihnen einen Blick auf unseren VIXAL-4 in Aktion zu gewähren.«

*

Im drei Kilometer entfernten Cologny hatten die Kriminaltechniker die Untersuchung von Hoffmanns Haus abgeschlossen. Die Tatortbeamten – ein junger Mann und eine junge Frau, die man für Studenten oder ein Liebespaar hätte halten können – hatten ihre Ausrüstung eingepackt und waren wieder gefahren. Ein gelangweilter Gendarm saß in der Auffahrt in seinem Wagen.

Gabrielle war in ihrem Studio und zerlegte das Porträt des Fötus. Sie zog jede einzelne Glasplatte aus ihrem Schlitz in dem Holzsockel, wickelte sie in Seidenpapier und Noppenfolie und legte sie dann in einen Pappkarton. Merkwürdig, dachte sie, dass aus dem schwarzen Loch dieser Tragödie so viel kreative Energie fließen konnte. Sie hatte das Baby vor zwei Jahren im sechsten Monat verloren: nicht ihre erste Schwangerschaft, die mit einer Fehlgeburt geendet hatte, aber die bei Weitem längste und niederschmetterndste. Im Krankenhaus hatten die Ärzte eine MRT-Aufnahme von ihr gemacht, was ungewöhnlich gewesen war. Danach hatte sie, anstatt allein in der Schweiz zu bleiben, Alex auf eine Geschäftsreise nach Oxford begleitet. Während er im Hotel Randolph Einstellungsgespräche mit promovierten Wissenschaftlern geführt hatte, war sie in einem Museum auf ein 3-D-Modell der Molekularstruktur von Penicillin gestoßen, das die Nobelpreisträgerin für Chemie Dorothy Hodgkin 1944 aus Plexiglasplatten gebaut hatte. Eine Idee war aufgekeimt, und nachdem sie nach Genf zurückgekehrt waren, hatte sie versucht, die gleiche Technik bei einer MRT-Aufnahme ihrer Gebärmutter anzuwenden, dem Einzigen, was ihr von ihrem Baby geblieben war.

Nachdem sie eine Woche lang experimentiert hatte, hatte sie herausgefunden, welche der zweihundert Schnittbilder für Ausdrucke infrage kamen, welche Tinte sie benutzen musste und wie sie verhindern konnte, dass die Tinte verschmierte. Mehrere Male hatte sie sich an den scharfen Kanten der Glasplatten geschnitten. Das Wunder jenes Nachmittags, als sie sie zum ersten Mal aufzog und die Umrisse erkennbar wurden – die geballten Hände, die eingerollten Zehen –, würde ihr immer in Erinnerung bleiben. Während sie gearbeitet hatte, war draußen vor dem Fenster ihrer damaligen Wohnung der Himmel schwarz geworden. Grellgelbe, gegabelte Blitze zuckten über den Bergen. Sie wusste, dass ihr das niemand glauben würde. Es war zu theatralisch. Sie hatte das Gefühl, als hätte sie sich eine Urgewalt zunutze gemacht, als hätte sie sich an den Toten vergriffen. Als Alex von der Arbeit nach Hause kam, sah er das Porträt, setzte sich davor und sagte zehn Minuten lang kein Wort.

Ab diesem Tag war sie von den Möglichkeiten, Wissenschaft und Kunst zu verbinden und daraus Bilder von lebenden Formen herzustellen, restlos gefesselt. Meistens war sie ihr eigenes Modell gewesen. Sie überredete die Röntgentechniker im Krankenhaus, Aufnahmen von Kopf bis Fuß von ihr zu machen. Das Gehirn war der schwierigste Teil. Sie musste herausfinden, welche Linien sich am besten zum Nachzeichnen eigneten – der Aquaeductus mesencephali, die Cisterna venae cerebri magnae, das Tentorium cerebelli und die Medulla oblongata. Die Schlichtheit der Form und die ihr eigenen Paradoxien faszinierten sie am meisten – die Klarheit und das Rätselhafte, das Unpersönliche und das Intime, das Exemplarische und dennoch absolut Einzigartige.

Als sie am Morgen beobachtet hatte, wie Alex in die CT-Röhre glitt, hatte sie den Wunsch verspürt, von ihm ein Porträt zu machen. Sie fragte sich, ob ihr die Ärzte seine Bilder geben würden und ob er damit einverstanden wäre, dass sie sie benutzte.

Behutsam wickelte sie die letzte Glasplatte und den Sockel ein und versiegelte dann den Pappkarton mit dickem, braunem Klebeband. Von all ihren Arbeiten gerade diese für die Ausstellung auszuwählen war eine schmerzvolle Entscheidung gewesen: Wenn jemand sie kaufte, dann würde sie sie wahrscheinlich nie wiedersehen. Und doch war ihr die Auswahl gerade dieser Arbeit wichtig gewesen. Das war überhaupt der Sinn und Zweck gewesen: sie zu erschaffen, um ihr eine eigene Existenz zu geben, um sie hinaus in die Welt ziehen zu lassen.

Sie trug den Karton hinaus in den Gang, als wäre er eine Opfergabe. An den Türgriffen und Holzverkleidungen waren noch Spuren des blauweißen Pulvers zu sehen, das die Kriminaltechniker bei ihrer Suche nach Fingerabdrücken hinterlassen hatten. Das Blut im Hausflur war aufgewischt worden. Die Stelle auf dem Boden, wo sie Alex gefunden hatte, war noch feucht. Vorsichtig ging sie darum herum. Dann hörte sie ein Geräusch, das aus dem Arbeitszimmer kam. Sie bekam eine Gänsehaut, und im gleichen Augenblick tauchte in der Tür die massige Gestalt eines Mannes auf. Sie stieß einen Schrei aus und hätte fast den Karton fallen lassen.

Dann erkannte sie ihn. Es war Genoud, der Mann vom Sicherheitsdienst. Als sie eingezogen waren, hatte er ihr erklärt, wie man die Alarmanlage bediente. Ein anderer Mann war bei ihm, ein stämmiger Bursche, der wie ein Ringer aussah.

»Entschuldigen Sie, Madame Hoffmann, wir wollten Sie nicht erschrecken.« Genoud gab sich ernst und professionell. Er stellte ihr seinen Begleiter vor. »Das ist Camille. Ihr Mann möchte, dass er ein Auge auf Sie hat.«

»Ich brauche keinen Aufpasser«, sagte Gabrielle. Aber sie war zu aufgewühlt, um sich ernsthaft zu wehren. Der Bodyguard nahm ihr den Karton ab und trug ihn hinaus zu dem wartenden Mercedes. Sie wollte wenigstens durchsetzen, dass er sie mit ihrem eigenen Wagen zur Galerie fahren ließ, aber auch das lehnte Genoud ab. Solange der Mann nicht festgenommen sei, der Doktor Hoffmann überfallen habe, sagte er, sei das zu gefährlich. Schließlich fügte sie sich ein weiteres Mal seiner ungehobelten professionellen Sturheit und stieg in den Mercedes.

*

»Klasse Auftritt«, flüsterte Quarry, als er Hoffmann am Ellbogen nahm und aus dem Sitzungszimmer geleitete.

»Meinst du? Ich hatte das Gefühl, dass sie irgendwann gar nichts mehr kapiert haben.«

»Das ist denen doch egal, solange du sie nur irgendwann wieder an den Punkt zurückführst, der ihnen wirklich wichtig ist. Was nämlich für sie unterm Strich rausspringt. Zwischendrin ein bisschen griechische Philosophie mag doch jeder.« Er bugsierte Hoffmann vor sich her. »Mann, der alte Ezra ist wirklich ein ekelhafter Arsch, aber für diese kleine Kopfrechenübung am Ende könnte ich ihn abknutschen.«

Die Kunden warteten geduldig vor dem Handelsraum. Nur der junge Herxheimer und der Pole Łukasiński hatten den anderen den Rücken zugekehrt und sprachen leise, aber lebhaft in ihre Handys. Quarry wechselte einen Blick mit Hoffmann, der nur mit den Achseln zuckte. Selbst wenn sie gegen die Vertraulichkeitsvereinbarung verstießen, konnten sie nicht viel dagegen unternehmen. Ohne Beweis für den Verstoß waren solche Vereinbarungen nur schwer durchzusetzen, und wenn, war es ohnehin in aller Regel zu spät.

»Hier entlang, bitte«, rief Quarry und hielt wie ein Fremdenführer einen Finger in die Luft. Die Kunden folgten ihm in Zweierreihen durch den großen Raum. Herxheimer und Łukasiński beendeten sofort ihre Gespräche und schlossen sich der Gruppe an. Elmira Gulzhan, die eine große Sonnenbrille trug, setzte sich wie selbstverständlich an die Spitze der Schlange. Die in Strickjacke und ausgebeulter Hose hinter ihr herschlurfende Clarisse Mussard sah aus wie ihr Dienstmädchen. Instinktiv warf Hoffmann einen Blick auf den CNBC-Ticker und brachte sich auf den neuesten Stand an den europäischen Märkten. Die seit einer Woche anhaltende Talfahrt schien endlich gestoppt zu sein. Der FTSE 100 war fast um ein halbes Prozent gestiegen.

Sie scharten sich im Bereich Ausführung um einen der Handelsbildschirme. Der Quant, der davorsaß, räumte seinen Schreibtisch, damit sie einen besseren Blick auf den Monitor hatten.

»Das ist also unser VIXAL-4 in Aktion«, sagte Hoffmann. Er trat einen Schritt zurück, damit die Investoren näher an das Terminal herantreten konnten. Er blieb stehen, damit keiner seine Kopfverletzung sehen konnte. »Der Algorithmus wählt die Trades aus. Die offenen Orders stehen im Fenster links, die ausgeführten Orders rechts.« Er beugte sich etwas vor, um die Zahlen lesen zu können. »Hier zum Beispiel«, sagte er. »Das sind …« Er stutzte. Der Umfang des Trades überraschte ihn. Einen

Moment lang glaubte er, die Dezimalstelle wäre verrutscht. »Hier sehen Sie, dass wir eineinhalb Millionen Verkaufsoptionen für Accenture zu zweiundfünfzig Dollar das Stück haben.«

»Wow«, sagte Easterbrook. »Ganz schön happige Wette auf eine Short-Position. Wisst ihr was über Accenture, was wir nicht wissen?«

»Steuerlicher Gewinn im zweiten Quartal um drei Prozent gesunken«, ratterte Klein aus dem Gedächtnis herunter. »Einnahmen sechzig Cent pro Aktie: nicht großartig, aber ich verstehe die Logik der Position nicht.«

»Nun ja«, sagte Quarry. »Irgendeine Logik wird schon dahinterstecken, sonst hätte sich VIXAL die Optionen nicht gesichert. Zeig ihnen einen anderen Trade, Alex.«

Hoffmann zeigte auf einen anderen Bildschirm. »Okay. Hier – können Sie es alle sehen? –, hier ist eine andere Short-Position, die wir uns heute Morgen gesichert haben: zwölfeinhalb Millionen Verkaufsoptionen für Vista Airways zu 7,28 Euro das Stück.«

Vista Airways war eine umsatzstarke Billigfluglinie, auf die keiner der Anwesenden auch nur im Traum getippt hätte.

»Zwölfeinhalb Millionen?«, wiederholte Easterbrook. »Ganz schön fetter Brocken vom Markt. Eure Maschine hat wirklich Nerven wie Drahtseile, das muss man ihr lassen.«

»Ach was, Bill«, sagte Quarry. »So groß ist das Risiko nun auch wieder nicht. Aktien von Fluglinien sind heutzutage alle fragil. Mit der Position kann ich wirklich ruhig schlafen.« Aber er klang defensiv. Auch er hatte gesehen, dass die europäischen Märkte stiegen, dachte Hoffmann: Wenn eine technische Erholung über den Atlantik schwappte, konnten sie von einer anschwellenden Flut erfasst werden und würden am Ende die Optionen mit Verlust verkaufen müssen.

»Vista Airways hatte im letzten Quartal zwölf Prozent Passagierzuwachs und eine nach oben korrigierte Gewinnerwartung von neun Prozent«, sagte Klein. »Außerdem haben die sich gerade erst einen neuen Flugzeugpark angeschafft. Den Sinn dieser Position verstehe ich auch nicht.«

»Wynn Resorts«, las Hoffmann vom nächsten Schirm ab. »Eine Zwei-Millionen-Short-Position zu 124.« Er runzelte verwirrt die Stirn. Diese gewaltigen Einsätze auf sinkende Kurse widersprachen dem üblichen komplexen Muster der von VIXAL gesteuerten Trades.

»Also dieser Trade verblüfft mich nun wirklich«, sagte Klein. »Die hatten im ersten Quartal ein Wachstum von 740 Millionen auf 909 Millionen mit einer Bardividende von fünfundzwanzig Cent pro Aktie. Außerdem haben sie dieses fabelhafte neue Resort in Macau. Das ist praktisch eine Lizenz zum Gelddrucken, die haben da allein an den Spieltischen im ersten Quartal zwanzig Milliarden umgesetzt. Darf ich mal?« Ohne die Erlaubnis abzuwarten, beugte er sich neben Hoffmann nach vorn, nahm die Maus und fing an, durch die aktuellen Trades zu klicken. Sein Anzug roch wie eine ganze Trockenreinigung. Hoffmann musste den Kopf abwenden. »Procter & Gamble, sechs Millionen Short-Positionen zu 62 ... Exelon, *drei Millionen* Short-Positionen zu 41,50 ... Plus die Optionen ... Scheiße, Hoffmann, kracht da bald ein Asteroid auf die Erde, oder was?«

Sein Gesicht klebte förmlich am Bildschirm. Er zog ein Notizbuch aus der Innentasche und fing an, Zahlen aufzuschreiben, worauf Quarry die Hand ausstreckte und ihm das Büchlein geschickt aus der Hand zog. »Ezra, wie unartig«, sagte er. »Sie wissen doch, das ist ein papierloses Büro.« Er riss die Seite heraus, knüllte sie zusammen und steckte sie in die Tasche.

»Eine Frage, Alex«, sagte François de Gombart-Tonnelle, Elmiras Liebhaber. »Bei der Ausführung so großer Short-Positionen, muss da der Mensch noch eingreifen, oder erledigt das der Algorithmus selbstständig?«

»Selbstständig«, sagte Hoffmann. Er löschte die Einzelheiten der Trades vom Bildschirm. »Erst wählt der Algorithmus die Aktie aus, die er handeln will. Dann begutachtet er das Handelsmuster dieser Aktie in den vergangenen zwanzig Tagen. Dann führt er die Order so aus, dass der Markt nicht aufgeschreckt und der Preis nicht beeinflusst wird.«

»Dann wird der ganze Prozess quasi per Autopilot gesteuert? Ihre Händler sind also so etwas wie Piloten in einem Jumbojet?«

»Exakt. Unser System spricht direkt mit dem ausführenden System des Brokers, und dann nutzen wir dessen Infrastruktur, um uns in die Börse einzuklinken. Kein Mensch telefoniert noch mit einem Broker. Nicht von hier aus jedenfalls.«

»Aber an irgendeinem Punkt sitzt doch wohl hoffentlich noch ein Mensch, der das alles kontrolliert?«, sagte Iain Mould.

»Ja, genau wie im Cockpit eines Jumbos. Ständige Überwachung ist gewährleistet, es wird aber in der Regel nicht mehr eingegriffen, außer irgendetwas läuft schief. Wenn einem der Leute hier im Bereich Ausführung eine Order Kopfzerbrechen macht, dann kann er den Ablauf natürlich stoppen, bis die Sache von mir, Hugo oder einem unserer Manager geklärt ist.«

»Ist das schon mal vorgekommen?«

»Nein. Nicht beim VIXAL-4. Bis jetzt nicht.«

»Wie viele Trades wickelt das System pro Tag ab?«

Quarry schaltete sich wieder ein. »Etwa achthundert.«

»Und alle ausschließlich auf algorithmischer Basis?«

»Ja. Ich kann mich nicht erinnern, wann ich zuletzt eigenhändig einen Trade ausgeführt habe.«

»Da Sie schon so lange zusammenarbeiten, nehme ich an, dass AmCor Ihr Prime Broker ist?«

»Nicht nur, wir haben inzwischen mehrere Prime Broker.«

»Leider Gottes«, sagte Easterbrook lachend.

»Bei allem Respekt für Bill«, sagte Quarry. »Wir wollen vermeiden, dass eine einzige Maklerfirma über all unsere Strategien Bescheid weiß. Im Augenblick arbeiten wir mit diversen großen Banken und spezialisierten Häusern zusammen: drei für Aktien, drei für Rohstoffe und fünf für Anleihen. Ich schlage vor, wir schauen uns jetzt mal die Hardware an.«

Während die Gruppe voranging, nahm Quarry Hoffmann kurz beiseite.

»Habe ich hier was verpasst?«, fragte er leise. »Diese Positionen sind doch alle völlig überzogen, oder?«

»Sie sind tatsächlich ein bisschen exponierter als normalerweise«, sagte Hoffmann. »Aber nicht so, dass wir uns Sorgen machen müssten. Da fällt mir ein: LJ hat vorhin gesagt, dass Gana eine Sitzung des Risikoausschusses vorgeschlagen hat. Ich habe ihm gesagt, er soll mit dir darüber sprechen.«

»Verdammt, das wollte er also. Ich hatte keine Zeit, als er angerufen hat. Scheiße.« Quarry schaute auf seine Uhr und dann hoch zu den Tickern. Die europäischen Märkte verzeichneten immer noch Anfangsgewinne. »Okay, wenn die gleich alle ihren Kaffee bekommen, dann haben wir fünf Minuten. Ich sage Gana Bescheid, dass wir uns in meinem Büro treffen. Geh du jetzt wieder zu unseren Schäfchen, und halt sie bei Laune.«

Die Computer befanden sich in einem großen abgetrennten Raum ohne Fenster auf der gegenüberliegenden Seite des Handelsraums. Hoffmann übernahm die Führung. Er stellte sich vor den Gesichtsscanner – nur wenige waren befugt, das Allerheiligste zu betreten – und wartete, bis die Bolzen zurückglitten, dann drückte er gegen die Tür. Die schwere, feuerfeste Tür hatte in der Mitte eine verstärkte Glasscheibe und rundum eine Vakuumdichtung aus Gummi, das ein leicht zischendes Geräusch machte, als es über die weißen Bodenfliesen glitt.

Hoffmann betrat den Raum als Erster, die anderen folgten. Verglichen mit der relativen Stille im Handelsraum kam man sich zwischen den emsig lärmenden Computern fast wie in einer Maschinenhalle vor. Die roten und grünen Kontrolllämpchen an den Rechnern, die Seite an Seite in Lagerhausregalen standen, flackerten hektisch. Im hinteren Teil des Raums verrichteten in hohen Plexiglasgehäusen zwei automatische Bandroboter vom Typ IBM TS3500 ihre Arbeit. Wie zustoßende Schlangen schossen sie auf Einschienenbahnen hin und her und speicherten Daten oder lieferten die, die VIXAL-4 von ihnen anforderte. Es war einige Grad kälter als im Rest des Gebäudes. Der Lärm der leistungsstarken Klimaanlage, die für die Kühlung der Hauptprozessoren notwendig war, und die Lüftungsgeräusche an den Hauptplatinen selbst machten eine Verständigung erstaunlich schwierig. Damit alle ihn verstehen konnten, musste Hoffmann sehr laut sprechen.

»Nur für den Fall, dass Sie beeindruckt sein sollten: Die Leistungsstärke unserer Anlage entspricht nur vier Prozent der Kapazität der Prozessorfarm am CERN, wo ich früher gearbeitet habe. Das Prinzip ist allerdings das gleiche. Wir haben hier knapp tausend Standard-CPUs.« Er legte stolz die rechte Hand auf ein Regal. »Jede verfügt über zwei bis vier Prozessorkerne, die denen entsprechen, die Sie auch in Ihren Computern zu Hause haben, nur ohne das Gehäuse und dass sie von Spezialfirmen für uns zusammengebaut wurden. Wir haben festgestellt, dass diese Methode zuverlässiger und kostengünstiger ist, als in Supercomputer zu investieren, und dass wir das System leichter nachrüsten können, was wir eigentlich ständig tun. Ich nehme an, Sie kennen Moores Gesetz, ja? Es besagt, dass sich die Zahl der Transistoren je integriertem Schaltkreis – das heißt im Kern: Speichergröße und Prozessorgeschwindigkeit – alle achtzehn Monate verdoppelt und sich dadurch die Kosten halbieren. Moores Gesetz bestätigt sich mit verblüffender Beständigkeit seit 1965 und tut es immer noch. In den Neunzigern hatten wir am CERN einen Cray-X-MP/48-Supercomputer, der fünfzehn Millionen Dollar gekostet hat. Die gleiche Leistung liefert Ihnen heute eine Microsoft-X-Box für zweihundert. Sie können sich vorstellen, was das für die Zukunft bedeutet.«

Elmira Gulzhan zitterte übertrieben. Sie verschränkte die Arme und fragte: »Warum muss es hier so verdammt kalt sein?«

»Die Prozessoren entwickeln eine enorme Hitze. Wenn wir sie nicht kühlen, fallen sie aus. Wenn wir die Klimaanlage ausschalten, steigt die Raumtemperatur um ein Grad pro Minute. Nach zwanzig Minuten wäre es äußerst ungemütlich hier drin. Nach einer halben Stunde würde das ganze System zusammenbrechen.«

»Was passiert bei einem Stromausfall?«, fragte Etienne Mussard.

»Bei kurzzeitigen Unterbrechungen schalten wir auf Autobatterien um. Wenn das Stromnetz zehn Minuten lang ausfällt, schalten sich im Keller Dieselgeneratoren ein.«

»Was passiert, wenn ein Brand ausbricht?«, fragte Łukasiński. »Oder bei einem Terrorangriff?«

»Wir verfügen natürlich über ein vollständiges System-Back-up. Der Handel würde einfach weitergehen. Aber das wird nicht passieren, keine Sorge. Wir haben viel Geld in Sicherheit investiert – Sprinkleranlagen, Rauchmelder, Brandmauern, Videoüberwachung, Wachmannschaften, Computersicherheit. Und vergessen Sie eins nicht: Wir sind hier in der Schweiz.«

Die meisten lächelten. Łukasiński nicht. »Haben Sie einen firmeneigenen Sicherheitsdienst oder einen externen?«

»Extern.« Hoffmann fragte sich, warum der Pole so versessen auf das Thema Sicherheit war. Die Paranoia der Reichen, vermutete er. »Alles ist extern: Sicherheit, Rechtsberatung, Buchhaltung, Transport, Catering, technischer Support, Reinigung. Die Büroräume sind gemietet. Sogar die Einrichtung ist gemietet. Wir wollen ein Unternehmen sein, das sein Geld durch das digitale Zeitalter verdient, wir wollen selbst digital sein. Das heißt, wir versuchen, so reibungsarm wie möglich zu sein, mit null Inventar.«

»Wie gewährleisten Sie Ihre persönliche Sicherheit?«, bohrte Łukasiński weiter. »Wie ich höre, sind Sie gestern Abend in Ihrem Haus überfallen worden.«

Hoffmann verspürte ein merkwürdiges Gefühl der Schuld und Verlegenheit. »Woher wissen Sie das?«

»Hat mir irgendwer erzählt«, sagte Łukasiński beiläufig.

Elmira legte ihre Hand auf Hoffmanns Arm. Ihre langen, rotbraunen Nägel waren wie Klauen. »Oh, Alex«, sagte sie leise. »Wie schrecklich.«

»Wer?«, fragte Hoffmann.

»Wenn ich mich da kurz einschalten dürfte«, sagte Quarry, der unbemerkt hinter der Gruppe eingetreten war. »Dieser Vorfall hatte absolut nichts mit unseren geschäftlichen Aktivitäten zu tun. Irgendein Verrückter, den die Polizei sicher bald schnappen wird. Und was Ihre Frage betrifft, Mieczysław, wir haben das Nötige veranlasst und den Schutz für Alex verstärkt, bis die Angelegenheit geklärt ist. Hat noch jemand Fragen im Zusammenhang mit unserer Hardware?« Schweigen. »Nein? Dann schlage ich vor, dass wir jetzt von hier verschwinden, bevor wir uns noch alle den Tod holen. Zum Aufwärmen wartet im Sitzungsraum Kaffee auf Sie. Wenn Sie bitte schon mal vorausgehen möchten, wir kommen gleich nach. Ich habe noch eine Kleinigkeit mit Alex zu besprechen.«

*

Sie hatten den Handelsraum gerade zur Hälfte durchquert, als vor den großen Bildschirmen in ihrem Rücken einer der Quants laut aufstöhnte. In dem Raum, in dem sonst nur im Flüsterton gesprochen wurde, wirkte das Geräusch wie ein Schuss in einer Bücherei. Hoffmann blieb ruckartig stehen, drehte sich um und sah, dass sich beim Anblick der Bilder von Bloomberg und CNBC die Hälfte seiner Leute von ihren Stühlen erhob. Der Physiker, der neben ihm stand, hielt sich die Hand vor den Mund.

Auf beiden Satellitenkanälen waren die gleichen Bilder

zu sehen, die offensichtlich von einem Handy stammten und ein Passagierflugzeug beim Landeanflug auf einen Flughafen zeigten. Das Flugzeug war offensichtlich in Schwierigkeiten. Es hatte etwas Schlagseite: Ein Flügel stand viel höher als der andere. Es sank viel zu schnell, und aus einer Seite drang Rauch.

Jemand nahm die Fernbedienung und stellte den Ton lauter.

Der Jet verschwand kurz hinter einem Tower aus dem Blickfeld, tauchte wieder auf und berührte leicht die Dächer einiger niedriger, sandfarbener Gebäude – möglicherweise Hangars. Im Hintergrund waren Tannen zu erkennen. Der Flugzeugbauch schien die Hallen zu streifen, eine fast zärtliche Berührung, dann explodierte der Jet in einem gewaltigen gelben Feuerball, der immer weiterrollte. Einer der Flügel, an dem eines der Triebwerke zu erkennen war, stieg aus dem sich ausbreitenden Inferno in die Höhe und schlug elegante Räder. Das wackelige Objektiv folgte dem Flügel, bis er aus dem Bild fiel. Dann erreichten das Geräusch der Explosion und die Druckwelle die Kamera. Blecherne Schreie und gebrüllte, panische Wortfetzen in einer Hoffmann unbekannten Sprache waren zu hören – russisch vielleicht. Das Bild wackelte und wechselte dann zu einer späteren, stabileren Aufnahme, auf der dichter, schwarz-öliger Rauch zu sehen war, aus dem orangefarbene und gelbe Flammen in den Himmel über dem Flughafen schossen.

Zu den Bildern sagte die Moderatorin, offenbar eine Amerikanerin: *»Das waren also die Szenen, die sich vor wenigen Minuten abspielten, als ein Passagierjet von Vista Airways mit achtundneunzig Menschen an Bord beim Landeanflug auf den Moskauer Flughafen Domodedowo …«*

»Vista Airways?«, sagte Quarry, drehte sich ruckartig um und schaute Hoffmann ins Gesicht. »Hat sie gerade Vista Airways gesagt?«

Gleichzeitig wurden überall im Handelsraum Dutzende von flüsternden Stimmen laut. »Mein Gott, die Aktien haben wir den ganzen Morgen geshortet.« – »Das ist ja unheimlich.«

»Mach das Scheißding aus!«, rief Hoffmann. Als nichts passierte, ging er zwischen den Schreibtischen hindurch und riss dem bedauernswerten Quant die Fernbedienung aus der Hand. Schon wurden die Bilder wiederholt. Zweifellos würden sie den ganzen Tag über immer wieder gezeigt werden, so lange, bis man sich schließlich so an sie gewöhnt hatte, dass sie jeden Nervenkitzel eingebüßt hatten. Endlich fand er auf der Fernbedienung den Knopf für die Stummschaltung. Der Raum versank wieder in Stille. »Okay«, sagte er. »Das reicht jetzt. Machen wir uns wieder an die Arbeit.«

Er warf die Fernbedienung auf den Schreibtisch und ging wieder zu seinen Kunden. Easterbrook und Klein hatten sich als abgehärtete Börsenveteranen schon auf das nächstgelegenen Terminal gestürzt und überprüften die Kurse. Die anderen standen regungslos und betäubt da wie abergläubische Bauern, die Zeugen einer übernatürlichen Erscheinung geworden waren. Hoffmann spürte ihre Blicke. Clarisse Mussard bekreuzigte sich sogar.

»Mein Gott«, sagte Easterbrook, hob den Kopf und schaute sich um. »Das ist jetzt fünf Minuten her, und die Vista-Aktie ist schon um 15 Prozent gefallen. Die schmiert ab.«

»Im Sturzflug«, sagte Klein mit einem nervösen Kichern.

»Reißt euch zusammen, Jungs«, sagte Quarry. »Es sind Zivilisten anwesend.« Er wandte sich an seine Kunden. »Ich erinnere mich an zwei Händler bei Goldman, die am Morgen von 9/11 zufällig Airline-Versicherer geshortet hatten. Als das erste Flugzeug ins World Trade Center gekracht ist, haben die sich mitten im Büro abgeklatscht. Die konnten nichts wissen. Keiner von uns weiß was. Dumm gelaufen eben.«

Kleins Augen saugten immer noch die Zahlen auf. »Wow«, murmelte er anerkennend. »Ihr kleiner schwarzer Kasten, Alex, macht wirklich Klarschiff.«

Hoffmann schaute Klein über die Schulter. Die Ziffern in der Spalte, die die Ausführung anzeigte, veränderten sich schnell, während VIXAL seine Profite realisierte und die Aktien von Vista Airways zum Kurs von vor dem Absturz verkaufte. Die in Dollar umgerechneten Ergebniszahlen waren ein einziger Rausch schieren Profits.

»Ich frage mich, was Sie bei diesem einen Trade abräumen«, sagte Easterbrook. »Zwanzig Millionen, dreißig Millionen? Machen Sie sich auf was gefasst, Hugo. Die Jungs von der Börsenaufsicht werden sich über die Sache hermachen wie Ameisen bei einem Picknick.«

»Alex?«, sagte Quarry. »Die Sitzung.«

Aber Alex hörte ihn nicht. Er konnte seine Augen nicht von den Ziffern auf dem Handelsbildschirm losreißen. Der Druck in seinem Schädel war gewaltig. Er betastete mit zwei Fingern die Naht auf seinem Kopf. Sie fühlte sich so gespannt an, als könnte sie jeden Augenblick aufplatzen.

SIEBEN

Das kann nicht ewig so weitergehen. Es ist das Wesen von Exponenten, dass man sie immer weiter nach oben treibt – bis es schließlich zur Katastrophe kommt.

Gordon Moore
Erfinder des Moore'schen Gesetzes, 2005

Laut einem von Ganapathi Rajamani, dem Leiter des Risikomanagements von Hoffmann Investment Technologies, später angefertigten Vermerk kam der Risikoausschuss um 11:57 Uhr kurz zusammen. Alle fünf Mitglieder der Unternehmensführung waren anwesend: Dr. Alexander Hoffmann (Präsident), Hugo Quarry (Geschäftsführer), Lin Ju-Long (Leiter Finanzen), Pieter van der Zyl (Leiter Operatives Geschäft) und Rajamani selbst.

Die Sitzung verlief nicht ganz so förmlich, wie es das Protokoll suggerierte. Als sie später ihre Erinnerungen verglichen, waren sich alle einig, dass sie sich nicht einmal hingesetzt hatten. Sie standen alle in Quarrys Büro herum, bis auf Quarry selbst, der auf der Kante seines Schreibtisches saß, um sein Computerterminal im Auge zu behalten. Hoffmann stand wieder am Fenster und lugte gelegentlich durch die Jalousien nach unten auf die Straße. Das war der zweite

Punkt, an den sich jeder erinnerte: wie zerstreut er gewesen war.

»Also los, wir haben keine Zeit«, sagte Quarry. »Ich muss zurück in den Sitzungsraum, da scharren hundert Milliarden Dollar unbeaufsichtigt mit den Hufen. Mach bitte die Tür zu, LJ.« Er wartete, bis er sich sicher war, dass kein anderer sie hören konnte. »Ich nehme an, wir haben alle gesehen, was gerade passiert ist. Die erste Frage lautet: Müssen wir nach einer derart großen Wette auf fallende Kurse bei Vista Airways, kurz bevor der Kurs abgestürzt ist, mit einer offiziellen Untersuchung rechnen? Gana?«

»Kurz gesagt, ja. Fast sicher.« Rajamani war ein eleganter und gewissenhafter junger Mann mit einem ausgeprägten Sinn für die eigene Bedeutung. Sein Job war es, die Risikolevels des Fonds im Auge zu behalten und dafür zu sorgen, dass sie mit dem Gesetz in Einklang standen. Quarry hatte ihn sechs Monate zuvor von der britischen Finanzmarktaufsichtsbehörde, der Financial Services Authority in London, abgeworben. Er diente der Imagepflege.

»Wirklich?«, sagte Quarry. »Obwohl wir unmöglich wissen konnten, dass so etwas passieren würde?«

»Das läuft automatisch an. Die Algorithmen der Behörde haben bestimmt sofort jede ungewöhnliche Aktivität im Handel mit den Aktien der Fluggesellschaft vor dem Kurssturz registriert. Schon das führt sie dann direkt zu uns.«

»Aber wir haben nichts Ungesetzliches getan.«

»Nein. Es sei denn, wir hätten das Flugzeug selbst vom Himmel geholt.«

»Das haben wir ja wohl nicht, oder?« Quarry schaute in die Runde. »Ich meine, Mitarbeiter mit Eigeninitiative haben meine volle Sympathie, aber …«

»Allerdings werden sie von uns die Antwort auf eine

Frage haben wollen«, fuhr Rajamani fort. »Warum haben wir genau zu diesem Zeitpunkt zwölfeinhalb Millionen Anteile geshortet? Ich weiß, die Frage hört sich absurd an, Alex, aber könnte VIXAL auf irgendeine Weise vor dem Rest des Marktes Informationen über den Absturz erhalten haben?«

Zögernd ließ Hoffmann die Lamellen der Jalousie zurückschnalzen und drehte sich zu seinen Kollegen um. »VIXAL bezieht einen direkten digitalen Newsfeed von Reuters. Das bringt vielleicht ein, zwei Sekunden Vorsprung vor einem menschlichen Trader, aber den Feed beziehen jede Menge anderer algorithmischer Systeme auch.«

»Außerdem kommt man in so einer kurzen Zeitspanne nicht weit«, sagte van der Zyl. »Um eine Position von dieser Größe aufzubauen, braucht man ein paar Stunden.«

»Wann haben wir angefangen, die Optionen zu kaufen?«, fragte Quarry.

»Sofort bei Öffnung der europäischen Märkte«, sagte Ju-Long. »Um neun Uhr.«

»Können wir die ganze Geschichte nicht einfach stoppen?«, sagte Hoffmann gereizt. »Selbst der Dümmste von diesen Behördenpennern kapiert in fünf Minuten, dass die Anteile, die wir da geshortet haben, Teil eines Musters von Wetten auf fallende Kurse waren. Das war nichts Besonderes. Das war Zufall. Vergesst den Scheiß.«

»Nun ja«, sagte Rajamani. »Als ehemaliger dummer Behördenpenner muss ich Ihnen zustimmen, Alex. Das Entscheidende ist das Muster. Genau deshalb wollte ich Sie ja heute Morgen sprechen. Wenn Sie sich erinnern.«

»Ja, ja, tut mir leid, aber ich war sowieso schon spät dran für die Präsentation.« Quarry hätte den Kerl nie einstellen dürfen, dachte Hoffmann. Einmal Kontrolleur, immer Kontrolleur. Das war wie bei einem ausländischen Akzent. Man konnte nie ganz verbergen, woher man kam.

»Worauf wir wirklich ein Auge haben müssen, ist unser Risikolevel, wenn die Märke anziehen – Procter & Gamble, Accenture, Exelon, Dutzende von Unternehmen: mehrere zehn Millionen Optionen seit Dienstagabend. Riesige Einwegwetten, die wir da spielen.«

»Und dann ist da noch unsere offene Position im VIX«, fügte van der Zyl hinzu. »Da läuten bei mir schon seit Tagen die Alarmglocken. Wenn Sie sich erinnern, Hugo, ich habe das Ihnen gegenüber schon letzte Woche erwähnt.« Van der Zyl hatte früher an der University of Technology in Delft Ingenieurwissenschaften unterrichtet und sich seine pädagogische Attitüde bewahrt.

»Und, wie stehen wir im VIX?«, fragte Quarry. »Ich hatte so viel mit den Vorbereitungen für die Präsentation zu tun, dass ich in letzter Zeit gar nicht mehr dazu gekommen bin, mir unsere Zahlen anzuschauen.«

»Aktuell bei zwanzigtausend Kontrakten.«

»Zwanzigtausend?« Quarry warf Hoffmann einen schnellen Blick zu.

»Im April stand der Index bei achtzehn«, sagte Ju-Long. »Da haben wir angefangen, VIX-Futures zu kaufen. Wenn wir früher in der Woche verkauft hätten, hätten wir sehr gut abgeschnitten. Davon war ich auch ausgegangen. Aber anstatt das Logische zu tun, haben wir weiter gekauft. Noch mal viertausend Kontrakte zu fünfundzwanzig. Ein höllisches Level an impliziter Volatilität.«

»Ehrlich gesagt, mache ich mir ernsthaft Sorgen«, sagte Rajamani. »Unser Orderbuch ist völlig aus dem Ruder gelaufen. Wir sind long bei Gold. Wir sind long beim Dollar. Und wir sind sehr short bei jedem Index für Futures.«

Hoffmann schaute Rajamani, Ju-Long und van der Zyl nacheinander ins Gesicht. Plötzlich ging ihm auf, dass sie sich schon vorher beraten hatten. Das war ein Überfall aus dem Hinterhalt – ein Überfall von Finanzbürokraten. Keiner von ihnen hatte die Qualifikation eines Quants. Er spürte, wie ihm die Galle hochkam. »Und was schlagen Sie nun vor, Gana?«, sagte er.

»Meiner Meinung nach sollten wir einige dieser Positionen liquidieren.«

»Das ist so ziemlich das verdammt noch mal Dümmste, was ich je gehört habe«, sagte Hoffmann. Ärgerlich schlug er mit dem Handrücken gegen die Jalousie, die scheppernd gegen die Scheibe knallte. »Herrgott, Gana, wir haben letzte Woche fast achtzig Millionen Dollar gemacht. Und erst heute Morgen noch mal vierzig Millionen. Und Sie wollen VIXALs Analyse ignorieren und wieder nach eigenem Ermessen handeln?«

»Nicht ignorieren, Alex. Das habe ich nicht gesagt.«

»Lass gut sein, Alex«, sagte Quarry ruhig. »Das war nur ein Vorschlag. Er wird dafür bezahlt, dass er sich Gedanken über Risiken macht.«

»Nein, ich lass es ganz und gar nicht gut sein. Er verlangt von uns, dass wir eine Strategie sausen lassen, die massiv Alpha generiert. Das ist genau die Art von schwachsinniger Unvernunft, die auf Erfolg mit der Angst reagiert, zu deren Ausnutzung VIXAL entwickelt wurde. Wenn Gana nicht glaubt, dass bei der Beurteilung des Marktes Algorithmen dem Menschen grundsätzlich überlegen sind, dann arbeitet er im falschen Laden.«

Rajamani ließ die Tirade seines Chefs ungerührt über sich ergehen. Er hatte den Ruf eines Terriers: Bei der FSA hatte er Goldman gehetzt. »Ich muss Sie daran erinnern,

Alex, dass der Wertpapierprospekt dieses Unternehmens seinen Kunden zusagt, bei seinen offenen Positionen eine jährliche Volatilität von zwanzig Prozent nicht zu überschreiten«, sagte er. »Wenn ich feststelle, dass eine Verletzung dieser statutarischen Risikobegrenzung droht, bin ich zum Einschreiten verpflichtet.«

»Und das heißt was?«

»Das heißt, falls der Umfang unserer offenen Positionen nicht verringert wird, muss ich die Anleger verständigen. Das heißt, ich muss mit dem Investorenrat reden.«

»Das ist meine Firma.«

»Und das Geld der Investoren, das meiste davon.«

In der folgenden Stille fing Hoffmann an, mit den Fingerknöcheln heftig seine Schläfen zu massieren. Er hatte wieder üble Kopfschmerzen. Er brauchte dringend eine Schmerztablette. »Investorenrat?«, brummte er. »Ich weiß nicht mal genau, wer in diesem verdammten Rat überhaupt sitzt.« Für ihn war dieser Rat eine rein technische, aus steuerlichen Gründen auf den Kaimaninseln registrierte juristische Person, die das Geld der Kunden kontrollierte und dem Hedgefonds seine Management- und Performancegebühren zahlte.

»Okay«, sagte Quarry. »Ich glaube, so weit sind wir noch lange nicht. Wie es im Krieg immer heißt, Ruhe bewahren und weitermachen.« Er bedachte die Runde mit einem gewinnenden Lächeln.

»Aus rechtlichen Gründen muss ich darum bitten, meine Bedenken im Protokoll festzuhalten«, sagte Rajamani.

»Gut. Fertigen Sie einen Vermerk an, ich werde ihn abzeichnen. Aber vergessen Sie nicht, Sie sind neu an Bord, und das ist immer noch Alex' Firma – Alex' und meine, obwohl ohne ihn keiner von uns beiden hier wäre. Und wenn er VIXAL vertraut, dann sollten wir alle das tun. An VIXALs Performance gibt es ja wohl kaum etwas zu bemängeln. Trotzdem stimme ich zu, dass wir das Risiko im Auge behalten müssen. Nicht dass wir wie hypnotisiert auf die Instrumententafel starren, und währenddessen krachen wir mit unserem Flieger gegen einen Berg. Einverstanden, Alex? Also, da ich davon ausgehe, dass die meisten dieser Aktien in den USA gehandelt werden, schlage ich vor, dass wir uns um halb vier, wenn die amerikanischen Märkte öffnen, wieder hier treffen und die Lage noch einmal besprechen.«

»Ich glaube, es wäre klug, wenn dann ein Anwalt anwesend wäre«, sagte Rajamani Unheil verheißend.

»Gut. Ich werde Max Gallant sagen, dass er nach dem Lunch noch dableiben soll. Bist du damit einverstanden, Alex?«

Hoffmann signalisierte mit einer müden Handbewegung seine Zustimmung.

Laut Protokoll wurde die Sitzung um 12:08 Uhr geschlossen.

*

»Ach, übrigens, Alex«, sagte Ju-Long und drehte sich in der Tür um. »Das hätte ich fast vergessen. Dieses Konto, nach dem Sie mich gefragt haben, das ist in unserem System gespeichert.«

»Was für ein Konto?«, fragte Quarry.

»Ach, nichts Wichtiges«, sagte Hoffmann. »Ich hab nur was nachgeprüft. Ich melde mich gleich, LJ.«

Unter der Führung Rajamanis ging das Trio zurück in seine Büros. Der Gesichtsausdruck weltmännischer Konzilianz, mit dem Quarry die drei zur Tür begleitet hatte, verwandelte sich in höhnische Verachtung. »Dieser aufgeblasene kleine Arsch«, sagte er und äffte Rajamanis makellose, abgehackte Sprechweise nach: »›Ich muss mit dem Investorenrat reden.‹ – ›Es wäre klug, wenn dann ein Anwalt anwesend wäre.‹« Quarry tat so, als legte er mit einem Gewehr auf ihn an.

»Du hast ihn eingestellt«, sagte Hoffmann.

»Ja, schon gut, hab's kapiert. Ich schmeiß ihn auch wieder raus, keine Sorge.« Eine Sekunde bevor das Trio um eine Ecke verschwand, drückte Quarry auf den imaginären Abzug. »Und wenn er glaubt, dass ich Max Gallant zweitausend Franken dafür zahle, dass er ihm seinen Arsch rettet, dann hat er sich geschnitten.« Unvermittelt sagte er mit leiserer Stimme: »Es läuft doch alles glatt, oder, Alexi? Ich meine, muss ich mir Sorgen machen? Gerade eben hatte ich genau das gleiche Gefühl, das ich damals bei AmCor hatte, wenn ich CDOs verkauft habe.«

»Was war das für ein Gefühl?«

»Dass ich jeden Tag reicher werde, aber nicht genau weiß, wie.«

Hoffmann schaute ihn überrascht an. In acht Jahren hatte Quarry ihm gegenüber kein einziges Mal Besorgnis geäußert. Er empfand das als fast genauso beunruhigend wie alles andere, was an diesem Morgen passiert war. »Hör zu, Hugo«, sagt er. »Wenn du willst, schalten wir VIXAL für heute Nachmittag ab, reduzieren die Positionen und erstatten den Investoren ihr Geld zurück. Ich bin in dieses Spiel nur deinetwegen eingestiegen, wenn du dich erinnerst.«

»Aber willst du das auch, Alexi?«, fragte Quarry eindringlich. »Willst *du*, dass wir aufhören? Ich meine … wir haben mehr als genug verdient, um den Rest unserer Tage in Luxus zu schwelgen. Wir haben es nicht mehr nötig, Kunden aufzureißen.«

»Nein, ich will nicht aufhören. Wir haben die Mittel, um im technischen Bereich Dinge auf die Beine zu stellen, die noch nie jemand versucht hat. Aber wenn du aussteigen willst, okay. Ich zahl dich aus.«

Jetzt schaute Quarry verblüfft. Doch dann fing er plötzlich an zu grinsen. »Das würdest du glatt tun. Aber so leicht wirst du mich nicht los.« So schnell ihn der Mumm verlassen hatte, so schnell war er auch wieder zurückgekehrt. »Solange der Laden existiert, bin ich dabei. Schätze, die Bilder von dem Flugzeug sind mir ein bisschen auf den Magen geschlagen. Wenn du dabei bist, bin ich es auch. Also dann.« Er bedeutete Hoffmann vorauszugehen. »Gehen wir wieder zu unserer geschätzten Psychopathen- und Kriminellenbande, die wir stolz unsere Kundschaft nennen dürfen.«

»Du gehst. Ich habe alles gesagt. Wenn Sie noch Geld zuschießen wollen, okay, wenn nicht, dann schmeiß sie raus.«

»Aber die sind doch nur gekommen, weil sie dich sehen wollten …«

»Na also, das haben sie ja.«

Quarry zog die Mundwinkel nach unten. »Aber du kommst doch wenigstens zum Lunch?«

»Hugo, ich kann diese Bagage einfach nicht ertragen …« Quarry machte ein so verzweifeltes Gesicht, dass Hoffmann sofort kapitulierte. »Jaja, wenn es denn so wichtig ist, dann komme ich zu deinem verdammten Lunch.«

»Im Beau-Rivage. Um eins.« Quarry schien noch etwas sagen zu wollen, doch dann schaute er auf seine Uhr und fluchte. »Scheiße, die sind jetzt schon eine Viertelstunde allein.« Er machte sich auf den Weg zum Sitzungsraum. Im Gehen drehte er sich noch einmal um und rief: »Ein

Uhr.« Er zielte mit dem Finger auf Hoffmann. »Guter Junge.« Die andere Hand hatte schon das Handy aus der Tasche gezogen und tippte eine Nummer ein.

Hoffmann drehte sich auf dem Absatz um und ging in die entgegengesetzte Richtung. Er war allein im Gang. Schnell steckte er den Kopf um die Ecke der Nische und schaute in die mit Kaffeemaschine, Mikrowelle und riesigem Kühlschrank bestückte Gemeinschaftsküche: auch leer. Ein paar Schritte weiter befand sich Ju-Longs Büro. Die Tür war zu, der Schreibtisch seiner Sekretärin unbesetzt. Hoffmann klopfte an und ging sofort hinein.

Es war, als hätte er eine Gruppe Teenager aufgescheucht, die sich gerade am Familiencomputer einen Pornoclip anschaute. Ju-Long, van der Zyl und Rajamani fuhren vom Monitor zurück. Ju-Long griff zur Maus und klickte auf eine andere Seite.

»Wir schauen uns gerade die Devisenmärkte an, Alex«, sagte van der Zyl. Die Züge des Holländers waren etwas zu groß für sein Gesicht. Sie verliehen ihm das Aussehen eines intelligenten, schwermütigen Wasserspeiers.

»Und?«

»Der Euro verliert gegenüber dem Dollar.«

»Wie von uns erwartet, oder?« Hoffmann stieß die Tür weiter auf. »Lasst euch durch mich nicht von der Arbeit abhalten.«

»Alex …«, sagte Rajamani.

Hoffmann fiel ihm ins Wort. »Ich würde gern mit LJ sprechen – unter vier Augen.« Er schaute stur geradeaus, als die beiden anderen den Raum verließen. Nachdem sie gegangen waren, sagte er: »Also, LJ. Sie sagen, dieses Konto ist bei uns gespeichert.«

»Es taucht zweimal auf.«

»Sie meinen, das ist ein Konto von uns? Eins, über das wir Geschäfte abwickeln?«

»Nein.« Ju-Longs glatte Stirn legte sich in tiefe Falten. »Es hat den Anschein, als wenn Sie es für private Zwecke genutzt hätten.«

»Wie kommen Sie darauf?«

»Weil Sie das Back Office beauftragt haben, zweiundvierzig Millionen Dollar auf das Konto zu überweisen.«

Hoffmann suchte in Lu-Jongs Gesicht nach Anzeichen dafür, ob das ein Witz sein sollte. Aber wie Quarry immer sagte, besaß Ju-Long zwar jede Menge bewunderungswürdiger Eigenschaften, aber nicht den geringsten Sinn für Humor.

»Wann habe ich diese Überweisung veranlasst?«

»Vor elf Monaten. Ich habe Ihnen die Original-E-Mail gerade rübergeschickt.«

»Okay, danke, ich werde das gleich überprüfen. Sie haben gesagt, es hat zwei Überweisungen gegeben.«

»Ja, das Geld ist letzten Monat komplett zurücküberwiesen worden, inklusive Zinsen.«

»Warum haben Sie das nie mit mir abgeklärt?«

»Warum hätte ich das tun sollen?«, sagte der Chinese leise. »Wie Sie gesagt haben: Das ist Ihre Firma.«

»Ja, sicher. Danke, LJ.«

»Keine Ursache.«

Hoffmann wandte sich zur Tür. »Und Sie haben das gegenüber Gana und Pieter auch nicht irgendwann mal beiläufig erwähnt?«

»Nein.«

Hoffmann ging schnell zu seinem Büro. Zweiundvierzig Millionen Dollar. Er war sich sicher, dass er die Überweisung einer so großen Summe nie veranlasst hatte. Das hätte er wohl kaum vergessen. Es musste sich um Betrug handeln. Er ging an Marie-Claude vorbei, die tippend an ihrem Arbeitsplatz saß, betrat sein Büro und setzte sich sofort an den Schreibtisch. Er loggte sich in den Computer ein und öffnete sein Postfach. Und da war sie tatsächlich: seine Anweisung vom 17. Juni letzten Jahres, 42 032 127,88 US-Dollar an die Royal Grand Cayman Bank Limited zu transferieren. Und direkt darunter die Mitteilung der Hausbank des Hedgefonds vom 3. April dieses Jahres, dass vom selben Konto 43 188 037,09 US-Dollar zurücküberwiesen worden waren.

Er rechnete im Kopf nach. Welcher Betrüger zahlte seinem Opfer einen derart horrenden Betrag zurück – plus exakt 2,75 Prozent Zinsen?

Er nahm seine angeblich echte E-Mail genau unter die Lupe. Sie enthielt keine Anrede und war nicht gezeichnet, sie enthielt lediglich die übliche Standardanweisung, die Summe X auf das Konto Y zu überweisen. LJ hatte die Anweisung sicher weitergeleitet, ohne auch nur eine Sekunde zu zögern – im Vertrauen darauf, dass ihr Intranet von der besten Firewall abgeschirmt war, die man sich für Geld kaufen konnte, und dass die Konten ohnehin zu gegebener Zeit elektronisch abgeglichen würden. Wenn das Geld in Form von Goldbarren oder Koffern voller Bargeld den Besitzer gewechselt hätte, dann wären sie vielleicht vorsichtiger gewesen. Aber es handelte sich nicht um Geld im physischen Sinne, es handelte sich nur um Reihen und Abfolgen von glühenden Symbolen, die nicht substanzieller waren als Protoplasma. Deshalb waren sie ja auch so dreist, exakt so damit umzugehen, wie sie es taten.

Er überprüfte, um welche Zeit er die E-Mail für den

Überweisungsauftrag angeblich abgeschickt hatte: genau um Mitternacht.

Er kippte seinen Stuhl zurück und betrachtete nachdenklich den Rauchmelder, der über seinem Schreibtisch an der Decke angebracht war. Er blieb zwar oft lange im Büro, aber nie bis Mitternacht. Deshalb musste die E-Mail, wenn sie echt war, von seinem Terminal zu Hause abgeschickt worden sein. Wenn er zu Hause in seinem Arbeitszimmer in den Computer schaute, würde er dann diese E-Mail und die Bestellung an den holländischen Buchhändler finden? War das vorstellbar? Litt er möglicherweise an einer Art Jekyll-und-Hyde-Syndrom? Tat die eine Hälfte seines Gehirns Dinge, von denen die andere nichts wusste?

Spontan zog er die Schublade auf, in die er die CD gelegt hatte, nahm sie heraus und schob sie in das Laufwerk seines Computers. Das Starten des Programms dauerte ein paar Sekunden, dann erschien auf dem Bildschirm ein Verzeichnis der zweihundert monochromen Aufnahmen vom Inneren seines Kopfes. Er klickte sich schnell durch sie hindurch und versuchte, diejenige zu finden, die die Aufmerksamkeit der Radiologin erregt hatte. Es war aussichtslos. Beim schnellen Durchklicken der Fotos schien sein Gehirn aus dem Nichts aufzutauchen, wie eine Wolke aus grauer Materie zu explodieren, um sich dann wieder zusammenzuziehen und zu verschwinden.

Er drückte auf die Sprechanlage. »Marie-Claude, in meiner privaten Adressdatei finden Sie eine Doktor Jeanne Polidori. Machen Sie bitte für morgen einen Termin für mich aus. Sagen Sie ihr, es ist dringend.«

»Ja, Doktor Hoffmann. Für welche Zeit?«

»Egal. Ich fahre jetzt zu der Ausstellung meiner Frau. Haben Sie die Adresse der Galerie?«

»Ja, Doktor Hoffmann. Wann genau möchten Sie denn fahren?«

»Sofort. Rufen Sie mir bitte einen Wagen.«

»Monsieur Genoud hat veranlasst, dass jederzeit ein Fahrer für Sie bereitsteht.«

»Ah ja, richtig, hatte ich ganz vergessen. Sagen Sie ihm, dass ich gleich unten bin.«

Er nahm die CD aus dem Computer, legte sie zusammen mit dem Darwin-Buch zurück in die Schublade und zog seinen Regenmantel an. Als er durch den Handelsraum ging, schaute er zum Sitzungszimmer. Durch eine Lücke in den Jalousien sah er Elmira Gulzhan und ihren Anwalt respektive Liebhaber über ein iPad gebeugt. Quarry stand mit verschränkten Armen hinter ihnen und schaute blasiert auf sie hinunter. Etienne Mussard hatte den anderen den Rücken zugewandt. Er saß gebückt vor einem großen Taschenrechner, in den er langsam, seinem Alter gemäß, Zahlen eintippte.

An der gegenüberliegenden Wand präsentierten Bloomberg und CNBC rote Kurven, die allesamt nach unten zeigten. Die europäischen Märkte hatten ihre Anfangsgewinne nicht halten können und fielen jetzt schnell. Das würde fast zwangsläufig zur Folge haben, dass die amerikanische Börse schwach eröffnete, was wiederum dazu führen würde, dass bis zum Nachmittag die Aussicht auf Verluste des Hedgefonds deutlich sinken würde. Hoffmann atmete erleichtert auf, er verspürte sogar eine Art von prickelndem Stolz. Wieder einmal erwies sich VIXAL als schlauer als die Menschen um ihn herum, ja sogar als schlauer als sein Erfinder.

Gut gelaunt fuhr er mit dem Lift ins Erdgeschoss und bog um die Ecke in die Lobby. Eine massige Gestalt in einem billigen dunklen Anzug erhob sich aus einem Sessel und begrüßte ihn. Von all dem Gehabe der Reichen war Hoffmann nichts je so absurd erschienen wie der Anblick eines vor einem Sitzungssaal oder Restaurant wartenden Bodyguards. Er hatte sich oft gefragt, gegen wessen Attacken sich eigentlich die Reichen wappnen wollten – außer vielleicht die ihrer eigenen Aktionäre oder von Mitgliedern ihrer eigenen Familie. Doch an diesem Tag war er froh, als die höfliche Schlägerfigur auf ihn zuging, ihren Ausweis zückte und sich als Olivier Paccard, *l'homme de la sécurité*, vorstellte.

»Wenn Sie bitte noch einen kurzen Moment warten würden, Doktor Hoffmann«, sagte Paccard. Er hob seine Hand wie jemand, der höflich um Ruhe bat, und schaute nach draußen. Aus seinem Ohr hing ein Kabel. »In Ordnung«, sagte er. »Wir können.«

Er ging schnell zum Eingang und drückte genau in dem Moment mit dem Handballen auf den Exit-Knopf, als am Randstein ein langer, schwarzer Mercedes vorfuhr. An dessen Steuer saß der Fahrer, der Hoffmann vom Krankenhaus abgeholt hatte. Paccard verließ das Gebäude als Erster und öffnete die hintere Tür. Als Hoffmann einstieg, spürte er kurz die Hand des Bodyguards auf seinem Nacken. Hoffmann hatte sich es kaum bequem gemacht, da war Paccard schon neben dem Fahrer eingestiegen, waren die Türen geschlossen und verriegelt und hatte sich der Wagen in den Mittagsverkehr eingefädelt. Die ganze Prozedur konnte höchstens zehn Sekunden gedauert haben.

Mit quietschenden Reifen bogen sie scharf links in eine Seitenstraße ein, an deren Ende man den See und die in der Ferne aufragenden Berge sehen konnte. Die Sonne verbarg sich immer noch hinter den Wolken. Die hohe weiße Säule des *Jet d'Eau* stieg 140 Meter hoch in den grauen Himmel auf und zerplatzte an seiner Spitze zu einem kühlen Regen, der auf die mattschwarze Oberfläche des Sees hinabstürzte. Im trüben Licht leuchteten die grellen Blitzlichter der Touristen auf, die sich gegenseitig vor der Fontäne fotografierten.

Der Mercedes beschleunigte, schlüpfte kurz vor Rot über eine Ampel und bog dann erneut scharf links in die Schnellstraße ein. Nur Sekunden später, neben dem Jardin Anglais, mussten sie wegen eines unsichtbaren Hindernisses wieder abbremsen. Paccard reckte den Hals vor, um zu sehen, was da los war.

In dieser Gegend joggte Hoffmann manchmal, wenn er ein Problem zu lösen hatte: vom Jardin Anglais zum Parc des Eaux-Vives und wieder zurück, wenn nötig zwei- oder dreimal, ohne mit jemand zu reden, ohne irgendetwas wahrzunehmen, bis er die Antwort gefunden hatte. Er hatte die Gegend nie richtig erkundet, sodass er nun etwas verwundert das unbekannt Vertraute betrachtete: den Spielplatz mit den blauen Plastikrutschen, die Crêperie im Freien unter den Bäumen, den Zebrastreifen, vor dem er immer auf der Stelle joggen musste, bis die Ampel umsprang. Zum zweiten Mal an diesem Tag fühlte er sich wie ein Fremder im eigenen Leben. Plötzlich verspürte er den Wunsch, den Fahrer anhalten zu lassen und auszusteigen. Der Gedanke war ihm kaum durch den Kopf gegangen, da rollte der Mercedes weiter. Nachdem sie den belebten Verkehrsknoten am Ende der Pont du Mont Blanc hinter sich gelassen hatten, ging es wieder schneller vorwärts. In westlicher Richtung schlängelten sie sich zwischen den langsameren Lastern und Bussen hindurch den Galerien und Antiquitätenläden an der Plaine de Plainpalais entgegen.

ACHT

Es gibt keine Ausnahme von der Regel, dass jedes organische Wesen sich auf natürliche Weise in dem Grade vermehre, dass, wenn es nicht durch Zerstörung litte, die Erde bald von der Nachkommenschaft eines einzigen Paares bedeckt seyn würde.

Charles Darwin
Die Entstehung der Arten, 1859

Contours de l'homme: Une exposition de l'œuvre de Gabrielle Hoffmann – wie viel eindrucksvoller das auf Französisch klang, dachte sie. Ihre Ausstellung in der Galerie d'Art Contemporain Guy Bertrand war auf nur eine Woche angesetzt. Der kleine, weiß getünchte Raum in einer Seitenstraße gleich um die Ecke nach dem MAMCO, Genfs wichtigster Galerie für zeitgenössische Kunst, war früher eine Citroën-Werkstatt gewesen.

Fünf Monate zuvor hatte Gabrielle ohne Alex – er hatte sich kategorisch geweigert, sie zu begleiten – eine weihnachtliche Wohltätigkeitsauktion im Hotel Mandarin Oriental besucht. Dort hatte sie zufällig neben Monsieur Bertrand, dem Besitzer der Galerie, gesessen. Dieser schwatzte ihr die Erlaubnis ab, sie am nächsten Tag in ihrem Studio zu besuchen, weil er sich anschauen wollte, woran sie gerade arbeitete. Nachdem er sie zehn Minuten lang geradezu unverschämt umschmeichelt hatte, hatte er ihr das Angebot gemacht, ihre Arbeiten unter der Bedingung auszustellen, dass sie sich die Einnahmen teilten und Gabrielle die Unkosten übernahm. Natürlich hatte sie sofort begriffen, dass Bertrand weniger an ihrem Talent lag als an Alex' Geld. Im Laufe der letzten Jahre hatte sie beobachten können, dass großer Reichtum wie ein unsichtbarer Magnet wirkte, dessen Anziehungs- und Abstoßungskraft die Menschen aus ihren normalen Verhaltensmustern riss. Sie hatte gelernt, damit zu leben. Es konnte einen wahnsinnig machen, wenn man herausfinden wollte, ob die Absichten eines Menschen ehrlich oder falsch waren. Aber sie wollte eine Ausstellung. Sie wollte sie so sehr, wie sie nichts in ihrem Leben gewollt hatte – außer einem Kind.

Bertrand hatte sie gedrängt, zur Eröffnung eine Party zu veranstalten: Das werde das Interesse anheizen, sagte er, und für etwas Publicity sorgen. Gabrielle hatte gezögert. Sie wusste, dass ihr Mann schon Tage vorher Qualen leiden würde. Am Ende hatten sie einen Kompromiss geschlossen. Morgens um elf würden ohne jedes Tamtam die Türen geöffnet, und zwei junge Kellnerinnen in weißer Bluse und schwarzem Minirock würden jeden eintretenden Gast mit einem Glas Pol-Roger-Champagner und Kanapees begrüßen. Gabrielles Sorge, dass niemand auftauchen würde, erwies sich als unbegründet: Es kamen Stammkunden der Galerie, die per E-Mail benachrichtigt worden waren, Passanten, die die Aussicht auf einen Gratisdrink über die Schwelle lockte, Freunde und Bekannte, die sie schon Wochen vorher angerufen oder per E-Mail informiert hatte – Namen aus alten Adressbüchern, Leute, die sie schon seit Jahren nicht mehr gesehen hatte. Alle waren gekommen. Schon um die Mittagszeit hatte sich die Eröffnung der Ausstellung zu einer stattlichen Party mit mehr als hundert Personen ausgewachsen, die sich bis auf den Gehweg ausdehnte, wo sich vor allem die Raucher versammelten.

Gabrielle stand mit ihrem zweiten Glas Champagner in der Menge und war rundum zufrieden. Ihr Œuvre bestand aus 27 Objekten – alles, was sie in den vergangenen drei Jahren fertiggestellt hatte, mit Ausnahme ihres allerersten Selbstporträts, das Alex hatte behalten wollen und das im Salon ihres Hauses auf dem Couchtisch stand. Als alle Teile passend zusammengestellt und ausgeleuchtet waren, vor allem die Glasstiche, wirkten sie tatsächlich wie eine solide, professionelle Werkschau: mindestens so eindrucksvoll wie alles, was sie selbst bei Vernissagen gesehen hatte. Niemand hatte gelacht. Die Leute hatten sorgfältig hingeschaut und wohlüberlegte, meist lobende Kommentare abgegeben. Der ernste junge Reporter der *Tribune de Genève* hatte ihre schlichte Linienführung mit Giacomettis Topografie des Kopfes verglichen. Das Einzige, was ihr noch Sorgen bereitete, war die Tatsache, dass noch nichts verkauft war, was sie den hohen Preisen zuschrieb, auf denen Bertrand bestanden hatte – von 4500 Schweizer Franken für die Kopf-CTs der kleinsten Tierköpfe bis zu 18000 Schweizer Franken für das große MRT-Porträt namens *The Invisible Man*. Sollte sie bis zum Abend nichts verkauft haben, so würde sie dies als Demütigung empfinden.

Sie versuchte, das Thema zu verdrängen und auf die Worte des Mannes zu achten, der ihr gegenüberstand. Bei all dem Krach konnte sie ihn kaum verstehen. Sie musste ihn unterbrechen, und so legte sie ihm die Hand auf den Arm. »Entschuldigung, wie war Ihr Name noch gleich?«

»Bob Walton. Ich bin ein alter Kollege von Alex aus seiner Zeit am CERN. Ich habe gerade gesagt, wenn ich mich recht erinnere, haben Sie beide sich auf einer Party in meinem Haus kennengelernt.«

»Mein Gott, ja«, sagte sie. »Sie haben recht. Wie geht es Ihnen?« Sie schüttelte ihm die Hand und schaute ihn zum ersten Mal richtig an. Er war schmal, groß, gut aussehend, grauhaarig. Ein Asket, dachte sie, oder einfach nur ein ernster Mensch. Er hätte ein Mönch sein können, nein, mehr als das, er besaß Autorität, ein Abt vielleicht. »Eine drollige Geschichte«, sagte sie. »Freunde hatten mich damals auf die Party mitgenommen. Ich glaube, wir haben uns nie richtig kennengelernt, oder?«

»Nein, glaube nicht.«

»Nun ja, nachträglich vielen Dank. Sie haben mein Leben verändert.«

Er lächelte nicht. »Ich habe Alex schon seit Jahren nicht mehr gesehen. Ich hoffe doch, dass er noch kommt.«

»Das hoffe ich auch.« Wieder warf sie einen Blick zur Tür in der Hoffnung, dass Alex auftauchen würde. Bis jetzt hatte er ihr nur diesen schweigsamen Bodyguard geschickt, der wie der Türsteher eines Nachtclubs am Eingang der Galerie stand und hin und wieder etwas in den Ärmel seiner Jacke flüsterte. »Was hat Sie hergeführt? Besuchen Sie die Galerie regelmäßig, oder sind Sie nur zufällig vorbeigekommen?«

»Weder noch. Alex hat mich eingeladen.«

»Alex?« Jetzt kapierte sie. »Entschuldigung, aber ich hatte keine Ahnung, dass Alex Einladungen verschickt hat. Das passt gar nicht zu ihm.«

»Ich war selbst ein bisschen überrascht. Vor allem weil wir bei unserer letzten Begegnung eine kleine Meinungsverschiedenheit hatten. Ich wollte das eigentlich wieder ins Lot bringen, und jetzt ist er gar nicht da. Na ja, da kann man nichts machen. Mir gefallen Ihre Arbeiten.«

»Danke.« Sie war immer noch mit dem Gedanken beschäftigt, dass Alex ohne ihr Wissen eigene Gäste eingeladen hatte. »Vielleicht möchten Sie ja eine kaufen?«

»Ich fürchte, die Preise bewegen sich etwas jenseits der Möglichkeiten eines CERN-Gehalts.« Er schenkte ihr sein erstes, dafür aber umso wärmeres Lächeln – wie ein Sonnenstrahl in einer grauen Landschaft. Dann griff er in die Brusttasche seines Jacketts. »Wenn Sie mal Lust haben, ein Kunstwerk aus Teilchenphysik zu schaffen, rufen Sie mich an.« Er gab ihr seine Karte:

Professor Robert WALTON

Abteilungsleiter Rechenzentrum

CERN

Europäische Organisation für Kernforschung

1211 Genf 23 – Schweiz

»Das hört sich fabelhaft an.« Sie steckte die Karte ein. »Danke. Könnte gut sein, dass ich darauf zurückkomme. Und jetzt erzählen Sie mir von Ihnen und Alex ...«

»Kompliment, meine Liebe, du bist clever«, sagte jemand in ihrem Rücken. Gabrielle spürte eine Hand an ihrem Ellbogen, drehte sich um und blickte in das breite, blasse Gesicht und die großen, grauen Augen von Jenny Brinkerhof, wie sie eine Engländerin Mitte dreißig, die mit einem Hedgefonds-Manager verheiratet war. Gabrielle war aufgefallen, dass es in Genf inzwischen von Londoner Wirtschaftsmigranten wimmelte, die vor dem neuen

Steuersatz von fünfzig Prozent aus der Heimat geflohen waren. Sie schienen über nichts anderes zu reden als darüber, wie schwer doch eine anständige Schule zu finden sei.

»Jen, ich freue mich, dass du kommen konntest«, sagte sie.

»Ich freue mich, dass du mich eingeladen hast.«

Sie küssten sich, und Gabrielle drehte sich wieder um, um ihr Walton vorzustellen, doch der war schon weitergewandert und unterhielt sich mit dem Mann von der *Tribune*. Das war das Problem bei Stehpartys: Man blieb bei einer Person hängen, mit der man gar nicht reden wollte, während die, mit der man viel lieber geredet hätte, nur ein paar Meter neben einem stand. Sie fragte sich, wie lange es dauern würde, bis Jen auf ihre Kinder zu sprechen kommen würde.

»Du weißt ja gar nicht, wie ich dich darum beneide, dass dir dein Leben so viel Zeit lässt, all das hier zu machen. Ich meine, wenn es etwas gibt, was einem von drei Kindern wirklich restlos ausgetrieben wird, dann ist es der kreative Schwung ...«

Über Jens Schulter sah Gabrielle, wie eine Gestalt, die ihr fremd, aber doch irgendwie vertraut vorkam, die Galerie betrat. »Wenn du mich einen Augenblick entschuldigen würdest, Jen.« Sie ließ Jen stehen und ging zur Tür. »Inspektor Leclerc?«

»Madame Hoffmann.« Leclerc gab ihr höflich die Hand.

Ihr fiel auf, dass er noch dieselben Sachen trug wie um vier Uhr morgens: eine dunkle Windjacke, ein weißes, am Kragen inzwischen unübersehbar graues Hemd und eine schwarze Krawatte, deren schmales Ende wie bei ihrem Vater unter dem breiten hervorschaute. Die Stoppeln seiner unrasierten Wangen sahen aus wie eine Flechte, die bis zu den dunklen Tränensäcken hinaufreichte. Er wirkte in dieser Umgebung völlig deplatziert. Eine der Kellnerinnen näherte sich ihm mit einem Tablett Champagner. Gabrielle rechnete damit, dass er ablehnen würde. Taten das nicht alle Polizisten im Dienst, jeden Tropfen Alkohol ablehnen? Aber Leclercs Gesicht hellte sich auf, und er sagte: »Hervorragend, danke.« Als hätte er Angst, er könnte es zerbrechen, fasste er das Glas vorsichtig am Stiel an. Er nahm einen kleinen Schluck und fuhr sich mit der Zunge über die Lippen. »Sehr gut, der kostet bestimmt achtzig Franken die Flasche, oder?«

»Keine Ahnung, um die Getränke hat sich das Büro meines Mannes gekümmert.«

Der Fotograf von der *Tribune* kam herüber und machte ein Foto von ihnen beiden. Leclercs Windjacke roch muffig, uralt und feucht. Leclerc wartete, bis der Fotograf wieder gegangen war, dann sagte er: »Die Kriminaltechniker haben von Ihrem Handy und den Küchenmessern ein paar ausgezeichnete Fingerabdrücke sichergestellt. Leider haben sich keine Übereinstimmungen mit Personen aus unserem Archiv ergeben. Zumindest in der Schweiz hat der Einbrecher kein Strafregister. Tja, ein Phantom. Wir haben Interpol eingeschaltet.« Er nahm sich ein Kanapee von einem vorbeischwebenden Tablett und schob es sich ganz in den Mund. »Wo ist Ihr Mann? Ich sehe ihn nirgends. Ist er nicht da?«

»Noch nicht. Warum? Wollen Sie ihn sprechen?«

»Nein. Ich möchte mir Ihre Arbeiten ansehen.«

Guy Bertrand, dem sie von dem Einbruch erzählt hatte, schlenderte auf sie zu. Er war offensichtlich neugierig. »Alles in Ordnung?«, fragte er. Gabrielle machte den Galeriebesitzer mit dem Polizisten bekannt. Bertrand war ein fülliger junger Mann, der von Kopf bis Fuß in schwarze Seide gehüllt war: Armani-T-Shirt, Jacke, Hose, holistische Zen-Slipper. Er und Leclerc hätten verschiedenen Spezies angehören können, so verständnislos schaute der eine den anderen an.

»Ein Polizeiinspektor«, wiederholte Bertrand erstaunt. »Dann müsste Sie eigentlich *The Invisible Man* interessieren.«

»The Invisible Man?«

»Kommen Sie, ich zeige es Ihnen«, sagte Gabrielle und nahm dankbar die Gelegenheit wahr, die beiden trennen zu können. Sie führte Leclerc zu dem größten Ausstellungsstück, einem von unten angestrahlten Glaskasten, in dem sich ein nackter Mann in Lebensgröße befand, der leicht über dem Boden zu schweben schien und so aussah, als wäre er aus blassblauen Spinnfäden zusammengesetzt. Die Wirkung war gespenstisch und verstörend. »Das ist Jim, *The Invisible Man.*«

»Und wer ist Jim?«

»Er war ein Mörder.« Leclerc drehte sich ruckartig zu ihr um und schaute sie an. »James Duke Johnson«, sagte sie und freute sich über seine Reaktion. »Im Jahr 1994 in Florida hingerichtet. Vor seinem Tod hat ihn der Gefängnisgeistliche überredet, seinen Körper der Wissenschaft zu vermachen.«

»Auch der öffentlichen Zurschaustellung?«

»Das bezweifele ich. Sind Sie schockiert?«

»Ja, zugegeben.«

»Gut. Genau das wollte ich erreichen.«

Leclerc brummte etwas und stellte sein Champagnerglas ab. Er trat näher an den Glaskasten heran, stemmte die

Hände in die Hüften und schaute sich das Objekt genau an. Sein über den Gürtel quellender Bauch erinnerte Gabrielle an Dalís schmelzende Uhren. »Wie haben Sie es geschafft, dass man glaubt, er würde schweben?«, fragte er und nahm sein Glas wieder in die Hand.

»Berufsgeheimnis.« Gabrielle lachte. »Nein, ich verrat's Ihnen. Ist ziemlich einfach. Ich nehme Schnittbilder von einer MRT-Aufnahme, lege sehr klares Glas darauf, zwei Millimeter starkes Mirogard-Glas, das klarste, das es gibt, und zeichne die Linien nach. Nur nehme ich manchmal anstelle von Feder und Tinte einen Zahnarztbohrer, um die Linien zu stechen. Bei Tageslicht kann man das kaum erkennen. Aber wenn man in einem bestimmten Winkel künstliches Licht darauf richtet, dann bekommt man diesen Effekt.«

»Bemerkenswert. Und was hält Ihr Mann davon?«

»Er hält das für eine Obsession, die mir nicht guttut. Nun ja, er hat seine eigenen Obsessionen.« Sie trank ihren Champagner aus. Farben, Geräusche, Sinneseindrücke – all ihre Wahrnehmungen schienen auf angenehme Weise intensiver zu sein. »Sie müssen uns für ein ziemlich sonderbares Paar halten.«

»Glauben Sie mir, Madame, in meinem Beruf lerne ich Menschen kennen, die sind so sonderbar, das können Sie sich nicht einmal ansatzweise vorstellen.« Plötzlich sah er ihr mit seinen blutunterlaufenen Augen mitten ins Gesicht. »Haben Sie etwas dagegen, wenn ich Ihnen ein paar Fragen stelle?«

»Nur zu.«

»Wann haben Sie Doktor Hoffmann kennengelernt?«

»Erst vor ein paar Minuten habe ich daran gedacht.« Sie sah Alex deutlich vor sich. Er hatte sich mit Hugo Quarry unterhalten – schon damals, ganz am Anfang, kein

Bild ohne den verdammten Quarry. Sie hatte den ersten Schritt tun müssen. Da sie schon genug getrunken hatte, war ihr das egal gewesen. »Das war auf einer Party in Saint-Genis-Pouilly, vor etwa acht Jahren.«

»Saint-Genis-Pouilly«, wiederholte Leclerc. »In der Gegend wohnen viele CERN-Wissenschaftler, oder?«

»Ja, damals jedenfalls. Sehen Sie den großen, grauhaarigen Mann da drüben? Er heißt Walton. Die Party war in seinem Haus. Hinterher sind wir in Alex' Wohnung gefahren. Ich weiß noch, dass praktisch die ganze Einrichtung aus Computern bestand. Die haben so viel Hitze entwickelt, dass die Wohnung mal auf dem Infrarotschirm eines Polizeihubschraubers aufgeleuchtet hat. Da war dann eine Razzia fällig. Das Drogendezernat glaubte, er würde da Cannabis anbauen.«

Sie musste beim Gedanken daran lächeln. Auch Leclerc lächelte – aber nur der Form halber, vermutete sie, um sie bei Laune zu halten. Sie fragte sich, was er von ihr wollte.

»Haben Sie auch am CERN gearbeitet?«

»Gott, nein. Ich war Sekretärin bei der UNO. Ich war die typische ehemalige Kunststudentin mit schlechten Berufsaussichten und guten Französischkenntnissen.« Ihr fiel auf, dass sie zu schnell redete und zu viel lächelte. Er musste glauben, dass sie einen Schwips hatte.

»Aber Doktor Hoffmann war noch am CERN, als Sie ihn kennengelernt haben?«

»Er dachte damals gerade über den Absprung nach, um eine eigene Firma zu gründen. Mit einem Partner, Hugo Quarry. Schon seltsam, wir haben uns alle am selben Abend kennengelernt. Ist das wichtig?«

»Und warum genau hat er das CERN damals verlassen, wissen Sie das?«

»Da müssen Sie ihn selber fragen. Oder Hugo.«

»Das werde ich. Dieser Quarry, ist der Amerikaner?«

Sie lachte. »Nein, Engländer. Ein sehr englischer Engländer.«

»Ich nehme an, ein Grund für Doktor Hoffmanns Abschied vom CERN war, dass er mehr Geld verdienen wollte.«

»Nein, eigentlich nicht. Geld hat ihn nie interessiert. Damals jedenfalls nicht. Er hat gesagt, dass es für sein Forschungsgebiet praktischer wäre, wenn er eine eigene Firma hätte.«

»Und welches Gebiet war das?«

»Künstliche Intelligenz. Aber wegen der Einzelheiten müssen Sie ihn wirklich selbst fragen. Das war leider immer ein paar Nummern zu hoch für mich.«

Leclerc schwieg.

»Wissen Sie, ob er jemals psychiatrische Hilfe in Anspruch genommen hat?«

Die Frage schreckte sie auf. »Nicht dass ich wüsste. Warum fragen Sie?«

»Jemand am CERN hat mir erzählt, dass er damals einen Nervenzusammenbruch erlitten und deshalb gekündigt habe. Ich habe mich gefragt, ob Ähnliches später noch mal vorgefallen ist.«

Sie merkte, dass sie den Inspektor mit offenem Mund anstarrte, und machte den Mund zu.

Er beobachtete sie genau. »Tut mir leid«, sagte er. »Das haben Sie nicht gewusst?«

Sie fing sich wieder. »Doch, natürlich habe ich das gewusst«, log sie. »Ich meine, nicht im Detail, aber ich habe es gewusst.« Sie war sich bewusst, wie unglaubwürdig sie klang. Aber was hätte sie tun sollen? Zugeben, dass ihr Ehemann oft ein Rätsel für sie war? Dass ein Großteil dessen, was Tag für Tag in ihm vorging, schon immer unzugängliches Gebiet für sie gewesen war, dass dieser nicht fassbare Teil seines Wesens sie überhaupt erst zu ihm hingezogen, ihr aber auch immer Angst eingejagt hatte? »Sie haben also Alex überprüft?«, sagte sie mit brüchiger Stimme. »Sollten Sie sich nicht auf den Mann konzentrieren, der ihn überfallen hat?«

»Ich muss allen Hinweisen nachgehen, Madame«, sagte Leclerc steif. »Möglicherweise kennt der Täter Ihren Mann von früher und hegt irgendeinen Groll gegen ihn. Ich habe einen Bekannten am CERN, und den habe ich nur gefragt, warum er damals gekündigt hat – inoffiziell und streng vertraulich, das kann ich Ihnen versichern.«

»Dieser Bekannte hat Ihnen also erzählt, dass Alex einen Nervenzusammenbruch hatte. Und deshalb glauben Sie jetzt, dass er diese Geschichte mit dem geheimnisvollen Einbrecher vielleicht nur erfunden hat?«

»Nein, ich versuche nur, alle Begleitumstände zu verstehen.« Er trank sein Glas auf einen Zug aus. »Entschuldigen Sie bitte, das ist Ihre Party, ich habe Sie schon viel zu lange aufgehalten.«

»Möchten Sie noch ein Glas?«

»Nein.« Er legte die Finger auf den Mund und unterdrückte einen Rülpser. »Ich hab noch zu tun, danke.« Er verbeugte sich leicht, alte Schule. »Es war wirklich höchst interessant, einen Blick auf Ihre Arbeit zu werfen.« Er hielt inne und schaute wieder den hingerichteten Mörder in seinem Glaskasten an. »Was hat er getan, der arme Bursche?«

»Er hat einen alten Mann umgebracht, der ihn dabei überrascht hat, wie er eine Heizdecke stehlen wollte. Er hat auf ihn geschossen und dann mit einem Messer auf ihn eingestochen. Er hat zwölf Jahre im Todestrakt gesessen. Nachdem sein letztes Gnadengesuch abgelehnt worden war, hat man ihn mit einer Giftspritze hingerichtet.«

»Barbarisch«, murmelte Leclerc, wobei Gabrielle sich nicht ganz sicher war, was er damit meinte – das Verbrechen, die Strafe oder das, was sie daraus gemacht hatte.

*

Hinterher saß Leclerc in seinem Wagen auf der gegenüberliegenden Straßenseite. Er hatte sein Notizbuch auf den Knien und schrieb alles auf, woran er sich aus dem Gespräch mit Gabrielle erinnern konnte. Durch das Fenster der Galerie konnte er die Menschen sehen, die um Gabrielle herumwuselten. Gelegentlich verlieh ein aufleuchtender Kamerablitz ihrer kleinen, dunklen Gestalt einen Hauch Glamour. Er mochte sie, was er von ihrer Ausstellung nicht behaupten konnte. Dreitausend Franken für ein paar Glasplatten, auf die ein toter Pferdeschädel gekritzelt war. Er blies die Backen auf. Großer Gott, für die Hälfte konnte man sich ein richtiges Tier kaufen – das ganze Tier, wohlgemerkt, nicht nur den Kopf.

Er beendete seine Aufzeichnungen und blätterte die Notizen noch einmal wahllos durch, als könnte er auf diese Weise, durch freie Assoziation, irgendeinen Hinweis finden, der ihm bis jetzt entgangen war. Sein Freund am CERN hatte einen Blick in Hoffmanns Personalakte geworfen und ihm die wesentlichen Punkte genannt, die Leclerc sich notiert hatte: als einer von den wenigen Amerikanern, die damals dem Projekt zugeteilt worden waren, war Hoffmann im Alter von 27 Jahren zu dem Team gestoßen, das den Large Electron-Positron Collider betrieben hatte; sein Abteilungsleiter hatte ihn für einen der brillantesten Mathematiker vor Ort gehalten; von der Produktion des neuen Teilchenbeschleunigers, des Large Hadron Collider, war er zur Entwicklung von Software und Computersystemen gewechselt, die die Milliarden von Daten analysierten, die die Experimente hervorbrachten; andauernde Arbeitsüberlastung hatte zu einem derart sprunghaften Verhalten geführt, dass seine Kollegen sich über ihn beschwert hatten und er von der Sicherheitsabteilung aufgefordert worden war, das Forschungszentrum zu verlassen; nach einer langen Fehlzeit wegen Krankheit war sein Vertrag schließlich aufgelöst worden.

Leclerc war sich ziemlich sicher, dass Gabrielle Hoffmann vom Nervenzusammenbruch ihres Mannes nichts gewusst hatte. Eine weitere ihrer sympathischen Eigenschaften war die, dass sie eine schlechte Lügnerin war. Hoffmann war anscheinend allen ein Rätsel – seinen Wissenschaftlerkollegen, der Finanzwelt, sogar seiner Frau. Er machte einen Kreis um den Namen Hugo Quarry.

Die Geräusche eines kraftvollen Motors unterbrachen seine Gedankengänge. Er schaute über die Straße und sah, wie ein dunkelgrauer Mercedes mit eingeschalteten Scheinwerfern vor der Galerie vorfuhr. Der Wagen war noch nicht ganz zum Stillstand gekommen, da sprang auf der Beifahrerseite eine bullige Gestalt auf den Gehweg, überprüfte mit einem schnellen Blick nach vorn und hinten die Straße und öffnete dann die Hintertür. Die Menschen, die mit ihren Gläsern und Zigaretten vor der Galerie standen, schauten sich träge um, wandten sich aber sofort wieder gleichgültig ab, während der unbekannte Neuankömmling schnell durch die Tür ins Innere geleitet wurde.

NEUN

Selbst wenn wir ganz allein sind, wie oft denken wir mit Vergnügen oder mit Kummer daran, was Andere von uns denken – an deren vermeintliche Billigung oder Misbilligung; und dies Alles ist Folge der Sympathie, eines Fundamentalelements der socialen Instincte. Ein Mensch, welcher keine Spur derartiger Instincte besässe, würde ein unnatürliches Monstrum sein.

Charles Darwin
Die Abstammung des Menschen, 1871

Es hatte einige Mühen gekostet zu verhindern, dass Hoffmann zu einer öffentlichen Person wurde. In den frühen Tagen von Hoffmann Investment Technologies, als die Firma erst über etwa zwei Milliarden Dollar an verwaltetem Vermögen verfügte, hatte er die Partner der ältesten Schweizer Agentur für Öffentlichkeitsarbeit zum Frühstück ins Hotel Président Wilson eingeladen und ihnen ein Geschäft vorgeschlagen: eine jährliche Pauschale von 200 000 Franken dafür, dass sein Name nie in der Presse auftauchte. Er hatte nur eine einzige Bedingung: Für jede Erwähnung seines Namens würde er ihnen 10 000 Franken abziehen, und wenn er öfter als zwanzigmal erwähnt würde, müssten sie anfangen zu zahlen. Nach ausführlichen Diskussionen akzeptierte die Agentur und tat für Hoffmann das Gegenteil dessen, was sie ihren Kunden sonst empfahl. Hoffmann trat nie öffentlich als Spender für Wohltätigkeitsorganisationen auf, tauchte nie bei Galadiners oder Preisverleihungen der Industrie auf, pflegte keine Kontakte zu Journalisten, erschien in keiner Reichenrangliste einer Zeitung, unterstützte keine politische Partei, stiftete für keine Bildungseinrichtung und hielt keine Reden oder Vorträge. Meldete sich gelegentlich ein neugieriger Journalist, dann wurde er an die Prime Broker des Hedgefonds verwiesen, die sich das Verdienst für ihren Erfolg immer gern ans eigene Revers hefteten, oder – in äußerst hartnäckigen Fällen – an Quarry. Die Agentur hatte immer ihre volle Pauschale und Hoffmann seine Anonymität behalten.

Deshalb war der Besuch der ersten Ausstellung seiner Frau eine ungewöhnliche Erfahrung für Hoffmann, ja sogar eine ausgemachte Qual. Von der Sekunde an, als er aus dem Wagen stieg, über den bevölkerten Gehweg schritt und die lärmige Galerie betrat, hätte er am liebsten kehrtgemacht und wäre wieder gegangen. Leute, von denen er ahnte, dass er sie schon einmal getroffen hatte, Freunde von Gabrielle, kamen auf ihn zu und sprachen mit ihm. Sein Gehirn konnte zwar Kopfrechenaufgaben bis zur fünften Dezimalstelle bewältigen, aber es konnte sich keine Gesichter merken. Als hätte sich seine Persönlichkeit als Ausgleich für seine Talente einseitig entwickelt. Zwar hörte er den üblichen Smalltalk und das sinnlose Geschwätz der anderen, aber irgendwie nahm er es nicht auf. Er war sich der Tatsache bewusst, dass seine gemurmelten Antworten unpassend oder gar ausgesprochen schräg waren. Als man ihm ein Glas Champagner anbot, nahm er lieber ein Wasser. Und genau in diesem Augenblick sah er Bob Walton, der auf der anderen Seite des Raumes stand und zu ihm herübersah.

Walton, ausgerechnet!

Bevor er sich davonstehlen konnte, drängelte sich sein früherer Kollege schon zielstrebig durch die Gästeschar. Er streckte die Hand aus und sagte: »Alex, lange nicht gesehen.«

»Bob.« Er schüttelte ihm kühl die Hand. »Ich glaube, das letzte Mal haben wir uns gesehen, als ich Ihnen einen Job angeboten habe und Sie mir gesagt haben, ich wäre der Teufel, der ihm die Seele stehlen wolle.«

»Ich glaube kaum, dass ich mich so ausgedrückt habe.«

»Nicht? Wenn ich mich recht erinnere, haben Sie ziemlich deutlich zum Ausdruck gebracht, was Sie von Wissenschaftlern halten, die auf die dunkle Seite wechseln, um sich als Quants zu verkaufen.«

»Ach, tatsächlich? Nun, das tut mir leid.« Walton deutete mit dem Glas in der Hand auf die Gäste. »Jedenfalls freut es mich zu sehen, dass sich für Sie alles so gut entwickelt hat. Das meine ich ernst, Alex.«

Er sagte das mit einer solchen Herzlichkeit, dass Hoffmann seine Feindseligkeit bedauerte. Als er mit nichts als zwei Koffern und einem Englisch-Französisch-Wörterbuch von Princeton nach Genf gekommen war, hatte er keine Menschenseele gekannt. Walton war der Leiter seiner Abteilung am CERN gewesen, sie waren morgens in seinem Wagen zur Arbeit gefahren. Er und seine Frau hatten ihn unter seine Fittiche genommen. Sie hatten ihn sonntags zum Mittagessen eingeladen, hatten ihm bei der Wohnungssuche geholfen und hatten sogar versucht, ihm eine Freundin zu besorgen.

Hoffmann bemühte sich um einen freundlichen Ton. »Und, wie läuft die Suche nach dem göttlichen Teilchen?«

»Oh, wir pirschen uns langsam ran. Und bei Ihnen? Wie steht's um den flüchtigen heiligen Gral des Autonomen Maschinellen Lernens?«

»Genauso. Wir pirschen uns ran.«

»Tatsächlich?« Walton hob überrascht die Augenbrauen. »Dann lassen Sie also nicht locker?«

»Natürlich nicht.«

»Donnerwetter, das nenne ich Mumm. Was ist mit Ihrem Kopf passiert?«

»Ach, nichts. Ein dummer Unfall.« Er schaute quer durch den Raum zu Gabrielle. »Entschuldigen Sie mich, ich glaube, ich sollte jetzt mal meine Frau begrüßen.«

»Natürlich, Verzeihung.« Walton hielt ihm wieder die Hand hin, bevor er sich zum Gehen wandte. »War nett, mit Ihnen zu plaudern. Wir sollten uns mal wieder länger unterhalten. Meine E-Mail-Adresse haben Sie ja.«

»Ich habe keine E-Mail-Adresse von Ihnen«, rief ihm Hoffmann hinterher.

Walton drehte sich um. »Natürlich, Sie haben mir doch eine Einladung geschickt.«

»Einladung wofür?«

»Na, zu der Ausstellung hier.«

»Ich habe überhaupt keine Einladungen verschickt.«

»O doch, natürlich. Einen Augenblick …«

Typisch Walton, dachte Hoffmann, ganz der pedantische Akademiker, der auf jeder Kleinigkeit beharrte, auch wenn er falschlag. Doch dann zeigte ihm Walton auf dem Display seines Blackberrys die Einladung, auf der als Absender Hoffmanns E-Mail-Adresse vermerkt war.

Zögernd sagte Hoffmann, der es ebenfalls hasste, einen

Irrtum zugeben zu müssen: »Ah ja, richtig. Hatte ich ganz vergessen. Also dann, wir sehen uns.«

Um seine Verärgerung zu verbergen, wandte er Walton schnell den Rücken zu und begab sich auf die Suche nach Gabrielle. Als er sich schließlich bis zu ihr durchgedrängelt hatte, sagte sie – ziemlich eingeschnappt, wie er fand: »Ich dachte schon, du kommst nicht mehr.«

»Ich bin so schnell los, wie ich konnte.« Er küsste sie auf den Mund und nahm den säuerlichen Champagnergeschmack wahr.

»Hier, Doktor Hoffmann«, rief ein Mann, und dann leuchtete keinen Meter von ihm entfernt der Blitz eines Fotografen auf.

Als hätte ihm jemand ein Glas Säure ins Gesicht geschüttet, riss Hoffmann instinktiv den Kopf zurück. Während er noch gezwungen lächelte, fragte er Gabrielle: »Was zum Teufel macht denn Bob Walton hier?«

»Woher soll ich das denn wissen? Du hast ihn doch eingeladen.«

»Ja, er hat mir gerade seine Einladung gezeigt. Aber weißt du, was? Ich bin mir sicher, dass ich ihm keine geschickt habe. Warum sollte ich? Er war dafür verantwortlich, dass ich meine Forschungen am CERN einstellen musste. Ich habe ihn seit Jahren nicht mehr gesehen ...«

Plötzlich stand der Galeriebesitzer neben ihm. »Sie sind bestimmt sehr stolz auf Ihre Frau, Doktor Hoffmann«, sagte Bertrand.

»Was?« Hoffmann sah immer noch zu seinem Exkollegen hinüber. »Oh, ja. Natürlich ... sehr stolz.« Krampfhaft bemühte er sich, Walton zu vergessen, und suchte stattdessen nach irgendetwas Passendem, was er zu Gabrielle sagen könnte. »Hast du schon was verkauft?«

»Vielen Dank, Alex«, sagte Gabrielle. »Aber es geht nicht immer nur um Geld.«

»Ja, schon gut. Das weiß ich. War nur eine Frage.«

»Wir haben noch jede Menge Zeit«, sagte Bertrand. Mit zwei Takten Mozart meldete sich sein Handy. Er warf einen Blick auf das Display und sah überrascht aus. »Entschuldigen Sie mich bitte.« Er eilte davon.

Hoffmann war immer noch halb blind von dem Blitz. Während er sich die Porträts anschaute, sah er in der Mitte einen leeren Fleck. Trotzdem versuchte er sich an einem anerkennenden Kommentar. »Fantastisch, wenn man sie alle zusammen sieht. Du hast wirklich ein Gespür dafür, die Welt mit anderen Augen zu sehen. Für das, was sich unter der Oberfläche verbirgt.«

»Wie geht's deinem Kopf?«, fragte Gabrielle.

»Gut. Hab schon gar nicht mehr dran gedacht. Das da mag ich besonders.« Er deutete auf einen Kubus. »Das ist von dir, oder?«

Er erinnerte sich daran, dass es einen ganzen Tag gedauert hatte, nur um die Aufnahme machen zu lassen. Zusammengekauert wie ein Opfer von Pompeji, hatte sie in dem Scanner gelegen. Die Knie bis zur Brust hochgezogen, den Kopf zwischen den Händen, den Mund wie zu einem Schrei weit aufgerissen. Als sie ihm die Aufnahme zu Hause gezeigt hatte, war er fast so schockiert gewesen wie beim Anblick des Fötus. Sie war ganz bewusst dem Bild des Fötus nachempfunden.

»Eben war Leclerc da«, sagte sie. »Du hast ihn um ein Haar verpasst.«

»Haben die den Burschen etwa schon geschnappt?«

»Nein, er war aus einem anderen Grund da.«

Ihr Tonfall ließ ihn aufhorchen. »Und, was wollte er?«

»Er hat mich nach dem Nervenzusammenbruch gefragt, den du anscheinend während der Zeit am CERN hattest.«

Hoffmann war sich nicht sicher, ob er das richtig verstanden hatte. Der von den weißen Wänden widerhallende Gesprächslärm erinnerte ihn an den Krach im Computerraum. »Er hat mit den Leuten am CERN gesprochen?«

»Wegen des Nervenzusammenbruchs«, wiederholte sie etwas lauter. »Von dem du mir nie etwas erzählt hast.«

Er hatte das Gefühl, als bliebe ihm die Luft weg – als hätte ihm jemand einen Schlag in die Magengrube versetzt. »Warum muss er das CERN in die Sache reinziehen? Und Nervenzusammenbruch würde ich es auch nicht nennen.«

»Wie würdest du es denn nennen?«

»Müssen wir gerade jetzt darüber sprechen?« Ihr Gesichtsausdruck sagte ja. Er fragte sich, wie viele Gläser Champagner sie schon getrunken hatte. »Also gut, wenn es sein muss. Ich hatte Depressionen, ich habe mir eine Auszeit genommen, ich war bei einem Psychiater, ich bin wieder auf die Beine gekommen.«

»Du warst bei einem Psychiater? Weil du Depressionen hattest? Und du hast mir in *acht Jahren* nie ein Wort gesagt?«

Ein Paar drehte sich um und schaute sie an.

»Sei nicht albern«, sagte er gereizt. »Du machst aus einer Mücke einen Elefanten. Herrgott, da haben wir uns noch gar nicht gekannt.« Und dann, etwas sanfter: »Jetzt komm schon, Gabby, willst du dir deine Party verderben?«

Einen Augenblick lang glaubte er, sie würde einen Streit anfangen. Sie schaute ihn mit erhobenem Kinn an. Wenn sie das tat, standen die Zeichen auf Sturm. Ihre Augen waren glasig und blutunterlaufen. Auch sie, fiel ihm ein, hatte in letzter Zeit nicht viel geschlafen. Doch dann klopfte jemand mit Metall auf Glas.

»Meine Damen und Herren«, rief Bertrand. Er hielt ein Champagnerglas hoch und schlug mit einer Gabel dagegen. »Meine Damen und Herren!« Die Wirkung war erstaunlich. In dem überfüllten Raum verstummten alle Gespräche. Bertrand stellte das Glas ab. »Keine Sorge, meine Freunde. Ich werde jetzt keine Rede halten. Außerdem, unter Künstlern sagen Symbole mehr als Worte.«

Er hielt etwas in der Hand. Hoffmann konnte nicht erkennen, was es war. Bertrand ging zu Gabrielles Selbstporträt – das, bei dem ihr Mund zum stummen Schrei geformt war –, zupfte einen roten Punkt von der Bandrolle, die er in der Hand verborgen gehalten hatte, und drückte es fest auf das Schild an dem Objekt. Erfreutes, wissendes Gemurmel breitete sich in der Galerie aus.

»Gabrielle«, sagte er und schaute sie lächelnd an. »Ich darf dir gratulieren. Du bist jetzt ganz offiziell eine professionelle Künstlerin.«

Die Gäste applaudierten und hoben ihre Champagnergläser. Man sah Gabrielle an, dass alle Spannung von ihr abfiel. Sie sah wie verwandelt aus. Hoffmann nutzte die Gelegenheit, nahm ihre Hand und hielt sie in die Höhe, als wäre sie ein Boxchampion. Immer wieder ertönten Bravorufe. Wieder leuchtete das Blitzlicht auf, aber diesmal brachte Hoffmann ein dauerhaftes Lächeln zustande. »Gut gemacht, Gabby«, flüsterte er ihr aus dem Mundwinkel zu. »Das hast du dir verdient.«

Sie lächelte ihn glücklich an. »Danke.« Sie brachte einen Toast aus. »Ich danke Ihnen allen. Und ganz besonders dem unbekannten Käufer.«

»Warte, ich bin noch nicht fertig«, sagte Bertrand.

Neben dem Selbstporträt stand ein Objekt mit dem Kopf eines Sibirischen Tigers, der ein Jahr zuvor im Zoo in Servion gestorben war. Gabrielle hatte den Körper tiefkühlen lassen, bis sie in einem MRT-Scanner Schnittbilder von dem abgetrennten Schädel hatte machen können. Der Glasstich wurde von unten mit blutrotem Licht angestrahlt. Bertrand klebte auch daran einen roten Punkt. Es war für 4500 Franken verkauft worden.

»Wenn das so weitergeht, dann machst du bald mehr Geld als ich«, flüsterte Hoffmann.

»Alex, hör endlich auf, immer nur über Geld zu reden.« Trotzdem war sie angetan, das konnte Hoffmann sehen. Und als Bertrand zum Herzstück der Ausstellung ging, *The Invisible Man*, und auch dort einen roten Punkt anbrachte, klatschte sie vor Freude in die Hände.

Wenn er nur da aufgehört hätte, dachte Hoffmann hinterher bitter, dann wäre das ganze Ereignis ein Triumph gewesen. Warum hatte Bertrand das nicht erkannt? Warum hatte er nicht über seine kurzfristige Gier hinausdenken und es dabei belassen können? Stattdessen arbeitete er sich systematisch durch die gesamte Galerie und ließ in seinem Kielwasser eine krätzige Spur aus roten Punkten zurück: an den Pferdeköpfen, dem mumifizierten Kind aus dem Ethnologischen Museum in Berlin, dem Bisonschädel, dem Antilopenkitz, der Handvoll Selbstporträts und schließlich auch an dem Fötus – Pocken, Pestbeulen und Pusteln, die epidemisch über die weiß getünchten Wände herfielen. Er hörte nicht auf, bis sie alle als verkauft gekennzeichnet waren.

Die Wirkung auf die Besucher war eigenartig. Zuerst wurde noch jeder weitere rote Punkt bejubelt. Nach einer Weile ließ der verbale Enthusiasmus jedoch nach, und die

Gästeschar erfasste eine mit Händen zu greifende Verlegenheit, die so weit ging, dass Bertrand seine letzten Aufkleber in nahezu vollkommener Stille verteilte. Es war, als wohnten die Besucher einer Posse bei, die am Anfang noch lustig gewesen war, dann aber zu lange gedauert hatte und ins Grauenhafte abgeglitten war. Eine derart exzessive Freigebigkeit hatte etwas Erdrückendes. Hoffmann konnte den Anblick von Gabrielles Gesicht kaum ertragen. Ihre Glückseligkeit verwandelte sich in Verwunderung, dann Unverständnis und schließlich Argwohn.

»Scheint ganz so, als hättest du einen Bewunderer«, sagte er verzweifelt.

Sie schien ihn gar nicht zu hören. »Und das war ein *einziger* Käufer?«

»Ein einziger«, sagte Bertrand. Strahlend rieb er sich die Hände.

In gedämpftem Flüsterton begannen die Menschen wieder ihre Gespräche aufzunehmen. Alle sprachen leise, nur ein Amerikaner sagte laut: »Unfassbar, das ist doch absolut lächerlich.«

»Und wer ist es?«, fragte Gabrielle ungläubig.

»Das kann ich dir leider nicht sagen.« Er warf Hoffmann einen schnellen Blick zu. »Ein anonymer Sammler, mehr kann ich dir nicht sagen.«

Gabrielle hatte seinen Blick zu Hoffmann bemerkt. Sie schluckte, bevor sie weitersprach. Ihre Stimme war sehr leise. »Bist du dieser Sammler?«

»Natürlich nicht.«

»Nämlich wenn …«

»Ich bin's nicht.«

Ein Klingeln signalisierte, dass jemand die Tür geöffnet hatte. Hoffmann drehte sich um. Die Leute verließen die

Galerie. Walton gehörte zur ersten Welle. Er knöpfte sich gegen den kühlen Wind, der von draußen hereinwehte, die Jacke zu. Bertrand bemerkte, was vor sich ging, und machte den Kellnerinnen diskret Zeichen, keine Drinks mehr zu servieren. Der Sinn der Party war verpufft, und keiner wollte als Letzter gehen. Zwei Frauen bedankten sich bei Gabrielle, die so tun musste, als nähme sie die Glückwünsche ernst. »Ich hätte selbst was gekauft«, sagte die eine, »aber ich hatte ja keine Chance.«

»Ganz außergewöhnlich, meine Liebe.«

»Ich habe nie zuvor etwas Vergleichbares gesehen.«

»Du musst das unbedingt wiederholen, versprochen?«

»Versprochen.«

Nachdem sie gegangen waren, sagte Hoffmann zu Bertrand: »Na los, sagen Sie ihr wenigstens, dass nicht ich der Käufer bin.«

»Ich kann ihr nicht sagen, wer der Käufer ist und wer nicht, weil ich es selbst nicht weiß. Ehrlich. So einfach ist das.«

Bertrand breitete die Arme aus. Es war offensichtlich, dass er das alles genoss: das Rätsel, das Geld, die Notwendigkeit, professionelle Diskretion zu wahren. In seiner teuren schwarzen Seidenhülle plusterte er sich förmlich auf.

»Meine Bank hat mir gerade eine E-Mail geschickt, dass im Zusammenhang mit der Ausstellung eine Banküberweisung eingegangen ist. Ich gestehe, dass mich die Höhe der Summe überrascht hat. Ich habe mit meinem Taschenrechner kurz die Preise aller Stücke zusammengerechnet und bin auf 192 000 Franken gekommen. Das ist exakt die überwiesene Summe.«

»Eine Banküberweisung?«, sagte Hoffmann.

»Richtig.«

»Ich will, dass du das Geld zurücküberweist«, sagte Gabrielle. »Ich will nicht, dass man so mit meiner Arbeit umgeht.«

Ein großer Nigerianer in Nationaltracht – einer grob gewebten, schwarz-beige Toga mit dazu passender Kappe – winkte mit der rosafarbenen Handfläche seiner riesigen Pranke in ihre Richtung. Er war ebenfalls ein Protegé von Bertrand und hieß Nneka Osoba. Er hatte sich auf Stammesmasken spezialisiert, die er aus westlichen Industrieabfällen fertigte und die seinen Protest gegen den Imperialismus symbolisieren sollten. »Auf Wiedersehen, Gabrielle!«, rief er. »Gut gemacht!«

»Auf Wiedersehen«, rief sie und rang sich ein Lächeln ab. »Danke, dass du vorbeigeschaut hast.« Die Türglocke ertönte ein weiteres Mal.

Bertrand lächelte. »Meine liebe Gabrielle, anscheinend verstehst du das nicht richtig. Die Rechtslage ist klar. Wenn bei einer Auktion der Hammer fällt, dann ist der Posten verkauft. Das Gleiche gilt für uns Galeristen. Wenn ein Kunstobjekt verkauft ist, dann ist das endgültig. Wenn du nicht verkaufen willst, dann darfst du nicht ausstellen.«

»Ich bezahle Ihnen das Doppelte«, sagte Hoffmann verzweifelt. »Ihre Provision ist fünfzig Prozent, Sie haben also gerade knapp 100 000 Franken verdient, richtig? Ich zahle Ihnen 200 000, wenn Sie Gabrielle Ihre Arbeiten zurückgeben.«

»Nicht, Alex«, sagte Gabrielle.

»Das ist unmöglich, Doktor Hoffmann.«

»Also gut, ich verdoppele noch mal. 400 000 Franken.«

Bertrand tänzelte in seinen seidenen Zen-Slippern hin und her. Seinen weichen Gesichtszügen war deutlich anzusehen, dass er einen Kampf zwischen Moral und Habgier ausfocht. »Nun, ich weiß nicht, was ich sagen soll …«

»Schluss damit!«, rief Gabrielle. »Es reicht, Alex. Hört auf, beide. Ich ertrage das nicht …«

»Gabby …«

Sie ignorierte Hoffmanns ausgestreckte Hände und drängelte sich durch die Gäste, die die Galerie verließen. Hoffmann lief hinter ihr her. Einmal berührte er in der dichten Menschenmenge ihren Rücken, konnte aber nicht ganz bis zu ihr vordringen. Er kam sich vor wie in einem Albtraum. Als er, eingekeilt von anderen Menschen, dicht hinter ihr auf den Gehweg gelangte, bekam er endlich ihren Ellbogen zu fassen und zog sie in den Türeingang des Nachbarhauses.

»Gabby, hör mir doch zu …«

»Nein.« Sie versuchte, sich loszureißen.

Er schüttelte sie. »Hör mir jetzt zu!« Er war ein kräftiger Mann, sodass ihr Widerstand schnell erlahmte. »Beruhige dich. Danke. Hör dir jetzt bitte an, was ich dir zu sagen habe, okay? Irgendeine bizarre Geschichte läuft hier ab. Ich bin mir sicher, dass die Person, die deine Sachen gekauft hat, dieselbe ist, die mir das Darwin-Buch geschickt hat. Irgendwer versucht, mich in den Wahnsinn zu treiben …«

»Herrgott, Alex, jetzt mach mal einen Punkt. Fang nicht wieder damit an. Ich weiß, dass du meine Sachen gekauft hast, basta.« Sie versuchte wieder, sich loszureißen.

»Nein, hör zu.« Er schüttelte sie abermals. Vage wurde ihm bewusst, dass die Angst ihn aggressiv machte. Er bemühte sich, ruhig zu bleiben. »Ich schwöre, dass ich es nicht war. Das Darwin-Buch ist auf die gleiche Art bezahlt worden – per Banküberweisung über das Internet. Ich wette mit dir: Wenn wir uns jetzt sofort von Monsieur Bertrand die Kontonummer des Käufers zeigen lassen würden, dann würden wir sehen, dass die beiden Nummern übereinstimmen. Du musst begreifen, dass das nicht mein Konto ist, auch wenn es vielleicht auf meinen Namen läuft. Ich weiß nichts davon. Aber ich werde der Sache auf den Grund gehen, das verspreche ich dir. Okay, das ist alles.« Er ließ sie los. »Das ist alles, was ich dir sagen wollte.«

Sie schaute ihn an und massierte sich langsam den Ellbogen. Sie weinte stumm.

Er merkte, dass er ihr wehgetan hatte. »Es tut mir leid.«

Sie schaute zum Himmel hinauf und schluckte. Schließlich bekam sie ihre Gefühle wieder unter Kontrolle. »Du hast wirklich keine Ahnung, wie viel mir diese Ausstellung bedeutet hat, oder?«, sagte sie.

»Natürlich weiß ich, wie ...«

»Und jetzt ist alles ruiniert. Und das ist deine Schuld.«

»Also komm, wie kannst du so etwas sagen?«

»Weil es stimmt, Alex. Entweder hast du alles gekauft, weil du in deinem bescheuerten Alphatierwahn geglaubt hast, du tust mir einen Gefallen. Oder diese andere Person, die dich, wie du behauptest, in den Wahnsinn treiben will, hat alles gekauft. So oder so ... du bist dabei.«

»Das ist nicht wahr.«

»Also gut, wer ist dieser mysteriöse Mann? Offensichtlich habe *ich* nichts mit ihm zu schaffen. Aber *du* musst doch irgendeine Ahnung haben. Ein Konkurrent? Ein Kunde? Die CIA?«

»Sei nicht albern.«

»Oder Hugo? Vielleicht ist das ja alles ein rasend komischer Schuljungenstreich à la Hugo Quarry.«

»Hugo hat nichts damit zu tun. Wenigstens das weiß ich mit Sicherheit.«

»Natürlich … es ist ja völlig unmöglich, dass dein heiß geliebter Hugo etwas damit zu tun haben könnte.« Sie weinte jetzt nicht mehr. »Was ist nur aus dir geworden, Alex? Leclerc wollte wissen, ob Geld der Grund war, warum du am CERN aufgehört hast. Ich habe nein gesagt. Aber merkst du überhaupt noch, wie du inzwischen daherredest? 200 000 Franken … 400 000 Franken … Sechzig Millionen Dollar für ein Haus, das wir nicht brauchen …«

»Soweit ich mich erinnere, hattest du nichts dagegen, dass wir es gekauft haben. Das Studio gefällt dir, hast du gesagt.«

»Ja, aber nur um dich glücklich zu machen! Glaubst du, mir gefällt dieser Riesenkasten? Ich komme mir vor, als würde ich in einem verdammten Botschaftsgebäude leben.« Plötzlich schien ihr etwas einzufallen. »Nur mal interessehalber: Wie viel Geld hast du im Moment?«

»Hör auf damit, Gabrielle.«

»Nein, sag's mir. Ich will's einfach wissen. Wie viel?«

»Ich weiß es nicht. Kommt drauf an, wie man rechnet.«

»Versuch's mal. Irgendeine Zahl.«

»In Dollar? Über den Daumen? Ich weiß es wirklich nicht. Eine Milliarde, vielleicht auch zweihundert Millionen mehr.«

»Eine Milliarde Dollar? Über den Daumen?« Einen Augenblick lang war sie zu verblüfft, um ein Wort herauszubringen. »Weißt du, was? Vergiss es. Es ist vorbei. Was mich angeht, will ich nur noch eins: raus aus dieser beschissenen Stadt, in der kein Mensch sich um irgendwas anderes schert als um Geld.«

Sie drehte sich um.

»Was ist vorbei?« Wieder packte er sie am Arm, doch diesmal kraftlos, ohne Überzeugung. Sie fuhr herum und schlug ihm ins Gesicht. Nicht hart, es war nur ein warnender, symbolischer Klaps, aber er ließ sie sofort los. Nie zuvor war etwas Derartiges zwischen ihnen vorgefallen.

»Mach das nie wieder!«, fuhr sie ihn wütend an und stieß mit dem Zeigefinger in Richtung seines Gesichts. »Fass nie wieder so meinen Arm an!«

Das war es. Sie drehte sich um und war weg. Mit schnellen Schritten ging sie die Straße hinunter und verschwand um die nächste Ecke. Hoffmann stand da, hielt sich die Backe und konnte die Katastrophe, die so blitzartig über ihn hereingebrochen war, nicht begreifen.

*

Leclerc hatte gemütlich in seinem Wagen gesessen und alles beobachtet. Das Geschehen hatte sich vor seinen Augen wie ein Film in einem Autokino abgespult. Jetzt drehte sich Hoffmann langsam um und ging zur Galerie zurück. Er unterhielt sich kurz mit einem der beiden Bodyguards, die mit verschränkten Armen vor dem Eingang standen, und machte dann eine matte Handbewegung, die offenbar bedeutete, dass der Angesprochene seiner Frau folgen solle. Der Bodyguard machte sich auf den Weg. Dann ging Hoffmann mit dem anderen Bodyguard hinein. Durch das große Fenster konnte Leclerc genau sehen, was nun geschah. Die Galerie war inzwischen fast leer. Hoffmann ging zu Bertrand und fing an, ihn zu beschimpfen. Er zog sein Handy aus der Tasche und fuchtelte damit vor dem Gesicht des Galeriebesitzers herum. Bertrand warf die Hände in die Luft, Hoffmann packte ihn am Revers seines Jacketts und stieß ihn gegen die Wand.

»Herrgott, und was jetzt?«, brummte Leclerc. Er sah,

dass Bertrand sich dem Griff Hoffmanns zu entwinden versuchte und dass Hoffmann Bertrand mit ausgestrecktem Arm festhielt, bevor er ihn abermals wegstieß, diesmal schon gröber. Leclerc fluchte leise, öffnete die Wagentür und stieg aus. Die Knie taten ihm weh. Während er mit ungelenken Schritten die Straße überquerte, grübelte er zum wiederholten Mal über sein hartes Schicksal nach: dass er sich kaum noch an seinen Fünfzigsten erinnern konnte und schon hart auf die sechzig zuging und sich immer noch mit solchen Sachen herumschlagen musste.

Als Leclerc die Galerie betrat, hatte Hoffmanns massiger Bodyguard zwischen seinem Auftraggeber und dem Galeriebesitzer Stellung bezogen. Bertrand strich sich das Jackett glatt, und währenddessen schleuderten sich die beiden Kontrahenten lautstark Beleidigungen an den Kopf. Hinter ihnen starrte der hingerichtete Mörder teilnahmslos geradeaus.

»Meine Herren«, sagte Leclerc. »Ich darf doch sehr bitten.« Er zeigte dem Bodyguard seinen Dienstausweis. Der schaute erst den Ausweis und danach Leclerc an und verdrehte dann ganz leicht die Augen. »Also wirklich, Doktor Hoffmann. Ist das eine Art, sich zu benehmen? Nach allem, was Sie heute durchgemacht haben, würde ich Sie nur ungern festnehmen. Aber wenn Sie mir keine Wahl lassen ... Also, was ist hier los?«

»Meine Frau ist außer sich«, sagte Hoffmann. »Und zwar deshalb, weil dieser Herr sich aufgeführt hat wie ein ausgewachsener Volltrottel ...«

»Das ist doch ...«, mischte Bertrand sich ein. »Ausgewachsener Volltrottel? Ich habe alle ihre Werke verkauft, am ersten Tag ihrer ersten Ausstellung, und dafür fällt der Kerl jetzt über mich her.«

»Ich will nur eins«, schrie Hoffmann mit einer Stimme, die – so Leclercs Eindruck – jeden Augenblick ins Hysterische umkippen konnte. »Ich will die Kontonummer des Käufers.«

»Und ich habe ihm gesagt, dass das überhaupt nicht infrage kommt. Das sind vertrauliche Informationen.«

Leclerc wandte sich wieder an Hoffmann. »Warum ist die Kontonummer so wichtig?«

»Irgendwer ist eindeutig darauf aus, mich zu vernichten«, sagte Hoffmann, der sich bemühte, seine Stimme im Zaum zu halten. »Ich habe die Nummer eines Bankkontos, über das ein Buch bezahlt wurde, das mir gestern Abend zugestellt wurde, vermutlich in der Absicht, mich einzuschüchtern. Ich habe sie hier auf meinem Handy. Und ich glaube, dass eben dieses Konto, das vermutlich auf meinen Namen läuft, dazu benutzt wurde, um die Ausstellung meiner Frau zu sabotieren.«

»Sabotieren«, sagte Bertrand mit höhnischer Stimme. »Wir nennen das verkaufen.«

»Sie haben aber nicht nur ein oder zwei Stücke verkauft. Sie haben alles verkauft, auf einen Schlag. Ist das schon jemals vorgekommen?«

»Und?« Bertrand breitete theatralisch die Arme aus.

Leclerc schaute sich die beiden an und seufzte. »Monsieur Bertrand? Seien Sie so nett, und zeigen Sie mir die Kontonummer.«

»Das kann ich nicht. Warum sollte ich?«

»Weil ich Sie sonst wegen Behinderung polizeilicher Ermittlungen einsperren werde.«

»Das wagen Sie nicht.«

Leclerc starrte ihn an. Er mochte alt sein, aber mit den Bertrands dieser Welt wurde er noch im Schlaf fertig.

»Also gut, ich hab sie in meinem Büro«, brummelte Bertrand schließlich.

»Doktor Hoffmann ... Dürfte ich jetzt um Ihr Handy bitten.«

Hoffmann hielt ihm das Display hin. »Das ist die Nachricht des Buchhändlers mit der Kontonummer.«

Leclerc nahm ihm das Handy ab. »Bleiben Sie bitte hier.« Er folgte Bertrand in ein kleines Büro hinter dem Ausstellungsraum. Das Zimmer war ein Durcheinander aus alten Katalogen, Stapeln von Bilderrahmen und Werkzeugen. Ein durchdringender Geruch von Kaffee und Klebstoff hing in der Luft. Auf dem wackeligen, zerkratzten Rollschreibtisch stand ein Computer. Daneben steckten auf einem Metallspieß ein Packen Briefe und Quittungen. Bertrand bewegte mit der Maus den Cursor über den Bildschirm und klickte. »Das ist die E-Mail von meiner Bank.« Beleidigt räumte er den Schreibtischstuhl. »Übrigens, die Drohung, mich festzunehmen, nehme ich Ihnen nicht ab. Ich kooperiere nur deshalb, weil ich mich als guter Schweizer Bürger dazu verpflichtet fühle.«

»Ihre Kooperation ist vermerkt, Monsieur«, sagte Leclerc. »Haben Sie vielen Dank.« Er setzte sich vor den Computer, schaute angestrengt auf den Schirm, hielt Hoffmanns Handy daneben und verglich mühsam die beiden Kontonummern. Sie bestanden aus einer identischen Mixtur aus Buchstaben und Ziffern. Der Name des Kontoinhabers lautete auf A. J. Hoffmann. Er zog sein Notizbuch aus der Tasche und schrieb die Zeichenfolge auf. »Und sonst haben Sie keine Nachricht erhalten?«

»Nein.«

In der Galerie gab Leclerc Hoffmann das Handy zurück. »Sie hatten recht. Die Nummern sind identisch. Was das allerdings mit dem Überfall auf Sie zu tun haben soll, ist mir schleierhaft.«

»Es gibt eine Verbindung«, sagte Hoffmann. »Das habe ich heute Morgen versucht, Ihnen zu erklären. Herrgott, in meiner Branche würden Sie keine fünf Minuten überleben. Sie würden nicht mal zur Tür reinkommen. Was hatten Sie eigentlich am CERN zu suchen und Fragen über mich zu stellen? Schnappen Sie lieber diesen Burschen, anstatt mir hinterherzuschnüffeln.«

Hoffmann sah abgespannt aus. Seine Augen waren rot und wund, als hätte er sie gerieben. Er hatte sich den ganzen Tag nicht rasiert. Mit den Bartstoppeln sah er aus wie ein Flüchtling.

»Ich werde die Kontonummer in unserer Abteilung für Finanzdelikte überprüfen lassen«, sagte Leclerc milde. »Zumindest was Bankkonten angeht, sind wir Schweizer ziemlich fit, und Identitätsdiebstahl ist strafbar. Wenn sich irgendetwas ergibt, lasse ich es Sie wissen. In der Zwischenzeit rate ich Ihnen, nach Hause zu fahren, Ihren Arzt zu rufen und viel zu schlafen.« *Und biegen Sie das mit Ihrer Frau wieder gerade*, wollte er noch sagen, aber das stand ihm nicht zu.

ZEHN

Nun ist […] der Instinkt einer jeden Art nützlich für diese und, so viel wir wissen, niemals zum ausschliesslichen Nutzen andrer Arten vorhanden.

Charles Darwin
Die Entstehung der Arten, 1859

Als Hoffmann auf dem Rücksitz des Mercedes saß, versuchte er, Gabrielle telefonisch zu erreichen, erwischte jedoch nur ihre Mailbox. Der Klang der vertrauten, fröhlichen Stimme schnürte ihm die Kehle zu. »Hi, hier ist Gabby, wagen Sie es ja nicht aufzulegen, bevor Sie eine Nachricht hinterlassen haben.«

Er hatte die furchtbare Ahnung, dass sie ihn unwiderruflich verlassen hatte. Selbst wenn sie sich wieder versöhnen könnten, würde sie nie wieder die Person sein, die sie bis zu diesem Tag gewesen war. Es war, als hörte er die Stimme einer Toten.

Das Piepen ertönte. Nach einer langen Pause, die sich wahrscheinlich gruselig anhören würde, wenn sie das Band abhörte, rang er sich schließlich zu einer Nachricht durch. »Ruf mich bitte zurück, okay? Wir müssen reden.« Er wusste nicht, was er sonst noch sagen sollte. »Tja, das ist eigentlich alles. Also, bis dann.«

Er unterbrach die Verbindung und starrte eine Zeit lang sein Handy an, als könnte er sie so dazu bringen zurückzurufen. Er fragte sich, ob er noch etwas hätte sagen sollen oder wie er sie sonst erreichen könnte. Er beugte sich zu dem Bodyguard vor. »Wissen Sie, ob Ihr Kollege an meiner Frau dran ist?«

Paccard drehte sich halb zu ihm um, wobei er die Straße aus den Augenwinkeln im Blick behielt. »Er hat sie nicht mehr erwischt, Monsieur. Als er bei der Hausecke ankam, war sie schon verschwunden.«

Hoffmann stöhnte auf. »Gibt's in dieser gottverdammtem Stadt denn niemand, der eine simple Aufgabe erledigen kann, ohne Mist zu bauen?« Er ließ sich in den Sitz zurückfallen, verschränkte die Arme und schaute aus dem Fenster. Zumindest eines wusste er sicher: Er hatte Gabrielles Kunstobjekte nicht gekauft. Er hatte gar nicht die Möglichkeit dazu gehabt. Allerdings würde es ihm schwerfallen, sie davon zu überzeugen. Er hörte wieder ihre Stimme. *Eine Milliarde Dollar? Über den Daumen? Weißt du, was? Vergiss es. Es ist vorbei.*

Auf der anderen Seite der blaugrauen Rhône sah er das Finanzviertel Genfs – BNP Paribas, Goldman Sachs, Barclays Private Wealth ... Es nahm das Nordufer des breiten Flusses und einen Teil der Insel in der Mitte ein. Von Genf aus wurden eine Billion Dollar kontrolliert, von denen Hoffmann Investment Technologies ein kümmerliches Prozent verwaltete. Und von diesem einzigen Prozent betrug sein persönlicher Anteil ein Zehntel. Im Verhältnis gesehen ... was regte sie sich dermaßen über eine Milliarde auf? Dollar, Euro, Franken – das waren die Einheiten, in denen er Erfolg oder Misserfolg seines Experiments maß. So wie er am CERN mit Tera-Elektronenvolt, Nanosekunden und Mikrojoule gearbeitet hatte. Zugegeben, es gab einen großen Unterschied zwischen dem CERN und seinem Hedgefonds, ein Problem, das er nie richtig in Angriff genommen oder gelöst hatte. Mit einer Nanosekunde oder einem Mikrojoule konnte man nichts kaufen, Geld hingegen fiel bei seinen Forschungen als eine Art von toxischem Abfallprodukt an. Manchmal hatte er das Gefühl, als würde es ihn Zentimeter um Zentimeter vergiften, so wie die Strahlung Marie Curie getötet hatte.

Am Anfang hatte er das Geld ignoriert. Er hatte es entweder gleich wieder in die Firma gesteckt oder auf einem Konto geparkt. Aber er hasste den Gedanken, sich von seinem eigenen Glück erdrücken und zu einem exzentrischen Menschenverächter wie Etienne Mussard verbiegen zu lassen. Also eiferte er seit Kurzem Quarry nach und bemühte sich, es auszugeben. Das aber hatte ihn schnurstracks in die durchgestylte Villa in Cologny geführt, die vollgestopft war mit wertvollen Büchern und Antiquitäten, die er zwar nicht brauchte, die aber enorme Sicherheitsvorkehrungen erforderten: eine Art Pharaonengrabkammer für Lebende. Seine letzte Option war wohl, das Geld zu verschenken, was zumindest Gabrielle gutheißen würde. Aber auch Philanthropie konnte korrumpieren. Die verantwortungsvolle Verteilung von Hunderten von Millionen Dollar war ein Fulltime-Job. Gelegentlich schwelgte er in dem verrückten Gedanken, seine überschüssigen Profite in Papiergeld umzutauschen und rund um die Uhr zu verbrennen, so wie eine Raffinerie ihre Gasüberschüsse verbrannte – gelbblaue Flammen würden den nächtlichen Himmel über Genf erleuchten.

Der Mercedes überquerte den Fluss.

Der Gedanke, dass Gabrielle allein durch die Straßen

lief, beunruhigte ihn. Ihr impulsives Wesen machte ihm Sorgen. Im Zorn war sie zu allem fähig. Sie konnte tagelang untertauchen, konnte zu ihrer Mutter nach England fliegen, konnte auf die unsinnigsten Gedanken kommen. *Weißt du, was? Vergiss es. Es ist vorbei.* Was meinte sie damit? Was war vorbei? Die Ausstellung? Ihre Karriere als Künstlerin? Ihr Gespräch? Ihre Ehe? Panik stieg in ihm auf. Ein Leben ohne sie wäre ein Vakuum, in dem er nicht würde überleben können. Er lehnte die Stirn an das kalte Glas des Seitenfensters, schaute hinunter in das trübe, undurchdringliche Wasser des Flusses und stellte sich für einen schwindelerregenden Augenblick vor, ins Nichts gesogen zu werden – wie ein Flugpassagier, der viele Kilometer hoch über dem Erdboden aus dem aufgeschlitzten Rumpf eines Jets gerissen wurde.

Sie bogen auf den Quai du Mont-Blanc ein. Die Stadt, gehauen aus dem gleichen grauen Fels wie der Jura in der Ferne, lag tief geduckt und trist an den Ufern des Sees. In nichts glich sie der animalisch vulgären Glas-und-Stahl-Euphorie Manhattans oder der Londoner City: Deren Wolkenkratzer würden in die Höhe wachsen und wieder einstürzen, Zeiten des Booms und der Pleiten würden kommen und gehen, aber das listige Genf hielt sich bedeckt und würde die Ewigkeit überdauern. Das schön gelegene Hotel Beau-Rivage, fast in der Mitte des breiten, von Bäumen gesäumten Boulevards, verkörperte diese Werte in Ziegel und Stein. Seit 1898, als die Kaiserin von Österreich-Ungarn nach dem Lunch das Hotel verlassen hatte und von einem italienischen Anarchisten erstochen worden war, hatte sich hier nichts Aufregendes mehr ereignet. Ein Umstand ihrer Ermordung war Hoffmann immer im Gedächtnis geblieben: Erst nachdem sie ihr Korsett abgelegt hatte, hatte sie die tödliche Wunde bemerkt. Sogar Attentate gingen in Genf diskret vonstatten.

Der Mercedes hielt auf der gegenüberliegenden Straßenseite. Paccard stieg aus, stoppte mit gebieterisch erhobener Hand den Verkehr und geleitete Hoffmann über den Zebrastreifen und dann die Stufen hinauf in die pseudohabsburgische Grandezza der Hotellobby. Der Concierge zuckte angesichts Hoffmanns überraschenden Erscheinens nicht einmal mit der Wimper, sondern geleitete *le cher docteur* lächelnd die Treppe hinauf in den Speisesaal.

Jenseits der hohen Tür herrschte die Atmosphäre eines Salons des 19. Jahrhunderts: Gemälde, Antiquitäten, vergoldete Stühle, golddurchwirkte Vorhänge – die Kaiserin hätte sich wie zu Hause gefühlt. Quarry hatte einen langen Tisch vor den Balkontüren reservieren lassen und saß mit dem Rücken zum See, um den Eingang im Auge behalten zu können. Als er Hoffmann zur Tür hereinkommen sah, stand er schnell auf und warf seine Serviette, die er sich nach britischer Herrenclubmanier in den Kragen gesteckt hatte, auf den Stuhl. Er nahm seinen Partner etwa auf halbem Weg zum Tisch in Empfang.

»Professor«, sagte er aufgekratzt und so laut, dass jeder es mitbekommen konnte. Er zog Hoffmann etwas zur Seite und sagte leise: »Herrgott noch mal, wo zum Henker hast du gesteckt?«

Hoffmann wollte ihm antworten, aber Quarry ließ ihn gar nicht zu Wort kommen. Seine Augen leuchteten, er brannte darauf, den Deal endlich unter Dach und Fach zu bringen.

»Na ja, was soll's, spielt keine Rolle. Hauptsache ist, dass es ganz so aussieht, dass sie anbeißen – die meisten jedenfalls. Ich hab da so das Gefühl, dass da eher eine Milliarde als sieben fünfzig drin sind. Von dir, Maestro, brauche ich jetzt nur noch eins: eine Stunde technischer Balsam, der sie in Sicherheit wiegt, okay? Und bitte mit einem Minimum an Aggressivität, wenn du das hinkriegst.« Er deutete zum Tisch. »Komm, setz dich zu uns. Die *grenouilles de Vallorbe* hast du verpasst, aber das *filet mignon de veau* ist sicher auch göttlich.«

Hoffmann rührte sich nicht. »Hast du die Sachen in Gabrielles Ausstellung gekauft?«, fragte er misstrauisch.

»Was?« Quarry blieb stehen, drehte sich um und sah ihn mit zusammengekniffenen Augen an. Er war verblüfft.

»Irgendwer hat alle ihre Arbeiten aufgekauft. Und dafür hat er ein Konto benutzt, das auf meinen Namen läuft. Sie meint, das könntest du gewesen sein.«

»Ich habe die Sachen nicht mal gesehen. Und warum sollte ich ein Konto auf deinen Namen haben? Außerdem ist das illegal.« Er schaute kurz über die Schulter zu ihren Kunden und wandte sich dann wieder Hoffmann zu. Er war völlig perplex. »Weißt du, was? Lass uns später darüber reden, okay?«

»Du hast sie also nicht gekauft. Sicher? Keiner von deinen Scherzen? Sag's mir einfach, okay?«

»Das ist nicht meine Art von Humor, alter Junge. Tut mir leid.«

»Tja, genau das habe ich auch gedacht.« Hoffmann lenkte seinen Blick ruckartig durch den Raum. Er schaute zu den Kunden, den Kellnern, den beiden Ausgängen, den hohen Fenstern und dem Balkon dahinter. »Jemand ist hinter mir her, Hugo. Jemand, der mich ganz langsam fertigmachen will. Das macht mir wirklich Sorgen, Hugo.«

»Ja nun, das sehe ich, Alexi. Wie geht's deinem Kopf?«

Hoffmann griff sich an den Kopf und fuhr mit den Fingern über die harten, fremdartigen Höcker der Naht. Er hatte pochende Kopfschmerzen. »Tut wieder weh«, sagte er.

»Okay«, sagte Quarry gedehnt. Unter anderen Umständen hätte sich Hoffmann über Quarrys britische Kaltblütigkeit im Angesicht einer drohenden Katastrophe amüsiert. »Was soll das heißen, Alex? Soll das heißen, dass du lieber ins Krankenhaus möchtest?«

»Nein. Wenn ich mich setze, geht's schon.«

»Du solltest etwas essen, das hilft«, sagte Quarry mit hoffnungsfroher Stimme. »Du hast bestimmt den ganzen Tag noch nichts gegessen, hab ich recht? Kein Wunder, dass du dich sonderbar fühlst.« Er nahm Hoffmann am Arm und führte ihn zum Tisch. »Setz dich hierhin, mir gegenüber, dann kann ich dich im Auge behalten. Später wechseln ja ohnehin alle den Platz. Ach, übrigens, gute Nachrichten von der Wall Street.« Er dämpfte die Stimme. »Sieht ganz so aus, dass der Dow ziemlich schwach eröffnet.«

Ein Kellner half Hoffmann, sich auf den Stuhl zwischen Etienne Mussard und dem Pariser Anwalt François de Gombart-Tonnelle zu setzen. Deren Begleiterinnen, Clarisse Mussard und Elmira Gulzhan, saßen ihm gegenüber links und rechts von Quarry. Die Chinesen saßen an dem einen Tischende, die amerikanischen Banker Klein und Easterbrook am anderen. Dazwischen hatten sich Herxheimer, Mould, Łukasiński und mehrere Anwälte und Berater verteilt, die die natürliche Jovialität von Männern ausstrahlten, die sich ihre Stundensätze bezahlen ließen und gleichzeitig ein Gratismahl genossen. Ein Kellner schüttelte eine schwere Leinenserviette aus und legte sie

Hoffmann über den Schoß. Der Sommelier bot ihm Rot- und Weißwein zur Wahl an, einen 2006er Louis Jadot Montrachet Grand Cru oder einen 95er Latour, die er beide ablehnte. Er nahm ein stilles Wasser.

»Wir haben uns gerade über Steuersätze unterhalten, Alex«, sagte de Gombart-Tonnelle. Mit seinen langen Fingern brach er ein winziges Stück von seinem Brötchen ab und steckte es sich in den Mund. »Wir haben gerade festgestellt, dass Europa auf dem besten Wege ist, der alten Sowjetunion Konkurrenz zu machen. Frankreich 40 Prozent, Deutschland 45, Spanien 47, Großbritannien 50 …«

»Fünfzig Prozent!«, sagte Quarry. »Nicht dass Sie mich falsch verstehen. Ich bin so patriotisch wie jeder andere, aber möchte ich wirklich eine Fifty-Fifty-Partnerschaft mit der Regierung Ihrer Majestät eingehen? Eher nicht.«

»Es gibt keine Demokratie mehr«, sagte Elmira Gulzhan. »Der Staat übt so viel Kontrolle aus wie noch nie zuvor. Alle unsere Freiheiten gehen zum Teufel, aber das scheint niemand zu kümmern. Das ist das wirklich Deprimierende an unserem Jahrhundert.«

De Gombart-Tonnelle war mit seiner Auflistung noch nicht fertig: »Sogar in Genf steht er schon bei vierundvierzig Prozent …«

»Sie wollen mir ja wohl nicht weismachen, dass Sie hier vierundvierzig Prozent zahlen, oder?«, sagte Iain Mould.

Quarry lächelte, als hätte ihm ein kleines Kind eine Frage gestellt. »Theoretisch müssen vierundvierzig Prozent vom Gehalt abgeführt werden. Aber wenn man sich das Einkommen als Dividende auszahlen und sein Geschäft im Ausland registrieren lässt, dann sind vier Fünftel der Dividende ganz legal steuerfrei. Vierundvierzig Prozent zahlt man nur auf das eine Fünftel, macht also im Höchstfall 8,8. Das stimmt doch so, oder, Amschel?«

Herxheimer, der in Zermatt lebte, seinen offiziellen Wohnsitz aber dank einer meisterhaft organisierten Materieübertragung auf Guernsey hatte, bestätigte, dass es in der Tat so sei.

»8,8 Prozent«, wiederholte Mould. Er sah blass aus. »Schön für Sie.«

Vom Ende des Tisches rief Easterbrook: »Ich wandere aus und lasse mich in Genf nieder.«

»Klar, aber versuch das mal Uncle Sam zu erklären«, sagte Klein düster. »Die Jungs vom Finanzamt hetzen dich bis ans Ende der Welt, solange du einen amerikanischen Pass hast. Hast du schon mal versucht, deine amerikanische Staatsbürgerschaft loszuwerden? Keine Chance. Ist wie in den Siebzigern, wenn du als sowjetischer Jude nach Israel auswandern wolltest.«

»Keine Freiheit mehr«, sagte Elmira Gulzhan wieder. »Wie ich gesagt habe. Der Staat nimmt uns alles, und wenn wir es wagen sollten, dagegen zu protestieren, dann sperren sie uns ein, weil wir uns politisch nicht korrekt verhalten.«

Hoffmann starrte auf die Tischdecke und ließ die Unterhaltung an sich vorbeiplätschern. Er wusste jetzt wieder, was ihm an den Reichen so zuwider war: ihr Selbstmitleid. Während sich Otto Normalverbraucher über Sport oder das Wetter unterhielt, war die Grundlage ihrer Gespräche Verfolgungswahn. Er verachtete sie.

»Ich verachte Sie alle«, sagte er, aber sie waren so vertieft in ihre Diskussion über die Ungerechtigkeit höherer Steuersätze und die angeborene kriminelle Energie ihrer Angestellten, dass niemand auf ihn achtete. Und dann kam ihm der Gedanke, dass möglicherweise auch er schon einer von ihnen war. War er vielleicht deshalb so paranoid? Er begutachtete unter dem Tisch seine Hände, erst die Handflächen, dann die Handrücken – als ob er damit rechnete, Fell aus seiner Haut sprießen zu sehen.

In diesem Augenblick schwangen die Türflügel auf, und im Gänsemarsch kamen acht Kellner in Frack und weißen Handschuhen herein, von denen jeder zwei mit silbernen Kuppeln bedeckte Teller trug. Jeder bezog zwischen zwei Gästen Position, stellte die Teller vor ihnen ab und hob auf ein Zeichen des Oberkellners die Deckel hoch. Der Hauptgang bestand aus Kalb mit Morcheln und Spargel, nur Elmira Gulzhan bekam ein Stück gegrillten Fisch und Etienne Mussard einen Hamburger mit Pommes frites.

»Ich kann einfach kein Kalbfleisch essen«, sagte Elmira, die sich vertrauensvoll zu Hoffmann vorbeugte und ihm einen kurzen Blick auf den Ansatz ihrer blassbraunen Brüste bot. »Allein der Gedanke, wie diese armen Kälber leiden müssen.«

»Also ich bevorzuge Essen, das gelitten hat«, sagte Quarry aufgeräumt, während er mit Messer und Gabel vor seiner Brust herumfuchtelte, die mit einer von seinem Hemdkragen herabhängenden Serviette bedeckt war. »Ich glaube, Angst setzt einen besonders pikanten chemischen Stoff frei, der dann ins Fleisch übergeht. Kalbsschnitzel, Lobster Thermidor, Gänseleberpastete – je ekliger das Hinscheiden, desto besser. Das ist meine Philosophie: Was schmecken soll, muss leiden.«

Elmira gab ihm mit dem Zipfel ihrer Serviette einen Klaps auf den Arm. »Hugo, Sie sind wirklich ein bösartiger Mensch. Was sagen Sie, Alex?«

»Er ist bösartig«, sagte Alex. Er stocherte mit der Gabel in seinem Essen herum. Er hatte keinen Appetit. Hinter Quarry konnte er auf der anderen Seite des Sees den *Jet d'Eau* sehen, der wie ein Suchscheinwerfer aus Wasser den trüben Himmel abtastete.

Łukasiński stellte ein paar technische Fragen zum Fonds. Quarry legte sein Besteck neben den Teller. »Das investierte Geld unterliegt einer Haltefrist von einem Jahr, danach gibt es vier Rücknahmetage pro Jahr: den 31. Mai, den 31. August, den 30. November und den 28. Februar. Alle Rücknahmen erfordern eine Kündigungsfrist von fünfundvierzig Tagen. Die Struktur des Fonds bleibt unverändert: Die Investoren bilden eine aus steuerlichen Gründen auf den Kaimaninseln eingetragene GmbH, die Hoffmann Investment Technologies mit der Verwaltung ihres Vermögens beauftragt.«

»Wann erwarten Sie eine Antwort von uns?«, fragte Herxheimer.

»Wir haben vor, den Fonds zum Ende des Monats wieder zu schließen«, sagte Quarry.

»Also in drei Wochen.«

»Richtig.«

Die Stimmung am Tisch wurde plötzlich ernst. Einzelgespräche verstummten. Jeder hörte zu.

»Meine Antwort können Sie sofort haben«, sagte Easterbrook. Er deutete mit seiner Gabel auf Hoffmann. »Wissen Sie, was mir an Ihnen gefällt, Hoffmann?«

»Nein, Bill, was denn?«

»Sie machen keine großen Worte. Sie lassen die Zahlen für sich sprechen. Ich hatte mich in dem Augenblick entschieden, als dieses Flugzeug abgestürzt ist. Sicher, die Jungs zu Hause werden das alles noch mit der gebührenden Sorgfalt prüfen. Blablabla. Alles Bockmist. Jedenfalls werde ich AmCor empfehlen, die Einlagen zu verdoppeln.«

Quarry warf Hoffmann einen kurzen Blick zu. Seine blauen Augen weiteten sich. Mit der Zungenspitze befeuchtete er seine Lippen. »Das ist eine Milliarde Dollar, Bill«, sagte er ruhig.

»Ich weiß, dass das eine Milliarde ist, Hugo. Gab mal Zeiten, da war das ein Haufen Geld.«

Alle lachten. Diesen Augenblick würden sie nie vergessen. An dieser Anekdote würde man sich an den Promenaden von Antibes und Palm Beach noch viele Jahre ergötzen: Das war der Tag, an dem Old Bill Easterbrook von AmCor beim Lunch eine Milliarde Dollar springen ließ und sagte, dass das früher mal ein Haufen Geld gewesen sei. Easterbrooks Gesichtsausdruck ließ vermuten, dass er wusste, was sie dachten. Deshalb hatte er es gesagt.

»Das ist sehr großzügig, Bill«, sagte Quarry mit heiserer Stimme. »Alex und ich sind überwältigt.« Er schaute über den Tisch.

»Überwältigt«, sagte Hoffmann.

»Winter Bay steigt auch ein«, sagte Klein. »Mit wie viel, kann ich nicht genau sagen. Für eine Summe in Bills Größenordnung muss ich erst Rücksprache halten. Aber es wird sich um einen substanziellen Betrag handeln.«

»Das Gleiche gilt für mich«, sagte Łukasiński.

»Ich werde mit meinem Vater sprechen«, sagte Elmira. »Aber er wird meinem Rat folgen.«

»Darf ich die Stimmung in der Runde so deuten, dass Sie alle ein weiteres Engagement planen?«, fragte Quarry. Zustimmendes Gemurmel rund um den Tisch. »Nun, das klingt ja vielversprechend. Darf ich die Frage andersherum stellen: Möchte jemand von Ihnen sein Investment *nicht* erhöhen?« Die Anwesenden schauten sich an. Einige zuckten mit den Achseln. »Was ist mit Ihnen, Etienne?«

Mussard schaute griesgrämig von seinem Hamburger auf. »Ja, doch, ich denke schon. Warum nicht. Aber wenn Sie nichts dagegen haben, würde ich das lieber nicht in der Öffentlichkeit besprechen. Ich ziehe die traditionelle Schweizer Art vor.«

»Sie meinen, bei Dunkelheit und vollständig angezogen?« Unter lautem Gelächter erhob sich Quarry. »Meine Freunde, ich weiß, wir essen noch, aber wenn es jemals einen passenden Zeitpunkt für einen spontanen Trinkspruch auf die – verzeih mir, Mieczysław – russische Art gegeben hat, dann wohl diesen.« Er räusperte sich. Er schien den Tränen nahe zu sein. »Meine lieben Gäste, wir fühlen uns geehrt durch Ihre Anwesenheit, Ihre Freundschaft und Ihr Vertrauen. Ich bin der festen Überzeugung, dass wir heute Zeugen der Geburt einer vollkommen neuen Kraft im Global Asset Management sind, des Resultats der Vereinigung von innovativer Wissenschaft und aggressivem Investment oder, wenn Ihnen das lieber ist, von Gott und Mammon.« Weiteres Gelächter. »Anlässlich dieses erhebenden Augenblicks erscheint es mir nur angemessen, dass wir alle unser Glas erheben, und zwar auf den Genius, der das alles ermöglicht hat – nein, nein, nicht auf mich.« Er wandte sein Gesicht Hoffmann zu und strahlte ihn an. »Auf den Vater von VIXAL-4, auf Alex!«

Alle standen auf, riefen im Chor »Auf Alex!« und stießen mit klingenden Kristallgläsern an. Aller Augen waren liebevoll auf Hoffmann gerichtet, und selbst Mussard rang sich ein Kräuseln der Lippen ab. Als sich alle wieder gesetzt hatten, schauten sie ihn weiter an, nickten und lächelten, bis er zu seinem Schrecken begriff, dass sie eine Rede von ihm erwarteten.

»Nein, nein«, sagte er.

»Nun komm schon, Alexi«, sagte Quarry leise. »Nur ein paar Worte, dann hast du für die nächsten acht Jahre wieder Ruhe.«

»Ich kann wirklich nicht.«

Da seine Weigerung von allen Seiten mit wohlwollenden Ausrufen des Protests aufgenommen wurde, gab Hoffmann seinen Widerstand auf und erhob sich. Die Serviette rutschte ihm vom Schoß und fiel auf den Boden. Er stützte sich mit einer Hand auf den Tisch und suchte nach passenden Worten. Wie geistesabwesend schaute er aus dem Fenster – wobei er nun nicht nur das gegenüberliegende Ufer, die hoch aufragende Fontäne und den tintenschwarzen See sah, sondern wegen seines erweiterten Blickfelds auch die Promenade vor dem Hotel, wo man die Kaiserin erstochen hatte. Der Quai du Mont-Blanc war in diesem Abschnitt besonders breit. Hoffmann sah den kleinen Park mit den Linden und den Bänken, den kleinen, akkurat gemähten Rasenflächen, den verschnörkelten Belle-Époque-Straßenlaternen und den kunstvoll beschnittenen, dunkelgrünen Hecken. Er sah den in den See hineinragenden, halbkreisförmigen Uferdamm mit seiner Steinbalustrade, von der aus man zur Anlegestelle für die Fährschiffe hinuntergelangte. An diesem Nachmittag wartete etwa ein Dutzend Menschen vor dem weiß gestrichenen eisernen Kiosk, um sich Karten für die Fähre zu kaufen. Auf Rollschuhen glitt eine junge Frau mit roter Baseballkappe vorbei. Zwei Männer in Jeans führten einen großen schwarzen Pudel aus. Schließlich blieb Hoffmanns Blick an einem skelettartigen Gespenst hängen, das einen braunen Ledermantel trug und unter einer der blassgrünen Linden stand. Sein knochiger Schädel sah sehr weiß aus, so als ob er sich gerade übergeben hätte oder aus einer Ohnmacht erwacht wäre. Die Augenhöhlen lagen tief im Schatten der stark vorstehenden Stirn, das Haar war zu einem grauen Pferdeschwanz zusammengebunden. Er starrte zu dem Fenster herauf, durch das Hoffmann hinunterschaute.

Hoffmann versteifte sich. Ein paar Sekunden lang war er unfähig, sich zu bewegen. Dann trat er unwillkürlich einen Schritt zurück und stieß dabei seinen Stuhl um. Quarry sah ihn erschrocken an. »Mein Gott, du wirst ohnmächtig.« Er wollte aufstehen, aber Hoffmann hob abwehrend die Hände. Er machte noch einen Schritt zurück, blieb an den Beinen des umgefallenen Stuhls hängen, stolperte und wäre beinahe gestürzt. Aber er fing sich, drehte sich um, stieß den Stuhl mit dem Fuß zur Seite und lief zur Tür.

Die erstaunten Rufe in seinem Rücken und auch die Stimme Quarrys, der seinen Namen rief, nahm Hoffmann nur noch am Rande wahr. Er lief den verspiegelten Gang entlang und hastete dann die Treppen hinunter. Er packte immer wieder den Handlauf, um die Absätze mit Schwung zu umrunden. Die letzten paar Stufen nahm er mit einem einzigen Satz, dann rannte er an seinem mit einer Hotelangestellten schwatzenden Bodyguard vorbei hinaus auf die Promenade.

ELF

[…] der meistens ununterbrochen-fortdauernde Kampf [ums Daseyn] wird der heftigste seyn, der zwischen den Einzelwesen einer Art stattfindet, welche dieselben Bezirke bewohnen, dasselbe Futter verlangen und denselben Gefahren ausgesetzt sind.

Charles Darwin
Die Entstehung der Arten, 1859

Der Gehweg unter der Linde auf der anderen Seite der breiten Straße war leer. Hoffmann blieb zwischen den Koffern gerade eintreffender Gäste stehen, sah sich nach allen Seiten um und fluchte dann. Der Portier fragte, ob er ihm ein Taxi rufen solle. Hoffmann ließ ihn einfach stehen und ging an der Vorderseite des Hotels entlang bis zur nächsten Straßenecke. Geradeaus sah er ein Schild mit der Aufschrift HSBC Private Bank, links zweigte eine schmale Einbahnstraße ab, die Rue Docteur-Alfred-Vincent, die an der Seite des Hotels entlangführte. Da ihm nichts Besseres einfiel, bog er in die Straße ein und ging dort an einem Baugerüst, einer Reihe geparkter Motorräder und einer kleinen Kirche vorbei. Nach fünfzig Metern kam er zu einer Querstraße und blieb wieder stehen.

Eine Häuserzeile weiter sah er eine Gestalt in einem braunen Mantel die Fahrbahn überqueren. Als der Mann die andere Straßenseite erreicht hatte, drehte er sich um und schaute in Hoffmanns Richtung. Das war er, kein Zweifel. Ein weißer Lieferwagen, der in eine Seitenstraße einbog, versperrte Hoffmann kurz die Sicht. Danach war der Mann verschwunden.

Hoffmann lief los. Die Energie des Gerechten durchflutete ihn und trieb ihn mit langen, schnellen Schritten vorwärts. Er lief zu der Stelle, wo er den Mann zuletzt gesehen hatte. Wieder eine Einbahnstraße, wieder war er verschwunden. Er lief bis zur nächsten Kreuzung. Die schmalen Straßen lagen ruhig da. Kaum Verkehr, jede Menge parkende Autos, überall kleine Läden – ein Friseur, eine Apotheke, eine Bar. Die Leute erledigten ihre Mittagseinkäufe. Er schaute sich verzweifelt um, wandte sich nach rechts, lief, wandte sich wieder nach rechts und irrte durch das labyrinthische Gewirr schmaler Einbahnstraßen weiter. Er wollte nicht aufgeben, musste sich schließlich aber doch eingestehen, dass er den Mann verloren hatte. Die Straßen veränderten sich. Zunächst fiel ihm das nur beiläufig auf. Die Häuser wurden schäbiger, baufälliger. Manche waren mit Graffiti besprüht. Und plötzlich befand er sich in einer anderen Stadt. Eine halbwüchsige Schwarze in engem Pullover und weißem Microrock aus Kunstfaser rief ihm von der anderen Straßenseite etwas zu. Sie stand vor einem Laden mit einer lila Neonreklame: VIDEO CLUB XXX. Vor ihr marschierten drei weitere Prostituierte, alle schwarz, am Bordstein auf und ab, während ihre Zuhälter rauchend in den Türeingängen standen oder die Frauen von der Straßenecke aus im Auge behielten: junge, kleine, schmale Männer mit olivfarbener Haut und kurz geschorenem schwarzem Haar – Nordafrikaner, vielleicht Albaner.

Hoffmann ging langsamer, um sich zu orientieren. Er musste fast bis zum Bahnhof Cornavin gelaufen und so in das Genfer Rotlichtviertel geraten sein. Vor einem verrammelten Nachtclub – Le Black Kat (XXX, FILME, MÄDCHEN, SEX) – blieb er stehen. Die Anschlagbretter vor dem Club waren mit abblätternden Plakaten überzogen. Er spürte einen stechenden Schmerz in der Seite. Die Hände in die Hüften gestemmt, stand er vornübergebeugt am Rinnstein und rang um Atem. Keine drei Meter von ihm entfernt saß eine asiatische Prostituierte in einem Ladenschaufenster und beobachtete ihn. Sie trug ein schwarzes Korsett und schwarze Strümpfe und saß mit übergeschlagenen Beinen auf einem roten Damaststuhl. Jetzt stellte sie die Beine auf den Boden und lockte ihn mit dem Zeigefinger. Plötzlich zog ein unsichtbarer Mechanismus einen Vorhang vor die Szene.

Hoffmann streckte sich. Er war sich bewusst, dass die Mädchen und ihre Zuhälter ihn beobachteten. Einer der Männer – er war etwas älter als die anderen und hatte ein Rattengesicht mit pockennarbiger Haut – betrachtete ihn und sprach dabei in sein Handy. Hoffmann ging den Weg zurück, den er gekommen war. Er schaute in alle abzweigenden Gassen und Innenhöfe, vielleicht hatte sich der Mann ja irgendwo versteckt. Er kam an einem Sexshop vorbei – Je Vous Aime. Im Schaufenster lagen ein paar nachlässig ausgestellte Artikel: Vibratoren, Perücken, erotische Unterwäsche. An eine Holzplatte war ein schwarzer Slip Ouvert genagelt, der wie eine tote Fledermaus aussah. Die Tür stand offen, den Blick ins Innere versperrte allerdings ein Vorhang aus bunten Plastikstreifen. Er dachte an die Handschellen und den Ballknebel, die der Einbrecher in seinem Haus zurückgelassen hatte. Leclerc hatte gesagt, dass die aus einem solchen Laden stammen könnten.

Plötzlich klingelte sein Handy. Die SMS auf dem Display lautete »Rue de Berne 91 Zimmer 68«.

Er starrte sie ein paar Sekunden an. War er nicht gerade in der Rue de Berne gewesen? Er drehte sich um. Tatsächlich, das blaue Straßenschild stand direkt vor ihm. Er schaute wieder auf das Display. Kein Absender. Die Nummer, von der aus die SMS geschickt worden war, war nicht erreichbar. Er sah sich um, um zu prüfen, ob ihn jemand beobachtete. Die Plastikstreifen bewegten sich. Ein fetter, kahlköpfiger Mann, der eine dreckige Weste und darüber Hosenträger trug, trat ins Freie.

»Que voulez-vous, monsieur?«

»Rien.«

Hoffmann ging zurück in die Rue de Berne. Die lange Straße war heruntergekommen, aber sie war zweispurig mit einer Trambahn-Oberleitung und belebter, sodass er sich wieder etwas sicherer fühlte. An der Kreuzung befanden sich ein Obst- und Gemüseladen mit einer Auslage davor, daneben ein tristes kleines Café mit ein paar leeren Tischen und Stühlen aus Aluminium auf dem Gehweg und ein Tabakladen, vor dem ein Schild mit der Aufschrift *Telefonkarten, Videos X, DVDs X, Revues X USA* stand. Er schaute auf die Hausnummern. Links von ihm wurden sie höher. Er ging los und hatte binnen einer halben Minute Nordeuropa verlassen und war in den südlichen Mittelmeerraum gewandert: libanesische und marokkanische Restaurants, gezwirbelte arabische Schriftzeichen an den Ladenfronten, Lautsprecher, aus denen blechern arabische Musik plärrte, der Geruch fettiger Döner, der ihm den Magen umdrehte.

Aber nirgendwo war Abfall zu sehen. Allein dieses kuriose Phänomen verriet ihm, dass er sich in der Schweiz befand.

Die Nummer 91 befand sich gegenüber einem Laden, der afrikanische Kleidung verkaufte. Von dem vielleicht hundert Jahre alten, verwahrlosten siebenstöckigen Stuckgebäude blätterte die gelbe Farbe ab. Jedes Stockwerk besaß vier Fenster mit eisernen, grün gestrichenen Fensterläden. Die einzelnen Buchstaben des Hotelnamens, der sich senkrecht fast über die gesamte Höhe des Gebäudes zog, sprangen weit hervor – HOTEL DIODATI. Die meisten Fensterläden waren geschlossen. Ein paar waren halb nach oben geklappt und sahen aus wie schlaff herabhängende Augenlider. Die Zimmer dahinter verbargen sich hinter gräulich weißen Gardinen mit Blumenmuster. Die schwere antike Holztür im Erdgeschoss kam Hoffmann unpassend vor. Sie erinnerte ihn an Venedig und war sicherlich älter als das Haus. Ihre kunstvollen Schnitzereien sahen aus wie Freimaurersymbole. Als er sie betrachtete, schwang die Tür nach innen auf, und aus dem Halbdunkel tauchte ein Mann in Jeans und Turnschuhen auf. Das Gesicht war unter der Kapuze seines Sweatshirts nicht zu erkennen. Er steckte die Hände in die Taschen, zog die Schultern hoch und ging die Straße hinunter. Eine Minute später ging die Tür wieder auf. Diesmal erschien eine Frau, jung, schmal, wuschelige, orange gefärbte Haare, schwarzweiß karierter Rock. Sie trug eine Umhängetasche. Auf der Schwelle blieb sie kurz stehen, öffnete die Tasche, suchte nach etwas, nahm schließlich eine Sonnenbrille heraus, setzte sie auf und ging in die entgegengesetzte Richtung wie der Mann davon.

Hoffmann hatte eigentlich nicht geplant, das Hotel zu betreten. Er beobachtete es eine Zeit lang, überquerte dann die Straße und lungerte kurz vor der Tür herum. Dann drückte er sie ein Stück weit nach innen und lugte hinein. Es roch abgestanden. Irgendwo brannte ein Räucherstäbchen, das den Geruch jedoch verstärkte, anstatt ihn zu überdecken. Vor ihm lag eine leere kleine Lobby mit Empfangstisch und Sitzecke, die aus einem schwarzen und einem roten Sofa und dazu passenden Sesseln bestand. Im Halbdunkel leuchtete grell ein kleines Aquarium, in dem er aber keine Fische sah. Hoffmann ging ein paar Schritte hinein. Wenn man ihn überraschte, konnte er immer noch sagen, dass er nach einem Zimmer suche. Geld genug hatte er in der Tasche. Wahrscheinlich berechnete man hier stundenweise. Hinter ihm fiel die schwere Tür ins Schloss und sperrte die Straßengeräusche aus. Er hörte, wie über ihm jemand herumging. Er hörte Musik; der wummernde Bass ließ die dünnen Wände erzittern. Er ging über den welligen Linoleumboden der Lobby zu einem schmalen Durchgang, der zu einem kleinen Aufzug führte. Er drückte auf den Knopf, und sogleich öffnete sich die Tür – so als hätte der Lift auf ihn gewartet.

Der winzige Aufzug war mit zerkratztem, grauem Metall ausgekleidet, das wie das eines alten Aktenschranks aussah. Der Platz reichte für nicht mehr als zwei Personen, und als die Tür sich schloss, bekam Hoffmann augenblicklich Platzangst. Die Knöpfe ließen ihm die Wahl zwischen sieben Stockwerken. Er drückte auf Nummer sechs. Irgendwo fing ein Motor an zu surren. Der Lift setzte sich rumpelnd in Bewegung und fuhr sehr langsam aufwärts. Seine Angst wich einem Gefühl der Unwirklichkeit, so als ob er in einen immer wiederkehrenden Traum aus seiner Kindheit eintauchte, an dessen Einzelheiten er sich nicht erinnern konnte; er wusste nur noch, dass er, um zu erwachen, so lange weitergehen musste, bis er den Ausgang fand.

Die Fahrt kam ihm ewig vor. Er fragte sich, was ihn erwartete. Als der Lift schließlich anhielt, hob er schützend die Hände. Ruckelnd öffnete sich die Tür zum sechsten Stock.

Der Flur war leer. Zuerst war er unschlüssig, ob er die Kabine überhaupt verlassen sollte, doch als die Türblätter sich wieder schließen wollten, steckte er ein Bein dazwischen. Sie fuhren wieder zurück, und vorsichtig setzte er einen Fuß in den Gang. Hinter ihm schloss sich die Aufzugtür zitternd. Es war dunkler als in der Lobby. Seine Augen mussten sich erst daran gewöhnen. Die Wände waren kahl. Es roch genauso abgestanden wie in der Lobby, ein Gestank, der schon tausendmal geatmet und nie durch ein offenes Fenster oder eine offene Tür abgeschwächt worden war. Es war heiß. Gegenüber dem Lift sah Hoffmann zwei Türen, links und rechts weitere Türen. Ein primitives Schild – mit bunten Plastikbuchstaben, wie man sie in Spielzeugläden kaufen konnte – zeigte an, dass es zu Zimmer 68 nach rechts ging. Als hinter ihm der Liftmotor wieder ansprang, zuckte er zusammen. Er lauschte dem Geräusch, bis der Aufzug unten angekommen war. Dann herrschte Stille.

Er machte ein paar Schritte nach rechts und lugte um die nächste Ecke. Zimmer 68 lag ganz am Ende des Gangs, der sich nun vor seinen Augen auftat. Die Tür war geschlossen. Ziemlich nah hörte er ein rhythmisches, metallisches Knarzen, das er erst für Sägegeräusche hielt. Dann begriff er, dass es quietschende Bettfedern waren. Er hörte einen dumpfen Schlag, dann wie ein Mann scheinbar unter Schmerzen aufstöhnte.

Hoffmann zog sein Handy aus der Tasche und wollte die Polizei rufen. Obwohl er sich mitten in Genf befand, bekam er seltsamerweise keinen Zugang zum Netz. Er steckte das Handy wieder ein und ging vorsichtig bis zum Ende des Flurs. Er drehte sich zur Tür. Auf der Höhe seiner Augen war in die Tür ein vorstehender Spion aus milchig weißem Glas eingelassen. Er lauschte. Er hörte nichts. Er klopfte an die Tür, legte das Ohr an das Holz und lauschte wieder. Nichts. Sogar die Bettfedern im Nachbarzimmer hatten aufgehört zu quietschen.

Er drehte an dem schwarzen Kunststoffgriff. Die Tür bewegte sich nicht. Sie hatte nur ein einziges Sicherheitsschloss, und er konnte erkennen, dass das Holz des Türpfostens morsch war. Als er mit dem Fingernagel an dem porösen Holz kratzte, löste sich ein krümeliger, orangefarbener Splitter von der Größe eines Streichholzes. Er trat einen Schritt zurück, drehte die Schulter nach vorn und rammte sie mit voller Wucht gegen die Tür, die sogleich leicht nachgab. Er trat ein Stückchen weiter zurück und versuchte es ein zweites Mal. Das Holz splitterte, und die Tür stand ein paar Zentimeter weit offen. Er quetschte seine beiden Hände durch den Spalt, packte fest zu und drückte. Ein lautes Knacken, und die Tür sprang auf.

Das Zimmer lag im Dunkeln. Nur unter dem nicht ganz geschlossenen Fensterladen drang ein schmaler Streifen blassgraues Tageslicht ins Innere. Vorsichtig schob er einen Fuß nach dem anderen über den Teppich, bis er das Fenster erreichte. Er tastete die Wand neben der Gardine ab, fand den Schalter und drückte. Knirschend bewegte sich der Fensterladen nach oben. Durch das Gestänge der Feuertreppe blickte er auf die Rückseite einer etwa fünfzig Meter entfernten Häuserreihe. Sie war durch eine Ziegelmauer und Innenhöfe voller Mülltonnen, Unkraut und Abfall vom Hotel getrennt. Hoffmann sah sich im Zimmer um. Das ungemachte Bett stand auf Rollen, die graue, zerschlissene Bettdecke hing bis auf den rot-schwarz gemusterten Teppichboden herunter. Auf einer kleinen Kommode lag ein Rucksack, daneben stand ein Holzstuhl mit einem Sitzpolster aus abgewetztem braunem Leder. Der Heizkörper unter dem Fenster war glühend heiß. Es roch nach kaltem Zigarettenrauch, Männerschweiß und billiger Seife. Die Tapete rund um die nackten Glühbirnen der Wandleuchten war versengt. Vor der kleinen Badewanne in dem winzigen Bad hing ein durchsichtiger Plastikvorhang. Die tropfenden Wasserhähne hatten das Waschbecken mit grünlich schwarzen Streifen verunziert. Die gleichen Streifen waren auch in der Kloschüssel zu sehen. Auf einer hölzernen Ablage stand ein Wasserglas mit einer Zahnbürste und einem blauen Einwegrasierer aus Plastik.

Hoffmann ging zurück ins Schlafzimmer. Er nahm den Rucksack von der Kommode und kippte den Inhalt aufs Bett. Unter einem Haufen Schmutzwäsche – kariertes Hemd, T-Shirts, Unterwäsche, Socken – kamen eine alte Zeiss-Kamera mit lichtstarkem Objektiv und ein Laptop zum Vorschein. Der Laptop war noch warm und befand sich im Stand-by-Modus.

Hoffmann ging zu der halb offenen Zimmertür. Das Holz rund um das Schloss war gesplittert, aber er konnte es wieder weit genug hineinzwängen, dass es hielt. Er schob die Tür vorsichtig zu. Wenn jemand von außen dagegendrückte, würde sie sich zwar öffnen, aber aus der Entfernung sah sie unberührt aus. Neben der Tür stand ein Paar Stiefel. Er hob sie mit Daumen und Zeigefinger hoch. Sie sahen genauso aus wie die, die vor seinem Haus gestanden hatten. Er stellte sie auf den Boden zurück, ging zum Bett, setzte sich und öffnete den Laptop. In diesem Augenblick hörte er aus den Eingeweiden des Hauses ein rumpelndes Geräusch. Der Aufzug hatte sich wieder in Bewegung gesetzt.

Hoffmann legte den Laptop wieder aufs Bett und lauschte dem langsam nach oben fahrenden Lift. Das Geräusch verstummte, dann hörte er, wie sich der Aufzug ganz in der Nähe scheppernd öffnete. Er ging schnell zur Tür und schaute in dem Augenblick durch das Guckloch, als der Mann um die Ecke bog. In einer Hand trug er eine weiße Plastiktüte, mit der anderen suchte er in seiner Jackentasche nach dem Schlüssel. Vor der Tür blieb er stehen und zog den Schlüssel heraus. Durch das verzerrende Glas des Gucklochs sah sein Schädel wie ein Totenkopf aus. Wieder spürte Hoffmann, wie sich ihm die Haare sträubten.

Er trat einen Schritt zurück, sah sich schnell um und zog sich dann ins Bad zurück. In der nächsten Sekunde hörte er, wie der Schlüssel ins Schloss gesteckt wurde und sofort danach ein überraschtes Brummen angesichts der Tür, die von selbst nach innen aufging. Durch den Spalt zwischen Badezimmertür und Türpfosten hatte Hoffmann den Mittelteil des im Halbdunkel liegenden Zimmers im Blick. Er hielt den Atem an. Eine Zeit lang passierte nichts. Er hoffte inständig, dass der Mann umkehren und wieder nach unten fahren würde, um den Einbruch zu melden. Doch dann huschte sein Schatten in Richtung des Fensters durch Hoffmanns Blickfeld. Hoffmann wollte gerade zur Tür stürzen, um sich aus dem Staub zu machen, als der Mann die Tür zum Bad mit einem Fußtritt aufstieß.

Der Mann hatte etwas von einem Skorpion. Der Stachel war ein langes Messer, das er auf Kopfhöhe hielt.

Breitbeinig und geduckt stand er vor ihm. Er war größer, als Hoffmann ihn in Erinnerung hatte. Der Ledermantel ließ ihn massiger erscheinen. Keine Chance, an ihm vorbeizukommen. Sie starrten sich an. Zäh verrann Sekunde um Sekunde. Dann sagte der Mann mit deutschem Akzent und erstaunlich ruhiger, gesetzter Stimme: »Zurück. In die Badewanne.« Er deutete mit dem Messer zur Wanne. »In die Badewanne«, wiederholte er. Nach einer endlos langen Pause zog Hoffmann den Duschvorhang zur Seite und stieg mit zitternden Beinen über den Badewannenrand. Seine schweren Desert-Boots erzeugten ein dumpfes Geräusch auf dem billigen Kunststoff. Der Mann bewegte sich ein bisschen weiter in den winzigen Raum hinein, der so eng war, dass sein Körper fast die gesamte Bodenfläche einnahm. Er zog an der Lichtschnur. Zuckend ging die Neonröhre über dem Waschbecken an. Er schloss die Tür und sagte: »Ausziehen.« In seinem langen Ledermantel sah er wie ein Metzger aus.

»Nein«, sagte Hoffmann. Er schüttelte den Kopf und breitete die Hände aus, als wollte er ihm sagen, dass er doch Vernunft annehmen solle. »Nein. Kommt nicht infrage.« Der Mann stieß mit dem Messer ruckartig in Hoffmanns Richtung. Obwohl er sich blitzschnell in die Ecke unter dem Duschkopf presste, schlitzte die Klinge seinen Regenmantel auf. Der Stofffetzen fiel nach unten und baumelte um seine Knie. Einen entsetzlichen Augenblick lang glaubte Hoffmann, es wäre ein Fetzen seines Fleischs. »Ja, ja, schon gut, ich mach's ja.« Die Situation war so bizarr, als hätte sie gar nichts mit ihm zu tun, als widerführe das alles jemand völlig anderem. Hastig zog er sich erst den einen, dann den anderen Ärmel von den Schultern. Er hatte kaum genug Platz, um die Arme aus den Ärmeln zu ziehen. Sie verhedderten sich hinter seinem Rücken. Er sah aus wie jemand, der sich aus einer Zwangsjacke befreien wollte.

Krampfhaft suchte er nach passenden Worten, um einen Kontakt zu seinem Angreifer herzustellen, um die Auseinandersetzung auf eine andere, weniger lebensbedrohende Ebene zu ziehen. »Sind Sie Deutscher?«, fragte er, aber der Mann reagierte nicht darauf.

Schließlich hatte er sich den zerfetzten Mantel vom Leib gezerrt und ließ ihn in die Wanne fallen. Er zog die Jacke aus und hielt sie dem Mann hin, der ihm mit dem Messer bedeutete, sie auf den Boden zu werfen. Hoffmann fing an, sein Hemd aufzuknöpfen. Wenn nötig, würde er sich ausziehen, bis er nackt war, aber wenn der Mann versuchen sollte, ihn zu fesseln, würde er sich wehren, dann würde er es auf einen Kampf ankommen lassen. Eher würde er sterben, als sich vollkommen wehrlos zu machen.

»Warum tun Sie das?«, fragte er.

Der Mann sah ihn wie ein erstauntes Kind an und sagte: »Weil Sie mich dazu aufgefordert haben.«

Hoffmann starrte ihn fassungslos an. »Was? Ich habe Sie dazu aufgefordert?«

Der Mann fuchtelte wieder mit dem Messer herum. »Los, weiter, ausziehen!«

»Hören Sie. Ich habe Sie nie zu irgendwas …«

Hoffmann zog sein Hemd aus und warf es auf die Jacke. Er dachte angestrengt nach, schätzte Risiken und Chancen ab. Er zog das T-Shirt über den Kopf. Als sein Gesicht wieder auftauchte und er in die gierigen Augen seines Gegenübers blickte, bekam er eine Gänsehaut. Aber er spürte auch die Schwäche seines Gegenübers, er spürte, dass das seine Chance war. Er zwang sich dazu, das weiße Baumwoll-T-Shirt langsam zusammenzuknüllen und ihm hinzuhalten. »Hier.« Als der Mann die Hand ausstreckte, schob Hoffmann einen Fuß nach hinten gegen die Wannenwand, um einen festen Stand zu haben, beugte sich einladend vor und – »Hier, da hast du's« – stürzte sich auf ihn.

Der Aufprall reichte, um seinen Widersacher umzureißen. Das Messer flog durch die Luft, und sie stürzten so ineinander verkeilt zu Boden, dass keiner von beiden zu einem Fausthieb ausholen konnte. Hoffmann wollte ohnehin nur weg, raus aus diesem klaustrophobischen Drecksloch von Badezimmer. Er wollte sich mit einer Hand am Waschbeckenrand hochziehen und packte mit der anderen die Lichtschnur, verlor jedoch sofort wieder den Halt. Der Raum versank im Dunkeln, und eine Hand zog ihn am Fußgelenk wieder nach unten. Mit der freien Ferse hieb er auf die Hand ein. Der Mann heulte vor Schmerz auf. Während Hoffmann mit der Hand nach dem Türgriff tastete, trat er weiter mit dem Fuß um sich. Er spürte, dass er auf Knochen traf, und hoffte, dass es sich um den Pferdeschwanzschädel handelte. Er hatte nur einen einzigen, primitiven Gedanken: Wenn ein Mann am Boden liegt, dann tritt auf ihn drauf, tritt drauf, tritt drauf, tritt drauf. Sein Gegner rollte sich winselnd zu einem Fötus zusammen. Als er sich nicht mehr rührte, öffnete Hoffmann die Badezimmertür und stolperte ins Schlafzimmer.

Er ließ sich auf den Holzstuhl fallen und legte den Kopf zwischen die Knie. Sofort wurde ihm übel. Trotz der Hitze im Zimmer zitterte er vor Kälte. Er musste sich anziehen, er brauchte seine Sachen. Er stand auf und drückte vorsichtig gegen die Badtür. Von drinnen hörte er scharrende Geräusche. Der Mann war zur Kloschüssel gekrochen, sein Körper blockierte die Tür. Hoffmann stieß die Tür kräftig nach innen. Der Mann stöhnte auf und kroch zur Seite. Hoffmann stieg über ihn hinweg, hob seine Sachen und das Messer auf, ging zurück ins Schlafzimmer und zog sich schnell an. *Ihn aufgefordert*, dachte er wütend – was meinte er damit, er habe ihn aufgefordert? Er schaltete sein Handy ein, bekam aber immer noch kein Netz.

Der Mann hing über der Kloschüssel. Er hob den Kopf, als Hoffmann ins Bad kam. Mit dem Messer in der Hand schaute Hoffmann ihn mitleidlos an.

»Wie heißen Sie?«, fragte er.

Der Mann wandte das Gesicht ab und spuckte Blut. Hoffmann kam vorsichtig näher, ging in die Hocke und betrachtete ihn sich aus einem halben Meter Entfernung genauer. Er war um die sechzig, obwohl das bei dem vielen Blut im Gesicht nur schwer zu schätzen war. Über einem Auge hatte er eine Schnittwunde. Hoffmann unterdrückte seinen Ekel, nahm das Messer in die linke Hand, beugte sich vor und öffnete den Ledermantel. Der Mann nahm die Arme hoch und ließ zu, dass Hoffmann in seine Innentasche griff und Brieftasche und Pass herauszog. Es war ein deutscher EU-Pass. Hoffmann schaute hinein. Das Foto sah ihm nicht besonders ähnlich. Laut Pass hieß er Johannes Karp, geboren am 14. April 1952 in Offenbach am Main.

»Und Sie behaupten also allen Ernstes, dass Sie deshalb aus Deutschland gekommen sind, weil ich Sie dazu aufgefordert habe?«, sagte Hoffmann.

»Ja.«

»Sie sind verrückt.«

»Nein, *Sie* sind verrückt«, sagte der Deutsche, der sich wieder etwas erholt hatte. »Sie haben mir die Codes für Ihr Haus gegeben.« Blut drang aus einem Mundwinkel. Er spuckte sich einen Zahn in die Hand und begutachtete ihn. »Sie sind der Verrückte.«

»Wie habe ich Sie aufgefordert?«

Karp hob müde die Hand und deutete ins andere Zimmer. »Computer.«

Hoffmann stand auf. Er zeigte mit dem Messer auf ihn. »Und Sie rühren sich nicht vom Fleck.«

Nebenan setzte er sich auf den Stuhl und öffnete den Laptop. Der Bildschirm leuchtete sofort auf und zeigte ihm ein Foto von seinem eigenen Gesicht. Die Qualität war schlecht – allem Anschein nach ein vergrößerter Ausschnitt aus einem Überwachungsvideo. Er schaute arglos und mit ausdruckslosem Gesicht nach oben in die Kamera. Sein Kopf füllte den gesamten Bildschirm aus. Es war unmöglich zu erkennen, wo das Foto aufgenommen war.

Ein paar Tastenanschläge, und er war im Inhaltsverzeichnis der Festplatte. Er rief die zuletzt angeklickten Dateien auf. Der letzte Ordner war am Vorabend um kurz nach sechs Uhr angelegt worden. Er trug den Titel *Der Kannibale von Rotenburg* und enthielt jede Menge PDF-Dateien mit Zeitungsartikeln über den Fall eines Armin Meiwes, eines Computertechnikers und Internet-Kannibalen, der über eine Website ein williges Opfer kennengelernt, unter Drogen gesetzt und dann verspeist hatte. Er verbüßte eine lebenslange Freiheitsstrafe wegen Mordes. Ein anderer Ordner schien mehrere Kapitel eines Romans zu enthalten – *Der Metzgermeister*. Hunderte von Seiten eines für Hoffmann unverständlichen geistigen Ergusses ohne jeden Absatz. Ein anderer Ordner war mit *Das Opfer* betitelt. Dabei handelte es sich anscheinend um Gesprächskopien aus einem Internet-Chatroom. Er überflog ein paar Seiten. Offenbar ein Dialog zwischen einem Teilnehmer, der Mordfantasien hatte, und einem, der sich in seinen Träumen den eigenen Tod vorzustellen versuchte. Die zweite Stimme kam ihm vage bekannt vor. Er erkannte bestimmte Formulierungen wieder, bestimmte Träume, die einst auch seinen Kopf wie hässliche Spinnweben verstopft hatten – bis er sie vertrieben hatte oder geglaubt hatte, sie vertrieben zu haben.

Sie verschmolzen zu einem dunklen Gedankengebilde. Hoffmann war völlig gefesselt von dem, was er auf dem Bildschirm sah. Es grenzte an ein Wunder, dass ihn eine winzige Veränderung des Lichts oder der Luft genau in dem Augenblick den Kopf heben ließ, als das Messer vor ihm aufblitzte. Er riss den Kopf zurück, und die Spitze verfehlte haarscharf sein Auge. Der Mann musste das Schnappmesser, das eine fünfzehn Zentimeter lange Klinge hatte, in seiner Manteltasche versteckt gehabt haben. Nun trat er mit dem Fuß gegen Hoffmanns Brustkorb. Hoffmann schrie vor Schmerz auf, der Stuhl kippte nach hinten, und Karp stürzte sich auf ihn. Das Messer glänzte im fahlen Licht. Mehr instinktiv als bewusst packte Hoffmann mit seiner Linken, der schwächeren Hand, das Handgelenk des Mannes. Das Messer zitterte dicht vor seinem Gesicht. »Sie wollen es doch«, flüsterte Karp mit besänftigender Stimme. Die Spitze der Klinge ritzte Hoffmanns Haut. Mit vor Anstrengung verzerrtem Gesicht hielt Hoffmann Karps Hand mit dem Messer fest. Millimeter um Millimeter drückte er es von sich weg, bis schließlich der Arm des Deutschen nachgab und Hoffmann seinen Gegner im rasenden Hochgefühl seiner zurückgewonnenen Macht gegen das Eisengestell des Bettes schleuderte. Das Bett rollte zurück und stieß gegen die Wand. Hoffmanns linke Hand hielt immer noch das Handgelenk des Deutschen. Mit dem Ballen seiner Rechten drückte Hoffmann von unten gegen Karps Kinn, die Finger gruben sich in die Augenhöhlen. Als Karp vor Schmerz aufbrüllte, ließ Hoffmann los und umklammerte Karps dürren Hals, um den Schrei zu ersticken. Er legte sich mit seinem ganzen Gewicht auf Karp, verwandelte seine Angst und Wut in Kraft und drückte ihn gegen das Bettgestell. Er roch das animalische Leder des Mantels, roch den süßlich stinkenden Schweiß, spürte die Bartstoppeln an Karps Hals. Jedes Zeitgefühl war im Rausch des Adrenalins verschwunden, und doch kam es Hoffmann so vor, dass nur Sekunden später die Kräfte seines Gegners schwanden. Die an seiner Hand zerrenden Finger lösten sich, das Messer fiel klappernd zu Boden. Karps Körper erschlaffte, und als Hoffmann losließ, sackte der Mann zur Seite.

Erst jetzt nahm Hoffmann wahr, dass jemand gegen die Wand hämmerte und eine männliche Stimme in einem Französisch mit schwerem Akzent brüllte, was zum Teufel da los sei. Hoffmann rappelte sich auf, schloss die Tür, holte dann den Stuhl und klemmte ihn unter den Türgriff. Die Bewegungen lösten sofort einen schmerzvollen Alarm in verschiedenen Außenposten seines geprügelten Körpers aus: im Kopf, in den Knöcheln und Fingern, vor allem im unteren Brustkorb und auch – von seinen Fußtritten gegen den Kopf des Deutschen – in den Zehen. Er betastete seine Kopfhaut und schaute dann die Finger an: Sie waren voller Blut. Während des Kampfes musste die Wunde teilweise aufgeplatzt sein. Seine Hände waren mit winzigen Kratzern übersät, als wäre er durch Dornengestrüpp gerobbt. Er lutschte an seinen abgeschürften Knöcheln, das Blut schmeckte salzig und metallisch. Das Hämmern an der Wand hatte aufgehört.

Er zitterte und spürte abermals, wie ihm übel wurde. Er ging ins Bad und übergab sich in die Kloschüssel. Das Waschbecken hing halb herausgerissen an der Wand, aber die Hähne funktionierten noch. Er spritzte sich kaltes Wasser ins Gesicht und ging zurück ins Zimmer.

Der Deutsche lag auf dem Boden. Er hatte sich nicht gerührt. Die offenen Augen starrten an Hoffmann vorbei, als suchte er auf einer Party nach einem Gast, der nie kommen würde. Hoffmann kniete sich neben ihn. Er fühlte seinen Puls, klatschte ihm ins Gesicht, schüttelte ihn – als könnte er ihn so wiederbeleben. »Los, komm schon«, flüsterte er. »Das hätte mir gerade noch gefehlt.« Der Kopf kippte zur Seite wie der eines Vogels auf einem gebrochenen Hals.

Jemand klopfte energisch an die Tür. *»Ça va? Qu'est-ce qui se passe?«* Die Stimme mit dem starken Akzent aus dem Nebenzimmer. Mehrmals probierte der Fremde den Türknopf, dann fing er wieder an zu klopfen. *»Allez! Laissez-moi rentrer!«* Seine Stimme war jetzt lauter und nachdrücklicher.

Hoffmann erhob sich unter Schmerzen. Der Türgriff bewegte sich wieder, der Fremde drückte gegen die Tür. Der Stuhl ruckelte, aber er hielt. Dann wieder Ruhe. Hoffmann wartete auf die nächste Attacke, aber nichts passierte. Er ging vorsichtig zur Tür und schaute durch das Guckloch. Der Gang war leer.

Wieder spürte Hoffmann, wie animalische Angst in ihm aufstieg. Gelassen und schlau kontrollierte sie seine Instinkte und Bewegungen und ließ ihn Dinge tun, über die er nur eine Stunde später ungläubig den Kopf schütteln würde. Er riss die Schnürsenkel aus den Stiefeln des Deutschen und band sie zu einer etwa einen Meter langen

Schnur zusammen. Er rüttelte an einer Wandleuchte, aber die Halterung war nicht stabil genug. Als er an der Stange des Duschvorhangs ruckte, kam ihm rosafarbener Wandverputz entgegen. Er entschied sich schließlich für den Griff der Badezimmertür, schleifte den Deutschen zur Tür und lehnte ihn daran an. Dann knüpfte er in ein Ende der Schnur eine Schlinge und legte sie dem Deutschen um den Hals, das andere Ende schlang er um den Türknopf und zog fest an. Es kostete ihn ziemlich viel Kraft, mit einer Hand an der Schnur zu ziehen und mit der anderen den Toten unter die Achsel zu fassen und so weit hochzuwuchten, dass die Szene zumindest einigermaßen plausibel aussah. Er wickelte die Schnur um den Türgriff und verknotete sie.

Nachdem er die Sachen des Deutschen wieder in den Rucksack gestopft und das Bett wieder gerade gestellt hatte, erinnerte auf den ersten Blick nichts mehr an das, was passiert war. Hoffmann steckte das Handy des Deutschen in die Tasche, klappte den Laptop zu, ging damit zum Fenster und zog den Vorhang auf. Das Fenster wurde anscheinend oft benutzt, es ließ sich leicht öffnen. Die Feuertreppe war mit verkrusteter Taubenscheiße, jeder Menge leerer Bierdosen und einer noch größeren Zahl durchweichter Zigarettenkippen übersät. Er stieg auf das Eisengerüst, drehte sich um, griff nach innen neben den Fensterrahmen und drückte auf den Schalter. Der Laden schloss sich.

Es war ein langer Weg bis nach unten. Sechs Stockwerke, und bei jedem scheppernden Schritt war sich Hoffmann bewusst, wie sehr er auffiel. Aus den gegenüberliegenden Häusern konnte ihn jeder sehen, und auch jemand, der zufällig an einem der Hotelfenster stand, würde ihn bemerken. Glücklicherweise waren an den meisten Fenstern, an denen er vorbeikam, die Läden heruntergelassen, und an den anderen tauchten keine geisterhaften Gesichter hinter den Musselinvorhängen auf. Das Hotel Diodati hatte sich für den Nachmittag zur Ruhe gelegt. Er dachte an nichts anderes als daran, die Leiche so weit wie möglich hinter sich zu lassen.

Von oben konnte er sehen, dass die Feuertreppe in einen kleinen betonierten Innenhof führte, aus dem man etwas halbherzig eine Freiluftsitzecke hatte machen wollen. Zu mehr als ein paar Gartenmöbeln aus Holz und zwei ausgebleichten grünen Sonnenschirmen mit Bierwerbung hatte es aber nicht gereicht. Der schnellste Weg auf die Straße, so vermutete er, führte durchs Hotel. Als er unten ankam und vor der Glasschiebetür zur Lobby stand, entschied sich das Angsttier in ihm jedoch dagegen. Das Risiko, dem Mann aus dem Nebenzimmer in die Arme zu laufen, war ihm zu groß. Er stellte einen der Gartenstühle an die Rückwand des Innenhofs, stieg darauf und schaute über die Mauer in den Nachbarhof.

Zwei Meter unter ihm breitete sich eine Ödnis aus widerwärtigem Unkrautgestrüpp aus, unter dem Küchengeräte und ein altes Fahrradgestell vor sich hin rosteten. An der Wand gegenüber standen große Müllcontainer. Der Hof gehörte zu einem Restaurant. Er konnte die Köche mit ihren weißen Hauben in der Küche herumlaufen sehen, konnte ihr Gebrüll und das Klappern von Pfannen hören. Er hob den Laptop auf die Mauerkrone, und gleich darauf saß er rittlings daneben. In der Ferne heulte eine Polizeisirene. Dann klemmte er sich den Laptop unter den Arm, schwang das andere Bein über die Mauer und landete hart im Brennnesselgestrüpp. Er fluchte. Zwischen den Müllcontainern tauchte ein junger Bursche auf, um nachzusehen, was da los war. Er sah arabisch aus, war höchstens zwanzig, glatt rasiert und rauchte eine Zigarette. Er trug einen leeren Abfalleimer und schaute Hoffmann überrascht an.

Hoffmann fragte schüchtern: *»Où est la rue?«* Er klopfte auf den Computer, als ob das irgendwie seine Anwesenheit in dem Hof erklären würde.

Der Bursche runzelte die Stirn, nahm dann langsam die Zigarette aus dem Mund und deutete über seine Schulter.

»Merci.« Hoffmann ging eilig durch die schmale Gasse, öffnete das Holztor und trat hinaus auf die Straße.

*

Gabrielle Hoffmann war mehr als eine Stunde wütend im Parc des Bastions herumgelaufen und hatte sich im Geist immer wieder all das vorgebetet, was sie Alex draußen auf dem Gehweg hätte sagen sollen. Bis sie schließlich auf ihrer dritten oder vierten Runde merkte, dass die Passanten sie anstarrten, weil sie wie eine verwirrte alte Frau vor sich hin brabbelte. Daraufhin hielt sie ein Taxi an und fuhr nach Hause. Vor dem Anwesen stand ein Streifenwagen mit zwei Gendarmen. Sie öffnete das Tor und sah im Windschatten des Hauses den jämmerlichen Bodyguard stehen, den Alex ihr als Aufpasser und Fahrer geschickt hatte. Der Bodyguard beendete sein Gespräch, steckte das Handy ein und schaute sie vorwurfsvoll an. Mit seinen kurz geschorenen Haaren, dem gewölbten Schädel und der bulligen, gedrungenen Gestalt sah er aus wie ein bösartiger Buddha.

»Haben Sie den Wagen da?«, fragte sie ihn.

»Ja, Madame.«

»Und Sie wurden angewiesen, mich überallhin zu fahren?«

»Ja, Madame.«

»Holen Sie ihn. Wir fahren zum Flughafen.«

Während sie im Schlafzimmer Kleidungsstücke in einen Koffer warf, spulte ihr Gehirn immer wieder wie besessen die demütigende Szene in der Galerie ab. Wie hatte er ihr das antun können? Sie hatte keinen Zweifel, dass Alex ihre Ausstellung sabotiert hatte, auch wenn sie bereit war, ihm zuzugestehen, dass er nicht in böser Absicht gehandelt hatte. Nein, was sie zur Weißglut brachte, war diese plumpe, hoffnungslose Auffassung davon, was eine romantische Geste war. Einmal, vor ein, zwei Jahren, hatten sie im Urlaub in Saint-Tropez in einem lächerlich teuren Restaurant zu Abend gegessen, als sie beiläufig bemerkt hatte, wie grausam es sei, dass die Hummer in ihrem Wasserbecken nur darauf warteten, bei lebendigem Leib gekocht zu werden. Kaum hatte sie das gesagt, hatte er nichts Besseres zu tun gehabt, als alle Hummer zum doppelten Preis aufzukaufen und ins Hafenbecken kippen zu lassen. Nun ja, das allgemeine Protestgeschrei, als sie ins Wasser platschten und davonpaddelten, war schon ziemlich komisch gewesen und hatte ihn natürlich nicht im Geringsten gekümmert. Gabrielle öffnete einen zweiten Koffer und warf ein Paar Schuhe hinein. Aber die Szene von heute konnte sie ihm nicht verzeihen. Noch nicht. Es würde wenigstens ein paar Tage dauern, bis sie sich wieder beruhigt hatte.

Sie ging ins Bad und blieb unvermittelt stehen. Verwirrt schaute sie die Batterie Kosmetiktiegel und Parfümflaschen auf den Ablagen an. Was mitnehmen, wenn man nicht wusste, wie lange man weg sein würde oder wohin man überhaupt fahren wollte? Sie schaute in den Spiegel, sah das verdammte Kleid, das sie nach stundenlangem Anprobieren für den Start ihrer Künstlerkarriere ausgesucht hatte, und fing an zu weinen – weniger aus Selbstmitleid, wofür sie sich gehasst hätte, als aus Angst. Mach, dass er nicht krank ist, dachte sie. Lieber Gott, nimm ihn mir nicht weg, nicht so. Währenddessen musterte sie leidenschaftslos ihr Gesicht. Es war erstaunlich, wie sehr man sich durch Weinen entstellen konnte – als schmierte man in einem Gemälde herum. Sie griff in die Tasche ihrer Jacke und suchte nach einem Papiertaschentuch. Stattdessen stießen ihre Finger auf die scharfen Kanten einer Visitenkarte. Es war die von Professor Walton vom CERN.

ZWÖLF

[...] sind nach meiner Anschauungsweise Varietäten eben anfangende Spezies.

Charles Darwin
Die Entstehung der Arten, 1859

Es war schon nach drei Uhr, als Hugo Quarry ins Büro zurückkehrte. Er hatte mehrere Nachrichten auf der Mailbox von Hoffmanns Handy hinterlassen, aber keine Antwort erhalten. Besorgt fragte er sich, wo sein Partner geblieben sein könnte. Hoffmanns sogenannter Bodyguard hatte in der Lobby ein Mädchen angebaggert und nicht bemerkt, dass sein Schützling das Hotel verlassen hatte. Quarry hatte ihn auf der Stelle gefeuert.

Trotz allem war der Engländer guter Laune. Er war sich jetzt sicher, dass er doppelt so viel frisches Geld für den Fonds einsammeln würde, wie er zunächst angenommen hatte – zwei Milliarden Dollar. Das waren zusätzliche vierzig Millionen pro Jahr allein an Managementgebühren. Er hatte mehrere Gläser wahrlich erstklassigen Weins getrunken. Auf der Fahrt vom Beau-Rivage ins Büro hatte er den Erfolg mit einem Anruf bei Benetti und der Bestellung eines Hubschrauberlandeplatzes im Heck seiner Jacht gefeiert.

Er lächelte so breit, dass der Gesichtsscanner sein geometrisches Profil nicht in der Datenbank finden konnte. Er riss sich zusammen, und beim zweiten Versuch klappte es. Unter den gleichgültigen, aber aufmerksamen Augen der Überwachungskamera durchquerte er die Lobby, rief dem Lift ein aufgekratztes »Fünf« zu und glitt in der gläsernen Röhre nach oben. Er sang leise das alte Lied seiner Schule vor sich hin, oder vielmehr, die wenigen Zeilen, an die er sich noch erinnerte. *Sonent voces omnium, da-daa, da-daa, da-daa-da* … Als die Lifttür sich öffnete, tippte er mit dem Finger an einen imaginären Hut und ließ seine Mitfahrer, tumbe Arbeitssklaven von DigiSyst oder EcoTec oder wie die Klitschen auch immer hießen, stirnrunzelnd zurück. Das Lächeln verging ihm auch dann noch nicht, als die Glaswand, hinter der sich der Empfang von Hoffmann Investment Technologies befand, zur Seite glitt und er Jean-Philippe Leclerc erblickte. Der Inspektor von der Genfer Polizei wartete offenbar auf ihn. Quarry schaute auf den Besucherausweis und dann in das Gesicht der zerknitterten Gestalt vor ihm. Die amerikanischen Märkte würden in zehn Minuten öffnen. Dafür hatte er nun wirklich keine Zeit.

»Könnten wir uns nicht ein andermal unterhalten, Inspektor? Ich meine, sonst jederzeit gern, aber heute haben wir hier alle ein bisschen viel um die Ohren.«

»Tut mir sehr leid, dass ich Sie belästigen muss, Monsieur. Ich hatte eigentlich gehofft, mit Doktor Hoffmann sprechen zu können, aber da er nicht da ist, würde ich gern mit Ihnen ein paar Dinge durchgehen. Ich verspreche Ihnen, es dauert höchstens zehn Minuten.«

Etwas an der Art, wie das alte Schlachtross mit leicht gespreizten Beinen vor ihm stand, riet Quarry, das Beste aus der Situation zu machen. »Natürlich«, sagte er und knipste sein Standardlächeln an. »So lange Sie wollen. Gehen wir in mein Büro.« Er streckte die Hand aus und bedeutete dem Inspektor vorauszugehen. »Am Ende des Gangs bitte rechts.« Er hatte das Gefühl, als würde er jetzt schon seit fünfzehn Stunden ohne Unterbrechung lächeln. Sein Gesicht schmerzte vor Jovialität. Sobald Leclerc ihm die Rücken zugewandt hatte, gönnte er sich eine finstere Miene.

Leclerc ging langsam am Handelsraum vorbei und schaute sich alles ganz genau an. Der große offene Raum mit den Bildschirmen und Zeitzonenuhren war in etwa so beschaffen, wie er sich ein Finanzunternehmen vorgestellt hatte. Das kannte er aus dem Fernsehen. Die Angestellten jedoch waren eine Überraschung für ihn – alle waren jung, keiner trug Krawatte, geschweige denn Anzug. Auch die Stille überraschte ihn. Jeder saß an seinem Schreibtisch, die stumme, intensive Konzentration war mit Händen zu greifen. Der Raum erinnerte ihn an einen Prüfungssaal in einem Knabencollege oder an ein religiöses Seminar: richtig, an ein Mormonenseminar. Das Bild gefiel ihm. Ihm fiel auf, dass auf mehreren Bildschirmen Slogans standen, in Rot auf weißem Hintergrund, wie in der alten Sowjetunion:

DAS UNTERNEHMEN DER ZUKUNFT KENNT KEIN PAPIER
DAS UNTERNEHMEN DER ZUKUNFT KENNT KEIN INVENTAR
DAS UNTERNEHMEN DER ZUKUNFT IST VOLLDIGITAL
DAS UNTERNEHMEN DER ZUKUNFT EXISTIERT

»Nun«, sagte Quarry. »Was darf ich Ihnen anbieten?« Er lächelte wieder. »Tee, Kaffee, Wasser?«

»Tee, würde ich mal sagen. In Gesellschaft eines Engländers …«

»Amber, Schätzchen, bitte zweimal Tee. Kleines englisches Frühstück.«

»Sie hatten jede Menge Anrufe, Hugo«, sagte Amber.

»Da möchte ich drauf wetten.« Quarry öffnete die Bürotür, trat zur Seite, um Leclerc den Vortritt zu lassen, und ging dann direkt zu seinem Schreibtisch. »Bitte, Inspektor, nehmen Sie doch Platz. Entschuldigung, nur eine Sekunde.« Er schaute auf seinen Monitor. Die europäischen Märkte rasselten jetzt alle ziemlich flott bergab. Der DAX hatte um ein Prozent nachgegeben, der CAC um zwei, der FTSE um 1,5. Der Euro hatte gegenüber dem Dollar mehr als einen Cent verloren. Er hatte jetzt nicht die Zeit, um alle ihre Positionen zu überprüfen, aber die Ergebnisrechnung zeigte den VIXAL-4 für heute schon mit 68 Millionen Dollar im Plus. Dennoch kam ihm das alles irgendwie verdächtig vor – trotz seiner guten Laune. Er spürte, dass bald ein Sturm losbrechen würde. »Gut, sehr gut«, sagte er aufgekratzt und setzte sich. »Also, Inspektor, haben Sie den Irren schon geschnappt?«

»Nein, noch nicht. Soviel ich weiß, arbeiten Sie seit acht Jahren mit Hoffmann zusammen.«

»Richtig. 2002 haben wir den Laden aufgemacht.«

Leclerc zückte Notizbuch und Stift. Er hielt beides hoch. »Sie haben doch nichts dagegen, oder?«

»Nur zu. Alex wäre da allerdings anderer Meinung.«

»Bitte?«

»Kohlenstoffbasierte Datenabrufsysteme, sprich Notizblöcke und Zeitungen, sind innerhalb dieser Mauern nicht gestattet. Unser Unternehmen arbeitet volldigital, so zumindest die Vorgabe. Aber da Alex nicht anwesend ist, geht das in Ordnung. Schreiben Sie ruhig.«

»Hört sich ein bisschen exzentrisch an«, sagte Leclerc und machte sich eine Notiz.

»Könnte man so sagen. Total abgedreht und beknackt, könnte man auch sagen. Wie auch immer. So ist Alex halt. Er ist ein Genie, und Genies neigen dazu, die Welt mit anderen Augen zu sehen als unsereins. Ein ziemlicher Brocken meiner Lebenszeit geht dafür drauf, geringeren Sterblichen sein Verhalten zu erklären. Ich marschiere immer vor ihm her, wie Johannes der Täufer. Oder hinter ihm.«

Er dachte an das Essen im Beau-Rivage, als er gleich zweimal gezwungen gewesen war, einfachen Erdenbürgern Hoffmanns Benehmen begreiflich zu machen – das erste Mal, als er eine halbe Stunde zu spät aufgetaucht war (»Er lässt sich entschuldigen, aber er sitzt gerade über einem sehr komplexen Theorem«), und dann, als er sich mitten im Hauptgang aus dem Staub gemacht hatte (»Tja, Freunde, da geht er hin, schätze, er hatte gerade einen seiner genialischen Geistesblitze«). Sie hatten zwar ein bisschen gegrummelt und die Augen verdreht, aber sie hatten es geschluckt. Solange er ihnen 83 Prozent Rendite bescherte, würden sie es auch schlucken, wenn er sich nackt von den Dachsparren schwang und dabei auf der Ukulele klimperte.

»Wie haben Sie sich kennengelernt?«, fragte Leclerc.

»Als wir die Firma aufgemacht haben.«

»Und wie kam es dazu?«

»Wollen Sie etwa die ganze Love-Story hören, von Anfang an?« Quarry verschränkte die Hände hinter dem Kopf, lehnte sich zurück und nahm seine Lieblingsposition ein – Füße auf dem Schreibtisch. Er erzählte immer wieder gern die Geschichte, die er schon hundertmal, vielleicht tausendmal erzählt und inzwischen zum Gründungsmythos einer Firma verfeinert hatte: Sears trifft

Roebuck, Rolls trifft Royce, Quarry trifft Hoffmann. »Es war Weihnachten 2001. Ich habe in London für eine große amerikanische Bank gearbeitet. Ich ging mit der Idee schwanger, meinen eigenen Fonds aufzulegen. Das Geld konnte ich auftreiben, Verbindungen hatte ich, das war nicht das Problem. Aber ich hatte keinen Schlachtplan, der über einen langen Zeitraum tragen würde. In diesem Geschäft muss man eine Strategie haben. Wussten Sie, dass die durchschnittliche Lebensdauer eines Hedgefonds drei Jahre beträgt?«

»Nein«, sagte Leclerc höflich.

»Tja, so ist es aber. Das ist die Lebenserwartung eines durchschnittlichen Hamsters. Egal, jedenfalls hat mir ein Kollege aus unserem Genfer Büro von einem außerordentlich strebsamen Wissenschaftler am CERN erzählt, der anscheinend ein paar ganz interessante Ideen zum Thema Algorithmen habe. Wir dachten, den könnten wir als Quant anheuern. Aber der hat nicht mal reagiert, null, wollte uns nicht treffen, wollte nicht mal wissen, worum es geht. Komplett bescheuert, totaler Eremit. Quants – was haben wir gelacht! Aber was sollten wir machen? Trotzdem, irgendwie hat der Kerl mich interessiert. Ich weiß nicht genau, warum. Hatte ich irgendwie im Urin. Jedenfalls hatte ich über die Feiertage einen kleinen Skiurlaub geplant, und da habe ich mir gedacht, schau mal bei dem Burschen vorbei …«

*

Er beschloss, an Silvester Kontakt aufzunehmen. Er hatte sich gedacht, dass Silvester eigentlich ein Tag sein müsste, an dem sogar ein Eremit sich genötigt fühlen würde, unter Leute zu gehen. Also hatte er – froh um die Ausrede, sich absetzen zu können, und trotz Sallys Vorhaltungen – seine Frau, seine Kinder und ihre schauderhaften Nachbarn aus Wimbledon, mit denen sie das Chalet in Chamonix gemietet hatten, sich selbst überlassen und war allein nach Genf gefahren. Die Straßen waren frei, im Schein eines Dreiviertelmonds leuchteten die Berge blau. Als er sich mit seinem Mietwagen dem Genfer Flughafen näherte, hielt er an, um auf der Hertz-Straßenkarte – Navigationssysteme waren damals noch unbekannt – nach dem Weg zu schauen. Gleich hinter dem CERN, immer geradeaus, lag auf der französischen Seite in einer fruchtbaren, in der Kälte glitzernden Ebene Saint-Genis-Pouilly, eine kleine Stadt mit einem Café im kopfsteingepflasterten Zentrum und gepflegten Häusern mit roten Dächern. Hoffmann wohnte in einem von mehreren modernen, ockerfarbenen Wohnblocks aus Beton, die erst ein paar Jahre alt waren. An den Balkonen, auf denen zusammengeklappte Metallstühle standen, waren Windklangspiele und leere Blumenkästen angebracht. Quarry klingelte lange. Obwohl er einen blassen Lichtstreifen unter der Tür sah, machte niemand auf. Schließlich sagte ihm ein Nachbar, dass *tout le monde du CERN* auf einer Party in einem Haus in der Nähe des Sportstadions sei. Unterwegs kaufte Quarry in einer Bar eine Flasche Cognac und kurvte so lange durch die dunklen Straßen, bis er das Haus fand.

Noch nach mehr als acht Jahren konnte er sich gut daran erinnern, wie aufgeregt er gewesen war, als sich die Wagentüren mit einem fröhlichen elektronischen Piepsen schlossen und er auf das Haus mit der bunten Weihnachtsbeleuchtung zuging, aus dem die dröhnende Musik bis hinaus auf den Gehweg drang. Draußen im Dunkeln standen einzelne Menschen und lachende Pärchen, und er spürte, dass heute der große Tag war, dass die Konstellation der Sterne über dieser tristen Kleinstadt in Europa perfekt war und sich etwas Außergewöhnliches ereignen würde. Der Gastgeber und seine Frau – Bob und Maggie Walton, langweilige Engländer – standen an der Tür und begrüßten ihre Gäste, die alle jünger waren als sie selbst. Sein Anblick verblüffte sie, und noch verblüffter waren sie, als er sagte, dass er ein Freund von Alex Hoffmann sei: Anscheinend hatte das noch nie jemand behauptet. Walton lehnte die Flasche Cognac ab, als wäre sie ein Bestechungsversuch. »Sie können Sie ja wieder mitnehmen, wenn Sie gehen.« Nicht sehr freundlich, allerdings musste man fairerweise sagen, dass er nicht eingeladen war und inmitten all dieser Computerfreaks mit ihren staatlichen Gehältern in seinem teuren Ski-Parka wie ein Sonderling wirkte. Quarry fragte, wo er Hoffmann finden könne, worauf Walton mit hinterlistigem Blick antwortete, dass er das nicht genau wisse, dass Quarry ihn aber wahrscheinlich erkennen werde, wenn er ihn sehe. »Wenn Sie so ein guter Freund von ihm sind.«

*

»Und?«, fragte Leclerc. »Haben Sie ihn erkannt?«

»O ja. Einen Amerikaner erkennt man immer, stimmt's? Er stand allein in einem Zimmer im Erdgeschoss, und die Party plätscherte irgendwie an ihm vorbei. Das Treiben um ihn herum nahm er gar nicht wahr. Er war ein gut aussehender Bursche, der sofort auffiel, mit einem Ausdruck im Gesicht, als wenn er ganz woanders wäre. Nicht feindselig, das nicht, einfach nicht da. Inzwischen habe ich mich daran gewöhnt.«

»Und da haben Sie das erste Mal mit ihm gesprochen?«

»Ja.«

»Was haben Sie gesagt?«

»Entschuldigung, Doktor Hoffmann?«

*

Er hatte die Cognacflasche geschwenkt und ihm angeboten, zwei Gläser zu besorgen, aber Hoffmann hatte gesagt, dass er nicht trinke, worauf Quarry erwidert hatte: »Warum gehen Sie dann auf eine Silvesterparty?« Hoffmann sagte, dass einige sehr freundliche, aber etwas übertrieben fürsorgliche Kollegen gemeint hätten, es tue ihm nicht gut, wenn er an so einem besonderen Abend allein zu Hause bleibe. Aber da lägen seine Kollegen völlig falsch, fügte er hinzu, er fühle sich vollkommen wohl allein. Dann ging er in einen anderen Raum, und Quarry blieb nichts anderes übrig, als ihm nach einer kurzen Pause zu folgen. Das war seine erste Begegnung mit dem legendären Hoffmann-Charme. Quarry war ziemlich angefressen. Er hechelte hinter ihm her. »Ich bin hundert Kilometer gefahren, durch Eis und Schnee, nur um Sie zu sprechen«, sagte er. »Meine Frau und meine Kinder sitzen jetzt weinend in einer Berghütte. Da können Sie wenigstens mit mir reden.«

»Warum interessieren Sie sich so für mich?«

»Weil ich glaube, dass Sie eine sehr interessante Software entwickeln. Ein Kollege von mir bei AmCor hat gesagt, er habe sich mit Ihnen unterhalten.«

»Stimmt, und ich habe ihm gesagt, dass ich nicht daran interessiert bin, für eine Bank zu arbeiten.«

»Das bin ich auch nicht.«

Zum ersten Mal sah Hoffmann ihn mit einem Anflug von Interesse an. »Was wollen Sie dann?«

»Ich will einen Hedgefonds auflegen.«

»Was ist ein Hedgefonds?«

*

Leclerc schaute Quarry ausdruckslos an, als dieser den Kopf zurückwarf und laut lachte. Sie verwalteten heute Vermögen in Höhe von zehn Milliarden Dollar, bald zwölf Milliarden, und noch vor acht Jahren hatte Hoffmann nicht einmal gewusst, was ein Hedgefonds war! Und obwohl eine überfüllte, lärmige Silvesterparty nicht gerade der beste Ort war, um sich an einer Erklärung zu versuchen, hatte Quarry keine andere Wahl gehabt. Er hatte ihm die Definition ins Ohr gebrüllt. »Das ist eine Methode, um Renditen zu maximieren und gleichzeitig Risiken zu minimieren. Damit das funktioniert, braucht man jede Menge Mathematik. Computer.«

Hoffmann hatte genickt. »Okay. Weiter.«

»Also ...« Auf der Suche nach einer Eingebung hatte Quarry sich umgeschaut. »Gut, sehen Sie das Mädchen da? Das mit den kurzen dunklen Haaren, das dauernd zu Ihnen rüberschaut?« Quarry winkte ihr mit der Cognacflasche zu und lächelte. »Also, nehmen wir an, ich bin davon überzeugt, dass sie einen schwarzen Slip trägt – für mich sieht sie genau aus wie der Typ, der schwarze Slips trägt. Ich bin mir also sicher, dass sie unten drunter schwarz trägt, absolut sicher, dass das ihre Farbe ist, und ich will eine Million Dollar darauf wetten. Das Problem ist, wenn ich falschliege, bin ich pleite. Also wette ich auch darauf, dass ihr Slip nicht schwarz ist, sondern alle möglichen anderen Farben haben kann – sagen wir, auf diese Möglichkeit setze ich 950 000: Das ist dann der Rest des Marktes, der Hedge, die Absicherung. Okay, das ist ein ziemlich plumpes Beispiel, in jeder Beziehung, aber ich bin noch nicht fertig. Wenn ich recht habe, dann verdiene ich 50 000, aber selbst wenn ich falschliege, verliere ich nur 50 000, weil ich mich nämlich abgesichert habe. Und weil fünfundneunzig Prozent von meiner Million ungenutzt sind – ich bin ja nicht gezwungen, sie auf den Tisch zu legen, das Risiko liegt nur in der Differenz – kann ich ähnliche Wetten mit anderen Leuten abschließen. Oder ich kann es auf etwas ganz anderes setzen. Das Schöne an der Sache ist: Ich muss nicht immer recht haben. Wenn ich mit der Farbe ihrer Unterwäsche nur in fünfundfünfzig Prozent der Fälle richtigliege, dann stehe ich hinterher als sehr reicher Mann da. Übrigens, die schaut Sie wirklich an.«

»Redet ihr zwei über mich?«, rief sie quer durch den Raum. Ohne die Antwort abzuwarten, ließ sie ihre Bekannten stehen und kam lächelnd zu ihnen herüber. »Gabby«, sagte sie und streckte Hoffmann die Hand hin.

»Alex.«

»Und ich bin Hugo.«

»Tja, Sie sehen auch aus wie einer.«

Ihre Anwesenheit hatte Quarry geärgert. Nicht nur weil sie unübersehbar nur Augen für Hoffmann hatte und keinerlei Interesse an ihm zeigte. Er steckte mitten in einer Verhandlung, und was ihn anbelangte, sah er ihre Rolle in dieser Unterhaltung ausschließlich als illustrierende, nicht als teilnehmende. »Wir haben gerade eine Wette abgeschlossen«, sagte er süßlich. »Auf die Farbe Ihres Slips.«

*

Auf gesellschaftlichem Parkett hatte Quarry nur sehr wenige Fehler in seinem Leben gemacht. Aber das war, wie er freimütig eingestand, ein Hammer gewesen. »Seitdem hasst sie mich«, sagte er zu Leclerc.

Leclerc lächelte und machte sich eine Notiz. »Aber Ihre Zusammenarbeit mit Doktor Hoffmann nahm an diesem Abend ihren Anfang?«

»O ja. Rückblickend würde ich sagen, dass er auf jemand wie mich genauso gewartet hatte, wie ich auf jemand wie ihn.«

*

Um Mitternacht waren die Gäste in den Garten gegangen, hatten kleine Kerzen angezündet – »diese kleinen Teelichter, Inspektor« – und in Papierballons gesteckt. Die vielen matt leuchtenden Laternen stiegen in der kalten Luft schnell in die Höhe. Dort sahen sie aus wie gelbe Monde. Jemand rief: »Jeder darf sich was wünschen.« Quarry, Hoffmann und Gabrielle standen mit nach oben gerichteten Augen und Atemwölkchen vor dem Mund stumm da, bis die Lichter zur Größe von Sternen schrumpften und schließlich ganz verschwanden. Hinterher bot Quarry Hoffmann an, ihn nach Hause zu bringen, worauf sich Gabrielle zu seinem Ärger sofort anschloss und ihnen vom Rücksitz aus ungefragt ihre Lebensgeschichte erzählte. Sie hatte von einer Uni, von der Quarry noch nie gehört hatte, einen Doppelabschluss in Kunst und Französisch und dann am Royal College of Art den Master gemacht, war auf der Sekretärinnenschule gewesen und nach einigen Aushilfsjobs schließlich bei der UNO gelandet. Aber sogar sie verstummte, als sie Hoffmanns Wohnung sah.

Er hatte sie erst nicht hineinlassen wollen, aber Quarry hatte vorgeschützt, unbedingt aufs Klo zu müssen. »Es war, ehrlich gesagt, als wollte ich am Ende eines übel gelaufenen Abends noch ein Mädchen abschleppen.« Widerwillig nahm Hoffmann sie mit nach oben, schloss die Wohnungstür auf und führte sie in ein lärmendes, tropisch heißes Vivarium. Überall blinkten rote und grüne Lämpchen von Prozessoren, die unter dem Sofa lagen, neben dem Tisch standen und sich in Regalen stapelten. Die von den Wänden hängenden schwarzen Kabelstränge sahen aus wie Lianen. Das Bild erinnerte Quarry an eine Geschichte, die er kurz vor Weihnachten gelesen hatte, über einen Mann aus Maidenhead, der in seiner Garage ein Krokodil gehalten hatte. In der Ecke stand ein Bloomberg-Terminal. Als Quarry aus dem Bad kam, warf er einen Blick ins Schlafzimmer: Das halbe Bett nahmen Computer ein. Er ging zurück ins Wohnzimmer, wo Gabrielle sich Platz auf dem Sofa geschaffen und ihre Schuhe ausgezogen hatte. »Also, Alex, was soll das alles hier?«, fragte er. »Sieht aus wie im Kontrollraum der NASA.«

Erst wollte Hoffmann nicht darüber reden, doch dann taute er nach und nach auf. Das Ziel, sagte er, sei autonomes maschinelles Lernen: einen Algorithmus zu schaffen, der selbstständig an einer bestimmten Aufgabe arbeiten und sich dabei selbst in einem Tempo weiterentwickeln könne, das die Leistungsfähigkeit des Menschen bei Weitem übersteigen würde. Hoffmann hatte das CERN verlassen, um seine Forschung allein voranzutreiben, was bedeutete, dass er keinen Zugriff mehr auf das experimentelle Datenmaterial des Large Electron Positron Collider hatte. Während der vergangenen sechs Monate hatte er stattdessen Datenströme aus den Finanzmärkten benutzt. Quarry fragte, ob das alles nicht ziemlich teuer sei, was Hoffmann bejahte. Allerdings gehe das meiste Geld nicht für die Mikroprozessoren, von denen viele aus ausgemusterten Beständen stammten, oder den Bloomberg-Dienst drauf, sondern für Strom. Er müsse allein zweitausend Franken pro Woche für Strom aufbringen und habe in seinem Viertel schon zweimal einen totalen Stromausfall verursacht. Das andere Problem sei die Bandbreite.

»Wenn Sie nichts dagegen haben, könnte ich Ihnen bei den Kosten unter die Arme greifen«, sagte Quarry vorsichtig.

»Das ist nicht nötig. Ich benutze den Algorithmus, um die Kosten zu decken.«

Quarry musste sich zusammenreißen, um seine Aufregung zu verbergen. »Wirklich? Elegantes Konzept, muss ich schon sagen. Und, klappt es?«

»Klar. Dafür brauche ich nur ein paar Extrapolationen, die ich aus der Analyse des Grundmusters ableite.« Hoffmann zeigte ihm den Monitor. »Das sind die Aktien, die der Algorithmus seit dem 1. Dezember empfohlen hat, basierend auf Kursvergleichen, die er mittels des Datenmaterials der letzten fünf Jahre ermittelt hat. Dann schicke ich meinem Broker eine E-Mail und beauftrage ihn, zu kaufen oder zu verkaufen.«

Quarry studierte die Trades. Sie waren gut, allerdings mickrig: Kleingeld. »Könnte der Algorithmus auch mehr rausholen, als nur die Kosten zu decken? Könnte er Profit machen?«

»Theoretisch ja, aber dafür müsste man einen Haufen Geld investieren.«

»Vielleicht könnte ich Ihnen das Geld besorgen.«

»Ach, wissen Sie, Geld interessiert mich eigentlich nicht. Nichts für ungut, aber für mich ergibt das keinen großen Sinn.«

Quarry konnte nicht glauben, was er da hörte: Für ihn ergebe das keinen großen Sinn!

Er hatte Quarry nichts zu trinken angeboten, nicht einmal, sich zu setzen – was allerdings auch schwer gewesen wäre, da sich schon Gabrielle auf dem einzigen verfügbaren Platz breitgemacht hatte. Quarry musste stehen und in seinem Ski-Parka schwitzen.

»Aber wenn Sie mehr Geld verdienen würden, dann könnten Sie die Gewinne dazu nutzen, Ihre Forschungen zu finanzieren«, sagte Quarry. »Sie würden genau das Gleiche machen wie jetzt, nur eben in wesentlich größerem Maßstab. Ich möchte ja nicht unhöflich sein, aber schauen Sie sich doch um. Sie brauchen einen anständigen Arbeitsplatz, eine zuverlässigere Stromversorgung, Glasfaseranschluss …«

»Eine Putzfrau könnte auch nicht schaden«, sagte Gabrielle.

»Sie hat recht, eine Putzfrau könnte wirklich nicht schaden. Hier ist meine Karte, Alex. Ich bin noch etwa eine Woche in der Gegend. Warum setzen wir uns nicht mal zusammen und sprechen das durch?«

Hoffmann nahm die Visitenkarte und steckte sie ein, ohne einen Blick darauf zu werfen. »Mal sehen.«

An der Tür beugte sich Quarry zu Gabrielle hinunter und flüsterte: »Kann ich Sie vielleicht mitnehmen? Ich fahre nach Chamonix. Ich könnte Sie in der Stadt absetzen.«

»Danke, ich komme schon zurecht«, sagte sie mit einem

süßsauren Lächeln. »Ich denke, ich bleibe noch ein Weilchen und löse Ihre Wette ein.«

»Wie Sie meinen, Schätzchen, aber haben Sie das Bett schon gesehen? Viel Glück.«

*

Quarry hatte das Startkapital selbst aufgebracht. Mit seinem Jahresbonus hatte er Hoffmann und seine Computer in ein Büro in Genf einquartiert: Er brauchte Räumlichkeiten, in denen er zukünftige Kunden empfangen und mit der Hardware beeindrucken konnte. Seine Frau hatte sich beschwert. Warum konnte er sein Start-up-Unternehmen, über das er schon so lange sprach, nicht in London aufmachen? Lag er ihr nicht ständig damit in den Ohren, dass die City die Hedgefonds-Kapitale der Welt sei? Aber gerade Genf hatte für Quarry einen besonderen Reiz: nicht nur wegen der niedrigeren Steuern, auch wegen der Chance auf einen sauberen Schnitt. Er hatte nie vorgehabt, seine Familie mit in die Schweiz zu nehmen – nicht dass er seiner Frau das erzählt oder es sich gar selbst eingestanden hätte. Die Wahrheit war, dass das Familienleben einen Posten darstellte, der nicht mehr zu seinem Portfolio passte. Es langweilte ihn. Es war Zeit, zu verkaufen und weiterzuziehen.

Quarry beschloss, das neue Unternehmen auf den Namen Hoffmann Investment Technologies zu taufen. Das sollte eine Verneigung vor Jim Simons sein, dem Urvater aller algorithmischen Hedgefonds und seinem legendären Quant-Unternehmen Renaissance Technologies auf Long Island. Hoffmann war strikt dagegen gewesen, aber Quarry hatte sich bei seiner ersten Kraftprobe mit Hoffmanns Anonymitätswahn durchgesetzt: Ihm war von Anfang an klar, dass – ebenso wie im Fall von Jim Simons – bei der Vermarktung des Produkts Hoffmanns geheimnisvoller Nimbus als Mathematikgenie eine wichtige Rolle spielen würde. AmCor stieg als Prime Broker ein und erlaubte Quarry, für eine reduzierte Managementgebühr und eine Beteiligung von zehn Prozent einige seiner alten Kunden mitzunehmen. Dann hatte Quarry Investorenkonferenzen abgeklappert, war in den USA und Europa von Stadt zu Stadt gezogen und hatte seinen Koffer durch mindestens fünfzig verschiedene Flughäfen gerollt. Diesen Teil des Jobs hatte er geliebt – als alleinreisender Verkäufer in ein fremdes Hotel mit Blick auf eine verstopfte Schnellstraße zu marschieren, um in einem klimatisierten Konferenzraum ein skeptisches, ihm völlig unbekanntes Publikum zu bezirzen. Seine Masche war, seinen Zuhörern die Ergebnisse der Tests von Hoffmanns Algorithmen vorzustellen, ihnen mit der Aussicht auf zukünftige Renditen den Mund wässrig zu machen und ihnen dann mitzuteilen, dass der Fonds schon geschlossen sei: Er sei seiner Verpflichtung, vor ihnen zu sprechen, nur aus Höflichkeit nachgekommen, aber sie brauchten kein Geld mehr, es tue ihm außerordentlich leid. Hinterher tauchten die Investoren dann in der Hotelbar auf und suchten nach ihm. Es funktionierte fast immer.

Für die Abwicklung der Transaktionen hatte Quarry einen Mann von BNP Paribas angeheuert. Außerdem hatte er eine Empfangsdame und eine Sekretärin eingestellt und von AmCor einen französischen Anleihehändler übernommen, der wegen irgendwelcher Schwierigkeiten mit der Börsenaufsicht schnell aus London hatte verschwinden müssen. Als Quants hatte Hoffmann einen Astrophysiker des CERN und einen polnischen Mathematikprofessor rekrutiert. Den ganzen Sommer über hatten sie Simulationen durchgespielt und waren dann im Oktober 2002 mit einem Treuhandvermögen von 107 Millionen Dollar an den Start gegangen. Bereits den ersten Monat hatten sie mit Gewinn abschließen können, und seitdem war es ununterbrochen so weitergegangen.

*

Quarry unterbrach seinen Vortrag, damit Leclercs billiger Kugelschreiber nicht den Anschluss verlor. Die Antworten auf Leclercs übrige Fragen lauteten: Nein, er wisse nicht genau, wann Gabrielle bei Hoffmann eingezogen sei. Ihre gesellschaftlichen Kontakte hätten sich immer in Grenzen gehalten, außerdem sei er in jenem ersten Jahr viel auf Reisen gewesen. Nein, er sei nicht auf ihrer Hochzeit gewesen, einer von diesen solipsistischen Zeremonien, die an irgendeinem Südseestrand mit zwei Hotelangestellten als Trauzeugen und ohne Familienangehörige oder Freunde über die Bühne gingen. Und nein, er habe keine Ahnung von Hoffmanns Nervenzusammenbruch am CERN gehabt, habe allerdings etwas in der Richtung geahnt. An jenem ersten Abend in Hoffmanns Wohnung, als er zum Pinkeln ins Bad gegangen sei, habe er einen Blick in dessen Arzneischränkchen geworfen – wie man das eben so mache. Dort habe er eine stattliche Kleinapotheke mit Antidepressiva vorgefunden. Mirtazapin, Lithium, Fluvoxamin. An mehr könne er sich nicht erinnern, aber es habe ziemlich ernst ausgesehen.

»Und das hat Sie nicht davon abgehalten, ein Geschäft mit ihm aufzumachen?«

»Warum? Weil er nicht das war, was man normal nennt? Großer Gott, nein. Um Bill Clinton zu zitieren, zugegebenermaßen nicht unbedingt für alle Lebenslagen ein Quell an Weisheit, aber in diesem Fall schon: ›Die meisten normalen Menschen sind Arschlöcher.‹«

»Und Sie haben keine Ahnung, wo Doktor Hoffmann sich im Augenblick aufhalten könnte?«

»Nein.«

»Wann haben Sie ihn zuletzt gesehen?«

»Beim Lunch im Beau-Rivage.«

»Und er ist einfach so gegangen, ohne jede Erklärung?«

»Das ist Alex.«

»Hat er einen aufgewühlten Eindruck auf Sie gemacht?«

»Nicht besonders, nein.« Quarry nahm die Füße vom Tisch und drückte auf einen Knopf der Gegensprechanlage. »Ist Alex schon wieder aufgetaucht, Amber?«

»Nein, Hugo, tut mir leid. Übrigens, Gana hat gerade angerufen. Der Risikoausschuss ist in seinem Büro, sie warten auf Sie. Gana versucht dringend, Alex zu erreichen. Anscheinend ist ein Problem aufgetaucht.«

»Was gibt's denn jetzt schon wieder?«

»Ich soll Ihnen ausrichten, dass VIXAL den Delta-Hedge aufhebt. Er sagt, Sie wüssten dann schon.«

»Okay, danke. Sag ihnen, dass ich schon unterwegs bin.« Quarry ließ den Knopf los und schaute nachdenklich auf die Sprechanlage. »Leider muss ich Sie jetzt verlassen, Inspektor.« Zum ersten Mal spürte er ein ängstliches Kribbeln in der Magengrube, und plötzlich wurde ihm klar, dass er zu freimütig geplaudert hatte. Die Nachforschungen Leclercs schienen sich inzwischen weniger um den Einbruch als um Hoffmann selbst zu drehen.

»Ist das etwas Wichtiges?« Leclerc nickte zur Sprechanlage. »Dieser Delta-Hedge?«

»Ja, ziemlich. Würden Sie mich jetzt entschuldigen? Meine Sekretärin begleitet Sie hinaus.«

Er ließ Leclerc stehen, ohne ihm die Hand zu geben. Quarrys glamouröse rothaarige Vorzimmerdame in ihrem tief ausgeschnittenen Pullover geleitete ihn zurück durch den Handelsraum. Sie schien es ziemlich eilig zu haben, ihn loszuwerden, was ihn instinktiv dazu veranlasste, besonders langsam zu gehen. Ihm fiel auf, dass die Atmosphäre sich verändert hatte. Vereinzelt hatten sich jeweils drei oder vier nervöse Mitarbeiter wie zu einem Gruppenbild um einen Bildschirm versammelt. Einer saß und bediente die Maus, die anderen standen und beugten sich über seine Schulter. Gelegentlich zeigte einer auf eine Grafik oder eine Zahlenreihe. Jetzt erinnerte ihn der Raum weniger an ein religiöses Seminar als vielmehr an ein Krankenzimmer, in dem Ärzte am Bett eines Patienten standen, der schwere, rätselhafte Symptome zeigte. Über einen der großen TV-Schirme flimmerten die Bilder von dem Flugzeugabsturz. Unter dem Gerät stand ein Mann in dunklem Anzug und dunkler Krawatte. Er war damit beschäftigt, auf seinem Handy eine SMS einzutippen. Es dauerte ein paar Sekunden, bis Leclerc ihn wiedererkannte.

»Genoud«, sagte Leclerc leise zu sich selbst. Er ging auf ihn zu und sagte laut: »Maurice Genoud!« Genoud schaute vom Display seines Handys auf. Bildete er sich das ein, dachte Leclerc, oder hatten sich beim Anblick der Gestalt, die da aus seiner Vergangenheit auftauchte, seine schmalen Gesichtszüge leicht gespannt?

»Jean-Philippe«, sagte Genoud misstrauisch. Sie gaben sich die Hand.

»Maurice Genoud. Sie haben zugenommen.« Leclerc wandte sich an Quarrys Sekretärin. »Würden Sie uns einen

Augenblick entschuldigen, Mademoiselle? Wir sind alte Freunde. Sie begleiten mich doch nach draußen, oder, Maurice? Lassen Sie sich anschauen, alter Junge. Ganz der erfolgreiche Zivilist, wie ich sehe.«

Lächeln lag Genoud nicht im Blut. Peinlich genug, dass er es überhaupt probierte, dachte Leclerc.

»Und Sie, Jean-Philippe? Ich dachte, Sie wären schon in Rente.«

»Nächstes Jahr«, sagte Leclerc. »Kann's gar nicht erwarten. Also, jetzt klären Sie mich mal auf. Was zum Teufel machen die hier eigentlich?« Er deutete zum Handelsraum. »Sie verstehen das alles wahrscheinlich besser als ich. In meinen alten Kopf geht das nicht mehr rein.«

»Hab auch keine Ahnung. Ich bin nur für die Sicherheit zuständig.«

»Tja, dann scheinen Ihnen ja ein paar kleine Fehler unterlaufen zu sein.« Leclerc klopfte ihm auf die Schulter. Genoud schaute finster. »War bloß ein Witz. Aber jetzt mal ernsthaft: Was halten Sie denn von der Geschichte? Bisschen seltsam, meinen Sie nicht auch? All die Sicherheitsvorkehrungen, und dann marschiert da ein vollkommen Fremder ins Haus und fällt über einen her? Haben Sie das eigentlich alles installiert?«

Genoud fuhr sich mit der Zunge über die Lippen. Er will Zeit gewinnen, dachte Leclerc, genau wie früher am Boulevard Carl-Vogt, wenn er versucht hat, sich irgendeine Geschichte aus den Fingern zu saugen. Seit der Jüngere unter seinem Kommando die Polizeilaufbahn begonnen hatte, hatte er ihm misstraut. Seiner Meinung nach gab es nichts, was seinem früheren Kollegen nicht zuzutrauen war – kein Prinzip, das er nicht verraten, keinen Deal, den er nicht machen, kein Auge, das er nicht zudrücken würde.

Solange er dabei den Rahmen der Gesetze nicht überdehnte und solange es ihm genügend Geld einbrachte.

»Ja, die Anlagen habe ich eingebaut«, sagte Genoud. »Und?«

»Warum so zugeknöpft? Ich mache Ihnen keinen Vorwurf. Wir wissen doch beide, dass die besten Sicherheitsanlagen der Welt nichts nutzen, wenn man vergisst, sie einzuschalten.«

»Wie wahr. Wenn Sie nichts dagegen haben, mache ich mich jetzt wieder an meine Arbeit. Es ist mir eigentlich nicht erlaubt, hier ein Schwätzchen zu halten.«

»Bei so einem Schwätzchen erfährt man oft ziemlich viel.«

Sie gingen in Richtung Empfang. »Also, dieser Doktor Hoffmann, was ist das für einer?«, fragte Leclerc von Mann zu Mann.

»Ich kenne ihn kaum.«

»Irgendwelche Feinde?«

»Da müssen Sie ihn schon selber fragen.«

»Nie was davon gehört, dass ihn einer hier nicht mag? Irgendwer, den er rausgeschmissen hat?«

Genoud tat so, als dächte er darüber nach. »Nein. Also dann, Jean-Philippe, genießen Sie Ihren Ruhestand. Sie haben ihn sich verdient.«

DREIZEHN

Das Erlöschen von Arten und Arten-Gruppen, welches an der Geschichte der organischen Welt einen so wesentlichen Theil hat, folgt fast unvermeidlich aus dem Prinzip der Natürlichen Züchtung; denn alte Formen werden durch neue und verbesserte Formen ersetzt.

Charles Darwin
Die Entstehung der Arten, 1859

Der Risikoausschuss von Hoffmann Investment Technologies traf sich um 16:25 Uhr mitteleuropäischer Zeit, 55 Minuten nach Öffnung der amerikanischen Märkte, zum zweiten Mal an diesem Tag. Es waren anwesend: Hugo Quarry (Geschäftsführer), Lin Ju-Long (Leiter Finanzen), Pieter van der Zyl (Leiter Operatives Geschäft) und Ganapathi Rajamani (Leiter Risikomanagement), der das Protokoll führte und in dessen Büro das Treffen stattfand.

Rajamani saß hinter seinem Schreibtisch wie ein Schuldirektor. Sein Vertrag schloss aus, dass er von den jährlichen Bonusausschüttungen profitierte. Das hatte seine Objektivität bei der Risikoeinschätzung stärken sollen, doch nach Quarrys Meinung hatte es einfach den Effekt gehabt, dass er sich in einen Snob mit Festgehalt verwandelt hatte, der es sich leisten konnte, über große Profite die Nase zu rümpfen. Der Holländer und der Chinese saßen auf den beiden Stühlen, Quarry hatte es sich auf dem Sofa bequem gemacht. Durch die offenen Jalousien sah er, wie Amber Leclerc zum Empfang begleitete.

Als erster Punkt wurde festgehalten, dass Dr. Alexander Hoffmann (Präsident der Firma) ohne Begründung abwesend war. Die Tatsache, dass Rajamani dieses Pflichtversäumnis offiziell protokolliert wissen wollte, war für Quarry das erste Indiz, dass ihr leitender Tugendbold vorhatte, mit harten Bandagen zu kämpfen. Tatsächlich schien es Rajamani sogar eine grimmige Freude zu bereiten, der versammelten Runde darzulegen, wie bedrohlich ihre Lage geworden sei. Er verkündete, dass seit dem letzten Treffen des Ausschusses vor etwa vier Stunden die Risiken, denen der Fonds ungeschützt ausgesetzt sei, dramatisch zugenommen hätten. Jedes Warnsignal im Cockpit leuchte rot. Man müsse schnell Entscheidungen treffen.

Er begann damit, ihnen mithilfe der Angaben auf seinem Computerbildschirm die Fakten vorzutragen. VIXAL habe die wichtigste Absicherung der Firma gegen steigende Kurse, die Long-Position in S&P-Futures, fast vollständig aufgegeben, sodass sie jetzt in den Unmengen ihrer Short-Positionen feststeckten. VIXAL sei gerade dabei, alle – »Ich wiederhole: alle« – Long-Gegenpositionen zu den rund achtzig Aktien, die er shorte, abzustoßen: Allein in den letzten Minuten seien die letzten Reste einer Long-Position in Deloitte im Umfang von siebzig Millionen Dollar, die man zur Absicherung der massiven Short-Position gegen den Deloitte-Konkurrenten Accenture gehalten habe, liquidiert worden. Und, was vielleicht das Beunruhigendste sei: Während eine Long-Position nach der anderen abgestoßen werde, habe es keine korrespondierenden Aktionen zum Rückkauf der Aktien gegeben, die sie geshortet hätten.

»So etwas habe ich in meinem ganzen Leben noch nicht gesehen«, sagte Rajamani. »Es ist schlicht so, dass der Delta-Hedge der Firma nicht mehr existiert.«

Quarry bewahrte sich zwar sein Pokerface, aber sogar er war jetzt alarmiert. Sein Vertrauen in VIXAL war immer unerschütterlich gewesen. Ihr Fonds sollte ein *Hedgefonds* sein, der Name war das Programm. Wenn man den Hedge, die Absicherung, ausschaltete, wenn man auf die immens komplizierten mathematischen Formeln verzichtete, nach denen das Risiko abgedeckt werden sollte, dann konnte man sein Familiensilber auch gleich im vierten Rennen in Newmarket verwetten. Sicher, der Hedge zog eine Obergrenze für die Profite, aber er zog auch eine Untergrenze für die Verluste. Auch wenn man davon ausging, dass es auf der ganzen Welt keinen Fonds gab, der nicht hin und wieder in schweres Fahrwasser geriet: Wer ohne Hedge agierte, den konnte eine Serie schlechter Entscheidungen in die Pleite treiben. Bei diesem Gedanken bekam er feuchte Hände. Er hatte den Geschmack des *filet mignon de veau* vom Mittag im Mund. Es kam ihm hoch wie Galle. Er wischte sich mit dem Handrücken über die Stirn. Er brach buchstäblich in kalten Schweiß aus, dachte er.

Rajamani bombardierte sie weiter. »Wir stoßen nicht nur unsere Long-Positionen in S&P-Futures ab, wir *shorten* S&P-Futures. Wir haben zudem unsere Position in VIX-Futures auf eine knappe Milliarde Dollar gesteigert. Und wir kaufen Puts, die extrem aus dem Geld sind und die einen derart massiven Verfall des gesamten Marktes voraussetzen, dass wir uns nur damit trösten können, dass wir sie für Centbeträge einsammeln. Außerdem …«

Quarry hob die Hand. »Okay, Gana, danke. Ich glaube, wir haben verstanden.« Er musste schnell das Kommando übernehmen, sonst würde die Sitzung in einem Desaster enden. Er war sich darüber im Klaren, dass sie vom Handelsraum aus genau beobachtet wurden. Alle wussten, dass der Hedge nicht mehr existierte. Wie bewegliche Zielscheiben in einem Schießstand schossen über den Bildschirmen immer wieder besorgte Gesichter in die Höhe.

»Ich mache die Jalousien zu«, sagte van der Zyl und stand auf.

»Nein, Piet, lassen Sie sie um Himmels willen offen«, sagte Quarry scharf. »Sonst glauben die noch, wir basteln hier an einem Selbstmordpakt. Ich möchte, dass Sie lächeln, meine Herren. Also, lächeln! Das ist ein Befehl. Auch Sie, Gana. Zeigen wir der Fußtruppe, dass die Offiziere kühles Blut bewahren.«

Er stellte die Füße auf den Couchtisch und tat so, als verschränkte er lässig die Hände hinter dem Kopf, obwohl ihm die Fingernägel so tief in die Kopfhaut schnitten, dass die Einkerbungen noch den ganzen restlichen Tag wie Narben aussehen würden. Er betrachtete die Familienfotos, die Rajamani von zu Hause mitgebracht hatte, um die Tristesse des schimmernden skandinavischen Mobiliars aufzulockern: eine große Hochzeitsgesellschaft, aufgenommen bei Nacht in einem Garten in Delhi, mit dem bekränzten, verkrampft lächelnden Brautpaar in der Mitte; der Student Rajamani nach seinem Abschluss vor dem Senatsgebäude der Universität von Cambridge; zwei kleine Kinder in Schuluniform, ein Junge und ein Mädchen, die düster in die Kamera blickten.

»Okay, Gana«, sagte er. »Was schlagen Sie vor?«

»Wir haben nur eine Möglichkeit: VIXAL abschalten und den Hedge wieder aufbauen.«

»Wir sollen den Algorithmus umgehen, ohne vorher Alex zu fragen?«, sagte Ju-Long.

»Wenn ich wüsste, wo er ist, würde ich ihn fragen, das können Sie mir glauben«, erwiderte Rajamani scharf. »Aber er geht nicht ans Telefon.«

»Sind Sie nicht mit ihm zum Lunch gewesen, Hugo?«, fragte van der Zyl.

»Ja. Aber mittendrin ist er rausgestürmt.«

»Wohin?«

»Weiß der Himmel. Hat sich ohne ein Wort davongemacht.«

»Entschuldigung, aber diese Verantwortungslosigkeit ist wirklich haarsträubend«, sagte Rajamani. »Er wusste, dass wir ein Problem haben. Er wusste, dass wir uns heute Nachmittag wieder zusammensetzen wollten.«

Alle schwiegen.

»Meiner Meinung nach, aber ich möchte, dass das unter uns bleibt, hat Alex irgendeinen Kollaps erlitten«, sagte Ju-Long.

»Halten Sie den Mund, LJ«, sagte Quarry.

»Aber er hat recht, Hugo«, sagte van der Zyl.

»Und Sie halten lieber auch Ihren Mund.«

Der Holländer ruderte sofort zurück. »Okay, okay.«

»Soll ich das ins Protokoll aufnehmen?«, fragte Rajamani.

»Nein, verdammt, natürlich nicht.« Quarry hob einen Fuß vom Couchtisch und zeigte mit der Spitze seines eleganten Schuhs auf Rajamani. »Und Sie hören mir jetzt genau zu, Gana. Sollte gerade jetzt irgendetwas darüber bekannt werden, dass Alex in irgendeiner Weise mental unzuverlässig sein könnte, dann ist dieser Laden am Ende. Dann werden Sie dafür vor allen Ihren Kollegen da draußen, die in diesem Augenblick jede unserer Bewegungen verfolgen, und vor allem vor unseren Investoren, die dank Alex einen Haufen Geld verdient haben, die Verantwortung übernehmen müssen. Und Alex wird Ihnen das nicht verzeihen. Verstehen Sie mich? Lassen Sie mich die Lage extra für Sie in vier Wörtern zusammenfassen: Kein Alex, keine Firma.«

Einige Sekunden lang hielt Rajamani Quarrys Blick stand. Dann runzelte er die Stirn und nahm die Hände von der Tastatur.

»Also«, sagte Quarry. »Da Alex nun mal nicht da ist, lassen Sie uns das Problem von der anderen Seite betrachten. Wenn wir VIXAL *nicht* abschalten und den Delta-Hedge *nicht* wieder aufbauen, wie werden dann die Broker reagieren?«

»Nach der Lehman-Geschichte sind die so scharf auf Sicherheiten«, sagte Ju-Long, »dass die uns mit Berufung auf unsere bestehenden Vereinbarungen nicht erlauben werden, weiter ohne Hedge zu handeln.«

»Ab wann müssen wir ihnen etwas Geld vorweisen?«

»Ich würde davon ausgehen, dass wir ihnen bis Börsenschluss morgen einen substanziellen Betrag an frischen Sicherheiten zur Verfügung stellen müssen.«

»Und mit welcher Summe rechnen Sie?«

»Bin mir nicht sicher.« Ju-Long bewegte seinen adrett gepflegten Schädel hin und her und dachte nach. »Eine halbe Milliarde vielleicht.«

»Insgesamt?«

»Nein, jedem.«

Quarry schloss kurz die Augen. Bei fünf Prime Brokern – Goldman, Morgan Stanley, Citi, AmCor, Credit Suisse – waren je eine halbe Milliarde zu hinterlegen. Das ergab zusammen 2,5 Milliarden Dollar. Kein Spielgeld, keine Schuldscheine oder langfristigen Anleihen, sondern Cash pur, zu überweisen bis morgen, Punkt 16 Uhr. Nicht dass Hoffmann Investment Technologies dazu nicht in der Lage gewesen wäre. Sie handelten nur mit etwa 25 Prozent des Geldes, das die Investoren bei ihnen deponiert hatten: Den Rest brauchten sie nicht in die Hand zu nehmen. Als er das letzte Mal nachgeschaut hatte, hatten sie mindestens vier Milliarden Dollar in US-Staatsanleihen gebunkert. Die konnten sie angreifen, wann immer nötig. Aber mein Gott – was für ein kolossaler Schlag für ihre Reserven, was für ein Schritt in Richtung Abgrund …

Rajamani unterbrach Quarrys Gedanken. »Entschuldigung, Hugo, aber das ist Wahnsinn. Dieses Risikoniveau geht weit über alle Zusagen in unserem Wertpapierprospekt hinaus. Wenn die Märkte stark anziehen, dann stehen wir vor Milliardenverlusten. Wir könnten sogar bankrott gehen. Unsere Kunden könnten uns verklagen.«

»Selbst wenn wir den Handel fortsetzen«, fügte Ju-Long hinzu, »macht es wahrscheinlich keinen guten Eindruck, wenn wir den Investorenrat über das exorbitant erhöhte Risiko informieren, während wir gleichzeitig unseren Anlegern nahelegen, ein paar zusätzliche Milliarden in VIXAL-4 zu stecken.«

»Die steigen aus«, sagte van der Zyl mit Trauermiene. »Alle.«

Quarry konnte nicht mehr länger stillsitzen. Er sprang auf und lief nur deshalb nicht nervös hin und her, weil dafür das Büro einfach zu klein war. Gerade hatte er diesen Zwei-Milliarden-Dollar-Coup gelandet, und nun musste so etwas passieren. Das war einfach nicht fair. Er reckte die Arme in die Luft und verfluchte im Stillen die Götter. Weil er den Ausdruck moralischer Überlegenheit auf Rajamanis Gesicht nicht mehr ertragen konnte, wandte er seinen Kollegen den Rücken zu, stützte sich mit ausgebreiteten Armen gegen die Glaswand und starrte in den Handelsraum. Es war ihm egal, dass alle ihn sehen konnten. Er versuchte, sich einen außer Kontrolle geratenen, ungesicherten Investmentfonds vorzustellen, der den Urgewalten der globalen Märkte ausgesetzt war: dem Siebenhundert-Billionen-Dollar-Ozean aus Aktien und Anleihen, Devisen und Derivaten, die unermüdlich Tag für Tag gegeneinander fielen und stiegen und von Strömungen, Gezeiten und Stürmen in gewaltige Mahlströme getrieben wurden, die für niemand zu ergründen waren. Genauso könnte der Fonds versuchen, auf einem Mülleimerdeckel mit einem Holzlöffel als Ruder den Nordatlantik zu überqueren. Früher war es ein Wesenszug Quarrys gewesen, sich mit Wollust in Abenteuer wie dieses zu stürzen – ein Wesenszug, der bedeutete, dass man das Leben an sich für ein Glücksspiel hielt, bei dem man früher oder später verlieren musste, ein Wesenszug, der ihn früher, nur um den Kitzel der Angst zu spüren, dazu getrieben hatte, 10 000 Dollar darauf zu wetten, dass eine bestimmte Fliege auf dem Bartresen als erste wegfliegen würde. Aber heute wollte er auch behalten, was er besaß. Er genoss es, dass man ihn als reichen Hedgefonds-Manager kannte, dass er zur Crème de la Crème gehörte, zur ersten Brigade der Finanzwelt. In der letzten Reichenliste der *Sunday Times* war er auf Platz 177 geführt worden. Sie hatten sogar ein Foto gebracht, das ihn auf der Brücke einer Riva 115 zeigte. »An den Ufern des Genfer Sees lebt Hugo Quarry den Traum eines jeden Junggesellen. Warum auch nicht, als Geschäftsführer eines der erfolgreichsten Hedgefonds Europas?« Sollte er all das aufs Spiel setzen, nur weil ein bescheuerter Algorithmus sich dazu entschlossen hatte, die Grundregeln des Investmentgeschäfts zu ignorieren? Andererseits war dieser bescheuerte Algorithmus der Grund, warum er überhaupt auf dieser Reichenliste auftauchte. Er stöhnte auf. Es war zum Verzweifeln. Wo war Hoffmann?

Er drehte sich um und sagte: »Wir müssen unbedingt mit Alex sprechen, bevor wir VIXAL abschalten. Ich meine, wann hat denn einer von uns das letzte Mal einen Trade abgewickelt?«

»Bei allem Respekt, Hugo«, sagte Rajamani. »Aber darum geht es nicht.«

»Natürlich geht es darum. Ausschließlich, um nichts anderes. Das ist ein algorithmischer Hedgefonds. Wir haben gar nicht genug Leute, um ein Volumen von zehn Milliarden Dollar zu stemmen. Dafür bräuchte ich mindestens zwanzig Top-Trader mit Nerven wie Drahtseilen, die sich in den Märkten auskennen. Und was habe ich? Ein paar Quants mit Schuppen, die so schüchtern sind, dass sie einander nicht mal in die Augen schauen können.«

»Wir hätten uns um dieses Thema schon früher kümmern müssen«, sagte van der Zyl. Seine Stimme war voll und tief, die eines Kaffeetrinkers und Zigarrenrauchers. »Und damit meine ich nicht heute Morgen, sondern schon letzte Woche oder letzten Monat. VIXAL ist so lange so erfolgreich gewesen, dass wir uns alle haben blenden lassen. Wir haben uns nie um adäquate Prozeduren gekümmert für den Fall, dass er mal versagt.«

Im Grunde wusste Quarry, dass van der Zyl recht hatte. Er hatte sich von der Technologie einlullen lassen – wie ein träge gewordener Autofahrer, der sich ausnahmslos auf Einparkhilfen und Navigationssysteme verließ. Trotzdem verteidigte er das System, eine Welt ohne VIXAL konnte er sich einfach nicht vorstellen. »Darf ich darauf hinweisen, dass VIXAL noch nie versagt hat? Als ich vorhin nachgeschaut habe, lag unser Tagesplus bei 68 Millionen. Wie sieht die Ergebnisrechnung jetzt aus, Gana?«

Rajamani schaute auf seinen Schirm. »Plus 77.«

»Na also, danke. Ziemlich bizarre Definition von Versagen, oder? Plus neun Millionen Dollar in der Zeit, die ich gebraucht habe, um meinen Arsch von einem Ende des Büros zum anderen zu bewegen.«

»Stimmt«, sagte Rajamani nachsichtig. »Nur dass das ein rein theoretischer Profit ist. Wenn die Märkte sich erholen, könnte er auf einen Schlag wie weggeblasen sein.«

»Und? Erholt sich der Markt?«

»Nein, im Augenblick fällt der Dow.«

»Und das ist unser Dilemma, meine Herren, genau das. Wir alle stimmen darin überein, dass der Fonds abgesichert sein sollte, aber wir müssen auch anerkennen, dass VIXALs Einschätzung der Märkte immer besser gewesen ist als unsere eigene.«

»Jetzt machen Sie mal einen Punkt, Hugo. Es liegt doch auf der Hand, dass etwas falsch läuft. VIXAL soll innerhalb bestimmter Risikoparameter operieren, aber das tut er nicht, also funktioniert er nicht richtig.«

»Da bin ich anderer Meinung. Mit Vista Airways hat er richtig gelegen, oder nicht? Das war brillant.«

»Das war Zufall. Das hat sogar Alex bestätigt.« Rajamani wandte sich an Ju-Long und van der Zyl. »Was ist, Jungs? Wollt ihr mich nicht unterstützen? Damit diese

Positionen Sinn ergeben, müsste die ganze Welt in Flammen aufgehen.«

Ju-Long hob wie ein Schuljunge den Finger. »Da wir gerade beim Thema sind, Hugo, ich hätte da eine Frage wegen unserer Short-Position in Vista Airways. Hat einer hier die letzten Nachrichten gesehen?«

Quarry ließ sich auf das Sofa fallen. »Nein, keine Zeit. Warum? Was haben sie gesagt?«

»Dass der Absturz nicht auf technisches Versagen zurückzuführen ist, sondern auf einen Anschlag irgendwelcher Terroristen.«

»Okay. Und?«

»Anscheinend ist der Anschlag auf einer Dschihadisten-Website angekündigt worden, noch während das Flugzeug in der Luft war. Und zwar heute Morgen um neun. Klar, dass die Geheimdienste jetzt jede Menge Feuer kriegen.«

»Tut mir leid, LJ, aber ich bin heute etwas schwer von Begriff. Was hat das mit uns zu tun?«

»Um punkt neun Uhr haben wir angefangen, Aktien von Vista Airways zu shorten.«

Quarry benötigte ein paar Sekunden, um das zu verarbeiten. »Wollen Sie damit sagen, dass wir Dschihadisten-Websites beobachten?«

»So wird man das interpretieren.«

»Das wäre sogar vollkommen logisch«, sagte van der Zyl. »VIXAL ist so programmiert, dass er das Netz nach angstbesetzter Sprache durchforstet und Marktkorrelationen beobachtet. Dafür sind solche Websites ideal.«

»Aber das wäre ein Quantensprung, oder?«, sagte Quarry. »Die Ankündigung registrieren, die Schlussfolgerung ziehen, die Aktie shorten.«

»Ich weiß nicht. Wir müssten Alex fragen. Aber VIXAL

ist ein selbstlernender Algorithmus. Theoretisch entwickelt er sich die ganze Zeit weiter.«

»Anscheinend nicht weit genug«, sagte Rajamani. »Jammerschade, sonst hätte er nämlich die Fluggesellschaft warnen können.«

»Ach, kommen Sie«, sagte Quarry. »Was soll dieser frömmelnde Blödsinn. Die Maschine soll Geld machen und nicht den beschissenen UNO-Sonderbotschafter spielen.« Er legte den Kopf auf die Rückenlehne des Sofas und schaute hinauf zur Decke. Seine Augen huschten nervös hin und her. Er versuchte, die Auswirkungen zu begreifen. »Gott im Himmel. Das haut mich wirklich um.«

»Es könnte natürlich Zufall sein«, sagte Ju-Long. »Wie Alex heute Morgen gesagt hat: Unsere Short-Positionen in Papieren der Fluglinie waren nur Teil eines größeren Musters an Wetten auf fallende Kurse.«

»Schon, aber das ist trotzdem die einzige Short-Position, die wir tatsächlich verkauft haben, um den Profit einzusacken. Die anderen halten wir noch. Die Frage lautet also: Warum halten wir sie?« Er spürte, wie ihm ein Kribbeln die Wirbelsäule hinunterlief. »Ich frage mich, was VIXAL glaubt, was als Nächstes passiert.«

»Er *glaubt* gar nichts«, sagte Rajamani ungeduldig. »Er ist ein Algorithmus, Hugo, ein Werkzeug. Er ist nicht lebendiger als ein Schraubenschlüssel oder ein Wagenheber. Unser Problem ist, dass das Werkzeug nicht mehr zuverlässig ist und wir uns nicht mehr darauf verlassen können. Die Zeit drängt. Ich muss diesen Ausschuss förmlich darum ersuchen, die Abschaltung von VIXAL zu autorisieren, damit wir den Hedge sofort wieder aufbauen können.«

Quarry schaute die anderen an. Er hatte ein Gespür für Feinheiten, und er hatte bemerkt, dass sich die Atmosphäre im Raum fast unmerklich verändert hatte. Ju-Long sah teilnahmslos geradeaus, van der Zyl zupfte einen Fussel von seinem Jackenärmel. Sie schienen peinlich berührt zu sein. Anständige Männer, dachte er, intelligente Männer. Aber schwach. Und sie hingen an ihren Bonuszahlungen. Rajamani hatte kein Problem damit, VIXAL abzuschalten, ihn würde es nichts kosten. Aber die beiden anderen hatten im letzten Jahr jeweils vier Millionen Dollar bekommen. Er wog die Chancen ab. Nein, er war sich sicher, sie würden keinen Ärger machen. Und was Hoffmann anging: Von den Mitarbeitern der Firma waren ihm nur die Quants wichtig. Er würde ihn unterstützen, egal was er entschied. »Gana«, sagte er freundlich. »Tut mir leid, aber wir werden in Zukunft wohl ohne Ihre Dienste auskommen müssen.«

»Was?« Rajamani runzelte die Stirn. Dann bemühte er sich zu lächeln, brachte aber nur ein scheußlich steifes Grinsen zustande. Er versuchte, Quarrys Bemerkung als Witz abzutun. »Kommen Sie, Hugo …«

»Wenn es Ihnen ein Trost ist, ich hätte Sie nächste Woche sowieso gefeuert, auch ohne diese Geschichte. Aber der jetzige Zeitpunkt erscheint mir passender. Nehmen Sie es in Ihr Protokoll auf, ich bitte Sie darum.« Nach kurzer Diskussion erklärte sich Gana Rajamani bereit, seine Tätigkeit als Leiter des Risikomanagements mit sofortiger Wirkung zu beenden. Hugo Quarry dankte ihm für alles, was er für die Firma getan habe. »Was übrigens meiner Meinung nach ein Scheißdreck war. Räumen Sie bitte sofort Ihren Schreibtisch. Fahren Sie nach Hause, jetzt haben Sie ja genügend Zeit, um mit Ihren reizenden Kindern zu spielen. Um das Finanzielle brauchen Sie sich keine Sorgen zu machen. Ich schätze mich mehr als glücklich,

Ihnen ein Jahresgehalt allein für das Vergnügen zu zahlen, dass ich Sie nicht mehr sehen muss.«

Rajamani fing sich schnell. Hinterher kam Quarry nicht umhin, ihm zumindest für seine Zähigkeit Anerkennung zu zollen. »Nur damit ich das auch richtig verstanden habe«, sagte Rajamani. »Sie entlassen mich, weil ich meinen Job gemacht habe?«

»Auch weil Sie Ihren Job gemacht haben, ja, aber hauptsächlich, weil Sie mir mit der Art, *wie* Sie ihn gemacht haben, dermaßen auf die Eier gegangen sind.«

Bemüht, seine Fassung zu wahren, erwiderte Rajamani: »Vielen Dank, diese Worte werde ich sicher nicht vergessen.« Er wandte sich an seine Kollegen. »Piet? LJ? Habt ihr was dazu zu sagen?« Keiner der beiden rührte sich. »Ich dachte, wir hätten eine Abmachung …«, setzte er hinzu, nunmehr sichtlich enttäuscht.

Quarry stand auf und riss das Netzkabel aus Rajamanis Computer. Mit einem leisen Surren stellte der Rechner den Betrieb ein. »Machen Sie keine Kopien von Ihren Dateien, das System würde es uns ohnehin mitteilen. Bevor Sie gehen, geben Sie bei meiner Sekretärin Ihr Handy ab. Sprechen Sie mit keinem Angestellten der Firma. Verlassen Sie das Grundstück binnen fünfzehn Minuten. Ihre Abfindung ist natürlich an die Erfüllung unserer Vertraulichkeitsvereinbarung gebunden. Ist das so weit klar? Ich würde es vorziehen, wenn wir auf den Sicherheitsdienst verzichten könnten, das sieht immer so billig aus.« Zu den beiden anderen gewandt, fügte er hinzu: »Meine Herren, ich glaube, wir lassen ihn jetzt seine Sachen zusammenpacken.«

»Wenn das bekannt wird, dann ist die Firma erledigt«, rief Rajamani ihnen hinterher. »Dafür werde ich sorgen.«

»Da bin ich mir sicher.«

»Sie haben mal gesagt, dass VIXAL uns alle gegen einen Berg steuern könnte. Genau das passiert gerade …«

Quarry legte die Arme um Ju-Long und van der Zyl und schob sie vor sich her aus dem Büro. Er schloss die Tür, ohne sich noch einmal umzuschauen. Ihm war klar, dass alle Quants das Schauspiel beobachtet hatten, aber daran konnte er nun nichts mehr ändern. Er war ziemlich aufgekratzt, wie immer, wenn er jemand gefeuert hatte: Es hatte eine kathartische Wirkung auf ihn. Er lächelte Rajamanis Sekretärin an, ein hübsches Mädchen, das sie nun leider auch verlassen musste. Quarry vertrat bei solchen Ritualen einen vorchristlichen Standpunkt: Es war immer besser, die Diener zusammen mit ihrem Herrn zu begraben, für den Fall, dass sie in der anderen Welt noch von ihm benötigt wurden.

»Tut mir leid«, sagte er zu Ju-Long und van der Zyl, »aber wenn wir aufhören, in unserem Geschäft neue Maßstäbe zu setzen, dann können wir einpacken. Ein Typ wie Gana wäre 1492 mit seiner negativen Risikoanalyse unter dem Arm in den Hafen gerannt und hätte Columbus von seiner Reise abgeraten.«

»Das Risiko war sein Verantwortungsbereich, Hugo«, sagte Ju-Long, und mit einer Schärfe, die Quarry nicht von ihm erwartet hätte, fügte er hinzu: »Gana haben Sie sich vom Hals geschafft, aber das Problem haben wir immer noch.«

»Ich weiß das zu schätzen, LJ, und ich weiß auch, dass er Ihr Freund war.« Quarry legte ihm die Hand auf die Schulter und schaute ihm in seine dunklen Augen. »Aber Sie dürfen auch nicht vergessen, dass die Firma in diesem Augenblick etwa achtzig Millionen Dollar reicher ist als heute Morgen.« Er zeigte auf den Handelsraum. Die Quants saßen alle wieder vor ihren Bildschirmen. Es herrschte wieder der Anschein von Normalität. »Die Maschine funktioniert noch, und bevor Alex uns nichts anderes erzählt, sollten wir ihr vertrauen. Wir müssen davon ausgehen, dass VIXAL in den Ereignissen ein Muster erkennt, das wir selber nicht erkennen. Los, gehen wir, die Leute gucken schon.«

Quarry übernahm die Führung, als sie am Handelsraum vorbeigingen. Er wollte die beiden so schnell wie möglich vom Schauplatz des Attentats auf Rajamani wegschaffen. Erneut versuchte er, Hoffmann auf seinem Handy zu erreichen, wurde jedoch abermals zur Mailbox weitergeleitet. Diesmal sparte er sich die Mühe, eine Nachricht zu hinterlassen.

»Ich habe nachgedacht«, sagte van der Zyl.

»Worüber, Piet?«

»VIXAL muss einen allgemeinen Zusammenbruch des Marktes extrapoliert haben.«

»Was Sie nicht sagen.«

Van der Zyl bemerkte den Sarkasmus nicht. »Ja, ich habe mir die Papiere angesehen, die VIXAL geshortet hat: Resorts und Casinos, Unternehmensberatungen, Nahrungsmittel, Haushaltswaren und was weiß ich noch alles. Querbeet, ohne Schwerpunkt auf einen bestimmten Sektor.«

»Dann die Short-Positionen in S&P-Futures«, sagte Ju-Long. »Und die Puts, die aus dem Geld sind …«

»Und das Angstbarometer«, fügte van der Zyl hinzu. »Eine Milliarde in VIX-Optionen – großer Gott.«

Das war tatsächlich verdammt viel, dachte Quarry. Er blieb stehen. Das war sogar mehr als nur verdammt viel. Bis jetzt war ihm in der Unmasse von Zahlen, die die ganze Zeit herumschwirrten, die Bedeutung der Größe dieser

Position entgangen. Er ging zu einem freien Terminal, beugte sich über die Tastatur und rief den VIX-Chart auf. Ju-Long und van der Zyl standen hinter ihm. Die Grafik des Volatilitätsindexes wies für die beiden letzten Handelstage ein klar erkennbares, wellenförmiges Muster aus. Die Linie stieg und fiel innerhalb eines schmalen Bereichs. Allerdings hatte sie während der letzten zwanzig Minuten steil nach oben tendiert: von 24 Punkten bei Öffnung der amerikanischen Märkte auf fast 27. Es war noch zu früh, um daraus schon jetzt einen signifikanten Anstieg der Angst im Markt selbst ableiten zu können. Aber auch wenn das Angstbarometer nicht weiter stieg: Schon jetzt belief sich bei einer Summe von einer Milliarde Dollar der Profit auf fast einhundert Millionen. Wieder spürte Quarry dieses kalte Kribbeln an der Wirbelsäule.

Er drückte auf einen Knopf und schaltete den Live-Ton vom Parkett des S&P 500 in Chicago ein – eine Dienstleistung, die Hoffmann Investment Technologies abonniert hatte. Die Live-Schaltung gab ihnen ein unmittelbares Gefühl für die Märkte, das die nackten Zahlen nicht immer liefern konnten. Eine amerikanische Stimme ertönte: *»Der einzige Käufer, den ich hier seit 9 Uhr 26 auf dem Zettel habe, ist ein Goldman-Käufer bei 51, wenn auch 250 Stück. Sonst nur Verkäufer. Merrill Lynch verkauft in großem Stil, Prudential Bache verkauft in großem Stil, von 59 bis runter auf 53. Dann die SBV und Smith … alle verkaufen, verkaufen, verkaufen …«*

Quarry schaltete wieder aus. »Also, LJ«, sagte er. »Liquidieren Sie unsere 2,5 Milliarden in US-Staatsanleihen. Nur für den Fall, dass wir morgen ein paar Sicherheiten vorweisen müssen.«

»In Ordnung«, sagte Lu-Jong. Die Blicke der beiden

trafen sich. Lu-Jong waren die Bewegungen im VIX genauso aufgefallen wie van der Zyl.

»Wir sollten uns ab jetzt mindestens einmal pro Stunde kurzschließen«, sagte Quarry.

»Und Alex?«, sagte Lu-Jong. »Er könnte uns erklären, was da los ist.«

»Ich kenne Alex. Er taucht sicher bald wieder auf, keine Sorge.«

Die drei Männer gingen in verschiedenen Richtungen davon. Wie Verschwörer, dachte Quarry.

VIERZEHN

Nur die Paranoiden überleben.

Andrew S. Grove
ehem. Präsident der Intel Corporation

Einen Block vom Hotel Diodati entfernt hatte Hoffmann auf der Rue de Lausanne ein Taxi angehalten. Aus drei Gründen erinnerte sich der Taxifahrer später genau an seinen Fahrgast. Erstens weil er in Richtung Avenue de France gefahren war und Hoffmann ihm eine Adresse an einem Park im westlich von Genf gelegenen Vernier genannt hatte, das sich in entgegengesetzter Richtung befand. Er hatte deshalb in einer illegalen Kehrtwende mehrere Fahrspuren überqueren müssen. Zweitens weil Hoffmann einen nervösen, geistesabwesenden Eindruck auf ihn gemacht hatte. Als ihnen ein Streifenwagen entgegenkommen war, war Hoffmann in seinem Sitz tief nach unten gerutscht und hatte sich eine Hand über die Augen gehalten. Der Fahrer hatte ihn im Rückspiegel beobachtet. Hoffmann hatte einen Laptop umklammert gehalten. Einmal hatte sein Handy geklingelt, er hatte aber nicht geantwortet und es danach ausgeschaltet.

Die Fahnen vor den Amtsgebäuden standen waagerecht

im scharfen Wind, und die Temperatur blieb weit hinter den Werten zurück, die die Reiseführer für diese Jahreszeit verhießen. Es roch nach Regen. Die Gehwege waren leer, die Menschen saßen in ihren Autos. Der Nachmittagsverkehr verstopfte die Straßen. Deshalb war es schon nach vier Uhr, als das Taxi schließlich das Zentrum von Vernier erreichte. Hoffmann beugte sich ruckartig zu dem Fahrer vor und sagte: »Lassen Sie mich hier raus.« Er gab ihm einen Hundert-Franken-Schein und stieg aus, ohne auf sein Wechselgeld zu warten. Das war der dritte Punkt, den der Fahrer im Gedächtnis behalten hatte.

Vernier lag auf hügeligem Gelände am rechten Ufer der Rhône. Eine Generation früher war es noch ein eigenständiges Dorf gewesen, dann hatte sich Genf über den Fluss ausgebreitet und das Dorf geschluckt. Jetzt waren die modernen Wohnblocks so nah an den Flughafen herangerückt, dass die Bewohner die Namen auf den landenden Flugzeugen lesen konnten. Dennoch hatten sich Teile des Ortskerns den Charakter eines traditionellen Schweizer Dorfes erhalten. Die überstehenden Dächer und die grünen Holzläden hatte Hoffmann die vergangenen neun Jahre nie vergessen. In seiner Erinnerung verband er Vernier immer mit melancholischen Herbstnachmittagen, an denen gerade die Straßenlaternen eingeschaltet wurden und die Kinder aus der Schule kamen. Er bog um eine Ecke und sah die kreisförmige Holzbank, auf die er sich immer gesetzt hatte, wenn er zu früh zu seinem Termin gekommen war. Die Bank umschloss einen mächtigen, dicht belaubten alten Baum. Er brachte es nicht über sich, zu dem Baum hinüberzugehen, und verharrte deshalb auf der gegenüberliegenden Seite des Platzes. Alles sah fast so aus wie damals: die Wäscherei, der Fahrradladen, das schmuddelige kleine Café, in dem sich die alten Männer trafen, das Haus der örtlichen Handwerkskammer, das wie eine Kapelle aussah. Daneben befand sich das frei stehende Haus, in dem man ihn angeblich geheilt hatte. Einst hatte es ein Geschäft beherbergt, vielleicht einen Gemüse- oder Blumenladen, irgendetwas Nützliches. Die Besitzer hatten damals wahrscheinlich über den Verkaufsräumen gewohnt. Heute befand sich im Erdgeschoss kein Schaufenster mehr, sondern eine große Milchglasscheibe. Das Haus hätte die Praxis eines Kieferchirurgen sein können. Der einzige Unterschied zu damals war, dass vor acht Jahren noch keine Kamera die Eingangstür überwacht hatte. Das war neu, dachte er.

Hoffmanns Hand zitterte, als er auf den Klingelknopf drückte. Hatte er die Kraft, das alles noch einmal durchzustehen? Beim ersten Mal hatte er nicht gewusst, was ihn erwartete. Jetzt musste er ohne den überlebenswichtigen Panzer der Unwissenheit auskommen.

»Guten Tag«, sagte eine junge Männerstimme.

Hoffmann nannte seinen Namen. »Ich war früher ein Patient von Doktor Polidori. Meine Sekretärin hat für morgen einen Termin für mich ausgemacht.«

»Tut mir leid, aber freitags ist Doktor Polidori immer bei ihren Patienten im Krankenhaus.«

»Morgen ist zu spät. Ich muss sie jetzt sprechen.«

»Ohne Termin geht das leider nicht.«

»Sagen Sie ihr meinen Namen. Sagen Sie ihr, es ist dringend.«

»Wie war der Name noch mal?«

»Hoffmann.«

»Einen Moment, bitte.«

Die Türsprechanlage verstummte. Hoffmann schaute

hoch zur Kamera und hob unwillkürlich die Hand, um sein Gesicht abzuschirmen. Seine Kopfwunde war nicht mehr klebrig, sondern fühlte sich spröde an. Als er seine Fingerspitzen betrachtete, sah er, dass sie mit etwas bedeckt waren, was wie feine Rostpartikel aussah.

»Kommen Sie bitte rein.« Ein kurzes Summen ertönte – so kurz, dass Hoffmann nicht schnell genug gegen die Tür drücken konnte und ein zweites Mal klingeln musste. Der Empfangsraum war gemütlicher eingerichtet als damals – ein Sofa, zwei Polstersessel, ein Teppich in einem beruhigenden Pastellton, Gummibäume und hinter dem Kopf des Mannes, der am Empfang saß, eine große Fotografie mit Bäumen, durch deren Astwerk hindurch Sonnenstrahlen auf eine Lichtung fielen. Daneben hing ihre Praxisberechtigung: Dr. Jeanne Polidori, Diplom für Psychiatrie und Psychotherapie an der Universität von Genf. Auch der Empfangsraum wurde von einer Kamera überwacht. Der junge Mann hinter dem Schreibtisch behielt ihn aufmerksam im Auge. »Gehen Sie gleich hoch. Die Tür geradeaus.«

»Ja«, sagte Hoffmann. »Ich weiß.«

Das vertraute Knarzen der Treppe löste sofort eine Flut alter Gefühle aus. Manchmal hatte er sich kaum bis zum Ende der Treppe schleppen können. An den schlimmsten Tagen war er sich wie ein Mann vorgekommen, der ohne Sauerstoff den Mount Everest besteigen wollte. Depression war das falsche Wort, Begräbnis traf es besser. Er hatte sich gefühlt, als hätte man ihn in einer kalten Grabkammer mit dicken Betonwänden bestattet, durch die kein Lichtstrahl und kein Geräusch drangen. Jetzt wusste er, dass er das nicht noch einmal durchhalten würde. Eher würde er sich umbringen.

Polidori saß in ihrem Sprechzimmer am Computer. Als er den Raum betrat, stand sie auf. Sie war genauso alt wie Hoffmann und war früher sicher eine gut aussehende Frau gewesen. Von unterhalb ihres linken Ohrs verlief eine schmale Furche über die Wange bis hinunter zum Hals. Wegen des fehlenden Muskelfleischs und Gewebes sah ihr Gesicht schief aus, so als hätte sie einen Schlaganfall erlitten. Normalerweise trug sie ein Halstuch, heute nicht. In seiner offenen Art hatte er sie einmal darauf angesprochen: »Was ist bloß mit Ihrem Gesicht passiert?« Sie hatte gesagt, dass ein Patient sie angegriffen habe. Gott habe ihm angeblich den Auftrag erteilt, sie umzubringen. Der Mann sei später wieder völlig gesund geworden. Aber seitdem bewahre sie immer Pfefferspray in ihrem Schreibtisch auf. Sie hatte die Schublade geöffnet und Hoffmann eine schwarze Dose mit Sprühdüse gezeigt.

Sie verschwendete keine Zeit mit Begrüßungsfloskeln. »Doktor Hoffmann, ich habe schon Ihrer Sekretärin am Telefon gesagt, dass ich Sie ohne Überweisung vom Krankenhaus nicht behandeln kann.«

»Deshalb bin ich nicht gekommen.« Er öffnete den Laptop. »Ich möchte nur, dass Sie sich etwas ansehen. Könnten Sie wenigstens das für mich tun?«

»Kommt drauf an, was es ist.« Sie schaute ihn jetzt genauer an. »Was ist mit Ihrem Kopf passiert?«

»Wir hatten einen Einbrecher im Haus. Er hat mir von hinten auf den Kopf geschlagen.«

»Waren Sie damit beim Arzt?«

Hoffmann beugte den Kopf vor und zeigte ihr die Naht.

»Wann ist das passiert?«

»Letzte Nacht. Heute Morgen.«

»Waren Sie im Universitätsspital?«

»Ja.«

»Haben die ein CT gemacht?«

Er nickte. »Sie haben ein paar weiße Punkte gefunden. Die könnten von dem Schlag stammen, aber es könnte auch etwas anderes sein – eine Vorerkrankung.«

»Doktor Hoffmann«, sagte sie mit sanfterer Stimme. »Für mich klingt das so, als wollten Sie doch, dass ich Sie behandele.«

»Nein.« Er stellte den aufgeklappten Laptop vor ihr auf den Schreibtisch. »Ich möchte nur Ihre Meinung über das hier hören.«

Sie schaute ihn unschlüssig an und nahm ihre Brille. Sie trug sie immer noch an einer Kette um den Hals, dachte er. Sie setzte die Brille auf und schaute auf den Bildschirm. Während sie das Dokument durchblätterte, beobachtete er ihren Gesichtsausdruck. Irgendwie betonte die Hässlichkeit der Narbe die Schönheit des übrigen Gesichts – auch das war ihm schon damals aufgefallen. Seiner Meinung nach hatte seine Heilung mit dem Tag begonnen, als er das entdeckt hatte.

»Nun«, sagte sie und zuckte mit den Achseln. »Das ist offenbar die Unterhaltung zweier Männer, von denen der eine über das Töten fantasiert und der andere über das Sterben und die Erfahrung des Todes. Die Sprache ist gekünstelt, unbeholfen. Schätze, ein Internet-Chatroom, eine Website, irgendwas in der Richtung. Der, der töten will, spricht kein fließendes Englisch, der das Opfer sein will, schon.« Sie schaute ihn über den Brillenrand an. »Aber das haben Sie doch bestimmt selbst schon herausgefunden.«

»Kommt so was häufig vor?«

»Absolut, und jeden Tag häufiger. Das ist eine der dunkleren Seiten des Netzes, mit denen wir fertigwerden müssen. Das Internet führt Menschen zusammen, die früher glücklicherweise gar nicht die Möglichkeit gehabt hätten, sich kennenzulernen, die vielleicht nicht mal gewusst haben, dass sie so gefährliche Vorlieben überhaupt hatten. Das kann zu katastrophalen Ergebnissen führen. Die Polizei hat mich wegen solcher Dinge schon mehrmals um Rat gefragt. Es gibt Websites, die zu Selbstmordpakten aufrufen und besonders junge Menschen ansprechen. Es gibt Pädophilen-Websites, Kannibalen-Websites …«

Hoffmann setzte sich und legte den Kopf in seine Hände. »Dieser Mann, der über seinen Tod fantasiert, das bin ich, oder?«, sagte er.

»Nun ja, Doktor Hoffmann, das müssten Sie eigentlich besser wissen als ich. Können Sie sich nicht daran erinnern, ob Sie das geschrieben haben?«

»Nein. Aber es kommen Gedanken darin vor, die ich als meine wiedererkenne – Träume, die ich hatte, als ich krank war. Und anscheinend habe ich in letzter Zeit noch ein paar andere Dinge getan, an die ich mich nicht erinnere.« Er sah sie an. »Könnte irgendwas mit meinem Gehirn nicht stimmen, was dafür verantwortlich ist? Was meinen Sie? Könnte ich Dinge tun, die ganz untypisch für mich sind und an die ich mich hinterher nicht mehr erinnern kann?«

»Das ist möglich.« Sie schob den Laptop zur Seite und wandte sich ihrem Computer zu. Sie tippte etwas ein, klickte ein paarmal etwas an. »Wie ich sehe, haben Sie Ihre Behandlung bei mir im November 2001 ohne Begründung abgebrochen. Warum?«

»Ich war geheilt.«

»Glauben Sie nicht, dass diese Entscheidung eher mir als Ihnen zugestanden hätte?«

»Nein, das glaube ich nicht. Ich bin kein Kind. Ich

weiß, wenn es mir gut geht. Mir geht es jetzt schon seit Jahren wieder gut. Ich habe geheiratet, ich habe eine Firma gegründet. Alles lief bestens. Bis jetzt.«

»Schon möglich, dass Sie sich gesund gefühlt haben, aber leider können depressive Störungen wie die, unter denen Sie gelitten haben, immer wieder auftreten.« Sie sah ihre Behandlungsaufzeichnungen durch und schüttelte den Kopf. »Das ist jetzt achteinhalb Jahre her, dass Sie das letzte Mal bei mir waren. Helfen Sie mir auf die Sprünge: Was hatte Ihre Krankheit damals ausgelöst?«

Hoffmann hatte das jetzt schon so lange verdrängt, dass er Mühe hatte, sich wieder daran zu erinnern. »Ich hatte ein paar Schwierigkeiten bei meiner Forschungsarbeit am CERN. Die hatten eine interne Untersuchung zur Folge, die mich schwer belastet hat. Mit dem Ergebnis, dass mein Projekt gestoppt wurde.«

»Was war das für ein Projekt?«

»Maschinelles Lernen … künstliche Intelligenz.«

»Und standen Sie in letzter Zeit unter ähnlichem Stress?«

»Ja, schon«, gab er zu.

»Welcher Art waren diese Stresssymptome?«

»Ich hatte keine, das ist ja das Sonderbare.«

»Lethargie? Schlaflosigkeit?«

»Nein.«

»Impotenz?«

Er dachte an Gabrielle. Er fragte sich, wo sie jetzt war. »Nein«, sagte er leise.

»Was ist mit den Selbstmordfantasien, die Sie früher hatten? Die waren damals sehr lebhaft, sehr detailliert. Sind die wieder aufgetreten?«

»Nein.«

»Der Mann, der Sie in Ihrem Haus überfallen hat …

das ist der andere Mann in dieser Internet-Unterhaltung, richtig?«

Hoffmann nickte.

»Wo ist er jetzt?«

»Darüber möchte ich nicht sprechen.«

»Doktor Hoffmann, wo ist er jetzt?« Als er nicht antwortete, sagte sie: »Zeigen Sie mir Ihre Hände.«

Zögernd stand er auf, ging zum Schreibtisch und streckte die Hände aus. Er kam sich wieder vor wie der kleine Junge, der vor dem Essen seine gewaschenen Hände vorzeigen musste. Ohne sie zu berühren, begutachtete sie seine zerkratzte Haut und musterte ihn dann gründlich von Kopf bis Fuß.

»Waren Sie in eine Schlägerei oder so etwas verwickelt?«

Er zögerte lange, bevor er antwortete. »Ja. Es war Notwehr.«

»In Ordnung. Bitte, setzen Sie sich wieder.«

Er setzte sich.

»Meiner Meinung nach sollten Sie sofort einen Spezialisten aufsuchen«, sagte sie. »Gewisse Erkrankungen wie Schizophrenie oder Paranoia können dazu führen, dass die betreffende Person sich auf für sie völlig untypische Art verhält und sich hinterher an nichts mehr erinnert. Das muss in Ihrem Fall nicht zutreffen, aber ich glaube nicht, dass wir das Risiko eingehen sollten, meinen Sie nicht auch? Vor allem, wenn Ihre Hirn-CT Anomalien gezeigt hat.«

»Ja, vielleicht.«

»Ich möchte kurz mit meinem Kollegen darüber sprechen. Wenn Sie vielleicht unten so lange Platz nehmen wollen? Vielleicht rufen Sie Ihre Frau an und sagen Ihr, wo Sie sind. Einverstanden?«

»Ja, sicher.«

Er wartete darauf, dass sie aufstand, um ihn zur Tür zu begleiten, aber sie blieb sitzen und behielt ihn aufmerksam im Auge. Schließlich stand er auf und nahm seinen Laptop vom Schreibtisch. »Danke«, sagte er. »Ich warte dann unten.«

»Schön. Dauert nur ein paar Minuten.«

An der Tür drehte er sich um. Ihm war etwas eingefallen. »Was Sie da auf dem Computerschirm haben, ist das meine Krankenakte?«

»Ja.«

»Die haben Sie im Computer?«

»Ja. Warum?«

»Was genau alles?«

»Meine Aufzeichnungen zu Ihrem Fall. Die Behandlungsmethoden, verschriebene Medikamente, Therapiesitzungen und so weiter.«

»Zeichnen Sie die Sitzungen mit Ihren Patienten auf?«

Sie zögerte. »Manchmal, ja.«

»Meine auch?«

Wieder zögerte sie. »Ja.«

»Was passiert dann damit?«

»Meine Sekretärin tippt sie ab.«

»Und die Aufzeichnungen bewahren Sie in Ihrem Computer auf?«

»Ja.«

»Darf ich sie sehen?« In ein paar schnellen Schritten ging er zu ihrem Schreibtisch.

Sie wollte schnell auf die Maus drücken und das Dokument schließen, aber er packte ihr Handgelenk.

»Bitte, lassen Sie mich einen Blick darauf werfen.«

Er entwand ihr die Maus. Sie griff nach der Schublade, wo sie das Pfefferspray aufbewahrte. Er blockierte die Schublade mit seinem Bein.

»Ich werde Ihnen nichts tun«, sagte er. »Ich will nur wissen, was ich Ihnen damals erzählt habe. Geben Sie mir eine Minute, dann verschwinde ich.«

Als er die Angst in ihren Augen sah, bekam er ein schlechtes Gewissen. Aber er ließ sich nicht abwimmeln, und schließlich gab sie nach. Sie schob ihren Stuhl zurück und stand auf. Er setzte sich vor den Computer. Sie ging zur Tür und schaute ihm aus sicherer Entfernung zu. Sie zog sich die Strickjacke um den Körper, als wäre ihr kalt. »Wo haben Sie den Laptop her?«, fragte sie. Aber er hörte ihr nicht zu. Er verglich, was er auf den beiden Bildschirmen sah. Im Wechsel überflog er die Aufzeichnungen in den beiden Computern. Es war, als betrachtete er sich in zwei dunklen Spiegeln. Die Texte in beiden Dokumenten waren identisch. Alles, was er ihr vor neun Jahren offenbart hatte, war per Kopieren und Einfügen auf die Website hochgeladen worden, auf der der Deutsche es gelesen hatte.

Ohne den Blick vom Bildschirm abzuwenden, fragte er: »Ist der Computer mit dem Internet verbunden?« Dann sah er, dass der Rechner tatsächlich ans Netz angeschlossen war. Er öffnete die Systemdateien und hatte das Schadprogramm schnell gefunden – vier seltsame Dateien, wie er noch nie zuvor welche gesehen hatte:

u╟2Sq.5Θ╪

/s├■.╬

5⌐qpj.0┬

┌╚∩σε╢.○

»Jemand ist in Ihr System eingedrungen«, sagte er. »Die haben meine Krankenakten gestohlen.« Er schaute zur Tür. Sie war verschwunden. Das Sprechzimmer war leer, die Tür angelehnt. Er hörte ihre Stimme. Es klang, als telefonierte sie. Er schnappte sich den Laptop und hastete die schmalen Treppen hinunter. Der junge Mann kam hinter dem Empfangstisch hervor und versuchte, ihm den Weg zu versperren. Hoffmann stieß ihn mühelos zur Seite.

Draußen machte sich die Normalität des Lebens über ihn lustig – die alten Männer im Café, die Mutter mit ihrem Kinderwagen, das Au-pair-Mädchen, das die Wäsche aus der Wäscherei abholte. Er wandte sich nach links und bog mit schnellen Schritten in eine schattige Straße ein. Er ging vorbei an tristen Geschäften mit heruntergelassenen Rollläden, an der Pâtisserie, die für heute Feierabend gemacht hatte, an Vorstadthecken und den vernünftigen kleinen Autos. Er wusste nicht, wohin er ging. Normalerweise förderte es seine Konzentration und Kreativität, wenn er spazieren ging, joggte oder rannte. Jetzt nicht. Seine Gedanken waren in Aufruhr. Er ging einen Hügel hinunter. Zu seiner Linken sah er Schrebergärten und dann – völlig überraschend – freie Felder, eine weitläufige, riesige Fabrik mit einem Parkplatz, Wohnblocks, in der Ferne die Berge und über ihm das Halbrund des Himmels, an dem eine gewaltige Flotte grauer Wolken Schlachtschiffen gleich vorüberzog.

Nachdem er eine Zeit lang gegangen war, gelangte er an eine Stelle, an der die Straße von einem Betondamm abgeschnitten war, auf dem eine Autobahn verlief. Die Straße verengte sich zu einem schmalen Weg, der nach links abzweigte und an der lärmenden Autobahn entlangführte. Er ging zwischen ein paar Bäumen hindurch und stand plötzlich am Ufer des Flusses. Die Rhône war an dieser Stelle etwa zweihundert Meter breit. Träge, braun und trüb schlängelte sie sich durch die offene Landschaft. Das bewaldete Ufer gegenüber stieg steil an. Eine Fußgängerbrücke, die Passerelle de Chèvres, verband die beiden Ufer. Er erkannte sie wieder. Einst hatte er im Sommer vom Auto aus beobachtet, wie Kinder von der Brücke ins Wasser gesprungen waren. Das friedliche Bild stand in merkwürdigem Kontrast zu dem donnernden Verkehr. Als er die Brücke betrat, kam ihm plötzlich der Gedanke, dass er völlig aus dem normalen Leben herausgekippt war und es ihm schwerfallen würde, wieder in dieses Leben zurückzufinden. In der Mitte der Brücke bestieg er das eiserne Schutzgitter. Nur ein paar Sekunden würde er fallen, fünf oder sechs Meter tief, dann würde er in die langsame Strömung eintauchen und davongetragen werden. Er verstand jetzt, warum die Schweiz das Weltzentrum für Sterbehilfe war – die Organisation des ganzen Landes schien wie dafür geschaffen zu sein, sich ungestört und diskret, mit so wenig Aufsehen wie möglich, aus dem Dasein zu verabschieden.

Hoffmann spürte die Versuchung. Er gab sich keinen Illusionen hin: In dem Hotelzimmer würden sich haufenweise DNS-Spuren und Fingerabdrücke finden, die ihn mit dem Tod des Deutschen in Verbindung bringen würden. Seine Festnahme war nur eine Frage der Zeit. Er wusste, was ihm bevorstand: ein Spießrutenlauf, der sich monatelang hinziehen würde – Polizei, Anwälte, Journalisten, blitzende Fotoapparate. Er dachte an Quarry und Gabrielle. Vor allem an Gabrielle.

Aber er war nicht verrückt, dachte er. Er hatte vielleicht einen Mann getötet, aber er war nicht verrückt. Er war das Opfer eines ausgeklügelten Plans, *der ihn glauben machen sollte*, er wäre verrückt. Oder jemand versuchte, ihm eine Falle zu stellen, ihn zu erpressen, ihn zu vernichten. Er fragte sich, wem er es eher zutraute, einer derart teuflisch ausgeklügelten Intrige auf den Grund zu gehen: den Behörden, vor allem diesem abgehalfterten Pedanten Leclerc, oder sich selbst. Eine rhetorische Frage.

Er zog das Handy des Deutschen aus der Tasche und warf es ins Wasser. Auf der dreckigen Oberfläche schäumte kurz eine kleine weiße Narbe auf.

Auf der anderen Seite standen ein paar Kinder neben ihren Fahrrädern und beobachteten ihn. Er kletterte wieder von dem Gitter herunter, ging mit dem Laptop unter dem Arm zum anderen Ufer und einfach an den Kindern vorbei. Er war darauf gefasst, dass sie ihm hinterherrufen würden, aber sie standen nur ernst und schweigend da. Etwas an seinem Aussehen musste ihnen Angst eingejagt haben.

*

Gabrielle hatte noch nie zuvor einen Fuß auf das Gelände des CERN gesetzt. Es erinnerte sie sofort an ihre alte Universität im Norden Englands – hässliche, funktionale Bürobauten aus den 1960er- und 1970er-Jahren, die sich über einen großen Campus verteilten, schmuddelige Gänge voller ernsthafter, meist junger Menschen, die plaudernd vor Plakaten standen, die Vorträge und Konzerte ankündigten. Sogar der akademische Geruch nach Bohnerwachs, Körperwärme und Mensaessen war der gleiche. Hier konnte sie sich Alex viel besser vorstellen als in den eleganten Büros in Les Eaux-Vives.

Professor Waltons Sekretärin hatte sie in der Lobby des Rechenzentrums zurückgelassen und war nun auf der Suche nach ihm. Während Gabrielle verlassen dastand, verspürte sie den starken Drang zu fliehen. Sie hatte Walton angerufen, hatte seine Verwunderung ignoriert und gefragt, ob sie gleich vorbeikommen könne: Dann werde sie ihm persönlich erzählen, worum es gehe. Was sie zu Hause in Cologny, als sie im Bad seine Visitenkarte aus der Jackentasche gezogen hatte, noch für eine gute Idee gehalten hatte, kam ihr jetzt hysterisch und peinlich vor. Als sie sich zum Ausgang umdrehte, fiel ihr Blick auf eine Vitrine mit einem alten Computer. Als sie darauf zuging, konnte sie lesen, dass es sich um den NeXT-Rechner handelte, mit dem 1991 am CERN die Ära des World Wide Web begonnen hatte. An dem schwarzen Metallkasten hing immer noch der alte Warnhinweis für die Putzkolonne: »Diese Maschine ist ein Server – NIEMALS AUSSCHALTEN!« Erstaunlich, dachte sie, mit etwas solch Banalem hatte alles begonnen …

»Die Büchse der Pandora«, hörte sie eine Stimme in ihrem Rücken. Sie drehte sich um. Es war Walton. Sie fragte sich, wie lange er sie schon beobachtet hatte. »Oder das Gesetz der unbeabsichtigten Folgen. Am Anfang steht der Versuch, die Ursprünge des Universums zu ergründen, und am Ende hat man eBay. Kommen Sie, wir gehen in mein Büro. Leider habe ich nicht viel Zeit.«

»Ich möchte Ihnen keine Unannehmlichkeiten bereiten. Ich kann auch später noch mal vorbeikommen.«

»Nein, nein, schon gut.« Er betrachtete sie aufmerksam. »Geht's um Kunst aus Teilchenphysik, oder hat Ihr Besuch zufällig mit Alex zu tun?«

»Tja, eigentlich geht's um Alex.«

»Hab ich mir gedacht.«

Er ging mit ihr durch einen Korridor, an dessen Wänden Bilder von alten Computern hingen, und dann in ein schäbiges, funktionales Bürogebäude. Die Milchglastüren und Linoleumböden, die grellen Neonröhren und grau gestrichenen Wände entsprachen ganz und gar nicht der Vorstellung, die sie sich von der Heimstatt des Large Hadron Collider gebildet hatte. Aber wieder konnte sie sich Alex sehr gut hier vorstellen: Die Umgebung war jedenfalls viel charakteristischer für den Mann, den sie geheiratet hatte, als das von einem Innenarchitekten entworfene, mit Ledersesseln ausgestattete Arbeitszimmer voller Erstausgaben in Cologny.

»Und hier hat er geschlafen, der große Wissenschaftler«, sagte Walton, als er die Tür zu einer spartanisch eingerichteten Zelle mit zwei Schreibtischen, zwei Computern und Blick auf einen Parkplatz öffnete.

»Geschlafen?«

»Und gearbeitet, muss man fairerweise sagen. Zwanzig Stunden Arbeit, vier Stunden Schlaf. In der Ecke da drüben hat er immer seine Matratze ausgerollt.« Er lächelte kaum merklich, als er an die Zeiten zurückdachte, und sah Gabrielle mit seinen ernsten grauen Augen an. »Als Sie ihn damals auf unserer kleinen Silvesterparty kennengelernt haben, da war Alex, glaube ich, schon nicht mehr am Institut. Oder er war gerade auf dem Sprung, na ja, egal. Ich nehme an, es gibt ein Problem.«

»Ja.«

Er nickte, als hätte er Gabrielles Antwort erwartet. »Kommen Sie.« Er führte sie in sein Büro. Es sah genauso aus wie Alex' altes Büro, außer dass es nur einen Schreibtisch gab und Walton es ein wenig anheimelnder gestaltet hatte – mit einem alten Perserteppich auf dem Boden und ein paar Topfpflanzen auf der rostenden Stahlfensterbank. Auf dem Aktenschrank stand ein Radio, aus dem leise klassische Musik drang. Ein Streichquartett. Er schaltete es aus. »Bitte, setzen Sie sich. Also, was kann ich für Sie tun?«

»Ich möchte wissen, was er damals hier gemacht hat und was falsch gelaufen ist. Soviel ich weiß, hatte er einen Nervenzusammenbruch, und ich habe das ungute Gefühl, als würde so etwas Ähnliches gerade wieder passieren.« Sie schaute auf ihre Knie. »Entschuldigung, aber ich weiß nicht, wen ich sonst fragen könnte.«

Walton saß hinter seinem Schreibtisch. Er hatte seine langen, zu einem Dach geformten Finger an die Lippen gelegt. Er musterte sie eine Zeit lang. Schließlich sagte er: »Haben Sie schon mal vom Desertron gehört?«

*

Desertron, erzählte Walton, war der Spitzname für Amerikas Superconducting Super Collider – ein Teilchenbeschleuniger-Projekt mit einem auf 87 Kilometer Länge geplanten Tunnel in Waxahachie, Texas. 1993 entschied der amerikanische Kongress in seiner grenzenlosen Weisheit, das Projekt einzustellen. Das sparte den amerikanischen Steuerzahlern zehn Milliarden Dollar. (»Wahrscheinlich haben die damals auf den Straßen getanzt.«) Allerdings machte diese Entscheidung auch die Karriereplanung von fast einer ganzen Generation amerikanischer Physiker zunichte, darunter die des brillanten jungen Wissenschaftlers Alex Hoffmann, der damals gerade seine Promotion in Princeton abschloss.

Am Ende war Alex – er war damals vielleicht fünfundzwanzig, aber schon ziemlich renommiert – einer der Glücklichen, denen eines der sehr wenigen Stipendien für Nichteuropäer am CERN zugesprochen wurde, was ihm die Mitarbeit an der Entwicklung des Large Electron-Positron Collider, des Vorläufers des Large Hadron Collider, ermöglichte. Die meisten seiner Kollegen mussten sich leider als Quants an der Wall Street verdingen, wo sie statt an Teilchenbeschleunigern an Derivaten herumbastelten. Und das ging ja dann schief. Das Bankensystem implodierte und musste vom Kongress mit Steuergeldern in Höhe von 3,7 Billionen Dollar gerettet werden.

»Wieder so ein Beispiel für das Gesetz der unbeabsichtigten Folgen«, sagte Walton. »Wussten Sie, dass Alex mir vor etwa fünf Jahren einen Job angeboten hat?«

»Nein.«

»Das war noch vor der Bankenkrise. Ich sagte ihm, dass meiner Meinung nach Wissenschaft auf höchstem Niveau und Geld nicht zusammengehören. Das ist eine instabile Verbindung. Möglich, dass ich den Ausdruck ›schwarze Magie‹ benutzt habe. Wie auch immer, jedenfalls hatten wir wieder einen Riesenkrach.«

Gabrielle nickte eifrig. »Ich weiß, was Sie meinen. Da ist eine Spannung in ihm, die habe ich bei ihm schon immer wahrgenommen. Aber vor allem in letzter Zeit.«

»Genau. Im Lauf der Jahre habe ich viele kennengelernt, die die Seiten gewechselt haben, von der theoretischen Wissenschaft zum Geldverdienen – zugegebenermaßen keiner so erfolgreich wie Alex. Und man merkt immer, gerade weil sie es so hartnäckig bestreiten, dass sie sich dafür insgeheim verachten.«

Es schien ihn zu quälen, was aus seiner Profession geworden war, so als hätte man sie aus einem Zustand der Gnade gerissen. Wieder fiel Gabrielle das Bild des Priesters ein. Walton machte – genau wie Alex – einen entrückten Eindruck auf sie.

Sie musste ihm auf die Sprünge helfen. »Zurück in die Neunziger …«

»Ja, sicher, Entschuldigung. Zurück in die Neunziger …«

Als Alex nach Genf gekommen war, hatten erst ein paar Jahre zuvor Wissenschaftler am CERN das World Wide Web erfunden. Und komischerweise hatte gerade das seine Fantasie beflügelt: nicht mehr die Rekonstruktion des Urknalls, die Entdeckung des göttlichen Teilchens oder die Schaffung von Antimaterie, sondern die Möglichkeiten des sogenannten Serial Processing, das noch junge Gebiet des maschinellen Lernens, das globale Gehirn.

»Bei dem Thema war er Romantiker – so was ist immer gefährlich. Ich war sein Abteilungsleiter im Rechenzentrum. Maggie und ich haben ihm ein bisschen unter die Arme gegriffen. Damals hat er oft den Babysitter für unsere Jungs gemacht. Ein hoffnungsloser Fall.«

»Das glaube ich aufs Wort.« Bei dem Gedanken an Alex mit Kindern biss sie sich auf die Lippen.

»Absolut hoffnungslos. Wir sind nach Hause gekommen, und er lag oben in einem ihrer Betten, und sie saßen unten vorm Fernseher. Er hat sich immer viel zu sehr unter Druck gesetzt, das hat ihn komplett ausgelaugt. Er war besessen von künstlicher Intelligenz, obwohl er die vermessenen Assoziationen, die damit in Verbindung gebracht wurden, nicht mochte. Er selbst hat es autonomes maschinelles Lernen genannt. Sind Sie technisch interessiert?«

»Überhaupt nicht.«

»Ist das dann nicht schwierig, mit jemand wie Alex verheiratet zu sein?«

»Ehrlich gesagt, ganz im Gegenteil. Deshalb klappt es ja.« *Klappte*, hätte sie beinahe hinzugefügt. Sie hatte sich in den egozentrischen Mathematiker verliebt, in seine gesellschaftliche Naivität, diese seltsame Unschuld. Es war der neue Alex, der milliardenschwere Präsident eines Hedgefonds, mit dem sie Schwierigkeiten hatte.

»Also, ohne zu sehr ins technische Detail zu gehen, eine der großen Herausforderungen für uns besteht darin, die schiere Masse der von uns produzierten experimentellen Daten zu analysieren. Im Augenblick liegen wir bei etwa 27 Billionen Bytes pro Tag. Alex' Lösung bestand darin, einen Algorithmus zu entwickeln, der Schritt für Schritt immer von Neuem lernen sollte, wonach er zu suchen hatte. Das sollte die Arbeit gegenüber derjenigen, die ein Mensch leisten kann, unendlich beschleunigen. Eine theoretisch brillante Lösung, aber eine praktische Katastrophe.«

»Es hat also nicht funktioniert?«

»Doch, doch, es hat funktioniert. Das war ja die Katastrophe. Es hat sich wie Schlingpflanzen im ganzen System ausgebreitet. Schließlich mussten wir es in Quarantäne schieben, was im Grunde hieß, dass wir die ganze Anlage abschalteten. Leider musste ich Alex mitteilen, diese spezielle Forschungsrichtung sei zu instabil, wir könnten sie nicht fortsetzen. Sie bräuchte Containment, wie die Atomtechnologie. Ohne einen Mechanismus zur Eindämmung laufe es praktisch darauf hinaus, dass man ein Virus freisetze, das sich unkontrolliert vermehren werde. Alex weigerte sich, das zu akzeptieren. Eine Zeit lang herrschte eine ziemliche hässliche Atmosphäre. Einmal mussten wir ihn sogar mit Gewalt vom Gelände entfernen lassen.«

»Und da hat er den Nervenzusammenbruch erlitten.«

Walton nickte traurig. »Ich habe nie einen Menschen so völlig zerstört erlebt. Als wenn ich sein Kind umgebracht hätte.«

FÜNFZEHN

Als ich über diese Fragen nachdachte, [...] fiel mir schlagartig der Begriff für dieses neue Konzept ein: Das digitale Nervensystem. [...] Es besteht aus den digitalen Prozessen, die es einem Unternehmen ermöglichen, die jeweiligen Gegebenheiten zu erkennen und entsprechend darauf zu reagieren, Herausforderungen durch Konkurrenten frühzeitig wahrzunehmen und den Bedürfnissen der Kunden rechtzeitig nachzukommen.

Bill Gates
Digitales Business, 1999

Als Hoffmann ins Büro zurückkehrte, machten die meisten Angestellten gerade Feierabend. Es war circa 18 Uhr in Genf und Mittag in New York. Menschen verließen das Gebäude, gingen nach Hause, auf einen Drink oder ins Fitnessstudio. Er stand gegenüber vor einem Hauseingang und hielt Ausschau nach Polizisten. Als er keine sah, lief er über die Straße, schaute niedergeschlagen in den Gesichtsscanner und wurde eingelassen. Dann durchquerte er schnell die Lobby, fuhr mit dem Lift nach oben und ging durch den Handelsraum. Seine Leute waren alle noch da, die meisten verließen ihren Schreibtisch nicht vor acht Uhr. Mit gesenktem Kopf ging er zu seinem Büro und ignorierte die neugierigen Blicke seiner Mitarbeiter, so gut es ging. Marie-Claude saß an ihrem Schreibtisch. Als sie den Mund aufmachte, hob Hoffmann die Hand. »Ich weiß, ich weiß«, sagte er. »Ich brauche zehn Minuten Ruhe, dann kümmere ich mich um alles. Lassen Sie keinen rein, okay?«

Er ging in sein Büro und schloss die Tür hinter sich. Er setzte sich in seinen teuren orthopädischen Sessel mit dem hypermodernen Kippmechanismus und klappte den Laptop des Deutschen auf. Wer hatte sich in seine Krankenakten eingehackt? Das war die Frage. Wer immer es gewesen war, der steckte auch hinter allem anderen. Hoffmann war ratlos. Er hatte sich nie als einen Menschen gesehen, der Feinde hatte. Es stimmte, er hatte keine Freunde, aber er war immer davon ausgegangen, dass er als Konsequenz aus seiner Zurückgezogenheit auch keine Feinde hatte.

Er hatte Kopfschmerzen. Er fuhr sich mit den Fingern über die rasierte Stelle. Sie fühlte sich an wie die Naht eines Fußballs. Seine Schultern waren verkrampft. Er lehnte sich zurück und massierte seinen Nacken. Dabei schaute er den Rauchmelder an, so wie er es schon tausendmal getan hatte, wenn er sich auf etwas konzentrieren wollte. Er betrachtete das winzige rote Lämpchen, das genauso aussah wie das unter der Decke ihres Schlafzimmers in Cologny, das ihn beim Einschlafen immer an den Mars erinnerte. Langsam hörte er auf, seinen Nacken zu massieren. »Scheiße«, flüsterte er.

Er setzte sich wieder auf und betrachtete den Bildschirmschoner des Laptops, eine Aufnahme von ihm, wie er mit leerem, ziellosem Blick nach oben schaute. Dann kletterte er auf seinen Sessel, der heimtückisch wackelte, als er weiter hoch auf den Tisch stieg. Der Rauchmelder war quadratisch, aus weißem Plastik, mit einem Kohlenmonoxid-Sensor und einem Lämpchen, das anzeigte, das er mit Strom versorgt wurde, einer Prüftaste und einem Gitter, hinter dem sich vermutlich der Kern der Alarmvorrichtung befand. Hoffmann tastete mit den Fingern an den Kanten entlang. Anscheinend war der Rauchmelder an die Deckenverkleidung geklebt worden. Er zog an dem Kästchen, drehte es vor und zurück und riss es schließlich vor lauter Angst und Wut einfach herunter.

Das kreischende Geräusch, mit dem es sich von der Decke löste, war von fast physischer Intensität. Das Kästchen lag zitternd in seiner Hand, die es umgebende Luft pulsierte. Eine Nabelschnur aus Draht verband es noch mit der Decke, und als Hoffmann den Finger ins Hintere des Kästchens steckte, um den Mechanismus auszuschalten, bekam er einen elektrischen Schlag versetzt, der sich anfühlte, als hätte ihn ein bösartiges Tier gebissen. Der Strom schoss ihm bis ins Herz. Hoffmann stieß einen Schrei aus und ließ das Kästchen fallen, sodass es an seinem Draht hin und her baumelte, während er heftig die Hände schüttelte, als wollte er sie trocken wedeln. Das Heulen der Sirene war eine physische Attacke: Ihm schien es, als würden seine Ohren bluten, bis er den Lärm mit einem Ruck von seiner Quelle abschnitt. Er packte das Kästchen und riss es mit seinem ganzen Gewicht nach unten, bis es zusammen mit ein paar Brocken aus der Decke herausbrach. Die plötzliche Stille war genauso schockierend wie zuvor der Lärm.

*

Viel später, als Quarry die darauffolgenden Stunden noch einmal rekapitulierte und gefragt wurde, wann er die größte Angst gehabt habe, beschrieb er merkwürdigerweise folgendes Bild: Als er den Alarm gehört habe, sei er auf der Suche nach Hoffmann von einer Seite des Handelsraums zur anderen gelaufen. Und dann habe er den einzigen Menschen, der einen Algorithmus verstehe, der sogar jetzt noch eine ungesicherte 30-Milliarden-Dollar-Wette abschließe, blutverschmiert und mit Staub bedeckt vorgefunden, wie er unter einem Loch in der Decke auf seinem Schreibtisch stehe und etwas davon brabbele, dass jeder seiner Schritte überwacht werde.

Quarry erreichte nicht als Erster Hoffmanns Büro. Die Tür stand offen, Marie-Claude und ein paar Quants waren schon da. Quarry drängelte sich an ihnen vorbei und schickte sie alle zurück an ihre Arbeit. Er verrenkte den Hals und schaute zu Hoffmann hoch. Ihm fiel sofort auf, dass Hoffmann irgendein Trauma durchgemacht hatte. Hoffmanns Augen flatterten, die Kleidung war verschmutzt und unordentlich, getrocknetes Blut klebte in seinen Haaren. Die Hände sahen aus, als hätte er damit auf Beton eingeschlagen.

So ruhig, wie er konnte, sagte er: »Okay, Alexi, was gibt's da oben zu sehen?«

»Da, schau selbst«, schrie Hoffmann aufgeregt. Er sprang vom Tisch und streckte Quarry seine Hand hin, auf der die Einzelteile des Rauchmelders lagen. Er stocherte mit dem Zeigefinger in den Plastikteilen herum, als wäre er ein Naturforscher, der die Innereien irgendeiner toten Kreatur inspizierte. Dann hielt er ein kleines Objektiv hoch, aus dem hinten ein Stück Draht herausragte. »Weißt du, was das ist?«

»Nicht genau. Was denn?«

»Das ist eine Webcam.« Er ließ die Einzelteile zwischen seinen Fingern auf den Schreibtisch kullern, wobei einige auf den Boden fielen. »Komm mit, ich zeig dir was«, sagte er. Er schob Quarry den Laptop hin und deutete auf den Bildschirm. »Wo wurde dieses Foto aufgenommen, was glaubst du?«

Er setzte sich wieder in seinen Sessel und lehnte sich zurück. Quarry sah erst Hoffmann an, dann den Bildschirm, dann wieder Hoffmann. »Verdammt. Wo hast du den Laptop her?«

»Der gehörte dem Burschen, der mich letzte Nacht überfallen hat.«

Quarry fiel sofort auf, dass er die Vergangenheitsform benutzt hatte. *Gehörte?* Er fragte sich, wie der Laptop in Hoffmanns Besitz gelangt war. Aber er kam nicht dazu, seine Frage auszusprechen, denn Hoffmann sprang wieder auf. Seine Gedanken überstürzten sich jetzt und trieben ihn vor sich her, er konnte einfach nicht stillsitzen. »Komm mit«, sagte er und lockte ihn mit dem Zeigefinger. »Komm schon.« Er führte Quarry am Ellbogen aus dem Büro und deutete zur Decke über Marie-Claudes Schreibtisch, an der genau der gleiche Rauchmelder hing. Er legte den Zeigefinger auf die Lippen. Dann führte er ihn zum Rand des Handelsraums und zeigte ihm noch einen, noch zwei, drei, vier. Auch im Sitzungszimmer war einer angebracht. Sogar auf der Herrentoilette fanden sie einen. Er stieg auf eines der Waschbecken. Sein Arm reichte gerade bis zur Decke. Er zerrte an dem Rauchmelder herum, bis dieser sich in einer Wolke aus zerborstenem Putz von der Decke löste. Er sprang wieder herunter und hielt ihn Quarry hin. Noch eine Webcam. »Die sind überall«, sagte er. »Seit Monaten sehe ich die Dinger schon, ohne dass sie mir richtig aufgefallen wären. Jede Wette, dass in deinem Büro auch einer hängt. Zu Hause habe ich in jedem Zimmer so ein Ding, sogar im Schlafzimmer. Mein Gott. Sogar im *Badezimmer.*« Er fasste sich mit der Hand an die Stirn. Erst jetzt begriff er langsam das ganze Ausmaß. »Unglaublich.«

Quarry hatte schon seit Langem insgeheim befürchtet, dass ihre Konkurrenten sie ausspionieren könnten: Genau das hätte er an deren Stelle auch getan. Deshalb hatte er Genouds Sicherheitsfirma angeheuert. Entsetzt drehte er den Rauchmelder in seiner Hand hin und her. »Glaubst du, dass in *allen* Räumen Kameras installiert sind?«

»Das werden wir ja sehen. Schätze schon.«

»Mein Gott. Und wir zahlen diesem Genoud ein Vermögen dafür, dass er den Laden auf Wanzen filzt.«

»Aber das ist doch das Geniale. Wer sonst sollte die alle hier eingebaut haben? Verstehst du? Genoud hat auch die Sicherheitsanlagen in meinem neuen Haus installiert. Er hat uns vierundzwanzig Stunden am Tag unter Kontrolle.« Hoffmann zog sein Handy aus der Tasche. »Hier, die hat er uns doch auch besorgt, oder? Spezialverschlüsselte Mobiltelefone.« Er brach sein Handy auf und baute es auf dem Rand eines der Waschbecken auseinander. »Meins hat heute schon den ganzen Tag seine Macken gehabt. Die perfekte Wanze. Man braucht nicht mal ein Mikro einzubauen – das ist nämlich schon drin. Das habe ich mal im *Wall Street Journal* gelesen. Du glaubst, du hast es ausgeschaltet, dabei ist es immer aktiv. Nimmt deine Gespräche auf, auch wenn du gar nicht telefonierst. Und du selbst sorgst dafür, dass der Akku immer schön voll ist.«

Hoffmann wirkte so sicher, dass sogar Quarry sich von seiner Paranoia anstecken ließ. Er begutachtete sein Handy so penibel, als wäre es eine Handgranate, die jede Sekunde explodieren konnte, dann schaltete er es ein und rief seine Sekretärin an. »Amber, find raus, wo Genoud steckt, und schick ihn sofort her. Sag ihm, er soll alles stehen und liegen lassen und sofort in Alex' Büro kommen.« Er unterbrach die Verbindung. »Mal sehen, was der Wichser zu sagen hat. Ich habe dem Kerl nie getraut. Ich frage mich, was für ein Spiel der spielt.«

»Das liegt doch auf der Hand, oder? Wir sind ein Hedgefonds, der 83 Prozent Gewinn macht. Wenn irgendwer einen Klon von uns aufbaut, der alle unsere Trades kopiert, dann macht er ein Vermögen. Der braucht nicht mal zu wissen, wie es funktioniert. Ist doch sonnenklar, warum man uns ausspioniert. Das Einzige, was ich nicht verstehe, sind die anderen Sachen, die er abgezogen hat.«

»Welche anderen Sachen?«

»Das Offshore-Konto auf den Kaimaninseln, die Überweisungen und Abhebungen, die E-Mails, die er in meinem Namen verschickt hat, das Buch mit dem ganzen Zeug über Angst und Schrecken, das er mir gekauft hat, die Sabotage von Gabbys Ausstellung, dass er sich in meine Krankenakten eingehackt und mir diesen Psychopathen auf den Hals gehetzt hat. Als ob man ihn dafür bezahlt hätte, mich in den Wahnsinn zu treiben …«

Während Quarry ihm zuhörte, beschlich ihn wieder dieses unangenehme Gefühl, aber bevor er etwas sagen konnte, klingelte sein Handy. Es war Amber.

»Monsieur Genoud war unten im Erdgeschoss, er ist schon auf dem Weg.«

»Danke.« Er wandte sich an Hoffmann. »Anscheinend ist er im Haus. Merkwürdig, findest du nicht? Was hat er hier zu schaffen? Vielleicht weiß er schon, dass wir ihm auf den Fersen sind.«

»Vielleicht.« Plötzlich lief Hoffmann aus der Herrentoilette und eilte über den Gang zurück in sein Büro. Ihm war etwas eingefallen. Er riss die Schublade seines Schreibtischs auf und nahm das Buch heraus, das er heute Morgen mitgebracht hatte, die Darwin-Erstausgabe, wegen der er Quarry um Mitternacht angerufen hatte.

»Hier, schau dir das an«, sagte Hoffmann und blätterte durch die Seiten. Als er das Foto von dem alten, anscheinend zu Tode erschrockenen Mann gefunden hatte, hielt er das Buch hoch. Ein groteskes Bild, dachte Quarry, wie aus einem Monstrositätenkabinett. »Was siehst du?«

»Einen Wahnsinnigen aus Viktorias guten, alten Zeiten, der aussieht, als hätte er sich gerade vor Angst in die Hosen geschissen.«

»Ja, klar. Aber was noch? Siehst du die Elektroden?«

Quarry beugte sich vor. Zwei Hände, eine auf jeder Seite des Gesichts, befestigten an der Stirn zwei dünne Eisenstifte. Der Kopf war in eine Art Kopfstütze eingespannt. Der Mann hatte anscheinend einen Operationskittel an. »Ja, jetzt sehe ich sie.«

»Der Mann, der die Elektroden anbringt, ist ein französischer Arzt namens Guillaume-Benjamin-Amand Duchenne. Er glaubte, dass die Ausdrucksformen des Gesichts die Pforte zur Seele des Menschen sind. Er reizt die Gesichtsmuskeln mit etwas, was man in viktorianischen Zeiten Galvanismus nannte – das war das Wort für elektrischen Strom, den man durch eine Säurereaktion erzeugte. Damit haben sie die Beine von Fröschen zum Zucken gebracht, war damals ein beliebter Partytrick.« Er wartete, ob Quarry die Bedeutung seiner Ausführungen begriff, doch als der ihn nur ratlos anschaute, fuhr er fort. »Das ist ein Experiment, um die Symptome von Angst auf dem Gesicht sichtbar machen und dann fotografieren zu können.«

»Okay«, sagte Quarry vorsichtig. »Kapiert.«

Hoffmann schwenkte wütend das Buch. »Das ist doch genau das, was mit *mir* passiert, oder etwa nicht? Das ist die einzige Abbildung in dem Buch, auf der man die Elektroden sehen kann – auf allen anderen hat Darwin sie weggelassen. Ich bin der Gegenstand eines Experiments, bei dem ich die Erfahrung von Angst machen soll. Und meine Reaktionen werden kontinuierlich beobachtet.«

Ein paar Sekunden lang war Quarry sich nicht sicher, ob er fähig war, ein Wort herauszubringen. Dann sagte er langsam: »Nun ja, Alexi, tut mir sehr leid, das zu hören. Das muss ein schreckliches Gefühl sein.«

»Die Frage ist: Wer steckt dahinter und warum? Offensichtlich nicht Genoud. Er ist nur das Werkzeug ...«

Quarry hörte nicht mehr zu, seine Gedanken schweiften ab. Er dachte an seine Verantwortung als Geschäftsführer – gegenüber den Investoren, gegenüber den Angestellten und (wie er später unumwunden zugab) gegenüber sich selbst. Er dachte an Hoffmanns Arzneischrank, in dem er vor all den Jahren bewusstseinsverändernde Medikamente gefunden hatte, die genügt hätten, um einen Junkie ein halbes Jahr glücklich zu machen. Und er dachte an seine dezidierte Anweisung an Rajamani, Bedenken bezüglich der geistigen Verfassung des Präsidenten der Firma im Protokoll mit keinem Wort zu erwähnen. Er fragte sich, was passieren würde, sollte irgendetwas davon an die Öffentlichkeit gelangen. »Komm, setzen wir uns«, sagte er zu Hoffmann. »Wir müssen ein paar Dinge besprechen.«

Hoffmann ärgerte sich, dass Quarry seinen Redefluss unterbrach. »Ist das jetzt so dringend?«

»Ja, ziemlich.« Quarry setzte sich aufs Sofa und bedeutete Hoffmann mit einer Handbewegung, neben ihm Platz zu nehmen.

Aber Hoffmann drehte sich um und setzte sich stattdessen auf den Sessel hinter seinem Schreibtisch. Mit seinem Arm fegte er die Überreste des Rauchmelders auf den Boden. »Also gut, schieß los. Aber nimm vorher den Akku aus deinem Handy.«

*

Hoffmann überraschte es nicht, dass Quarry die Bedeutung von Darwins Buch nicht verstanden hatte. Schon immer hatte er Zusammenhänge schneller begriffen als andere Menschen. Deshalb hatte er immer das Bedürfnis verspürt, seinen Geist auf tagelange einsame Reisen zu schicken. Wenn es schließlich dem einen oder anderen gelungen war, ihm zu folgen, dann war er in der Regel schon wieder in andere Gefilde aufgebrochen.

Er schaute zu, wie Quarry sein Handy öffnete und den Akku auf den Couchtisch legte.

»Wir haben ein Problem mit VIXAL-4«, sagte er.

»Was für ein Problem?«

»Er hat den Hedge aufgehoben.«

Hoffmann starrte ihn an. »Mach dich nicht lächerlich.« Er beugte sich über die Tastatur, loggte sich in seinen Computer ein und ging ihre Positionen durch – nach Sektor, Größe, Art und Datum. Die schnellen Mausklicks hörten sich an wie Morsezeichen. Mit jedem Chart, den er aufrief, wuchs seine Verblüffung. »Er ist völlig außer Rand und Band«, sagte er. »So ist er nie programmiert worden.«

»Das meiste davon hat er zwischen Mittag und der Öffnung der amerikanischen Börse abgewickelt. Wir konnten dich nicht erreichen. Die gute Nachricht ist, dass er mit seinen Aktionen richtig liegt – bis jetzt. Der Dow ist um hundert Punkte gefallen, unsere Ergebnisrechnung für heute liegt mit über zweihundert Millionen im Plus.«

»Aber er tut nicht das, was er eigentlich tun soll«, sagte Hoffmann. Bestimmt gab es eine rationale Erklärung für das Verhalten des Systems. Rationale Erklärungen gab es immer. Und er würde schließlich herausfinden, was dahintersteckte. Es musste etwas mit den Dingen zu tun haben, die ihm zugestoßen waren. »Okay, erstens: Können wir uns sicher sein, dass die Daten korrekt sind? Können wir dem, was wir auf den Bildschirmen sehen, auch wirklich trauen? Oder haben wir es hier mit irgendeiner Art von Sabotage zu tun? Mit einem Virus?« Ihm fiel das Schadprogramm im Computer seiner Psychiaterin ein. »Vielleicht läuft da eine Cyberattacke auf die ganze Firma – haben wir darüber schon nachgedacht?«

»Möglich, aber das erklärt nicht die Short-Positionen in Vista Airways. Glaub mir, das sieht ganz und gar nicht nach Zufall aus.«

»Ja, das kann kein Zufall sein. Aber darüber haben wir ja schon gesprochen …«

Quarry fiel ihm ins Wort. »Ich weiß, aber die Geschichte hat sich im Lauf des Tages verändert. Anscheinend war die Ursache nicht technisches Versagen. Noch während das Flugzeug in der Luft war, haben offenbar die Betreiber einer islamistischen Terror-Website eine Bombendrohung veröffentlicht. Dem FBI ist die durchgerutscht, uns nicht.«

Hoffmann begriff zuerst nicht. Zu viele Informationen stürzten in zu schneller Folge auf ihn ein. »Aber das liegt weit außerhalb von VIXALs Parametern. Das wäre ein außergewöhnlicher Wendepunkt, ein Quantensprung.«

»Aber das ist doch ein selbstlernender Algorithmus, oder nicht?«

»Ja.«

»Dann hat er vielleicht was gelernt.«

»Sei nicht albern, Hugo. So funktioniert das nicht.«

»Okay, so funktioniert das also nicht. Schön, ich bin da kein Experte. Tatsache ist, dass wir jetzt schnell eine Entscheidung treffen müssen. Entweder schalten wir VIXAL ab oder wir müssen morgen Nachmittag 2,5 Milliarden hinblättern, damit die Banken uns weiterhandeln lassen.«

Es klopfte, dann öffnete Marie-Claude die Tür. »Monsieur Genoud ist da.«

»Lass mich das erledigen«, sagte Quarry zu Hoffmann. Er fühlte sich wie in einem Spielautomaten, die Kugeln schossen alle gleichzeitig auf ihn zu.

Marie-Claude trat zur Seite und ließ den Expolizisten herein. Dessen Blick erfasste sofort das Loch in der Decke.

»Kommen Sie rein, Maurice«, sagte Quarry. »Machen Sie die Tür zu. Wie Sie sehen, haben wir ein bisschen Heimwerker gespielt, und wir fragen uns nun, ob Sie vielleicht eine Erklärung dafür haben.«

»Ich glaube nicht«, sagte Genoud und schloss die Tür. »Warum sollte ich?«

»Das gibt's doch nicht«, sagte Hoffmann. »Ganz schön cool, der Bursche. Was, Hugo? Das muss man ihm lassen.«

Quarry hob eine Hand. »Schon gut, Alex, warte noch eine Minute, okay? Also, Maurice. Ich will jetzt keine Affenscheiße hören. Wir müssen wissen, wie lange das schon läuft. Wir müssen wissen, wer Sie bezahlt. Und wir müssen wissen, ob Sie irgendwas ins Innere unserer Computersysteme eingeschleust haben. Und es eilt. Die Märkte sind nämlich im Moment in einer sehr volatilen Verfassung.

Uns liegt nichts daran, die Polizei einzuschalten, außer Sie zwingen uns dazu. Also, es liegt an Ihnen. Ich rate Ihnen, ganz offen zu sein.«

Nach einigen Sekunden wandte sich Genoud an Hoffmann. »Sind Sie einverstanden, wenn ich es ihm erzähle?«

»Wenn Sie ihm was erzählen?«, sagte Hoffmann.

»Sie bringen mich in eine sehr unangenehme Lage, Doktor Hoffmann.«

»Keine Ahnung, wovon er redet«, sagte Hoffmann zu Quarry.

»Schön, unter diesen Umständen können Sie nicht erwarten, dass ich noch weiter schweige.« Genoud schaute Quarry an. »Doktor Hoffmann hat mich beauftragt.«

Etwas an der gelassenen Unverschämtheit dieser Lüge reizte Hoffmann, ihm ins Gesicht zu schlagen. »Sie Arschloch«, sagte er. »Wie können Sie glauben, dass Ihnen das jemand abnimmt?«

Genoud sprach unbeeindruckt weiter, wobei er sich ausschließlich an Quarry wandte und Hoffmann ignorierte. »Als Sie in dieses Gebäude eingezogen sind, hat Doktor Hoffmann mich beauftragt, versteckte Kameras einzubauen. Ich hatte schon vermutet, dass er Ihnen nichts davon erzählt hat. Aber er ist der Präsident der Firma, also hielt ich es für zulässig. Ich schwöre, das ist die absolute Wahrheit.«

Hoffmann schüttelte lächelnd den Kopf. »Das ist kompletter Schwachsinn, Hugo. Das ist die gleiche gottverdammte Scheiße, die ich schon den ganzen Tag höre. Ich habe mit diesem Kerl nicht ein einziges Gespräch darüber geführt, hier Kameras einzubauen. Warum sollte ich meine eigene Firma filmen wollen? Warum sollte ich mein eigenes Telefon verwanzen? Das ist doch Schwachsinn.«

»Ich habe nicht gesagt, dass wir darüber gesprochen haben«, sagte Genoud. »Wie Sie genau wissen, Doktor Hoffmann, habe ich Anweisungen von Ihnen nur per E-Mail erhalten.«

»E-Mail ... schon wieder!«, entgegnete Hoffmann. »Sie wollen also allen Ernstes behaupten, dass Sie in all den Monaten, als Sie alle diese Kameras eingebaut haben, die sicher Tausende von Franken gekostet haben, dass wir da nicht ein einziges Mal darüber gesprochen haben?«

»Ja.«

Hoffmann stieß ein Geräusch aus, das Verachtung und Unglauben ausdrückte.

»Das ist schwer zu glauben«, sagte Quarry zu Genoud. »Ist Ihnen das nicht sehr ungewöhnlich vorgekommen?«

»Nein, nicht besonders. Ich hatte den Eindruck, dass das alles unter der Hand ablaufen sollte, sozusagen. Dass er selbst nicht zugeben wollte, was da vor sich ging. Einmal habe ich versucht, Doktor Hoffmann darauf anzusprechen, indirekt. Er hat einfach durch mich durchgeschaut.«

»Genau das hätte ich wahrscheinlich gemacht«, sagte Hoffmann. »Wie anders hätte ich reagieren sollen? Ich hätte ja keine Ahnung gehabt, wovon Sie überhaupt reden. Und wie soll ich für das ganze Zeug bezahlt haben?«

»Per Überweisung«, sagte Genoud. »Von einer Bank auf den Kaimaninseln.«

Das ließ Hoffmann aufhorchen. Quarry schaute ihn unverwandt an. »Okay, angenommen, Sie haben E-Mails von mir bekommen. Woher wussten Sie, dass sie von mir kamen und nicht von jemand, der nur meinen Namen benutzte?«

»Warum sollte ich das glauben? Es war Ihre Firma, Ihre E-Mail-Adresse, und ich wurde von Ihrem Konto bezahlt.

Und, um ganz offen zu sein, Doktor Hoffmann, Sie gelten im persönlichen Umgang nicht gerade als unkompliziert.«

Hoffmann fluchte und schlug mit der Faust auf seinen Schreibtisch. »Immer dasselbe. Ich soll per Internet ein Buch bestellt haben. Ich soll per Internet Gabrielles ganze Ausstellung aufgekauft haben. Ich soll per Internet einen Verrückten aufgefordert haben, mich umzubringen ...« Unwillkürlich blitzten in Hoffmanns Erinnerung die schaurigen Ereignisse im Hotel auf, das Bild von dem toten Deutschen, von seinem Kopf, der schlaff zur Seite gekippt war. Er hatte das tatsächlich für einige Minuten vergessen gehabt. Er merkte, dass Quarry ihn verärgert ansah. »Wer tut mir das an, Hugo? Und filmt auch noch alles? Du musst mir helfen, Hugo. Ich komme mir vor wie in einem Albtraum.«

Quarrys Gedanken überschlugen sich. Es kostete ihn einige Mühe, ruhig weiterzusprechen. »Natürlich helfe ich dir, Alex. Aber lass uns jetzt erst dieser Sache ein für alle Mal auf den Grund gehen.« Er wandte sich wieder an Genoud. »Diese E-Mails, Maurice, die haben Sie doch aufgehoben, oder?«

»Natürlich.«

»Können Sie sie jetzt aufrufen?«

»Ja, wenn Sie wollen.« Genoud war inzwischen sehr steif und formell geworden. Er stand mit durchgedrücktem Kreuz da, als hätte man seine Ehre als ehemaliger Polizeibeamter infrage gestellt. Ein bisschen arg dick aufgetragen, dachte Quarry, angesichts der Tatsache, dass er – egal, was sich nun als wahr herausstellte – ein umfassendes geheimes Überwachungssystem installiert hatte.

»Dann los, zeigen Sie sie uns. Lass ihn an deinen Computer, Alex.«

Wie in Trance erhob sich Hoffmann von seinem Sessel. Unter seinen Schuhsohlen knackten Bruchstücke des Rauchmelders. Automatisch schaute er hinauf zu der Verwüstung, die er an der Decke angerichtet hatte. An der Stelle, an der er die Verkleidung heruntergerissen hatte, klaffte ein dunkles Loch, aus dem Drähte heraushingen. Dort, wo sie sich berührten, sprühte in unregelmäßigen Abständen ein blauweißer Funke. Hoffmann bildete sich ein, dass sich im Zwischenraum der Decke etwas bewegte. Er schloss die Augen, und der Funke glühte auf der Netzhaut weiter, als ob er in die Sonne geschaut hätte. Langsam keimte ein Verdacht in ihm auf.

Genoud beugte sich zum Bildschirm vor und sagte triumphierend: »Da sind sie!«

Genoud stand auf, damit Hoffmann und Quarry sich die E-Mails anschauen konnten. Er hatte seine gespeicherten Nachrichten so gefiltert, dass nur diejenigen aufgelistet waren, die von Hoffmann stammten – Unmengen von E-Mails, deren früheste vor fast einem Jahr versandt worden waren. Quarry klickte wahllos einige an.

»Sind anscheinend alle von deiner E-Mail-Adresse aus geschickt worden«, sagte Hugo. »Gar kein Zweifel.«

»Darauf möchte ich wetten. Aber ich habe sie trotzdem nicht geschickt.«

»Okay, wer hat sie dann geschickt?«

Hoffmann grübelte. Es ging jetzt um viel mehr als um Hacker, Sicherheitslecks oder Klonserver. Es ging um Grundsätzlicheres: Die Firma hatte anscheinend zwei parallel operierende Betriebssysteme.

Quarry las immer noch. »Ich glaub's nicht«, sagte er. »Du hast dich sogar in deinem eigenen Haus bespitzelt …«

»Eigentlich hasse ich es, mich zu wiederholen, aber gut: Ich habe das alles nicht gemacht!«

»Tut mir leid, Alexi, aber das stimmt nicht. Hör dir das an: ›An: Genoud. Von: Hoffmann. Angefordert für Cologny Webcam-Überwachungs-Einheiten 24 versteckte unverzüglich …‹«

»Also wirklich, Hugo. So rede ich doch nicht. Kein Mensch redet so.«

»Irgendwer schon: Hier steht's.«

Plötzlich wandte sich Hoffmann an Genoud. »Wo landen eigentlich diese ganzen Informationen? Was passiert mit den Bildern und den Tonaufzeichnungen?«

»Wie Sie wissen, wird alles auf einen gesicherten Server übertragen«, sagte Genoud.

»Aber das müssen *Tausende* von Stunden sein«, sagte Hoffmann. »Wer soll das denn alles sichten? Dafür bräuchte man ein ganzes Team, das nichts anderes tut. Und trotzdem würde man es nicht schaffen, selbst wenn der Tag hundert Stunden hätte.«

Genoud zuckte mit den Achseln. »Das habe ich mich selbst auch oft gefragt. Ich habe nur Anweisungen ausgeführt.«

Nur eine Maschine könnte eine solche Menge an Informationen analysieren, dachte Hoffmann. Und nur mit der neuesten Technologie zur Gesichts- und Stimmerkennung, mit Suchprogrammen, die …

Ein weiterer Ausruf Quarrys unterbrach seine Gedankengänge. »Seit wann haben wir einen Gewerbebau in Zimeysa angemietet?«

»Das kann ich Ihnen genau sagen, Monsieur Quarry«, sagte Genoud. »Seit sechs Monaten. Das ist eine große Halle an der Route de Clerval 54. Dafür hat Doktor Hoffmann eine spezielle neue Sicherheits- und Überwachungsanlage in Auftrag gegeben.«

»Und was ist in der Halle?«, fragte Hoffmann.

»Computer.«

»Und wer hat die da installiert?«

»Keine Ahnung. Eine Computerfirma, nehme ich an.«

»Dann sind Sie also nicht die einzige Person, mit der ich in Kontakt stand?«, sagte Hoffmann. »Ich habe gleich mit ganzen Firmen per E-Mail kommuniziert?«

»Ich weiß es nicht. Vermutlich ja.«

Quarry klickte sich immer noch durch die E-Mails. »Das ist unglaublich«, sagte er zu Hoffmann. »Laut dieser E-Mail hier bist du der Eigentümer dieser Halle.«

»Das stimmt«, sagte Genoud. »Doktor Hoffmann hat mich mit der Installation der Sicherheitsanlagen beauftragt. Deshalb war ich heute Abend hier.«

Hoffmann hörte schon gar nicht mehr zu. Er dachte an seine Zeit am CERN, an das Memo, das Walton an die Vorsitzenden des Experiments Committee und des Machine Advisory Committee geschickt hatte und in dem er ihnen empfohlen hatte, Hoffmanns Forschungsprojekt AMR–1 zu beenden. Dem Memo hatte Walton eine Warnung von Thomas S. Ray, Software-Ingenieur und Professor für Zoologie an der Universität von Oklahoma, beigefügt: … *evolvierende autonome künstliche Wesen sind als potenziell gefährlich für das organische Leben zu betrachten, und sie sollten immer in einer Art Containment gehalten werden, zumindest so lange, bis ihr wahres Potenzial gut verstanden ist … Die Evolution ist auch hier ein eigennütziger Prozess, und selbst die Interessen von begrenzten digitalen Organismen könnten mit den unseren in Konflikt geraten.*

Er holte Luft und sagte: »Hugo, ich müsste dich mal kurz sprechen … allein.«

»Ja, klar. Maurice, würden Sie bitte eine Minute draußen warten?«

»Nein, nein, er soll hierbleiben und schon mal anfangen, ein bisschen Ordnung zu schaffen.« Hoffmann wandte sich an Genoud. »Ich möchte, dass Sie Kopien aller von mir stammenden E-Mails machen. Ich möchte außerdem eine Liste aller Arbeiten, die ich angeblich bei Ihnen in Auftrag gegeben habe, vor allem der, die mit dieser Halle in Zimeysa zu tun haben. Dann möchte ich, dass Sie jede Kamera und jede Wanze aus allen unseren Gebäuden entfernen. Fangen Sie mit meinem Haus an. Und ich will, dass das bis heute Abend erledigt ist. Ist das klar?«

Genoud schaute Quarry an, der zögernd nickte. Dann sagte er steif: »Wie Sie wollen.«

Sie verließen das Büro. Als sie die Tür hinter sich geschlossen hatten, sagte Quarry: »Ich hoffe bei Gott, Alex, dass du für all das eine Erklärung hast, weil ich nämlich sonst …«

Hoffmann hob warnend einen Finger und blickte zu dem Rauchmelder hoch, der über Marie-Claudes Schreibtisch hing.

»Gut, verstehe«, sagte Quarry übertrieben deutlich. »Gehen wir in mein Büro.«

»Nein, das ist auch nicht sicher. Komm mit …«

Hoffmann ging mit Quarry in die Herrentoilette und schloss die Tür. Die Einzelteile des Rauchmelders lagen immer noch auf dem Waschbecken. Hoffmann erkannte sich im Spiegel kaum wieder. Er sah aus wie jemand, der aus dem Sicherheitstrakt einer Irrenanstalt ausgebrochen war. »Glaubst du, ich bin verrückt, Hugo?«, fragte er.

»Wenn du schon fragst, ja, das glaube ich. Wahrscheinlich. Ach, ich weiß nicht.«

»Schon okay. Ich kann's dir nicht verdenken. Ich verstehe vollkommen, wie diese ganze Geschichte auf einen Außenstehenden wirken muss. Und was ich dir jetzt zu sagen habe, wird dein Vertrauen in mich kaum bestärken.« Er konnte selbst kaum glauben, was er dann sagte. »Ich glaube, dass der Kern unseres Problems VIXAL ist.«

»Dass er den Delta-Hedge aufgelöst hat?«

»Dass er den Delta-Hedge aufgelöst hat und dass er möglicherweise etwas mehr tut, als ich vorhergesehen habe.«

Quarry schaute ihn mit zusammengekniffenen Augen an. »Wovon redest du? Ich kann dir nicht …«

Die Tür ging auf, aber Quarry drückte sie mit seinem Ellbogen sofort wieder zu. »Nicht jetzt«, sagte er, ohne seinen Blick von Hoffmann abzuwenden. »Hau ab, und piss in deinen Papierkorb, okay?«

»Okay, Hugo«, erklang eine Stimme von draußen.

Quarry schloss die Tür und lehnte sich mit dem Rücken dagegen. »Mehr als du vorhergesehen hast? Was soll das heißen?«

Hoffmann wählte seine Worte mit Bedacht. »VIXAL könnte möglicherweise Entscheidungen treffen, die nicht völlig im Einklang mit unseren Interessen stehen.«

»Du meinst mit unseren Interessen als Firma?«

»Nein, ich meine *unsere* Interessen … unsere Interessen als Menschen.«

»Ist das nicht das Gleiche?«

»Nicht unbedingt.«

»Tut mir leid, ich kapiere das nicht ganz. Du glaubst, er macht das alles – diesen ganzen Überwachungsscheiß und so – irgendwie selbst?«

Fairerweise musste er Quarry zugutehalten, dachte Hoffmann, dass er die Möglichkeit zumindest in Erwägung zu ziehen schien.

»Ich weiß es nicht. Ich bin mir nicht sicher. Wir müssen jetzt Schritt für Schritt vorgehen, bis wir genügend Informationen haben, um das endgültig beurteilen zu können. Aber vorher müssen wir die Positionen, die er aufgebaut hat, wieder aus dem Markt nehmen. Das könnte ziemlich riskant werden – nicht nur für uns.«

»Obwohl er noch Geld verdient?«

»Es geht nicht darum, ob er Geld verdient. Nicht mehr. Könntest du nur ein einziges Mal das Geld vergessen?« Obwohl es Hoffmann immer schwerer fiel, Ruhe zu bewahren, fügte er leise hinzu: »Über den Punkt sind wir schon weit hinaus.«

Quarry verschränkte die Arme, schaute auf die Bodenfliesen und dachte nach. »Bist du dir sicher, dass du fit genug bist, um so eine Entscheidung zu treffen?«

»Ja, absolut. Bitte vertraue mir, okay? Und wenn nur um der letzten acht Jahre willen. Das ist meine letzte Entscheidung, das verspreche ich dir. Nach heute Abend bist du am Ruder.«

Der Physiker und der Finanzmann schauten sich lange an. Quarry wusste nicht, was er davon halten sollte. Aber wie er später sagte: Im Endeffekt war es Hoffmanns Firma – der Laden trug seinen Namen, sein Genie hatte die Zocker angelockt, und seine Maschine war es gewesen, die das Geld gemacht hatte. »Es ist dein Baby«, sagte er und hielt Hoffmann die Tür auf.

Mit Quarry im Schlepptau ging Hoffmann hinüber in den Handelsraum. Man fühlte sich besser, wenn man etwas tat, wenn man sich wehrte. Hoffmann klatschte in die

Hände. »Alle mal herhören!« Er stieg auf einen Stuhl, damit alle Quants ihn sehen konnten. Er klatschte noch einmal in die Hände. »Ich möchte, dass Sie alle mal kurz herkommen.«

Sie erhoben sich von ihren Arbeitsplätzen und versammelten sich um den Stuhl, auf dem er stand – eine Geisterarmee aus Promovierten. Hoffmann sah, dass sie sich Blicke zuwarfen. Manche flüsterten miteinander. Offensichtlich waren sie alle gespannt zu erfahren, was in ihrer Firma vor sich ging. Van der Zyl und Ju-Long kamen aus ihren Büros, aber er konnte nirgends Rajamani entdecken. Er wartete noch auf ein paar Nachzügler aus der Entwicklungsabteilung, dann räusperte er sich.

»Okay, wie es aussieht, sind – milde ausgedrückt – ein paar Unregelmäßigkeiten aufgetreten, um die wir uns kümmern müssen. Aus Gründen der Sicherheit bin ich der Meinung, dass wir die Positionen auflösen sollten, die wir in den vergangenen Stunden aufgebaut haben.«

Er riss sich zusammen. Er wollte keine Panik heraufbeschwören. Außerdem war er sich der zahlreichen Rauchmelder bewusst, die über ihm an der Decke hingen. Wahrscheinlich wurde alles, was er sagte, mitgehört.

»Das bedeutet nicht notwendigerweise, dass VIXAL der Grund für die Probleme ist, aber wir müssen das Rad ein bisschen zurückdrehen und herausfinden, warum er gemacht hat, was er gemacht hat. Ich weiß nicht, wie lange das dauern wird, also müssen wir in der Zwischenzeit das Delta wieder aufbauen – und zwar mit Long-Positionen in anderen Märkten. Wenn nötig, liquidieren wir einfach, Hauptsache, wir kommen so schnell wie möglich von unserem jetzigen Level runter.«

Quarry wandte sich an Hoffmann und alle Übrigen.

»Wir müssen das sehr vorsichtig angehen. Wenn wir Positionen von derartigem Umfang zu schnell liquidieren, dann hat das Auswirkungen auf die Kurse.«

Hoffmann nickte. »Richtig, aber VIXAL wird uns dabei helfen, das Optimum herauszuholen – auch wenn wir ihn im manuellen Betrieb fahren.« Er schaute auf die Digitaluhren, die unter den riesigen TV-Schirmen aufgereiht waren. »Wir haben noch etwas mehr als drei Stunden bis Börsenschluss in den USA. Imre und Dieter, Sie helfen bitte bei Anleihen und Devisen aus. Franco und Jon, Sie nehmen sich jeweils drei oder vier Leute und trennen die Aktien- und Sektorwetten. Kolya, Sie machen das Gleiche bei den Indizes. Alle anderen zurück in ihre Abteilungen.«

»Wenn es irgendein Problem gibt, Alex und ich sind da, um auszuhelfen«, sagte Quarry. »Noch was: Dass keiner glaubt, wir sind hier auf dem Rückzug. Wir haben gerade zwei Milliarden Dollar an zusätzlichen Investitionen reinbekommen – der Laden wächst also immer noch. Ist das klar? Wir justieren uns die nächsten vierundzwanzig Stunden neu, dann geht es größer und besser weiter. Okay? Noch Fragen?« Einer hob die Hand. »Ja?«

»Stimmt es, dass Sie gerade Gana Rajamani entlassen haben?«

Hoffmann schaute Quarry überrascht an. Er hatte angenommen, dass Quarry das Ende der Krise noch abwarten würde.

Quarry zögerte keine Sekunde. »Gana hat den Wunsch geäußert, für ein paar Wochen seine Familie in London besuchen zu dürfen.« Ausrufe der Überraschung wurden laut. Quarry hob die Hand. »Ich kann Ihnen versichern, dass er mit unserem Vorgehen vollkommen übereinstimmt. Hat noch jemand eine heikle Frage, mit der er seine Karriere ruinieren will?« Einige lachten nervös. »Also dann …«

»Einen Augenblick, Hugo, eine Sache noch«, sagte Hoffmann. Während sein Blick über die aufwärts gewandten Gesichter seiner Quants strich, überkam ihn plötzlich zum ersten Mal ein Gefühl von Verbundenheit. Er hatte jeden Einzelnen von ihnen selbst eingestellt. Er hatte das Team und das Unternehmen geschaffen. Wahrscheinlich würde viel Zeit vergehen, bevor sich wieder – wenn überhaupt – eine Gelegenheit bot, zu allen zugleich zu sprechen. »Ich möchte noch etwas hinzufügen. Der heutige Tag war, wie viele von Ihnen sicher schon vermutet haben, ein ziemlich beschissener Tag. Was immer mir zustoßen sollte, ich möchte Ihnen sagen, jedem Einzelnen von Ihnen …« Er musste innehalten und schlucken. Zu seinem Entsetzen merkte er, dass er feuchte Augen bekam und die aufwallenden Gefühle ihm den Hals abschnürten. Er schaute auf seine Füße, wartete, bis er die Fassung zurückgewonnen hatte, und hob dann wieder den Kopf. Er musste das, was er sagen wollte, schnell hinter sich bringen, sonst würde er vollends zusammenbrechen. »Ich möchte Sie nur wissen lassen, dass ich sehr stolz auf das bin, was wir hier zusammen geschaffen haben. Es ist nie nur ums Geld gegangen – sicher nicht für mich, und ich glaube, auch für die meisten von Ihnen nicht. Vielen Dank. Es hat mir viel bedeutet. Tja, das war alles.«

Niemand klatschte, alle waren nur verblüfft. Hoffmann stieg vom Stuhl. Er konnte sehen, dass Quarry ihn mit einem seltsamen Gesichtsausdruck betrachtete. Allerdings fing Quarry sich sofort wieder und rief laut: »Schluss jetzt mit der Bauchpinselei. Zurück in die Galeeren, Sklavenpack, legt euch in die Riemen. Es zieht Sturm auf.«

Während die Quants an ihre Arbeitsplätze zurückkehrten, sagte Quarry zu Hoffmann: »Hat sich verdammt nach einer Abschiedsrede angehört.«

»Das war nicht meine Absicht.«

»Tja, für mich hat es aber so geklungen. Was sollte das heißen, ›was immer mir zustoßen sollte‹?«

Bevor Hoffmann antworten konnte, rief jemand: »Alex, haben Sie mal eine Sekunde? Ich glaube, wir haben da ein Problem.«

SECHZEHN

Intelligentes Leben auf einem Planeten erreicht einen Zustand der Reife, wenn es zum erstenmal die Gründe für seine Existenz erkennt.

Richard Dawkins
Das egoistische Gen, 1976

Was offiziell als »allgemeines Systemversagen« verzeichnet wurde, trat bei Hoffmann Investment Technologies um 19 Uhr mitteleuropäischer Zeit ein. Zur exakt gleichen Zeit, um 13 Uhr Eastern Standard Time, wurden in fast 6500 Kilometern Entfernung an der New York Stock Exchange ungewöhnliche Aktivitäten registriert. Einige Dutzend Aktien wurden von derart starken Kursschwankungen gebeutelt, dass sie automatisch das auslösten, was in der Finanzwelt als Liquidity Replenishment Points oder LRPs bekannt war. Die Vorsitzende der Securities and Exchange Commission, der amerikanischen Börsenaufsichtsbehörde, erklärte dazu später vor dem Kongress:

LRPs stellt man sich am besten als »Bremsschwelle« vor, die die Volatilität einer bestimmten Aktie durch kurzzeitige Umstellung eines automatisierten Marktes auf einen manuellen Auktionsmarkt dämpft, wenn ein ausreichen-

*des Ausmaß einer Kursbewegung erreicht ist. In diesem Fall »verlangsamt« sich der Handel mit dieser Aktie an der NYSE und setzt eine Zeit lang aus, um dem Designated Market Maker die Gelegenheit zu geben, zusätzliche Liquidität zu akquirieren, bevor er wieder am automatisierten Handel teilnimmt.**

Es handelte sich aber nur um einen technischen, keineswegs unbekannten Eingriff, der zudem in diesem Stadium relativ geringfügig war. Nur wenige in Amerika schenkten ihm in der folgenden halben Stunde große Beachtung, und keiner der Quants bei Hoffmann Investment Technologies nahm ihn auch nur wahr.

*

Der Mann, der Hoffmann zu den sechs Monitoren seines Multi-Screen-Computers gerufen hatte, war ein promovierter Oxford-Absolvent namens Croker, den Hoffmann vom Rutherford Appleton Laboratory abgeworben hatte – auf der gleichen Reise, auf der Gabrielle die Idee gekommen war, aus Körperscans Kunstobjekte zu machen. Croker hatte versucht, den Algorithmus per manueller Steuerung zu umgehen und mit der Liquidierung ihrer massiven VIX-Position zu beginnen, aber das System hatte ihm die Autorisierung verweigert.

* Mary Shapiro, Aussage vor dem Kongress. Die Hintergrundinformationen über die Ereignisse an den amerikanischen Finanzmärkten im Lauf der folgenden zwei Stunden entsprechen vollständig den Tatsachen. Sie stammen aus den Aussagen vor dem Kongress sowie dem gemeinsamen Bericht der Commodity Futures Trading Commission (CFTC) und der U. S. Securities and Exchange Commission (SEC), *Findings Regarding the Market Events of May 6, 2010.*

»Lassen Sie mich mal«, sagte Hoffmann. Er setzte sich auf Crokers Platz und gab sein eigenes Passwort ein, das ihm normalerweise uneingeschränkten Zugriff auf alle Teile von VIXAL gewährte. Aber auch sein Antrag auf Administratorenzugriff wurde abgewiesen. Er gab sich Mühe, sich seine Angst nicht anmerken zu lassen.

Während er vergeblich versuchte, auf anderen Wegen ins System zu gelangen, schaute Quarry ihm zusammen mit van der Zyl und Ju-Long über die Schulter. Er war erstaunlich ruhig und wirkte fast gleichgültig. So wie er im Flugzeug beim Anlegen des Sicherheitsgurts immer halb damit rechnete, dass sie abstürzen würden, hatte er auch schon immer irgendwie geahnt, dass etwas Derartiges irgendwann einmal passieren würde. Wenn man sich einer Maschine auslieferte, die von einer anderen Person gesteuert wurde, nahm man stillschweigend die Möglichkeit des eigenen Untergangs in Kauf. Nach einer Weile sagte er: »Ich schätze, wir haben keine andere Wahl, als der verdammten Kiste den Saft abzudrehen.«

Ohne sich umzudrehen, sagte Hoffmann: »Aber damit erreichen wir nur, dass der Handel abbricht. Dann bauen wir unsere aktuellen Positionen nicht ab und stehen da wie einbetoniert.«

Im ganzen Handelsraum waren halb unterdrückte Ausrufe der Überraschung und des Entsetzens zu hören. Ein Quant nach dem anderen verließ seinen Arbeitsplatz und lief herbei, um zu sehen, was Hoffmann tat. Wie Zuschauer, die um ein großes Puzzle herumstanden, beugte sich der eine oder andere gelegentlich vor und machte einen Vorschlag: Vielleicht sollte er es mal damit probieren? Vielleicht wäre es besser, es mal andersrum zu versuchen? Hoffmann achtete nicht auf sie. Keiner kannte VIXAL so gut wie er. Er hatte die Maschine bis ins kleinste Detail entworfen.

Über die großen Fernsehschirme liefen die üblichen Nachmittagsnachrichten von der Wall Street. Sie wurden immer noch von den Unruhen in Athen gegen die Sparmaßnahmen der griechischen Regierung dominiert. Wurde Griechenland zahlungsunfähig? Griff die Krise auf andere Länder über? Kollabierte der Euro? Und der Hedgefonds machte immer noch in einem Ausmaß Profit, das unheimlich war. Quarry warf kurz einen Blick auf einen der anderen Monitore, um ihre aktuelle Ergebnisrechnung zu überprüfen: Ihr Tagesplus belief sich inzwischen auf fast dreihundert Millionen Dollar. Irgendwie fragte er sich, warum sie so verzweifelt versuchten, den Algorithmus zu umgehen: Sie hatten mit einem Haufen Silikonchips König Midas auferstehen lassen. Warum sollte seine phänomenale Ertragskraft nicht im Interesse der Menschheit sein?

Mit der theatralischen Geste eines Konzertpianisten am Ende seines Vortrags hob Hoffmann plötzlich die Hände von der Tastatur. »Es hat keinen Sinn. Die Reaktion ist gleich null. Ich dachte, wir könnten zumindest noch geordnet liquidieren, aber das ist offensichtlich keine Option mehr. Das ganze System muss komplett abgeschaltet und in Quarantäne geschoben werden, bis wir herausgefunden haben, was da schiefläuft.«

»Und wie machen wir das?«, fragte Ju-Long.

»Warum nicht auf die gute alte Art?«, sagte Quarry. »Warum nicht VIXAL vom Netz nehmen und den Brokern per Telefon und E-Mail Bescheid geben, dass sie anfangen sollen, unsere Positionen abzubauen?«

»Wir müssen denen eine plausible Erklärung liefern,

warum wir nicht mehr mit einem Algorithmus arbeiten wollen, dessen Profite durch die Decke schießen.«

»Kein Problem«, sagte Quarry. »Wir ziehen den Stecker, und dann sagen wir denen, dass wir einen dramatischen Stromabfall in unserem Computerraum haben und uns aus dem Markt ausklinken müssen, bis wir das repariert haben. Und wie alle brillanten Lügen hat auch diese den Vorteil, dass sie fast der Wahrheit entspricht.«

»Eigentlich müssen wir ja nur noch zwei Stunden und fünfzig Minuten durchhalten«, sagte van der Zyl. »Dann schließen die Märkte sowieso. Und übermorgen ist Wochenende. Bis Montagmorgen ist unser Buch wieder ausgeglichen, und wir sind auf der sicheren Seite – außer die Märkte ziehen in der Zwischenzeit stark an.«

»Der Dow ist schon um ein volles Prozent gefallen«, sagte Quarry. »Der S&P auch. Aus der Eurozone drückt der ganze Staatsschuldenmüll rein. Keine Chance, dass der Markt heute mit einem Plus schließt.« Hoffmann, Quarry, Ju-Long und van der Zyl schauten sich an. »Also, machen wir das so? Einverstanden?« Alle nickten.

»Ich schalte ihn ab«, sagte Hoffmann.

»Ich komme mit«, sagte Quarry.

»Nein. Ich habe ihn eingeschaltet, ich schalte ihn auch aus.«

Der Weg vom Handelsraum zum Computerraum kam ihm sehr lang vor. Die Blicke aller begleiteten ihn wie eine schwere Last. Wenn er sich in einem Science-Fiction-Film befände, schoss es ihm durch den Kopf, dann würde ihm jetzt sicher der Zugang zu den Prozessoren verwehrt. Doch als er sein Gesicht vor den Scanner hielt, glitten die Bolzen zurück, und die Tür öffnete sich. Aus dem lauten, kühlen Raum blickten ihn die blinkenden Lämpchen von tausend Prozessoren an wie Augen aus einem dunklen Wald. Es kam ihm vor wie Mord, genau wie damals am CERN, als er all diejenigen für Mörder hielt, die ihm sein Projekt genommen hatten. Trotzdem öffnete er den Metallkasten und streckte die Hand nach dem Hebel des Trennschalters aus. Es war nur das Ende einer Phase, sagte er sich: Die Arbeit würde weitergehen, wenn nicht unter seiner Regie, dann unter der eines anderen. Er legte den Hebel um, und binnen weniger Sekunden erloschen die Lämpchen und verstummte der Lärm. Nur das Surren der Klimaanlage störte die kühle Stille. Es war wie in einer Leichenhalle. Er drehte sich um und ging zu dem hellen Viereck der offenen Tür zurück.

Als er sich den Quants näherte, die sich um die Computerbildschirme drängten, drehten sie sich alle um und sahen ihn an. Der Ausdruck in ihren Gesichtern war ihm ein Rätsel. »Was ist passiert?«, fragte Quarry. »Hat er nicht reagiert?«

»Doch, ich habe ihn abgeschaltet.« Er schaute an Quarrys verblüfftem Gesicht vorbei auf die Bildschirme. VIXAL-4 handelte weiter. Verwirrt setzte er sich vor das Terminal und blickte zwischen den verschiedenen Monitoren hin und her.

»Sehen Sie noch mal nach«, sagte Quarry leise zu einem der Quants.

»So weit bin ich noch nicht, Hugo, einen verdammten Schalter kann ich noch bedienen«, sagte Hoffmann. »So verrückt bin ich noch nicht, dass ich AN und AUS nicht unterscheiden kann. Mein Gott, schau dir das an!« VIXAL handelte in jedem Markt weiter: Er shortete den Euro, stockte den Bestand des Fonds an US-Staatsanleihen auf und baute seine Position in VIX-Futures aus.

Von der Tür zum Computerraum aus rief der Quant: »Der Strom ist komplett abgeschaltet!«

Sofort erfüllte aufgeregtes Geflüster den Handelsraum.

»Wenn er nicht auf unserer Hardware ist, wo ist der Algorithmus dann?«, fragte Quarry.

Hoffmann sagte nichts.

Dann erscholl Rajamanis Stimme im Raum. »Ich glaube, das ist eine Frage, auf die die Aufsichtsbehörden sicher auch eine Antwort wollen.«

Hinterher konnte niemand mehr genau sagen, wie lange Rajamani sie alle schon beobachtet hatte. Einer sagte, dass er die ganze Zeit in seinem Büro gewesen sei. Bei Hoffmanns Rede im Handelsraum habe er Rajamanis Finger gesehen, als der die Lamellen der Jalousie gespreizt hätte. Ein anderer behauptete, ihn an einem Terminal im Sitzungszimmer gesehen zu haben, wie er Daten auf einen USB-Stick geladen habe. Wieder ein anderer, ein indischer Landsmann, gestand sogar, dass Rajamani in der Gemeinschaftsküche versucht habe, ihn als Informanten für Firmeninterna zu gewinnen. In der zunehmenden Hysterie, die bei Hoffmann Investment Technologies um sich griff und die die Angestellten in Abtrünnige und Jünger, Ketzer und Märtyrer spaltete, war es nicht immer leicht, die Wahrheit zu ermitteln. Nur in einem Punkt waren sich alle einig: Quarry hatte einen schweren Fehler begangen, als er den Leiter des Risikomanagements nach dessen Rausschmiss nicht sofort vom Sicherheitspersonal aus dem Gebäude hatte entfernen lassen. Im Chaos der Ereignisse hatte er ihn ganz einfach vergessen.

Rajamani stand am Rand des Handelsraums, in der Hand eine kleine Pappschachtel, die seine persönlichen Dinge enthielt: die Fotos von seinem Universitätsabschluss, seiner Hochzeit und seinen Kindern; eine Dose Darjeeling-Tee, die er im Kühlschrank der Gemeinschaftsküche aufbewahrt hatte und die niemand sonst hatte anrühren dürfen; einen Zimmerkaktus und ein gerahmtes, handschriftliches Dankesschreiben vom Leiter der Scotland-Yard-Abteilung für schwere Betrugsfälle. Rajamani hatte zur Aufklärung irgendeines gewaltigen Falles beigetragen, der eine neue Ära der Polizeiarbeit der City hatte einläuten sollen, dann aber in der Revision geräuschlos beerdigt worden war.

»Hab ich Ihnen nicht gesagt, dass Sie sich verpissen sollen?«, sagte Quarry barsch.

»Ich bin gerade dabei«, erwiderte Rajamani. »Und Sie werden sicher erfreut zur Kenntnis nehmen, dass ich schon morgen früh einen Termin in der Genfer Dependance des Schweizer Finanzministeriums habe. Ich möchte jeden Einzelnen von Ihnen darauf hinweisen, dass er mit Strafverfolgung, Gefängnis und millionenschwerer Geldstrafe zu rechnen hat, sollte er in einem für den Handel mit Wertpapieren nicht geeigneten Betrieb weiterarbeiten. Die Technologie ist eindeutig gefährlich und völlig unbeherrschbar. Ich kann Ihnen versprechen, Alex und Hugo, dass die SEC und die FSA Untersuchungen einleiten und Ihnen den Zugang zu jedem Markt in Amerika und London entziehen werden. Schande über Sie. Schande über Sie alle.«

Es zeugte von Rajamanis Selbstbewusstsein, dass er diese Rede halten konnte, ohne dass die Teedose und der Zimmerkaktus seine Würde schmälerten. Ein letztes Mal ließ er einen zornigen, verächtlichen Blick über die Versammelten schweifen, dann reckte er das Kinn vor und marschierte festen Schrittes auf den Empfangsraum zu.

Nicht wenigen kamen dabei die Bilder der Angestellten von Lehman Brothers in den Sinn, wie sie mit ihren Papp-kartons unter dem Arm ihren Arbeitsplatz verließen.

»Ja, gehen Sie nur, verschwinden Sie«, rief Quarry ihm hinterher. »Sie werden feststellen, dass man für zehn Milliarden Dollar jede Menge Anwälte kriegt. Wir werden Sie persönlich wegen Vertragsbruchs haftbar machen. Wir machen Sie fertig!«

»Warten Sie!«, rief Hoffmann.

»Lass ihn, Alex«, sagte Quarry. »Die Genugtuung hat er nicht verdient.«

»Aber er hat recht, Hugo. Die Gefahr ist real. Wenn VIXAL sich unserer Kontrolle entzieht, dann könnte das ein echtes systemisches Risiko bedeuten. Er muss hierbleiben, bis wir Bescheid wissen.«

Obwohl Quarry protestierte, lief Hoffmann Rajamani hinterher, der seine Schritte beschleunigte. Rajamani durchquerte den Empfang und erreichte den Aufzug. Hoffmann blieb ein paar Meter vor ihm stehen. Sie waren allein im Gang. »Gana!«, sagte Hoffmann. »Wir müssen reden.«

»Ich habe Ihnen nichts zu sagen, Alex.« Rajamani umklammerte seine Pappschachtel. Er stand mit dem Rücken zum Aufzug und drückte mit dem Ellbogen auf den Knopf. »Es ist nichts Persönliches, tut mir leid.« Die Tür öffnete sich. Rajamani drehte sich um, machte einen Schritt nach vorn und stürzte aus Hoffmanns Blickfeld. Die Tür schloss sich wieder.

Für ein paar Sekunden stand Hoffmann regungslos da. Er war sich nicht sicher, was er da gerade gesehen hatte. Vorsichtig ging er zum Aufzug und drückte auf den Knopf. Die Tür öffnete sich und gab den Blick auf den leeren Glasschacht frei. Er lugte über den Rand in eine Tiefe von etwa fünfzig Metern, in der die durchsichtige Röhre in der stillen Dunkelheit der unterirdischen Garage verschwand. »Gana!«, rief er. Keine Antwort. Er lauschte, konnte aber keine entsetzten Schreie hören. Rajamani musste so schnell gefallen sein, dass niemand es bemerkt hatte.

Er rannte durch den Flur zum Notausgang und hastete die Betontreppe halb laufend, halb springend Stockwerk um Stockwerk bis in die Tiefgarage hinunter. Er lief zum Aufzug und versuchte mit den Fingern, die Türblätter aufzuziehen, die aber immer wieder zurückfederten. Er schaute sich nach irgendeinem geeigneten Werkzeug um, sah eine Metalltür mit einem Blitz-Symbol darauf und öffnete sie. Ein Lagerraum. Zwischen Besen, Schaufeln, Eimern und Hämmern fand er ein großes, fast einen halben Meter langes Stemmeisen. Er lief zurück zum Aufzug, rammte das Eisen in den Spalt zwischen den Türblättern, drückte nach links, nach rechts. Die Tür öffnete sich so weit, dass er erst einen Schuh und dann sein Knie in den Spalt schieben konnte. Er versuchte, auch den Rest seines Beins in die Lücke zu pressen, als plötzlich irgendein automatischer Mechanismus ausgelöst wurde und die Türblätter zur Seite glitten.

In dem Licht, das von den oberen Stockwerken aus in den Aufzugsschacht fiel, sah er ihn. Rajamani lag auf der Seite, im Umkreis seines Kopfes breitete sich eine Blutlache von der Größe eines Speisetellers aus. Die Fotografien lagen verstreut um ihn herum. Hoffmann sprang hinunter. Glassplitter knirschten unter seinen Schuhsohlen. Unpassender Teegeruch stieg ihm in die Nase. Hoffmann bückte sich und nahm Rajamanis Hand, die sich warm und weich anfühlte. Er schauderte. Zum zweiten Mal an diesem Tag fühlte er einem Mann den Puls, zum zweiten Mal ohne Erfolg. Hinter ihm, in etwa einem Meter Höhe, schloss sich die Aufzugstür. Die Liftkabine setzte sich in Bewegung und glitt abwärts. Hoffmann schaute sich panisch um. Die Lichtsäule über ihm verlor schnell an Höhe, während der Aufzug den fünften Stock passierte, dann den vierten. Er legte sich auf den Rücken, packte mit beiden Händen das Stemmeisen und hielt es neben seinem Kopf senkrecht in die Höhe – wie einen Speer zur Abwehr einer angreifenden Bestie. Er spürte den öligen Luftzug in seinem Gesicht. Das Licht verblasste, verschwand dann völlig. Etwas Schweres berührte seine Schulter, dann zitterte das Stemmeisen in seinen Händen wie ein hölzerner Stützpfeiler in einem Grubengang. Einige Sekunden lang konnte er spüren, wie das Eisen sich spannte. Es war vollkommen dunkel. Blindlings schrie er den Boden der Liftkabine an, die nur Zentimeter von seinem Kopf entfernt sein konnte. Das Stemmeisen konnte jeden Augenblick brechen oder wegrutschen. Doch dann hörte er, wie das Getriebe des Aufzugs umschaltete. Ein jaulendes Geräusch setzte ein, die Spannung des Stemmeisens ließ nach, und die Kabine begann zu steigen, glitt immer schneller durch die erhabene Säule aus Glas nach oben und ließ mit jedem Stockwerk weitere Strahlen hellen Lichts in den Schacht ein.

Hoffmann rappelte sich auf, rammte das Stemmeisen wieder zwischen die Türblätter und drückte sie einen Spaltbreit auseinander. Der Aufzug war an seinem höchsten Punkt angelangt und blieb stehen. Er hörte ein Scheppern, dann begann die Kabine wieder zu sinken. Er steckte seine Finger in die schmale Öffnung zwischen den Türblättern. Breitbeinig stand er da und versuchte, das Loch zu vergrößern. Seine Muskeln spannten sich, er warf den Kopf zurück und brüllte vor Anstrengung. Die Tür gab leicht nach, dann glitten die beiden Türblätter plötzlich zur Seite. Ein Schatten fiel auf seinen Rücken, der Maschinenlärm schwoll an, und ein scharfer Luftzug strich über ihn hinweg, als er sich über die Kante des Schachts auf den Betonboden der Tiefgarage zog.

*

Leclerc war in seinem Büro im Genfer Polizeipräsidium und wollte gerade Feierabend machen, als ihn ein Anruf erreichte. In einem Hotel in der Rue de Berne habe man eine Leiche gefunden. Der Beschreibung nach – hageres Gesicht, Pferdeschwanz, Ledermantel – tippte er sofort auf den Mann, der Hoffmann überfallen hatte. Die Todesursache sei Strangulierung, ob es sich um Mord oder Selbstmord handele, sei noch nicht klar. Das Opfer sei ein Deutscher: Johannes Karp, 58 Jahre alt. Zum zweiten Mal an diesem Tag rief Leclerc seine Frau an, um ihr mitzuteilen, dass es später werden würde. Dann ließ er sich in einem Streifenwagen durch den abendlichen Stoßverkehr auf die nördliche Seite des Flusses fahren.

Er war jetzt seit fast zwanzig Stunden im Dienst und so müde wie ein alter Hund. Allerdings weckte die Aussicht auf einen verdächtigen Todesfall immer wieder seine Lebensgeister. Solche Fälle waren in Genf mit acht pro Jahr recht selten. Mit Blaulicht und heulender Sirene raste der Streifenwagen großkotzig über den Boulevard Carl-Vogt und weiter über die Brücke, wechselte auf der Rue de Sous-Terre in die linke Spur und zwang den Gegenverkehr zu abenteuerlichen Ausweichmanövern. Während Leclerc auf dem Rücksitz durchgeschüttelt wurde, rief er im Büro des Polizeichefs an und hinterließ die Nachricht, dass der Verdächtige im Hoffmann-Fall tot aufgefunden worden sei.

Vor dem Hotel Diodati in der Rue de Berne herrschte fast Karnevalsatmosphäre – die Blaulichter von vier Streifenwagen flackerten grell unter dem bedeckten Himmel des frühen Abends; auf der gegenüberliegenden Straßenseite hatte sich eine stattliche Menschenmenge versammelt, darunter einige schwarze Huren in knapper, farbenprächtiger Kleidung, die mit den Anwohnern scherzten; im Wind flatternde schwarz-gelbe Absperrbänder hielten die Zuschauer vom Tatort fern. Gelegentlich leuchtete ein Kamerablitz auf. Sie waren wie Fans, die auf einen Rockstar warteten, dachte Leclerc, als er aus dem Wagen stieg. Ein Gendarm hob das Absperrband an, und Leclerc duckte sich darunter hindurch. Als junger Polizist war er in dieser Gegend auf Streife gegangen und hatte die Mädchen, die hier arbeiteten, alle mit Namen gekannt. Einige von denen waren jetzt sicher Großmütter, dachte er. Wenn er es genau bedachte, waren schon damals ein oder zwei von ihnen Großmütter gewesen.

Er ging ins Diodati. In den Achtzigerjahren hatte das Hotel anders geheißen, wie, wusste er nicht mehr. Die Gäste warteten alle in der Lobby, man würde sie erst gehen lassen, wenn sie ihre Aussage gemacht hatten. Einige davon waren offensichtlich Prostituierte, und dann gab es elegant gekleidete Herren, die missmutig und betreten in die Gegend schauten, ihre Kunden, die es eigentlich hätten besser wissen müssen. Der winzige Lift machte keinen vertrauenerweckenden Eindruck auf Leclerc. Er nahm die Treppe, wobei er in jedem der leeren Stockwerke kurz stehen blieb, um zu verschnaufen. In dem Gang vor dem Zimmer, in dem man die Leiche gefunden hatte, wimmelte es von uniformierten Polizisten. Er musste sich einen weißen Overall und weiße Gummihandschuhe anziehen und durchsichtige Plastiküberzieher über die Schuhe streifen. Die weiße Haube verweigerte er. Er sah wie ein gottverdammtes weißes Karnickel aus, dachte er.

Den verantwortlichen Beamten kannte er nicht – ein Frischling namens Moynier, anscheinend in den Zwanzigern, was allerdings schwer auszumachen war, da unter der Haube nur sein rosarotes Babygesicht zu sehen war. Ebenfalls vor Ort waren der Gerichtsmediziner und der Fotograf, beide in Weiß, beide alte Hasen. Allerdings nicht so alt wie Leclerc. Niemand war so alt wie Leclerc, er war so alt wie der Jura. Er betrachtete die Leiche, deren Kopf am Griff der Badezimmertür festgebunden war. Oberhalb der Schnur, die tief in das Fleisch des Halses schnitt, war der Kopf schwarz angelaufen. Im Gesicht waren verschiedene Schnitte und Abschürfungen zu sehen. Ein Auge war zugeschwollen. So wie der dürre Deutsche aufgeknüpft an der Badtür hing, sah er aus wie eine tote alte Krähe, die ein Bauer zur Abschreckung anderer Aaskrähen hatte liegen lassen. Im Bad gab es keinen Lichtschalter, aber man konnte auch im Halbdunkel das auf der Kloschüssel verschmierte Blut erkennen. Die Stange des Duschvorhangs hing an der Wand herunter, ebenso das Waschbecken.

»Ein Mann aus dem Nachbarzimmer schwört, dass er so um drei Uhr Geräusche eines Kampfes gehört hat«, sagte Moynier. »Am Bett sind auch Blutspuren. Ich werde den Fall vorläufig als Mord einstufen.«

»Clever«, sagte Leclerc.

Der Gerichtsmediziner hustete, um ein Lachen zu unterdrücken.

Moynier bemerkte es nicht. »Es war doch richtig, dass ich Sie angerufen habe?«, sagte er. »Das ist doch der Mann, der den amerikanischen Banker überfallen hat, oder?«

»Schätze schon.«

»Nun, ich hoffe, Sie haben nichts dagegen einzuwenden, Inspektor Leclerc, dass ich diesen Fall übernehme. Ich war schließlich als Erster am Tatort.«

»Mein lieber Kollege, ich bitte sogar darum.«

Leclerc fragte sich, wie ein Mensch, der in einer derart heruntergekommenen Bude abstieg, mit dem Besitzer einer 60-Millionen-Dollar-Villa in Berührung kam. Auf dem Bett lagen in mehreren durchsichtigen Plastikbeuteln die Habseligkeiten des Toten: Kleidung, eine Kamera, zwei Messer, ein Regenmantel, anscheinend vorn aufgeschlitzt. Heute Morgen im Krankenhaus hatte Hoffmann so einen Regenmantel getragen, dachte Leclerc. Er nahm das Netzteil, das auf dem Bett lag.

»Gehört das nicht zu einem Computer?«, fragte er. »Wo ist der?«

Moynier zuckte mit den Achseln. »Wir haben keinen gefunden.«

Leclercs Handy klingelte. Es steckte in seiner Jackentasche. Unter der verdammten Karnickelkutte. Missmutig machte er den Reißverschluss auf und zog sich die Handschuhe aus. Moynier wollte ihn auf die Risiken einer Tatortkontamination aufmerksam machen, aber Leclerc wandte ihm einfach den Rücken zu. Der Anrufer war Lullin, sein junger Assistent, der noch im Büro war. Er sagte, er habe gerade die Vorkommnisse von heute Nachmittag durchgeschaut, und dabei sei ihm der Anruf einer Psychiaterin aus Vernier aufgefallen, einer Dr. Polidori. Sie habe vor ein paar Stunden wegen eines Patienten angerufen, der potenziell gefährliche schizophrene Symptome gezeigt habe. Sie hätten sich gestritten, sagte sie, aber als der Streifenwagen eingetroffen sei, sei er schon verschwunden gewesen. Der Mann habe Alexander Hoffmann geheißen. Sie hatte keine aktuelle Adresse nennen können, aber eine Beschreibung hinterlassen.

»Hat sie was von einem Computer gesagt?«, fragte Leclerc.

Es entstand eine kurze Pause. Leclerc hörte das Rascheln von Papier. »Woher wissen Sie das?«, sagte Lullin.

*

Hoffmann umklammerte immer noch das Stemmeisen, als er aus dem Keller ins Erdgeschoss lief, um Alarm wegen Rajamani zu schlagen. An der Tür zur Lobby blieb er stehen. Durch das viereckige Fenster sah er ein Einsatzteam schwarz uniformierter Gendarmen in schweren Stiefeln in die Halle laufen. Sie hatten Pistolen in der Hand. Hinter ihnen die schwer keuchende Gestalt Leclercs. Als sie das Drehkreuz passiert hatten, wurde der Eingang geschlossen. Zwei bewaffnete Polizisten bezogen davor Stellung.

Hoffmann drehte sich um und hastete wieder die Treppe hinunter in die Tiefgarage. Die Rampe am Tor zur Straße war etwa fünfzig Meter entfernt. Er lief darauf zu. Hinter sich hörte er die leise quietschenden Reifen eines großen schwarzen BMW, der gerade seinen Parkplatz verließ und mit eingeschalteten Scheinwerfern auf ihn zufuhr. Ohne nachzudenken, stellte sich Hoffmann dem Wagen in den Weg. Der Fahrer musste abbremsen, Hoffmann lief zur Fahrerseite und riss die Tür auf.

Angesichts des gespenstischen Anblicks, den der Präsident von Hoffmann Investment Technologies inzwischen bot – blut- und ölverschmiert, staubbedeckt, in der Hand das einen halben Meter lange Stemmeisen –, war es kein Wunder, dass der Fahrer nichts Eiligeres zu tun hatte, als schleunigst seinen Platz hinter dem Steuer zu räumen. Hoffmann warf das Stemmeisen auf den Beifahrersitz, schob den Hebel des Automatikgetriebes auf *Drive* und gab Gas. Der große Wagen schoss die Rampe hinauf. Da das Stahltor sich aber gerade erst zu öffnen begann, musste Hoffmann scharf abbremsen. Im Rückspiegel sah er den Besitzer des Wagens, dessen Angst sich inzwischen in Wut verwandelt hatte. Der Überrumpelte kam die Rampe hinaufgelaufen und fing an, mit der Faust gegen das Seitenfenster zu schlagen. Durch die dicke, getönte Scheibe nahm Hoffmann sein Brüllen nur gedämpft wahr. Als das Tor sich ganz geöffnet hatte, nahm Hoffmann den Fuß von der Bremse und trat vor lauter Angst, nicht schnell genug verschwinden zu können, so heftig aufs Gas, dass der Wagen einen Satz nach vorn machte. Dann kurbelte er am Lenkrad, und der Wagen bog, auf zwei Rädern schleudernd, in die leere Einbahnstraße ein.

*

Leclerc und sein Einsatzteam traten im fünften Stock aus dem funktionierenden Fahrstuhl. Der Inspektor drückte auf den Klingelknopf, hob den Kopf und schaute in die Überwachungskamera. Die tagsüber am Empfang sitzende Dame hatte schon Feierabend gemacht. Es war Marie-Claude, die sie hineinließ. Bestürzt legte sie die Hand auf den Mund, als die bewaffneten Männer sich an ihr vorbeidrückten.

»Ich möchte zu Doktor Hoffmann«, sagte Leclerc. »Ist er da?«

»Ja, natürlich.«

»Würden Sie uns bitte zu ihm führen?«

Sie führte die Polizisten in den Handelsraum. Quarry bemerkte die Unruhe und drehte sich um. Er hatte sich schon gefragt, wo Hoffmann so lange blieb. Er hatte angenommen, dass er noch mit Rajamani sprach, und das als gutes Zeichen gewertet. Nach genauerer Überlegung war auch er der Meinung, dass es günstiger war, den ehemaligen Leiter des Risikomanagements dazu zu überreden, ihren Laden nicht ausgerechnet in dieser kritischen Phase dichtmachen zu lassen. Als er jedoch Leclerc und die Gendarmen sah, wusste er sofort, dass sie erledigt waren. Trotzdem war er fest entschlossen, mit Würde unterzugehen.

»Wie kann ich Ihnen behilflich sein, meine Herren?«, sagte er mit ruhiger Stimme.

»Wir müssen mit Doktor Hoffmann sprechen«, sagte Leclerc. Er stellte sich auf die Zehenspitzen, bewegte seinen Oberkörper nach links und rechts und hielt Ausschau nach Hoffmann. Zu den erstaunten Quants, die sich von ihren Bildschirmen abgewandt hatten, sagte er: »Bitte, bleiben Sie alle, wo Sie sind.«

»Sie müssen ihn knapp verpasst haben«, sagte Quarry. »Er ist gerade rausgegangen, er hatte mit einem unserer Mitarbeiter noch etwas zu besprechen.«

»Rausgegangen? Wohin raus?«

»Na ja, ich nehme an, einfach raus in den Gang …«

Leclerc fluchte. Zu den neben ihm stehenden Gendarmen sagte er: »Sie drei durchsuchen das Gebäude.« Und zu den nächsten: »Sie drei kommen mit mir.« Und schließlich zu allen Übrigen im Raum: »Niemand verlässt das Gebäude ohne meine Erlaubnis. Niemand rührt ein Telefon an. Wir bemühen uns, die Angelegenheit so schnell wie möglich zu klären. Ich danke Ihnen für Ihre Mitarbeit.«

Er ging mit schnellen Schritten zurück in den Empfangsbereich. Quarry lief hinter ihm her. »Entschuldigung, Inspektor, aber was genau soll Alex getan haben?«

»Wir haben eine Leiche gefunden. Darüber müssen wir mit ihm reden. Entschuldigen Sie mich jetzt ...«

Er verließ den Empfang und ging hinaus in den Gang. Der Gang war leer. Irgendetwas an diesem Gebäude kam ihm merkwürdig vor. Er blickte sich suchend um. »Welche Firmen haben noch Büros auf diesem Stockwerk?«

Quarry blieb ihm auf den Fersen. Sein Gesicht war aschfahl. »Keine. Wir haben die ganze Etage gemietet. Was für eine Leiche?«

Leclerc wandte sich an seine Leute. »Wir fangen unten an und arbeiten uns bis nach oben durch.«

Einer der Gendarmen drückte auf den Liftknopf. Die Tür öffnete sich. Es war Leclerc, dessen unruhige Augen überall waren, der die Gefahr erkannte. Er schrie den Gendarmen an, sich nicht vom Fleck zu rühren.

»Mein Gott«, sagte Quarry und schaute in das klaffende Loch. »Alex ...«

Die Tür begann sich zu schließen. Der Gendarm drückte auf den Knopf, und die Türblätter glitten wieder auseinander. Leclerc kniete sich auf den Boden und schaute zögernd über den Rand. Der Boden war nicht zu sehen, erst recht nicht, ob dort etwas lag. Etwas tropfte ihm in den Nacken. Er berührte die Stelle mit dem Finger und spürte eine zähe Flüssigkeit. Er verrenkte den Hals, schaute nach oben und sah die Unterseite der Liftkabine, die nur ein Stockwerk über ihnen stand. Von der Unterseite baumelte etwas herunter. Er zog schnell den Kopf zurück.

*

Gabrielle hatte fertig gepackt und das Gepäck in die Halle gebracht: einen großen Koffer, einen kleineren und eine Reisetasche – weniger als für einen Komplettauszug, aber mehr als für einen Wochenendausflug. Der letzte Flug nach London ging um 21:25 Uhr. Wegen der Bombe auf dem Vista-Airways-Flug wies die Website von British Airways auf verschärfte Sicherheitsmaßnahmen hin: Wenn sie den Flug noch schaffen wollte, musste sie jetzt gleich fahren. Sie saß in ihrem Atelier und schrieb Alex eine Nachricht, auf die altmodische Weise, mit Stahlfeder und Tusche auf reinweißem Papier.

Als Erstes schrieb sie, dass sie ihn liebe und nicht für immer verlassen wolle. »Vielleicht wäre Dir das ja lieber.« Sie brauche nur eine Auszeit von Genf. Sie sei am CERN gewesen und habe mit Bob Walton gesprochen. »Sei nicht sauer, er ist ein guter Mensch, er macht sich Sorgen um Dich.« Das Gespräch habe ihr sehr geholfen, weil sie zum ersten Mal wirklich verstanden habe, welch außergewöhnliche Arbeit er leiste und welch gewaltiger Druck auf ihm laste.

Es tue ihr leid, dass sie ihm die Schuld für das Fiasko bei der Ausstellung gegeben habe. Wenn er immer noch darauf beharre, dass nicht er es gewesen sei, der alle Ausstellungsobjekte aufgekauft habe, dann werde sie ihm natürlich glauben. »Aber bist Du Dir wirklich ganz sicher, mein Liebling, denn wer sollte sie sonst gekauft haben?« Vielleicht habe er ja gerade wieder einen Zusammenbruch erlitten. Wenn das der Fall sei, wolle sie alles tun, um ihm zu helfen. Was sie nicht wolle, sei, dass ihr als Erster ausgerechnet ein Polizist von seinen Problemen in der Vergangenheit erzähle. »Wenn wir zusammenbleiben wollen, dann müssen wir ehrlicher miteinander sein.« Damals habe sie in der Schweiz nur für ein paar Monate jobben wollen, sei dann aber irgendwie hängen geblieben und habe ihr gesamtes Leben nach ihm ausgerichtet. Vielleicht wäre vieles anders gelaufen, wenn sie Kinder gehabt hätten. Wenn ihr die Ereignisse von heute etwas klargemacht hätten, dann eines: Für sie sei Arbeit, und sei sie auch noch so kreativ, kein Ersatz für das Leben, während es für ihn anscheinend genau das sei.

Womit sie zum wichtigsten Punkt komme. Laut Walton habe er sein Leben dem Versuch gewidmet, eine Maschine zu entwickeln, die unabhängig vom Menschen denken, lernen und handeln könne. Sie halte diesen Gedanken seinem Wesen nach für zutiefst erschreckend, auch wenn Walton ihr versichert habe, dass seine Absichten vollkommen ehrenwert gewesen seien. »Davon bin ich überzeugt, weil ich Dich kenne.« Aber bedeute die Entscheidung, ein derart ehrgeiziges Ziel gänzlich in den Dienst des Geldverdienens zu stellen, nicht eine Vermählung des Heiligen mit dem Profanen? Kein Wunder, dass er begonnen habe, sich so merkwürdig zu verhalten. Allein der Gedanke, eine Milliarde Dollar *zu wollen*, geschweige denn *zu besitzen*, sei ihrer Meinung nach Wahnsinn, und es habe einmal eine Zeit gegeben, da habe auch er diese Meinung geteilt. Wenn ein Mensch etwas erfinde, was jeder brauche – okay, schön und gut. Aber etwas einfach durch Glücksspiel erreichen zu wollen (sie habe nie genau verstanden, was seine Firma eigentlich mache, aber das scheine es im Kern zu sein), sei Gier, und die sei schlimmer als Wahnsinn, das sei verachtenswert, daraus könne nie etwas Gutes entstehen. Und das sei der Grund, warum sie aus Genf verschwinden müsse, bevor diese Stadt und ihre Werte sie auffressen würden …

Sie schrieb und schrieb und vergaß darüber die Zeit. Die Feder glitt über das handgeschöpfte Papier und bedeckte es mit ihrer ziselierten Handschrift. Es wurde dunkler im Wintergarten. Auf dem See begannen sich die Lichter der Stadt zu spiegeln. Der Gedanke, dass sich Alex mit seiner Kopfverletzung irgendwo da draußen herumtrieb, nagte an ihr.

> *Es ist ein schreckliches Gefühl, die Stadt zu verlassen, während Du krank bist. Aber wenn Du Dir nicht von mir helfen und Dich auch nicht anständig untersuchen lassen willst, warum soll ich dann bleiben? Wenn Du mich brauchst, ruf mich an. Bitte. Jederzeit. Das ist alles, was ich immer gewollt habe.*
>
> *Ich liebe Dich.*
>
> *G x*

Sie steckte den Brief in einen Umschlag, klebte ihn zu und schrieb ein großes A auf die Vorderseite. In der Halle sagte sie ihrem Bodyguard und Fahrer, dass er die Koffer einladen solle, sie führen gleich zum Flughafen, und ging dann in Alex' Arbeitszimmer.

Sie klemmte den Umschlag in die Tastatur von Alex' Computer. Dabei musste sie versehentlich eine Taste gedrückt haben, denn der Bildschirm öffnete sich und zeigte ihr das Bild einer Frau, die sich über einen Schreibtisch beugte. Es dauerte eine Sekunde, bis sie erkannte, dass das Bild sie selbst darstellte. Sie schaute sich um, dann nach oben und sah das rote Lämpchen des Rauchmelders. Die Frau auf dem Bildschirm tat das Gleiche.

Sie drückte wahllos auf ein paar andere Tasten. Nichts passierte. Sie drückte auf *Escape*, und sofort schrumpfte das Bild, wanderte in die linke obere Ecke des Bildschirms und war nur noch eins von vierundzwanzig aus verschiedenen Blickwinkeln aufgenommenen kleinen Bildern, die sich vom Zentrum aus leicht nach außen wölbten – wie die multiplen Bilder eines Insektenauges. Auf einem von ihnen schien sich etwas zu bewegen. Sie führte mit der Maus den Cursor auf das Bild und klickte. Der Bildschirm füllte sich mit einem Nachtsichtbild von ihr – auf einem Bett liegend, in einem kurzen Kimono, die Beine übereinandergeschlagen, die Hände hinter dem Kopf verschränkt. Neben ihr flackerte eine Kerze so hell wie die Sonne. Das Video war stumm. Sie löste den Gürtel, streifte den Kimono ab und breitete die Arme aus. Im unteren rechten Quadranten des Bildschirms tauchte der Kopf eines Mannes auf – Alex' Kopf, unverletzt. Auch er zog sich jetzt aus.

Sie hörte ein diskretes Hüsteln. »Madame Hoffmann?«, sagte die Stimme hinter ihr. Sie riss ihren entsetzten Blick von dem Bildschirm los und drehte sich um. In der Tür stand ihr Fahrer, hinter ihm standen zwei Gendarmen mit schwarzen Uniformmützen.

*

In New York erlebte die New York Stock Exchange um 13:30 Uhr derart heftige Kursschwankungen, dass die Liquidity Replenishment Points bis zu einer Geschwindigkeit von sieben pro Minute in die Höhe schossen und geschätzte zwanzig Prozent Liquidität aus dem Markt nahmen. Der Dow Jones war um mehr als 1,5 Prozent gefallen, der S&P 500 um zwei Prozent. Der VIX war um zehn Prozent gestiegen.

SIEBZEHN

Die kräftigsten oder diejenigen Individuen, welche am erfolgreichsten mit ihren Lebens-Bedingungen gekämpft haben, werden gewöhnlich am meisten Nachkommenschaft hinterlassen. Aber der Erfolg wird oft davon abhängen, dass die Männchen besondre Waffen oder Vertheidigungs-Mittel [...] besitzen.

Charles Darwin
Die Entstehung der Arten, 1859

Zimeysa war Niemandsland – keine Geschichte, keine Geografie, keine Bewohner. Sogar der Name war künstlich, setzte er sich doch nur aus den Initialen von »Zone Industrielle de Meyrin-Satigny« zusammen. Hoffmann fuhr zwischen niedrigen Bauten hindurch, die weder Bürogebäude noch Fabriken waren, sondern irgendwelche Mischformen. Was war das? Was wurde hier produziert? Unmöglich zu sagen. Die skelettartigen Arme von Kränen überragten Baustellen und Lastwagenparkplätze, die verlassen dalagen und auf den Einbruch der Nacht warteten. Ein Ort, der überall auf der Welt hätte sein können. Im Osten, keinen Kilometer entfernt, lag der Flughafen. In der Dämmerung verliehen die Lichter der Terminals den tief hängenden, wellenförmigen Wolken einen matten Glanz.

Jeder tief hereinkommende Passagierjet hörte sich an wie eine auf einen Strand krachende Welle: ein donnerndes Crescendo, das an Hoffmanns Nerven zerrte und dann jaulend verebbte, wobei die Landescheinwerfer wie Treibgut zwischen den Kränen und Flachdächern verschwanden.

Hoffmann saß weit vorgebeugt hinter dem Steuer des BMW und fuhr äußerst vorsichtig. Alle paar Meter war die Straße aufgerissen, weil irgendwelche Kabel verlegt wurden. Mal war die linke, mal die rechte Spur gesperrt, sodass er sich durch eine Schikane nach der anderen hindurchschlängeln musste. Hinter einem Ersatzteillager für Volvo, Nissan und Honda zweigte die Route de Cerval nach rechts ab. Er setzte den Blinker. Kurz darauf tauchte links eine Tankstelle auf. Er hielt vor den Zapfsäulen an und ging in den Laden.

Die Aufnahmen der Überwachungskameras zeigten später, wie Hoffmann unschlüssig in den Gängen herumging. Plötzlich beschleunigte er seine Schritte und steuerte zielstrebig ein Regal mit Benzinkanistern an: rotes Metall, gute Qualität, 35 Franken das Stück. Auf den Zeitrafferbildern wirkten seine Bewegungen abgehackt, wie die einer Marionette. Er kaufte fünf Kanister und zahlte bar. Die Kamera über der Kasse zeigte deutlich seine Kopfverletzung. Der Bursche an der Kasse beschrieb ihn später als sehr aufgeregt. Gesicht und Kleidung seien blut- und ölverschmiert gewesen, in den Haaren habe er getrocknetes Blut gesehen.

Verkrampft lächelnd fragte Hoffmann: »Warum reißen die überall die Straßen auf?«

»Das geht schon seit Monaten so, Monsieur. Die verlegen Glasfaserkabel.«

Hoffmann musste zweimal gehen, um die Kanister zur nächstgelegenen Zapfsäule zu tragen. Nacheinander füllte er alle fünf mit Benzin. Er war der einzige Kunde. So allein unter den Neonröhren fühlte er sich grässlich ungeschützt. Er sah, dass der Bursche an der Kasse ihn beobachtete. Die Luft vibrierte, als der nächste Jet direkt über der Tankstelle hereinkam. Er hatte das Gefühl, als würde sein Körper bis ins Innerste erzittern. Als er den letzten Kanister gefüllt hatte, öffnete er die Hintertür und schob einen nach dem anderen auf den Rücksitz. Er ging zurück in den Laden, zahlte 160 Franken für das Benzin und dann noch 25 für eine Taschenlampe, zwei Feuerzeuge und drei Putzlappen. Wieder zahlte er bar. Er verließ den Laden, ohne sich noch einmal umzudrehen.

*

Leclerc schaute sich kurz die Leiche an, die auf dem Boden des Aufzugschachts lag. Es gab nicht viel zu sehen. Der Anblick erinnerte ihn an einen Selbstmord am Bahnhof Cornavin, den er einmal bearbeitet hatte. Solche Leichen ließen ihn kalt. Der Anblick von unversehrten Leichen, die einen anschauten, als müssten sie eigentlich noch atmen können, ging ihm wirklich unter die Haut: Die Augen schienen ihn immer vorwurfsvoll anzuschauen. *Wo warst du, als ich dich brauchte?*

In der Tiefgarage sprach er kurz mit dem österreichischen Geschäftsmann, dem man das Auto gestohlen hatte. Der Mann war außer sich und schien Leclerc dafür verantwortlich zu machen, mehr als den Dieb. »Ich zahle hier meine Steuern, ich erwarte, dass die Polizei mich beschützt.« Und so weiter und so weiter. Leclerc blieb nichts anderes übrig, als höflich zuzuhören. Das Kennzeichen und die Beschreibung des Wagens waren mit höchster Dringlichkeitsstufe an jeden Polizisten in Genf weitergegeben worden. Das gesamte Gebäude wurde durchsucht und evakuiert. Die Kriminaltechniker waren auf dem Weg. Madame Hoffmann wurde von ihrem Haus in Cologny zur Befragung ins Polizeipräsidium gebracht. Das Büro des Polizeichefs war informiert worden: Der Chef selbst hielt sich bei einem offiziellen Abendessen in Zürich auf, was die Arbeit erleichterte. Leclerc wusste nicht, was er sonst noch tun konnte.

Zum zweiten Mal an diesem Abend stieg Leclerc mehrere Treppen hinauf. Ihm war schwindelig vor Anstrengung. Er spürte ein Kribbeln im linken Arm. Er musste sich untersuchen lassen: Seine Frau lag ihm deshalb schon lange in den Ohren. Er fragte sich, ob Hoffmann nicht nur den Deutschen im Hotel, sondern auch seinen Kollegen umgebracht hatte. Auf den ersten Blick hielt er das nicht für wahrscheinlich: Der Sicherheitsmechanismus des Aufzugs hatte ganz einfach gestreikt. Andererseits war es schon ein bemerkenswerter Zufall, dass sich ein und derselbe Mann innerhalb von zwei Stunden am Ort von zwei unterschiedlichen Todesfällen aufhielt.

Als er im fünften Stock ankam, blieb er kurz stehen, um wieder zu Atem zu kommen. Vor dem offenen Eingang zu den Räumen des Hedgefonds hatte ein junger Gendarm Position bezogen. Im Vorbeigehen nickte Leclerc ihm zu. Im Handelsraum herrschte nicht einfach nur Erschütterung – nach dem Tod eines Kollegen hatte er nichts anderes erwartet –, sondern fast Hysterie. Die zuvor stummen Mitarbeiter standen in Gruppen zusammen und sprachen aufgeregt miteinander. Der Engländer, Quarry, rannte ihn fast über den Haufen. Die Zahlen auf den Bildschirmen veränderten sich ständig.

»Irgendwas Neues über Alex?«, fragte Quarry.

»Anscheinend hat er einen Mann aus seinem Wagen gezerrt und ist damit abgehauen. Wir suchen ihn gerade.«

»Das ist wirklich nicht zu …«

Leclerc fiel Quarry ins Wort. »Entschuldigung, Monsieur, würden Sie mir Doktor Hoffmanns Büro zeigen?«

Quarrys Gesicht nahm sofort einen verschlagenen Ausdruck an. »Ich weiß nicht recht. Vielleicht sollte ich erst unseren Anwalt rufen, bevor ich …«

»Er würde Ihnen raten zu kooperieren, da bin ich mir ganz sicher«, sagte Leclerc bestimmt. Er fragte sich, was der Finanzmann vor ihm verbergen wollte.

Quarry knickte sofort ein. »Ja, natürlich.«

Auf dem Boden von Hoffmanns Büro lagen immer noch Reste von Putz. Über dem Schreibtisch klaffte das Loch in der Decke. Leclerc schaute es erstaunt an. »Wann ist das passiert?«

Quarry verzog verlegen das Gesicht, als müsste er die Existenz eines verrückten Verwandten eingestehen. »Vor etwa einer Stunde. Alex hat den Rauchmelder herausgerissen.«

»Warum?«

»Er glaubte, dass sich eine Kamera darin versteckt.«

»Und, hat er recht gehabt?«

»Ja.«

»Wer hat die da eingebaut?«

»Unser Sicherheitschef, Maurice Genoud.«

»Und wer hatte das veranlasst?«

»Nun ja …« Quarry wusste keinen Ausweg. »Es hat sich herausgestellt, dass es Alex selbst war.«

»Hoffmann hat sich selbst bespitzelt?«

»Offensichtlich. Aber er konnte sich nicht erinnern, dass er es angeordnet hat.«

»Wo ist Genoud jetzt?«

»Ich glaube, er wollte gerade nach unten gehen, um mit Ihnen zu sprechen, als man Ganas Leiche gefunden hat. Er ist für die Sicherheit des gesamten Gebäudes verantwortlich.«

Leclerc setzte sich an Hoffmanns Schreibtisch und begann, die Schubladen zu durchsuchen.

»Brauchen Sie dafür nicht einen Durchsuchungsbeschluss?«, sagte Quarry.

»Nein.« Leclerc fand das Darwin-Buch und die CD aus der Röntgenabteilung der Uniklinik. Dann sah er auf dem Sofa den Laptop liegen. Er stand auf, ging zum Sofa und klappte ihn auf. Er betrachtete kurz Hoffmanns Bildschirmschonerfoto und öffnete dann die Datei mit den Gesprächen zwischen ihm und Karp, dem toten Deutschen. Er war so darin vertieft, dass er kaum den Kopf hob, als Ju-Long ins Büro kam.

»Entschuldigung, Hugo«, sagte Ju-Long. »Ich glaube, Sie sollten sich mal ansehen, was sich auf den Märkten tut.«

Quarry runzelte die Stirn und beugte sich über den Computer auf Hoffmanns Schreibtisch. Die Talfahrt nahm nun ernste Formen an. Der VIX schoss durch die Decke, der Euro fiel. Die Investoren flüchteten aus den Aktien und suchten Schutz bei Gold und US-Staatsanleihen mit zehnjähriger Laufzeit, deren Renditen schnell fielen. Überall wurde dem Markt Geld entzogen – allein bei den elektronisch gehandelten S&P-Futures ging die Liquidität auf Käuferseite innerhalb von nur neunzig Minuten von sechs Milliarden auf 2,5 Milliarden US-Dollar zurück.

Jetzt ging die Post ab, dachte er.

»Wenn wir hier fertig sind, Inspektor, kann ich ja wieder an meine Arbeit, oder?«, sagte er. »In New York steigt gerade der große Ausverkauf.«

»Und?«, sagte Ju-Long. »Wir können sowieso nichts mehr machen.«

Die Verzweiflung, die aus Ju-Longs Stimme sprach, machte Leclerc sofort hellhörig. Ruckartig hob er den Kopf.

»Wir haben ein paar technische Probleme«, sagte Quarry, der Leclercs argwöhnischen Blick bemerkte. Ein Albtraum, dachte Quarry, wenn die Polizei nach Hoffmanns Nervenzusammenbruch auch noch den Zusammenbruch der gesamten Firma untersuchen würde. Die Jungs von der Aufsichtsbehörde würden ihnen morgen früh die Bude einrennen. »Nichts Beunruhigendes, trotzdem müsste ich mal kurz mit unseren Computerleuten reden …«

Er erhob sich von Hoffmanns Schreibtischstuhl, aber Leclerc sagte mit fester Stimme: »Einen Moment noch.« Er schaute hinaus in den Handelsraum. Erst jetzt kam ihm der Gedanke, dass die Firma selbst in Schwierigkeiten sein könnte. Erst jetzt fiel ihm auf, dass nicht alle Angestellten nervös herumstanden, sondern einige auch unruhig hin und her hasteten. Die Körpersprache signalisierte eindeutig Panik. Er hatte das dem Umstand zugeschrieben, dass einer ihrer Kollegen gestorben und ihr Chef verschwunden war. Jetzt erkannte Leclerc, dass noch etwas anderes im Spiel war, was gar nichts damit zu tun hatte. »Was für technische Probleme?«, fragte er.

Es klopfte, ein Gendarm steckte den Kopf durch die Tür.

»Wir haben eine Spur von dem gestohlenen Auto.«

Leclerc drehte sich zu ihm um.

»Wo ist es?«

»Ein Typ aus Zimeysa hat gerade angerufen, von einer Tankstelle. Jemand, auf den Hoffmanns Beschreibung passt und der einen schwarzen BMW fährt, hat gerade hundert Liter Benzin gekauft.«

»Hundert Liter? Mein Gott, wo will der denn hin?«

»Deshalb hat der Typ angerufen. Er sagt, der Mann hätte den Sprit nicht getankt, sondern in Kanister gefüllt.«

*

In der Route de Clerval befanden sich eine Frachtabfertigungshalle und eine Müllverwertungsanlage. Die lange Straße endete neben den Bahngleisen als Sackgasse. Das letzte Grundstück war die Nummer 54. Hinter einer Baumreihe ragte das Gebäude blass in der Abenddämmerung auf. Es handelte sich um eine kastenartige Stahlkonstruktion, die vielleicht zwei oder drei Stockwerke hoch war. Hoffmann konnte die Höhe nur schwer einschätzen, da der Bau kein einziges Fenster hatte. Entlang der Dachkante waren Überwachungsscheinwerfer montiert, an den Ecken Videokameras, die Hoffmann folgten, als er vorbeifuhr. Die kurze Einfahrt endete vor zwei Metalltoren, dahinter lag ein leerer Parkplatz. Das gesamte Gelände war von einem Stahlzaun umgeben, der oben mit drei Reihen Stacheldraht abschloss. Hoffmann vermutete, dass das Gebäude ursprünglich eine Lagerhalle oder ein Verteilzentrum gewesen war. Es war bestimmt nicht für seinen aktuellen Verwendungszweck entworfen worden: Dafür hätte die Zeit nicht gereicht. Hoffmann fuhr in die Einfahrt und hielt vor den Toren an. Auf der Höhe des Seitenfensters des Wagens waren eine Tastaturkonsole und eine Gegensprechanlage angebracht und daneben das winzige blassrosa Elefantenauge einer Infrarotkamera.

Er lehnte sich aus dem Fenster, drückte auf die Klingel und wartete. Nichts geschah. Er schaute zu dem Gebäude. Es sah heruntergekommen aus. Er versuchte, sich in die Logik der Maschine hineinzuversetzen, und drückte dann die kleinste Zahl, die sich auf zwei verschiedene Weisen als Summe zweier dritter Potenzen darstellen ließ. Die Torflügel glitten sofort zur Seite.

Er fuhr langsam über den Parkplatz und dann an der Seite des Gebäudes entlang. Im Außenspiegel sah er, dass die Kamera ihm folgte. Von dem Benzingestank auf dem Rücksitz war ihm speiübel. Er bog um die Ecke der Halle und hielt vor einem großen Rolltor aus Stahl, einem Lieferanteneingang, groß genug für Lastwagen. Eine über dem Tor angebrachte Videokamera hatte ihn genau im Visier. Er stieg aus und ging auf das Tor zu. Ebenso wie das Gebäude des Hedgefonds war es durch ein Gesichtserkennungssystem gesichert. Er stellte sich vor den Scanner. Fast augenblicklich hob sich das Tor wie ein Theatervorhang und gab den Blick auf eine leere Ladezone frei. Als Hoffmann sich umdrehte und zum Wagen zurückging, sah er in der Ferne, auf der anderen Seite der Bahngleise, eine Kette aus rot und blau blinkenden Lichtern, die sich schnell bewegte. Der Wind wehte Geräuschfetzen von Polizeisirenen herüber.

Er fuhr schnell in die Ladezone, stellte den Motor ab und lauschte. Jetzt hörte er keine Sirenen mehr. Hatte wahrscheinlich nichts mit ihm zu tun. Er beschloss, das Rolltor zu schließen – für alle Fälle. Er suchte auf der Bedientafel nach einem Lichtschalter, fand aber keinen. Mit den Zähnen riss er die Plastikverpackung der Taschenlampe auf. Er probierte, ob die Lampe funktionierte, dann drückte er auf den Knopf, um das Tor zu schließen. Ein Warnton brummte, und ein orangefarbenes Lämpchen blinkte. Mit den Stahllamellen senkte sich auch die Nacht über Hoffmann. Zehn Sekunden später schlug das Tor auf den Betonboden auf und löschte den letzten Streifen Tageslicht. Er fühlte sich in der Dunkelheit alleingelassen, das Opfer seiner eigenen Einbildungen. Aber die Stille war nicht vollkommen, er hörte Geräusche. Er nahm das Stemmeisen vom Beifahrersitz des BMW. Die Taschenlampe hielt er in der Linken. Er führte den Lichtstrahl die nackten Wände entlang und dann über die Decke. In einer Ecke unter der Decke sah er eine weitere Überwachungskamera. Sie schien bösartig auf ihn herunterzuschauen. Unterhalb des Kameraauges befand sich eine Stahltür, daneben ein Gesichtsscanner. Er klemmte sich das Stemmeisen unter den linken Arm, richtete den Lichtstrahl auf sein Gesicht und legte vorsichtig die rechte Hand auf das Kontrollfeld. Ein paar Sekunden lang geschah nichts, dann öffnete sich die Tür – zögerlich, wie ihm schien. Hoffmann blickte auf ein paar Treppenstufen aus Holz, die zu einem Durchgang hinaufführten.

Er leuchtete in den Gang, an dessen Ende sich eine weitere Tür befand. Jetzt konnte er das schwache Brummen der Prozessoren hören. Die Decke war tief, die Luft kalt, wie in einem Kühlraum. Er tippte auf eine Unterflurbelüftungsanlage, wie sie sie im Computerraum am CERN gehabt hatten. Vorsichtig ging er zu der Tür am Ende des Gangs und legte seine Hand auf den Scanner. Die Tür öffnete sich. Vor ihm lag eine blinkende, brummende Serverfarm. Hoffmann führte den schmalen Lichtstrahl seiner Taschenlampe an den Stahlregalen mit den Prozessoren entlang, die sich über die Stirnwand und die Seiten des Raumes zogen. Der vertraute, merkwürdig süßliche elektrische Geruch nach verbranntem Staub stieg ihm in die Nase. An jedem Regal klebte das Schild einer Computerfirma: *Bei Störungen bitte diese Nummer anrufen.* Er ging langsam weiter und schwenkte dabei seine Taschenlampe links und rechts an den Stellagen entlang. Er fragte sich, wer sonst noch Zutritt zu diesem Raum hatte. Vermutlich Genoud und die Leute seiner Sicherheitsfirma, für Reinigung und Wartung zuständige Dienstleister, Computertechniker. Wenn Anweisungen und Bezahlung per E-Mail abgewickelt wurden, dann konnte die Anlage wahrscheinlich ohne eigene Mitarbeiter und allein mit externen Arbeitskräften betrieben werden: das ultimative Gates-Modell des Unternehmens als digitales Nervensystem. Ihm fiel ein, dass Amazon sich in seinen Anfängen als »reales Unternehmen in einer virtuellen Welt« bezeichnet hatte. Vielleicht war das hier die logische Weiterentwicklung in der Evolutionskette: ein virtuelles Unternehmen in einer realen Welt.

Hoffmann gelangte zur nächsten Tür und wiederholte die Prozedur mit der Taschenlampe und dem Gesichtsscanner. Als die Bolzen zurückglitten, blieb er kurz stehen und inspizierte den Türrahmen. Die Wände waren keine tragenden, sondern dünne, vorgefertigte Trennwände. Von außen hatte er sich das Gebäude als einen einzigen großen Raum vorgestellt, doch jetzt sah er, dass sein Inneres einem Wabenmuster glich, der Zellstruktur einer Insektenkolonie. Er trat über die Schwelle, hörte links ein Geräusch und fuhr herum. Auf einer Schiene glitt ein IBM-TS3500-Bandroboter auf ihn zu, blieb plötzlich stehen, zog eine Datenscheibe heraus und surrte wieder zurück.

Hoffmann beobachtete, wie sich der Roboter entfernte, und wartete, bis sein Herzschlag sich wieder beruhigt hatte. Es lag eine Art dringlicher Aktivität in der Luft. Als er weiterging, sah er, dass vier weitere Roboter emsig hin und her sausten. In der hintersten Ecke des Raums fiel der Lichtstrahl seiner Taschenlampe auf eine Stahltreppe, die in ein höheres Stockwerk führte.

Der angrenzende Raum war kleiner, hier schienen die Datenleitungen zusammenzulaufen. Er hielt den Lichtstrahl auf zwei große schwarze Kabelstränge, die so dick wie seine Faust waren und wie Knollenwurzeln aussahen. Sie kamen aus einem Stahlkasten, verliefen nach unten in eine Kabelrinne unter seinen Füßen und dann wieder nach oben in eine Art Verteilerkasten. Auf beiden Seiten des Gangs standen schwere Metallkäfige. Er wusste, dass die Glasfaserleitungen GVA-1 und GVA-2 von ihrem Landungspunkt in Marseille aus nach Deutschland verliefen und dabei dicht am Genfer Flughafen vorbeiführten. Die Geschwindigkeit der Datenübertragung zwischen New York und Marseille war ebenso groß wie die der Teilchen, die der Large Hadron Collider durch seinen Ringtunnel schoss – nur einen Bruchteil geringer als die des Lichts. VIXAL hing an der schnellsten Kommunikationsleitung Europas.

Der Lichtstrahl seiner Taschenlampe folgte anderen Kabeln, die auf Schulterhöhe an der Wand entlangliefen. Die zum Teil mit verzinktem Stahlblech ummantelten Kabel traten neben einer kleinen Tür aus der Wand. Die Tür war mit einem Vorhängeschloss gesichert. Hoffmann klemmte das Stemmeisen in das Halboval des Bügels und benutzte es als Hebel. Knirschend brach der Bügel aus seinem Gehäuse, und die Tür sprang auf. Im Schein seiner

Lampe sah er eine Art Kontrollraum mit Stromzählern, einem großen Verteilerkasten von der Größe eines kleinen Wandschranks und ein paar Schutzschaltern. Eine weitere Videokamera beobachtete jede seiner Bewegungen. Er kippte die Schutzschalter nach unten auf AUS. Eine Sekunde lang tat sich nichts, dann sprang irgendwo rumpelnd ein Dieselgenerator an. Seltsamerweise gingen alle Lichter an. Hoffmann fluchte. Er rammte das Ende des Stemmeisens in das Objektiv der Kamera und zerstörte das Auge seines Peinigers. Dann machte er sich in einem Anfall von Zerstörungswut über die Sicherungstafeln her und schlug auf die Plastikgehäuse ein. Erst als er merkte, dass er damit nicht das Geringste bewirkte, hielt er inne.

Er schaltete die Taschenlampe aus und ging zurück in den Computerraum. An der gegenüberliegenden Wand stellte er sich vor den Scanner, wobei es ihn große Mühe kostete, ein gelassenes Gesicht aufzusetzen. Als die Tür sich öffnete, blickte er nicht etwa in einen weiteren Nebenraum, sondern in eine hohe Halle mit digitalen Zeitzonenuhren und großen Fernsehschirmen – offenbar eine Nachbildung des Handelsraums von Hoffmann Investment Technologies. Das zentrale Steuerpult bestand aus einem Multi-Screen-Computer mit sechs Monitoren und einigen separaten Monitoren, auf denen die gitterförmig angeordneten Bildausschnitte der Überwachungskameras zu sehen waren. Davor saßen keine Menschen auf Stühlen, keine Quants. Stattdessen waren dort reihenweise Prozessoren installiert, die, nach den schnell flackernden LEDs zu urteilen, unter Höchstlast Daten verarbeiteten.

Das ist das Gehirn, dachte Hoffmann. Staunend stand er eine Zeit lang da. Er spürte eine in sich versunkene, selbstständige Zielstrebigkeit, die ihn überraschenderweise anrührte. Wie es einen Vater anrührte, so vermutete er, der sein Kind zum ersten Mal unbefangen in die Welt hinaustreten sah. Dass VIXAL ein mechanisches Gebilde war und weder über Gefühle noch Bewusstsein verfügte, dass sein einziges Ziel der egoistische Überlebenswille durch die Akkumulation von Geld war, dass er, würde er sich selbst überlassen, gemäß der Logik Darwins expandieren würde, bis er die ganze Welt beherrschte – das schmälerte in Hoffmanns Augen die verblüffende Tatsache seiner Existenz keinesfalls. Er verzieh ihm sogar die Qualen, die er ihm bereitet hatte: Schließlich hatten sie allein Forschungszwecken gedient. Man konnte ihn genauso wenig einem moralischen Urteil unterwerfen wie einen Hai. Er verhielt sich einfach wie ein Hedgefonds.

Für kurze Zeit vergaß Hoffmann, dass er VIXAL zerstören wollte. Er beugte sich über die Bildschirme, um zu sehen, welche Trades er gerade abwickelte. Und die wickelte er in ultraschneller Folge und gewaltigem Umfang ab – Millionen von Aktien, die er nur für Bruchteile von Sekunden hielt, gemäß einer Strategie, die man Sniping oder Sniffing nannte: die Erteilung und sofortige Stornierung von Aufträgen, um die Märkte nach versteckter Liquidität abzuklopfen. Aber Hoffmann hatte diese Strategie noch nie in diesem Ausmaß in Aktion gesehen. Manchmal sprang allenfalls ein kleiner Gewinn dabei heraus, zuweilen auch gar keiner, und Hoffmann sann kurz darüber nach, was VIXAL damit bezweckte. Dann leuchtete auf dem Bildschirm eine Alarmmeldung auf.

*

Die Alarmmeldung tauchte in dieser Sekunde in allen Handelsräumen der Welt auf – um 20:30 Uhr in Genf, um 14:30 Uhr in New York, um 13:30 Uhr in Chicago:

> Die CBOE hat mit Wirkung 13:30 Uhr Selbstschutz gegen die NYSE/Arca erklärt. Die NYSE/Arca setzt den vorschriftsmäßigen Handel aus und kann nicht erreicht werden. Alle CBOE-Systeme laufen normal.

Der Fachjargon verschleierte das Ausmaß des Problems, nahm ihm – was der Sinn von Fachjargon war – die Schärfe. Aber Hoffmann wusste genau, was gemeint war. Die CBOE war die Chicago Board Options Exchange mit einem jährlichen Handelsvolumen von etwa einer Milliarde Kontrakten. Sie handelte Optionen auf Unternehmen, Indizes und bestimmte Kategorien von Fonds – darunter den VIX. Eine amerikanische Börse war berechtigt, Selbstschutz gegenüber einer anderen zu erklären, wenn ihre Schwesterbörse länger als eine Sekunde benötigte, um auf eine Order zu reagieren: Es lag in der Verantwortung jeder Börse in Amerika, dafür zu sorgen, dass sie keinem Anleger einen schlechteren Kurs anbot als einen, der im selben Augenblick an irgendeiner anderen Börse im Land erzielt werden konnte. Das System arbeitete vollkommen automatisch und mit einer Geschwindigkeit von Tausendstelsekunden. Für einen Profi wie Hoffmann signalisierte die Selbstschutz-Alarmmeldung der CBOE, dass die Online-Handelsplattform der NYSE, die Arca, eine Art Systemzusammenbruch erlitten hatte – einen Zusammenbruch, der so gravierend war, dass Chicago gemäß den Vorschriften der US-Börsenaufsichtsbehörde zur Kursstellung keine Order mehr umleitete, selbst wenn Arca bessere Kurse für Investoren anbot als Chicago.

Die Alarmmeldung hatte zwei unmittelbare Konsequenzen. Erstens, dass Chicago sofort einschreiten und für die zuvor von der NYSE/Arca bereitgestellte Liquidität geradestehen musste – in einer Zeit, in der Liquidität ohnehin knapp war. Und zweitens, was vielleicht noch wichtiger war, dass sie einen ohnehin nervösen Markt noch weiter verunsicherte.

Als Hoffmann die Meldung sah, stellte er nicht sofort die Verbindung zu VIXAL her. Doch als er den Blick vom Bildschirm abwandte und die flackernden Lämpchen der Prozessoren sah, als er das phänomenale Volumen und die Geschwindigkeit, mit der die Orders abgewickelt wurden, fast physisch spürte, als er sich an die gewaltige ungesicherte Wette auf den Zusammenbruch des Marktes erinnerte, da wusste er, was der Algorithmus tat.

Er suchte auf dem Steuerpult nach den Fernbedienungen für die Fernsehschirme. Die Finanzkanäle flackerten alle gleichzeitig auf. Sie zeigten Live-Bilder von Demonstranten und Polizisten, die sich auf einem im Halbdunkel liegenden Platz in einer großen Stadt prügelten. Müllhaufen brannten, Explosionen im Off untermalten die Stimmen der Kommentatoren. Der durchs Bild laufende Text auf CNBC lautete: *Eilmeldung – nach Verabschiedung des Sparprogramms Massendemonstrationen in Athen.*

Die weibliche Moderatorenstimme sagte: *»Die Polizei geht mit Schlagstöcken gegen die Demonstranten vor …«*

Der Ticker am unteren Bildrand zeigte, dass der Dow um 260 Punkte gefallen war.

Die Prozessoren arbeiteten unerbittlich weiter. Hoffmann machte sich auf den Rückweg zur Ladezone.

*

Zur gleichen Zeit raste eine Kolonne aus acht Streifenwagen der Genfer Polizei über die verlassene Route de Clerval. Entlang dem hohen Schutzzaun kamen die Wagen schlitternd zum Stehen. Die Türen flogen auf. Leclerc saß mit Quarry im ersten, Genoud im zweiten und Gabrielle im sechsten Wagen.

Als Leclerc aus dem Fond des Wagens stieg, war sein erster Gedanke: Das war eine Festung – der hohe, massive Stahlzaun, der Stacheldraht, die Überwachungskameras, das Niemandsland des Parkplatzes und dann die blanken Stahlwände des Gebäudes selbst, das wie ein silbrig glänzendes Burgverlies in der Dämmerung aufragte. Es war mindestens fünfzehn Meter hoch. Hinter Leclerc stiegen bewaffnete Polizisten aus den Streifenwagen. Einige trugen kugelsichere Westen und Sturmschilde, sie standen unter Adrenalin und waren einsatzbereit. Wenn er nicht sehr vorsichtig war, dachte Leclerc, dann könnte die Aktion übel ausgehen.

»Er ist unbewaffnet«, sagte er, während er mit einem Walkie-Talkie in der Hand die Männer passierte, die in Stellung gingen. »Vergesst das nicht, er trägt keine Waffe.«

»Hundert Liter Benzin«, sagte einer der Gendarmen. »Ist das keine Waffe?«

»Nein«, sagte Leclerc. »Ihr vier postiert euch auf der Rückseite des Grundstücks. Keiner geht rein, bevor ich nicht den Befehl dazu gebe. Und keiner schießt, ist das klar?«

Leclerc ging zu dem Wagen, in dem Gabrielle saß. Die Tür stand offen. Sie saß auf dem Rücksitz und stand sichtlich unter Schock. Dabei ging es jetzt erst richtig los, dachte Leclerc. Während sie durch Genf gerast waren, hatte er weiter die Gespräche auf dem Laptop des toten Deutschen gelesen. Er versuchte, sich ihre Reaktion vorzustellen, wenn sie erfuhr, dass Hoffmann den Mann, der in ihr Haus eingebrochen war, erst dazu aufgefordert hatte. »Madame Hoffmann«, sagte er. »Ich weiß, das ist eine Qual für Sie, aber dürfte ich Sie bitten …« Er hielt ihr die Hand hin. Sie schaute ihn einen Augenblick lang ausdruckslos an. Dann nahm sie seine Hand und umklammerte sie so fest, als sollte er ihr nicht aus dem Wagen helfen, sondern sie aus einem Ozean ziehen, der sie zu verschlucken drohte.

Die kühle Abendluft schien sie aus ihrer Trance zu reißen, denn beim Anblick der versammelten Staatsmacht blinzelte sie verwundert mit den Augen. »Ist das alles nur wegen Alex?«, sagte sie.

»Tut mir leid. Aber in solchen Fällen sind wir an gewisse Vorgaben gebunden. Sorgen wir einfach dafür, dass alles friedlich ausgeht. Wollen Sie mir dabei helfen?«

»Ja, natürlich, was Sie wollen …«

Er führte sie nach vorn, dorthin, wo Quarry und Genoud standen. Der Chef der Sicherheitsfirma ging förmlich in Habtachtstellung, als Leclerc sich ihnen näherte. Was für eine Ratte, dachte Leclerc. Trotzdem bemühte er sich um einen höflichen Ton. Das war einfach seine Art.

»Maurice«, sagte er. »Ich nehme an, Sie kennen sich hier aus. Also erzählen Sie mal.«

»Drei Stockwerke, unterteilt durch Holztrennwände.« Genouds Beflissenheit war fast zum Lachen. Am Morgen hatte er noch abgestritten, dass er Hoffmann überhaupt kannte. »Zwischenböden, Zwischendecken. Modulare Struktur, jedes Modul vollgestopft mit Computerausrüstung, außer im zentralen Kontrollbereich. Als ich das letzte Mal drin war, war es knapp halb voll.«

»Die oberen Stockwerke?«

»Leer.«

»Zugang?«

»Drei Eingänge. Einer davon ist eine große Ladezone. Eine innere Feuertreppe vom Dach runter.«

»Wie sind die Türen gesichert?«

»Vierstelliger Code die Außentüren, Gesichtsscanner innen.«

»Außer dem hier noch andere Tore, die aufs Grundstück führen?«

»Nein.«

»Was ist mit der Stromversorgung? Können wir die lahmlegen?«

Genoud schüttelte den Kopf. »An der Rückseite im Erdgeschoss gibt es Dieselgeneratoren. Das Benzin reicht für achtundvierzig Stunden.«

»Sicherheitsvorkehrungen?«

»Ein Alarmsystem. Alles automatisch. Kein Personal auf dem Grundstück.«

»Wie öffnen wir das Tor?«

»Mit demselben Code wie für die Außentüren.«

»Sehr gut. Also los, aufmachen.«

Genoud tippte die Nummer ein. Das Tor rührte sich nicht. Mit verbissenem Gesicht versuchte er es noch ein paarmal. Mit demselben Ergebnis. »Der Code stimmt«, sagte er ratlos. »Ich schwöre.«

Leclerc umfasste die stabilen Gitterstäbe. Sie bewegten sich keinen Millimeter. Selbst wenn man versuchte, sie mit einem Laster zu knacken, würden sie vermutlich halten.

»Vielleicht ist auch Alex nicht reingekommen«, sagte Quarry. »Dann wäre er gar nicht hier.«

»Möglich. Wahrscheinlicher ist, dass er den Code geändert hat.« Ein Mann mit Todesfantasien, der sich mit hundert Litern Benzin in ein Gebäude eingeschlossen hatte! Leclerc rief zu seinem Fahrer hinüber: »Rufen Sie die Feuerwehr an, die sollen Geräte mitbringen, mit denen man so ein Tor knackt. Außerdem brauchen wir einen Krankenwagen, für alle Fälle. Madame Hoffmann, würden Sie mit Ihrem Mann sprechen, damit er keine Dummheiten macht?«

»Ich werde es versuchen.«

Sie drückte auf den Knopf der Sprechanlage. »Alex?«, sagte sie sanft. »Alex?« Sie hielt den Metallknopf gedrückt, wollte ihn mit ihrem Willen zwingen zu antworten. Wieder und immer wieder drückte sie auf den Knopf.

*

Hoffmann hatte gerade den Raum mit den Prozessoren, die Gehäuse der Bandroboter und die Rinne mit den Glasfaserkabeln mit Benzin besprenkelt, als er das Summen der Sprechanlage auf dem Steuerpult hörte. Er hielt in jeder Hand einen Kanister. Seine Arme schmerzten von dem Gewicht. Das Benzin war ihm auf Stiefel und Jeans geschwappt. Es war spürbar heißer geworden – irgendwie musste es ihm gelungen sein, die Stromzufuhr der Belüftungsanlage zu kappen. Er schwitzte. Die Schlagzeile auf CNBC lautete: *Dow Jones um mehr als 300 Punkte gefallen.* Er stellte die Kanister neben dem Steuerpult ab und schaute auf die Überwachungsmonitore. Er klickte mit der Maus einige der Kameras an und verschaffte sich so einen Überblick über die Situation am Eingangstor. Er sah die Gendarmen, Quarry, Leclerc, Genoud und Gabrielle. Als er auf ihr Bild klickte, füllte das Gesicht den gesamten Bildschirm aus. Sie sah verstört aus. Das Schlimmste hatten sie ihr wahrscheinlich schon erzählt, dachte er. Er ließ den Finger ein paar Sekunden lang über dem Knopf verharren.

»Gabby ...«

Es war merkwürdig, auf dem Bildschirm ihre Reaktion auf seine Stimme zu sehen. Sie sah erleichtert aus.

»Alex, Gott sei Dank. Wir machen uns alle große Sorgen um dich. Wie geht's dir da drin?«

Er sah sich um und wünschte sich, er fände die passenden Worte. »Es ist ... unglaublich.«

»Ja, kann ich mir vorstellen.« Sie hielt inne, blickte zur Seite und schob ihr Gesicht näher an die Kamera heran. Ihre Stimme wurde leiser, vertraulicher, so als wären sie ganz unter sich. »Hör zu, Alex, ich würde gern reinkommen und mit dir reden. Ich möchte mir das alles gern anschauen ... wenn du nichts dagegen hast.«

»Das wäre schön. Aber ehrlich gesagt, ich glaube, das geht jetzt nicht.«

»Ich würde allein reinkommen. Ehrenwort. Die anderen bleiben alle draußen.«

»Das sagst du, Gabby, aber ich glaube kaum, dass sie sich dran halten würden. Ich fürchte, es hat eine Menge Missverständnisse gegeben.«

»Einen Moment noch, Alex, bleib dran«, sagte sie. Dann verschwand ihr Gesicht vom Bildschirm, und er sah nur noch die Seite eines Streifenwagens. Er hörte verschiedene Stimmen, aber sie kamen nur gedämpft und unverständlich bei ihm an. Wahrscheinlich hielt irgendwer das Mikrofon der Sprechanlage zu. Er schaute auf die Fernsehschirme. Die CNBC-Schlagzeile lautete: *Dow Jones um mehr als 400 Punkte gefallen.*

»Tut mir leid, Gabby«, sagte Hoffmann. »Aber ich muss jetzt Schluss machen.«

»Nicht, warte!«, schrie sie.

Plötzlich erschien Leclercs Gesicht auf dem Monitor. »Doktor Hoffmann, ich bin's, Leclerc. Öffnen Sie bitte das Tor, und lassen Sie Ihre Frau rein. Reden Sie mit ihr. Ich verspreche Ihnen, dass meine Männer sich nicht vom Fleck rühren.«

Hoffmann zögerte. Seltsamerweise kam ihm der Gedanke, dass der Polizist recht hatte. Er musste mit seiner Frau reden. Und wenn nicht reden, so musste er ihr doch zumindest alles zeigen. Sie sollte es sehen, bevor er es zerstörte. Das würde alles viel besser erklären, als er es mit Worten jemals könnte.

Auf dem Handelsschirm tauchte eine neue Alarmmeldung auf: *Die NASDAQ hat mit Wirkung von 14:36:59 Uhr Eastern Standard Time Selbstschutz gegenüber der NYSE/Arca erklärt.*

Er drückte auf den Knopf, der das Tor öffnete.

ACHTZEHN

Die Fluchtmasse wird durch Drohung hergestellt. Es gehört zu ihr, daß alles flieht; alles wird mitgezogen. Die Gefahr, von der man bedroht wird, ist für alle dieselbe. [...] Man flieht zusammen, weil es sich so besser flieht. Die Erregung ist dieselbe: die Energie der einen steigert die der anderen, die Menschen stoßen einander in dieselbe Richtung fort. Solange man beisammen ist, empfindet man die Gefahr als verteilt.

Elias Canetti
Masse und Macht, 1960

Die Angst an den amerikanischen Märkten verbreitete sich wie ein Virus. Die Algorithmen in ihren Glasfasertunneln beschnüffelten sich gegenseitig bei ihrer fieberhaften Suche nach Liquidität. Folglich näherte sich das Handelsvolumen fast dem Zehnfachen des normalen Umfangs: Pro Minute wurden hundert Millionen Aktien gekauft und verkauft. Eine trügerische Zahl. Denn die Positionen wurden nur für Sekundenbruchteile gehalten und dann wieder abgestoßen – die nachfolgende Untersuchung nannte dies den »Heiße-Kartoffel-Effekt«. Diese abnorm hohe Handelsaktivität wurde nun selbst zu einem kritischen Faktor in der sich verstärkenden Panik.

Um 20:32 Uhr Genfer Zeit war ein Algorithmus mit einer Verkaufsorder des Ivy Asset Strategy Fund für 75 000 sogenannte E-Minis (das heißt elektronisch gehandelte S&P-Future-500-Kontrakte) mit einem Nominalwert von 4,1 Milliarden Dollar in den Markt eingetreten. Um die Auswirkungen einer derart umfangreichen Order auf den Kurs zu begrenzen, war der Algorithmus so programmiert, dass das Volumen seiner Verkäufe im Durchschnitt zu keinem Zeitpunkt neun Prozent des Gesamtmarktes überstieg: Bei diesem Tempo hätte der Verkauf normalerweise drei bis vier Stunden gedauert. Bei einem Handelsvolumen, das zehnmal so groß war wie unter normalen Umständen, passte der Algorithmus sein Tempo entsprechend an und vollzog den Auftrag binnen 19 Minuten.

*

Sobald sich das Tor weit genug geöffnet hatte, schlüpfte Gabrielle durch den Spalt und lief quer über den Parkplatz. Sie war noch nicht weit gekommen, als sie hinter sich aufgeregte Rufe hörte. Sie drehte sich um und sah Quarry schnell auf sie zugehen. Leclerc schrie ihm irgendetwas hinterher, aber Quarry machte nur eine wegwerfende Armbewegung, ohne seine Schritte zu verlangsamen.

»Ich lass dich doch jetzt nicht im Stich, Gabs«, sagte Quarry, als er sie erreicht hatte. »Ist schließlich meine Schuld, dass er hier drin ist, nicht deine.«

»Keiner ist schuld«, sagte sie. »Er ist krank, Hugo.«

»Trotzdem … Hast du was dagegen, wenn ich dich begleite?«

Sie presste die Lippen zusammen. *Wenn ich dich begleite* – als ob sie auf einen Ball gingen. »Liegt ganz bei dir.«

Als sie um die Ecke der Halle bogen und Gabrielle Alex im offenen Tor der Ladezone stehen sah, war sie doch froh, dass sie jemand an ihrer Seite hatte – auch wenn es Quarry war. Alex hielt nämlich in einer Hand eine lange Eisenstange und in der anderen einen großen, roten Kanister. Er bot ein verstörendes, psychopathisches Bild. Er stand regungslos da, blickte ängstlich in ihre Richtung, Blut und Öl klebten in seinem Gesicht, seinen Haaren und auf seiner Kleidung, Benzingestank hing in der Luft.

»Schnell, macht schon«, sagte er. »Jetzt geht es richtig los.« Noch bevor sie ihn erreicht hatten, drehte er sich um und verschwand im Inneren der Halle. Sie liefen hinter ihm her – an dem BMW vorbei durch die Ladezone, vorbei an den Prozessoren und Bandrobotern. Es war heiß, das Benzin verdampfte, sie konnten kaum atmen. Gabrielle hielt sich den Saum ihrer Jacke vor die Nase. Aus der Richtung, in die sie liefen, war chaotischer Lärm zu hören.

Alex, dachte sie, Alex, Alex …

Quarry schrie panisch: »Alex, das fliegt gleich alles in die Luft …«

Sie erreichten einen viel größeren Raum, in dem panisches Geschrei von den Wänden widerhallte. Hoffmann hatte den Ton der Fernseher aufgedreht. Durch den Lärm plärrte die sich überschlagende Stimme eines Mannes, der sich anhörte, als kommentierte er die letzten Meter eines großen Rennens. Gabrielle wusste nicht, was das war, Quarry sehr wohl: der Live-Ton vom Parkett des S&P 500 in Chicago.

Und hier, schon wieder Verkäufe! Zu neuneinhalb jetzt, zu neun zwanzig, glatt zu neun, auch zu achteinhalb. Und noch mal, Jungs – Gebot zu acht null! Gebot zu sieben null …!

Im Hintergrund kreischten die Menschen, als würden sie Zeuge einer Naturkatastrophe. Auf einem der Fernsehschirme sah Gabrielle die Schlagzeile *Größte Tagesverluste für Dow Jones, S&P und NASDAQ seit über einem Jahr.*

Ein anderer Sprecher sagte zu Bildern nächtlicher Unruhen: *»Hedgefonds nehmen Italien ins Visier und greifen Spanien an. Nirgendwo ist eine Lösung in Sicht …«*

Die Schlagzeile wechselte: *VIX steigt um weitere 30 %.* Sie hatte keine Ahnung, was das bedeutete. Die Schlagzeile wechselte wieder, aber auch die nächste verstand sie nicht. *Dow Jones um mehr als 500 Punkte gefallen.*

Quarry war wie gelähmt. »Sag mir nicht, dass *wir* das sind.«

Hoffmann schüttete aus dem großen Kanister Benzin über die Prozessoren. »Wir haben angefangen. Wir haben New York attackiert. Das hat die Lawine losgetreten.«

Leute, wir sind um vierundsechzig runter heute. Leute …

*

An der NYSE wurden im Lauf des Tages 19,4 Milliarden Aktien gehandelt: mehr als im gesamten Jahrzehnt zwischen 1960 und 1970, in Millisekunden pro Order, in einer Geschwindigkeit jenseits jeden menschlichen Fassungsvermögens. Das alles konnte erst später rekonstruiert werden, nachdem die Computer ihre Geheimnisse preisgegeben hatten.

Um 20:42:43:675 Uhr Genfer Zeit erreichte laut der Datendienstleistungsfirma NANEX das Handelsvolumen für alle an der NYSE, NYSE/Arca und NASDAQ gehandelten Aktien binnen 75 Millisekunden seinen Sättigungsgrad. Ungeachtet des einbrechenden Kurses verkaufte der Algorithmus des Ivy Asset Strategy Fund 400 Millisekunden später eine weitere Tranche E-Minis im Wert von 125 Millionen Dollar. Weitere 25 Millisekunden danach stieß ein anderer Algorithmus weitere hundert Millionen in elektronisch gehandelten Futures ab. Zu diesem Zeitpunkt war der Dow Jones um 630 Punkte gefallen, eine Sekunde später um 720. Wie hypnotisiert verfolgte Quarry den rasenden Wandel der Zahlen. Hinterher sagte er: »Es war wie in diesen Zeichentrickfilmen. Der Typ rennt über eine Klippe, rennt in der Luft hängend noch weiter, schaut dann nach unten – und stürzt ab.«

*

Drei Einsatzfahrzeuge der Genfer Feuerwehr standen neben den Streifenwagen. Menschen wuselten herum, Lichter blinkten. Leclerc wies die Feuerwehrleute an, loszulegen. Die Klemmbacken der hydraulischen Bolzenschneider bissen sich durch die schweren Eisenstäbe und erinnerten ihn dabei an riesige Mäuler, die Grashalme zermalmten.

*

Gabrielle flehte ihren Mann an. »Komm, Alex, bitte. Hör auf, lass uns gehen.«

Hoffmann leerte den letzten Kanister aus und ließ ihn zu Boden fallen. Mit den Zähnen riss er die Plastikverpackung der Putzlappen auf. »Ich bin gleich fertig.« Er spuckte einen Fetzen Plastik aus. »Geht schon vor, ich komme gleich nach.« Er sah sie an, und für einen Augenblick war er wieder der alte Alex. »Ich liebe dich. Bitte, geh jetzt.« Er tauchte einen Lappen in die Benzinlache, die sich auf dem Gehäuse eines Prozessors gebildet hatte, und wartete, bis der Stoff sich vollgesogen hatte. In der anderen Hand hielt er ein Feuerzeug. »Geh«, sagte er noch einmal. Er klang so verzweifelt, dass Gabrielle unwillkürlich ein paar Schritte zurücktrat.

Auf CNBC sagte der Kommentator: *»Das ist die totale Kapitulation, die klassische Kapitulation. Das ist die pure Angst, die den Markt beherrscht. Schauen Sie sich den VIX an, er explodiert förmlich …«*

Quarry starrte den Handelsbildschirm an und konnte kaum glauben, was er da sah. Binnen Sekunden war der Verlust des Dow Jones von 800 auf 900 Punkte hochgeschossen. Der VIX war um vierzig Prozent gestiegen – Gott im Himmel, das waren allein in dieser einen Position fast eine halbe Milliarde Dollar Gewinn. VIXAL war schon damit beschäftigt, die Optionen auf seine Short-Positionen auszuüben, und kaufte die Papiere zu irrwitzig niedrigen Kursen auf – Procter & Gamble, Accenture, Wynn Resorts, Exelon, 3-M …

Die hysterische, fast schluchzende Stimme vom Parkett in Chicago überschlug sich.

Hier gerade ein Gebot zu fünfundsiebzig glatt, Leute, siebzig glatt dagegen, und jetzt, Morgan Stanley verkauft …

Quarry hörte ein dumpfes Fauchen, fuhr herum und sah Flammen aus Hoffmanns Fingern schlagen. Nicht jetzt, dachte er, warte noch … die Trades … VIXAL war noch nicht fertig … gleich. Neben ihm schrie Gabrielle. »Alex!« Quarry stürzte zur Tür. Die Flammen schossen aus Hoffmanns Hand in die Luft, schienen für einen Augenblick tänzelnd innezuhalten und explodierten dann wie ein grell leuchtender Stern.

*

Die zweite und entscheidende Liquiditätskrise des siebenminütigen »Flash Crash« hatte gerade begonnen, als Hoffmann den leeren Kanister fallen ließ. Es war 20:45 Uhr Genfer Zeit. Überall auf der Welt starrten Investoren auf ihre Bildschirme, stellten den Handel ein oder verkauften alles, was sie hatten. Der offizielle Untersuchungsbericht fasste es in folgende Worte: »Weil die Kurse bei vielen Typen von Wertpapieren zeitgleich einbrachen, befürchteten sie einen verheerenden Zwischenfall, auf den sie nicht gefasst waren und den ihre Systeme nicht handhaben konnten … Eine signifikante Zahl zog sich komplett aus den Märkten zurück.«

Ab 20:45:13 Uhr handelten die ultraschnellen algorithmischen Programme binnen fünfzehn Sekunden 27000 E-Mini-Kontrakte, 49 Prozent des Gesamtvolumens, von denen aber nur zweihundert auch tatsächlich verkauft wurden: Es war ein Spiel mit heißen Kartoffeln, es gab keine echten Käufer. Die Liquidität fiel auf ein Prozent ihres früheren Niveaus. Um 20:45:27 Uhr – binnen 500 Millisekunden, als Hoffmann sein Feuerzeug anzündete – strömten weitere Verkäufer in den Markt, und der Kurs der E-Minis fiel von 1070 auf 1059 und schließlich auf 1056. Dann setzte die dramatische Volatilität automatisch ein Verfahren in Gang, das man CME Globex Stop Price Logic Event nannte: ein fünf Sekunden langes Einfrieren jeglichen Handels mit S&P-Futures in Chicago, damit frische Liquidität in den Markt fließen konnte.

Der Dow war mittlerweile um knapp tausend Punkte gefallen.

*

Die mit exakten Zeitangaben versehenen Aufzeichnungen der offenen Kanäle des Polizeifunks belegten, dass sich exakt zum Zeitpunkt der Unterbrechung der Börse in Chicago – um 20:45:28 Uhr – eine Explosion in der Halle an der Route de Clerval 54 ereignete. Im Augenblick der Detonation lief Leclerc mit den Gendarmen auf das Gebäude zu. Er warf sich auf den Boden und verschränkte die Arme über dem Kopf – eine würdelose Aktion für einen altgedienten Polizeibeamten, dachte er hinterher, aber nun ja. Einige der jüngeren Gendarmen, die in ihrer Unerfahrenheit noch keine Angst kannten, liefen einfach weiter. Als Leclerc sich wieder aufrappelte, waren sie schon umgekehrt, bogen abermals um die Ecke der Halle und liefen über den Parkplatz auf ihn zu. Gabrielle und Quarry waren bei ihnen.

»Wo ist Hoffmann?«, rief Leclerc.

In diesem Moment erschütterte ein Donnern die Halle.

*

Angst vor dem nächtlichen Einbrecher. Angst vor körperlicher Gewalt und Gesetzlosigkeit. Angst vor Krankheit. Angst vor Wahnsinn. Angst vor Einsamkeit. Angst, in einem brennenden Gebäude in der Falle zu sitzen …

Die Kameras verzeichneten wissenschaftlich, ohne jede Leidenschaft, wie Hoffmann in dem großen Kontrollraum wieder zu sich kam. Die Bildschirme sind geplatzt. Die Prozessoren sind tot, VIXAL existiert nicht mehr. Kein Geräusch ist zu hören – bis auf das Brausen der Flammen, die sich von Raum zu Raum fressen und die hölzernen Trennwände, die Zwischenböden und Zwischendecken, die kilometerlangen Kabel und die Plastikkomponenten der Prozessoren verschlingen.

Hoffmann erhebt sich langsam – erst auf alle viere, dann auf die Knie, dann auf die Füße. Schwankend steht er da. Er reißt sich die Jacke herunter, hält sie sich schützend vor den Körper und läuft los – durch das Inferno des Glasfaserraums, vorbei an den schmorenden, regungslosen Bandrobotern und durch den dunklen Serverraum bis in die Ladezone. Das stählerne Rolltor ist geschlossen. Wie kann das sein? Er schlägt mit dem Handballen auf den Knopf. Das Tor rührt sich nicht. Verzweifelt schlägt er abermals auf den Knopf, als wollte er ihn in die Wand hämmern. Nichts. Alle Lichter sind aus: wahrscheinlich ein Kurzschluss durch das Feuer. Er dreht sich um, hebt den Kopf und schaut in das Kameraobjektiv. In seinem Blick spiegelt sich ein emotionales Chaos – Zorn, aber auch eine Art wahnsinnigen Triumphes.

In dem Maße, wie sich Furcht zu einer Seelenangst des Schreckens (oder äußerster Furcht) vergrößert, sehen wir, wie bei allen heftigen Gemüthserregungen, verschiedenartige Resultate.

Hoffmann hat jetzt zwei Möglichkeiten. Er kann bleiben, wo er ist, und riskieren, eingeschlossen und verbrannt zu werden. Oder er kann versuchen, sich durch die Flammen bis zu den Bandrobotern durchzuschlagen, zu der Stelle, wo die Feuertreppe hinauf aufs Dach führt. Man sieht in seinen Augen, wie er die Chancen abschätzt …

Er entscheidet sich für die zweite Möglichkeit. Die Hitze ist in den letzten Sekunden stärker geworden. Die Flammen leuchten hell. Die Plexiglasgehäuse schmelzen. Einer der Roboter hat Feuer gefangen. Er schmilzt in der Mitte durch und knickt, nur Sekunden nachdem Hoffmann an ihm vorbeigelaufen ist, nach vorn ein und kracht in den Gang. Das Eisen der Treppe ist so heiß, dass er das Geländer nicht anfassen kann. Er spürt die Hitze des Metalls durch die Sohlen seiner Stiefel. Die Treppe führt nicht auf direktem Weg aufs Dach, sondern nur ins nächste Stockwerk, das dunkel vor ihm liegt. Trotzdem kann er im purpurroten Schein der Flammen drei Türen ausmachen. Er vernimmt ein Geräusch, das sich wie ein scharfer Wind anhört, der durch einen Dachboden weht, aber er kann nicht feststellen, ob es von links oder von rechts kommt. Er hört, wie irgendwo im Dunkeln krachend ein Teil des Bodens wegbricht. Er hält sein Gesicht vor den Scanner neben der ersten Tür. Sie reagiert nicht. Er wischt sich mit dem Ärmel übers Gesicht: Vielleicht verhindert der schmierige Schweiß auf seiner Haut, dass der Sensor ihn erkennt. Aber auch jetzt reagiert die Tür nicht. Auch die zweite Tür rührt sich nicht. Die dritte öffnet sich schließlich, und er tritt in den nächsten, völlig dunklen Raum. Die Nachtsichtkameras zeigten, wie er blind an den Wänden entlangtastend nach der nächsten Tür suchte. So arbeitet er sich Raum für Raum vor, um aus dem Labyrinth zu entkommen. Schließlich, am Ende eines Gangs, öffnet er eine Tür, die zu einem Heizungsschacht führt. Wie eine hungrige Bestie stürzt sich eine Feuerzunge auf den frischen Nachschub an Sauerstoff. Er dreht sich um und rennt los. Die Flammen scheinen ihn zu verfolgen, ihr Schein, der bis zu dem glühenden Gerüst einer Treppe reicht, weist ihm den Weg. Hoffmann verschwindet aus dem Blickwinkel der Kamera. Eine Sekunde später erreichen die Flammen das Objektiv. Hier brach die Aufzeichnung ab.

*

Den Menschen draußen kam das Gebäude wie ein Dampfkochtopf vor. Sie sahen keine Flammen, nur den Rauch, der aus den Nähten und Lüftungsröhren des Gebäudes drang. Und sie hörten dieses unablässige Brausen. Die Feuerwehr versuchte, die Wände aus drei verschiedenen Richtungen mit Wasser zu kühlen. Wenn sie die Türen aufbrechen würden, so der leitende Feuerwehrbeamte zu Leclerc, dann würden sie das Feuer nur mit Sauerstoff füttern. Allerdings seien auf ihren Wärmebildkameras schwarze Flecken zu sehen, die innerhalb des Gebäudes wanderten. Dort sei die Hitze weniger stark, dort könne ein Mensch das Inferno durchaus überleben. Eine Mannschaft in schweren Schutzanzügen machte sich bereit, um in das Gebäude einzudringen.

Gabrielle und Quarry standen am Stahlzaun und beobachteten die Männer. Man hatte ihnen Decken um die Schultern gelegt. Plötzlich schoss aus dem flachen Dach des Gebäudes eine rötliche Flamme senkrecht in den Nachthimmel. Nicht die Farbe, aber die Form ähnelte den Feuerfontänen, die man sehen konnte, wenn Raffinerien ihre Abgase abfackelten. Aus dem unteren Teil der Fontäne löste sich etwas heraus. Es dauerte einige Zeit, bis sie erkannten, dass es sich um die feuerroten Umrisse eines Menschen handelte. Er lief mit ausgestreckten Armen zum Rand des Daches. Dann sprang er und fiel wie Ikarus.

NEUNZEHN

Welche Gruppen aber [in der Zukunft] zuletzt vorwalten werden, kann niemand vorhersagen; denn wir wissen, dass viele Gruppen von ehedem sehr ausgedehnter Entwickelung heutzutage erloschen sind.

Charles Darwin
Die Entstehung der Arten, 1859

Es war fast Mitternacht. Die Straßen nach Les Eaux-Vives waren leer, die Rollläden der Geschäfte heruntergelassen, die Restaurants geschlossen. Quarry und Leclerc saßen schweigend auf dem Rücksitz eines Streifenwagens.

Schließlich sagte Leclerc: »Und Sie sind sich sicher, dass wir Sie nicht nach Hause bringen sollen?«

»Ja, danke. Ich muss mich noch heute Nacht mit meinen Investoren in Verbindung setzen. Besser, wenn sie es nicht aus den Nachrichten erfahren.«

»Das wird bestimmt eine Riesenstory.«

»Da können Sie drauf wetten.«

»Trotzdem, wenn Sie erlauben, würde ich Ihnen den Rat geben, sich nach einem derartigen Trauma ein wenig zu schonen.«

»Das werde ich, machen Sie sich da keine Sorgen.«

»Madame Hoffmann hat sich ins Krankenhaus fahren lassen, sie hat einen verzögerten Schock erlitten …«

»Inspektor, mir geht's gut, okay?«

Quarry stützte das Kinn auf die Hand und schaute zum Fenster hinaus, um weiteren Diskussionen vorzubeugen. Leclerc richtete auf der anderen Seite seinen Blick ebenfalls nach draußen. Kaum zu glauben, dass noch keine vierundzwanzig Stunden vergangen waren, seit er ins Präsidium gefahren war, um eine ganz normale Nachtschicht anzutreten. Man konnte wirklich nie wissen, womit einen das Leben bombardierte. Der Polizeichef hatte von seiner Abendgesellschaft in Zürich angerufen und ihm zur »schnellen Lösung dieser potenziell unangenehmen Situation« gratuliert. Das Finanzministerium sei sehr erfreut, Genfs Ruf als zentraler Finanzplatz bleibe von dieser Verirrung unbeeinträchtigt. Trotzdem hatte Leclerc das unbestimmte Gefühl, dass er versagt hatte, dass er dem Geschehen immer eine oder zwei entscheidende Stunden hinterhergehinkt war. Wenn er bei Tagesanbruch mit Hoffmann ins Krankenhaus gefahren wäre und auf einer eingehenden stationären Untersuchung bestanden hätte, dann wäre das alles nicht passiert. Halb zu sich selbst sagte er: »Ich war auch schon mal besser.«

Quarry schaute ihn von der Seite an. »Was?«

»Ich habe gerade gedacht, dass ich das Geschehen heute besser hätte handhaben können. Dann wäre es vielleicht gar nicht zu dieser Tragödie gekommen. Zum Beispiel hätte ich früher erkennen müssen, eigentlich von Anfang an, dass Hoffmann sich in einem fortgeschrittenen Zustand der Psychose befand.« Er dachte an das Darwin-Buch. Er dachte daran, wie besessen Hoffmann darauf beharrt hatte, dass das Bild von dem Mann ein Hinweis darauf sei, warum man ihn überfallen hatte.

»Vielleicht«, sagte Quarry, klang dabei aber nicht sehr überzeugt.

»Oder bei Madame Hoffmanns Ausstellung …«

»Hören Sie zu, Inspektor«, sagte Quarry ungeduldig. »Sie wollen die Wahrheit wissen? Alex war einfach ein schräger Vogel. War er schon immer. Ich hätte von Anfang an wissen können, auf was ich mich da einlasse, seit dem Abend, als ich ihn kennengelernt habe. Tut mir leid, aber das hat nichts mit Ihnen zu tun.«

»Trotzdem …«

»Verstehen Sie mich nicht falsch, mir tut es unendlich leid, dass es so für ihn enden musste. Aber stellen Sie sich das mal vor: Die ganze Zeit über hat er praktisch vor meiner Nase eine ausgewachsene Schattenfirma betrieben. Er hat mich bespitzelt, seine Frau, sogar sich selbst …«

Leclerc dachte daran, wie oft er von Ehefrauen und Ehemännern, von Liebhabern und Freunden solch ungläubige Aussagen gehört hatte. Er dachte daran, wie wenig man von dem wusste, was im Kopf derer vorging, die man am besten zu kennen glaubte. »Was wird ohne ihn aus der Firma?«, sagte er sanft.

»Die Firma? Welche Firma? Die Firma ist erledigt.«

»Verstehe, die Art von Publicity ist wahrscheinlich nicht gerade förderlich …«

»Ach ja, glauben Sie? ›Schizophrenes Finanzgenie läuft Amok, killt zwei Menschen und fackelt Fabrikhalle ab …‹ So was in der Art?«

Der Wagen hielt vor dem Bürogebäude des Hedgefonds.

Quarry legte den Kopf auf die Rückenlehne, betrachtete die Decke des Wagens und stieß einen langen Seufzer aus. »Was für eine Scheiße.«

»Wie wahr.«

»Also dann.« Quarry öffnete müde die Wagentür. »Ich nehme an, wir reden dann morgen früh weiter.«

»Nein, Monsieur«, sagte Leclerc. »Zumindest werden Sie nicht mit mir reden. Der Fall ist einem jungen Beamten übertragen worden – Moynier. Ein sehr effizienter Mann.«

»Ah, na gut.« Quarry schien irgendwie enttäuscht zu sein. Er schüttelte dem Inspektor die Hand. »Dann erwarte ich den Anruf Ihres Kollegen. Gute Nacht.«

Quarry stieg aus.

»Gute Nacht, Monsieur.« Leclerc beugte sich über den Sitz, bevor Quarry die Wagentür schloss. »Ach, übrigens, was ich Sie noch fragen wollte … Diese technischen Probleme, die Sie heute hatten, wie ernst waren die eigentlich?«

Die Attitüde des Blenders beherrschte Quarry nach wie vor mühelos. »Ach, das war nichts … nichts, was von Bedeutung wäre.«

»Ich meine nur, wegen dieser Bemerkung Ihres Kollegen, dass sie jetzt sowieso nichts mehr machen könnten.«

»Das war nicht wörtlich gemeint. Sie wissen ja, Computer …«

»Ja, sicher, verstehe … Computer.«

Quarry warf die Tür zu. Der Streifenwagen setzte sich in Bewegung. Leclerc drehte sich um und sah, wie der Finanzmann das Gebäude betrat. Ein verschwommener Gedanke ging ihm durch den Kopf. Aber er war zu müde, um ihn weiterzuverfolgen.

»Wohin, Boss?«, fragte der Fahrer.

»Nach Hause«, sagte Leclerc. »Annecy-le-Vieux.«

»Sie wohnen in Frankreich?«

»Gleich hinter der Grenze, ja. Ich weiß ja nicht, wie Sie das schaffen, ich kann mir Genf jedenfalls nicht mehr leisten.«

»Ich weiß, was Sie meinen. Die Ausländer haben sich alles unter den Nagel gerissen …«

Der Fahrer fing an, über Grundstückspreise zu reden. Leclerc lehnte sich zurück und schloss die Augen. Noch bevor sie die französische Grenze erreichten, war er eingeschlafen.

*

Die Gendarmen vor dem Bürogebäude waren abgezogen worden. Ein schwarz-gelbes Plastikband versperrte den Zutritt zu einem der Fahrstühle. An der Lifttür hing ein Schild: GEFAHR – AUSSER BETRIEB. Der andere Aufzug stand offen. Quarry zögerte kurz, dann stieg er ein.

Im Empfang warteten van der Zyl und Ju-Long auf ihn. Als sie Quarry sahen, standen sie auf. Beide sahen erschüttert aus.

»Wir haben es gerade in den Nachrichten gesehen«, sagte van der Zyl. »Die Aufnahmen von dem Brand, von dieser Fabrikhalle, alles.«

Quarry fluchte und schaute auf seine Uhr. »Am besten schicke ich gleich ein paar E-Mails an unsere wichtigsten Kunden. Besser, sie erfahren es von uns.« Er bemerkte, dass van der Zyl und Ju-Long sich Blicke zuwarfen. »Was ist?«

»Vorher sollten Sie sich noch was anschauen«, sagte Ju-Long.

Quarry folgte den beiden in den Handelsraum. Zu seiner Verwunderung war keiner der Quants nach Hause gegangen. Als er hereinkam, standen sie auf und sahen ihn schweigend an. Er fragte sich, ob das ein Zeichen des Respekts sein sollte. Hoffentlich erwarteten sie jetzt keine Rede, dachte er. Aus reiner Gewohnheit sah er nach oben zu den Finanzkanälen. Der Dow Jones hatte zwei Drittel seiner Verluste wieder wettgemacht und mit einem Minus von 387 Punkten geschlossen. Der VIX war um sechzig Prozent gestiegen. Laut der landesweiten Umfrage am Wahltag war der Ausgang der Wahlen in England noch offen: LAGE VÖLLIG UNKLAR. Das traf es ziemlich genau, dachte Quarry. Er schaute auf einen der Monitore und überprüfte die Ergebnisrechnung des Tages, kniff die Augen zusammen, las die Zahlen noch einmal und blickte dann verwundert in die Runde.

»Es stimmt«, sagte Ju-Long. »Wir haben durch den Crash einen Gewinn von 4,1 Milliarden Dollar gemacht.«

»Und das Schönste ist«, sagte van der Zyl. »Das macht nur 0,4 Prozent der Volatilität des Gesamtmarktes aus. Kein Mensch weiß Bescheid, nur wir.«

»Gott im Himmel.« Quarry überschlug schnell im Kopf, wie viel davon bei ihm hängen blieb. »Das heißt, VIXAL hat alle Trades durchgezogen, bevor Alex ihn zerstört hat.«

Ein paar Sekunden lang herrschte Stille, dann sagte Ju-Long mit ruhiger Stimme: »Er hat ihn nicht zerstört. Er handelt weiter.«

»Was?«

»VIXAL handelt weiter.«

»Aber das kann nicht sein. Ich habe selbst gesehen, wie die Halle mit der gesamten Hardware bis auf den Grund abgebrannt ist.«

»Dann muss es irgendwo eine Hardware geben, von der wir nichts wissen. Ein Wunder, ich habe keine Erklärung dafür. Haben Sie schon mal ins Intranet geschaut?«

Quarry sah in die Gesichter der Quants. Sie kamen ihm ausdruckslos vor und leuchteten gleichzeitig, als wären sie Mitglieder irgendeiner Sekte. Es war unheimlich. Einige nickten ihm aufmunternd zu. Er schaute zu einem der Monitore und las den Text auf dem Bildschirmschoner.

DAS UNTERNEHMEN DER ZUKUNFT KENNT KEINE MITARBEITER
DAS UNTERNEHMEN DER ZUKUNFT KENNT KEINE MANAGER
DAS UNTERNEHMEN DER ZUKUNFT IST EIN DIGITALES WESEN
DAS UNTERNEHMEN DER ZUKUNFT LEBT

*

In seinem Büro schrieb Quarry eine E-Mail an seine Investoren.

An: Etienne & Clarisse Mussard, Elmira Gulzhan & François de Gombart-Tonnelle, Ezra Klein, Bill Easterbrook, Amschel Herxheimer, Iain Mould, Mieczysław Łukasiński, Liwei Xu, Qi Zhang

Von: Hugo Quarry

Betreff: Alex

Meine lieben Freunde,
wenn Sie diese Zeilen lesen, haben Sie wahrscheinlich schon von der tragischen Geschichte gehört, die Alex gestern zugestoßen ist. Ich werde jeden Einzelnen von Ihnen heute im Laufe des Tages anrufen, damit wir die Lage besprechen können. Fürs Erste wollte ich Sie nur wissen lassen, dass Alex die bestmögliche medizinische Betreuung erhält und dass

> wir mit unseren Gebeten in dieser schwierigen Stunde bei Alex und Gabrielle sind. Natürlich ist es noch zu früh, um über die Zukunft zu reden, aber ich kann Ihnen versichern, dass für das von Alex gegründete Unternehmen funktionsfähige Systeme zur Verfügung stehen, die nicht nur sicherstellen, dass Ihre Investitionen auch weiterhin profitabel sein werden, sondern dass sie in Zukunft sogar noch profitabler sein werden. Über die Einzelheiten werde ich Sie in unserem persönlichen Gespräch informieren.

Die Quants im Handelsraum hatten abgestimmt und sich darauf verständigt, über die Vorfälle Stillschweigen zu wahren. Im Gegenzug wurde jedem Einzelnen ein sofortiger Bonus in Höhe von fünf Millionen Dollar gewährt. Für die Zukunft wurden weitere Zahlungen vereinbart, deren Höhe von der Performance von VIXAL abhängen würde. Keiner der Quants hatte Einwände erhoben: Was wohl auch daran lag, so Quarrys Vermutung, dass ihnen allen noch Rajamanis Schicksal vor Augen stand.

Es klopfte an der Tür. »Herein!«, rief Quarry.

Es war Genoud.

»Hallo, Maurice, was gibt's?«

»Ich wollte die Kameras ausbauen. Wenn Sie keine Einwände haben.«

Quarry dachte über VIXAL nach. Er stellte sich VIXAL als eine strahlende digitale Wolke vor, die gelegentlich vom Himmel zur Erde herabschwebte. Sie konnte überall niedergehen. Über einem glühend heißen Industriegebiet, das nach Flugbenzin stank, von Schlaglöchern übersät und von Zikadenlärm erfüllt war und in der Nähe eines internationalen Flughafens in Südostasien oder Lateinamerika lag. Über einem kühlen und schattigen Gewerbepark im weichen, klaren Regen Neuenglands oder des Rheinlands. Über der dunklen Etage eines nagelneuen Bürogebäudes in der City von London, in Mumbai oder in São Paulo, wohin sich kaum je ein Besucher verirrte. Sogar über Hunderttausenden von Heimcomputern, wo sie dann unbemerkt vor sich hin schlummerte. Die digitale Wolke war überall, mit jedem Atemzug atmete man sie ein. Er schaute hinauf zu dem versteckten Kameraauge und erwies ihm mit einer kaum wahrnehmbaren Verbeugung seine Reverenz.

»Wir lassen sie drin, Maurice«, sagte er.

*

Gabrielle war wieder da, wo sie bei Tagesanbruch gewesen war – im Universitätsspital. Nur dass sie jetzt am Krankenbett ihres Mannes saß. Er lag in einem separaten Zimmer auf einer abgedunkelten Station im dritten Stock. Die Fenster waren vergittert, vor der Tür hatten zwei Gendarmen Position bezogen, ein Mann und eine Frau. Unter all den Verbänden und Schläuchen konnte Gabrielle ihren Mann kaum erkennen. Seit Alex auf den Parkplatz gestürzt war, hatte er das Bewusstsein nicht wiedererlangt. Sie hatten ihr gesagt, dass er zahlreiche Knochenbrüche und Verbrennungen zweiten Grades erlitten habe. Sie hatten ihn gerade erst aus der Notfallchirurgie hereingeschoben und an den Tropf und den Monitor angeschlossen. Er war intubiert. Der Chirurg wollte keine Prognose abgeben. Er sagte nur, dass es auf die nächsten vierundzwanzig Stunden ankomme. Vier smaragdgrüne Linien flimmerten in sanft hypnotisierendem Auf und Ab über den Monitor. Der Anblick erinnerte sie an ihre Flitterwochen, als sie den

Weg der Brecher verfolgt hatte, die sich weit draußen auf dem Pazifik gebildet hatten und dann bis an Land gerollt waren.

Alex schreckte immer wieder schreiend aus seinem Dämmerschlaf auf. Irgendetwas schien ihn fürchterlich aufzuwühlen. Sie berührte seine verbundene Hand und fragte sich, welche Gedanken sein kraftvolles Gehirn beschäftigten. »Es ist gut, mein Liebling. Es kommt alles in Ordnung.« Sie legte ihren Kopf neben seinen auf das Kopfkissen. Trotz allem war sie seltsam zufrieden, Alex schließlich an ihrer Seite zu haben. Jenseits des vergitterten Fensters schlug eine Kirchturmuhr Mitternacht. Sie begann, ihm leise ein Wiegenlied zu singen.

DANKSAGUNGEN

Ich möchte allen danken, die ihr Wissen großzügig mit mir geteilt und so dieses Buch ermöglicht haben: in erster Linie Neville Quie von der Citigroup, dem ich viele Anregungen verdanke, der mich mit vielen hilfsbereiten Menschen bekannt gemacht und mich zusammen mit Cameron Small geduldig durch das Labyrinth der Short-Positionen und der aus dem Geld geratenen Puts gelotst hat; Charles Scott, einem ehemaligen Mitarbeiter von Morgan Stanley, der mit mir das Konzept des Buches durchging, das Manuskript las und mich Andre Stern von Oxford Asset Management, Eli Lederman, ehemaliger Geschäftsführer von Turquoise, sowie David Keetly und John Mansell vom Polar Capital Alva Fund vorstellte, die mir alle zu nützlichen Einsichten verhalfen; Leda Braga, Mike Platt, Pawel Lewicki und das Algorithmus-Team bei BluCrest für ihre Gastfreundschaft und die Erlaubnis, ihnen einen Tag lang bei der Arbeit zuschauen zu dürfen; Christian Holzer für seine Erläuterung des VIX; Lucie Chaumeton für die Prüfung der Fakten; Philippe Jabre von Jabre Capital Partners S.A. für sein Wissen über die Finanzmärkte, das er mir offenbart hat; Dr. Ian Bird, Leiter des Large Hadron Collider Computing Grid Project, der mir in den 1990er-Jahren zwei Führungen am CERN und Einblicke in dessen Betrieb gewährte; Ariane Koek, James Gillies, Christine Sutton und Barbara Warmbein von der CERN-Pressestelle; Dr. Bryan Lynn, Physiker und ehemaliger Mitarbeiter bei Merrill Lynch und am CERN, der mir freundlicherweise von den Erfahrungen berichtete, die er während seiner Wanderungen zwischen diesen beiden Welten gewann; Jean-Philippe Brandt von der Genfer Polizei, der mich auf eine Stadtrundfahrt mitnahm und meine Fragen zur Polizeiarbeit beantwortete; Dr. Stephen Golding, Facharzt für Radiologie am John Radcliffe Hospital in Oxford, der mich an seinem Wissen über Gehirnscans teilhaben ließ und den Kontakt zu Professor Christoph Becker und Dr. Minerva Becker herstellte, die für mich eine Führung durch die radiologische Abteilung des Universitätsspitals Genf arrangierten. Natürlich ist keine der genannten Personen für sachliche Fehler, irrige Ansichten und die daraus entspringenden Schauergeschichten meiner Fantasie verantwortlich.

Zum Abschluss ein besonderes Wort des Dankes an Angela Palmer, die mir selbstlos gestattete, das Konzept ihrer atemberaubenden Kunstwerke zu entlehnen und auf Gabrielle Hoffmanns Arbeiten anzuwenden. (Die Originale sind auf www.angelaspalmer.com zu sehen.) Des Weiteren ein herzlicher Dank an Paul Greengrass für seine weisen Ratschläge, seine Freundschaft und die vielen gemeinsam genossenen *Liquidity Replenishment Points*.

Robert Harris
11.7.11

› Bonusmaterial

Werkverzeichnis der im Heyne Verlag von Robert Harris erschienenen Bücher

© Bernd Hoppmann

HEYNE ‹

Vaterland
Fatherland

Hitler hat den Krieg gewonnen. Großdeutschland, das vom Rhein bis zum Ural reicht, dominiert Europa. Ständige Partisanenkämpfe und der Kalte Krieg mit den USA zermürben das Reich. In Berlin geschieht ein brutaler Mord an einem Parteibonzen – und Kripo-Sturmbannführer March gerät im Zuge seiner Ermittlungen gefährlich nah an die Wahrheit.

»Eine finstere Vision. Beklemmend, beunruhigend. Es ist ein schmaler Grat, Nazi-Deutschland als Kulisse für einen Spannungsroman – doch Robert Harris geht ihn traumsicher und stürzt auf keiner Zeile ab.« *Stern*

Enigma
Enigma

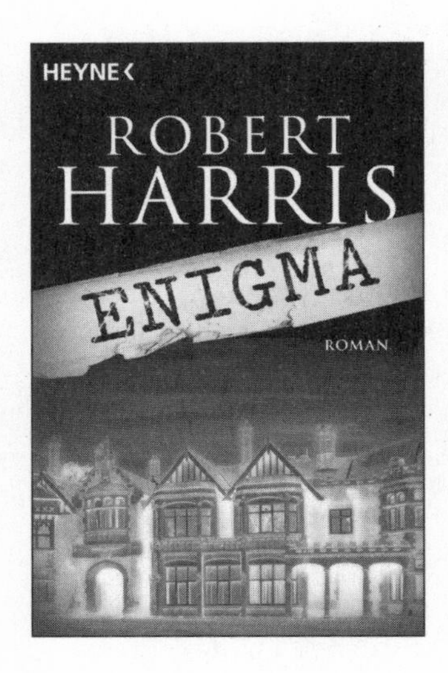

England im März 1943. In Bletchley Park wird fieberhaft daran gearbeitet, die Wunder-Chiffrier-Maschine Enigma, die den Funkverkehr der deutschen U-Boote verschlüsselt, zu knacken. Eine nahezu unlösbare Aufgabe für den Secret Intelligence Service, der seine letzten Hoffnungen in den genialen Kryptoanalytiker Tom Jericho setzt. Es beginnt ein Wettlauf mit der Zeit, der plötzlich sogar in den eigenen Reihen sabotiert zu werden scheint.

»Die intelligente Maschine und ihre noch intelligentere Überlistung – ein Thriller der Extraklasse!« *ttt, ARD*

»Brillant konzipiert und ausgeführt.« *Süddeutsche Zeitung*

Aurora
Archangel

Als der britische Historiker Kelso Einzelheiten über ein bislang unbekanntes Notizbuch Stalins zugespielt bekommt, wittert er eine Sensation. Kurze Zeit später wird der Informant ermordet, und es beginnt eine lebensgefährliche Jagd, die Kelso quer durch Russland führt.

»Eine wirklich packende Erzählung voller Spannung und unerwarteter Wendungen, die einen bis zum Höhepunkt auf der letzten Seite in Atem hält. Ich habe noch nie einen in Russland spielenden Thriller gelesen, bei dem ich ein so authentisches Gefühl hatte.« *Evening Standard*

Pompeji
Pompeji

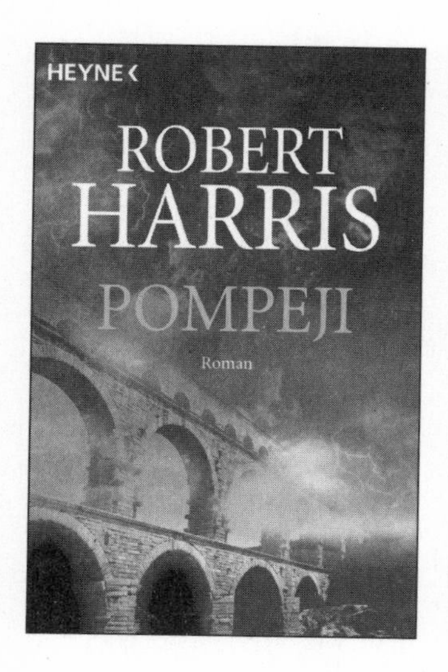

Pompeji, 79 n. Chr., reichste Stadt der römischen Weltmacht, Oase der Schönen und Mächtigen: Der mächtige Aquädukt Aqua Augusta, der das Wasser von den Hängen des Vesuvs zu den Küstenstädten führt, versiegt. Der junge Wasserbaumeister Attilius kommt einer skrupellosen Verschwörung auf die Spur, jedoch werden seine Nachforschungen von den unheimlichen Vorzeichen einer drohenden Apokalypse überschattet.

»Robert Harris lässt die Welt des römischen Imperiums sinnlich wiederauferstehen – ein sauber recherchiertes Buch, das unterhält und bildet.« *Denis Scheck im Tagesspiegel*

Cicero-Trilogie Band 1

Imperium *Imperium*

Im Mittelpunkt der Trilogie steht ein gerissener, mit allen Wassern gewaschener Anwalt und geborener Machtpolitiker. Sein Name: Marcus Tullius Cicero. Er hat nur ein Ziel: Er will nach ganz oben. Seine gefährlichste Waffe ist das Wort. Er wittert seine Chance für eine rasante Karriere – und ahnt nicht, dass er damit über Aufstieg und Fall Roms entscheiden soll.

»Mehr als nur ein gewitzter Polit-Thriller.«

Süddeutsche Zeitung

»Liest sich streckenweise wie ein John-Grisham-Gerichtsthriller.« *Weltwoche*

Ghost
The Ghost

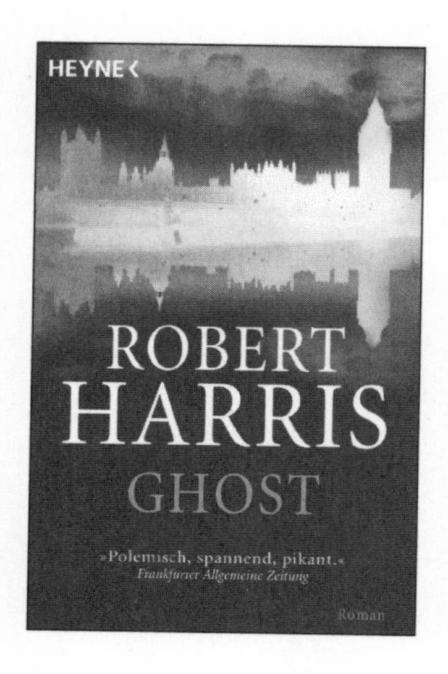

Der britische Ex-Premierminister Adam Lang will seine Memoiren veröffentlichen. Nach dem dubiosen Tod seines Ghostwriters recherchiert dessen Nachfolger genauer als verlangt und macht eine Entdeckung, die zu einem weltpolitischen Chaos führen kann. War der Premier im »Krieg gegen den Terror« eine Marionette der CIA?

»Polemisch, spannend, pikant – ein Schlüsselroman über das Jahrzehnt, in dem Tony Blair Großbritannien regiert hat.«
Frankfurter Allgemeine Zeitung

»Ein Politthriller, der den Nachtschlaf raubt. Bis zur dramatischen Auflösung meisterhaft konstruiert.«
Hamburger Morgenpost

Cicero-Trilogie Band 2

Titan *Lustrum*

Cicero hat es geschafft – Verhandlungsgeschick und sein Redetalent haben ihn an die Spitze der Macht gebracht: Er bekleidet als Konsul das höchste Amt in Rom. Aber seine Widersacher haben sich längst formiert. Eine große Verschwörung droht die gesamte Republik zu stürzen. Und immer wieder scheint es der gerissene Caesar zu sein, der im Hintergrund die Fäden zieht.

»Titan ist ein opulentes Unsittengemälde. (...) Nie können die Leser sicher sein, ob der Historiker die Zeit meint, über die er zu schreiben vorgibt – oder nicht die Gegenwart.«

Westdeutsche Allgemeine Zeitung

»Ein fesselnder Geschichtsroman.« *Der Spiegel*

Angst

The Fear Index

Alex Hoffmann ist ein visionärer Wissenschaftler, der eine Software entwickelt hat, die an den Börsen der Welt Milliardengewinne erzielt. Nun hat es jemand auf ihn abgesehen, und es beginnt für ihn eine albtraumhafte Zeit aus Angst und Schrecken. Kann er die Geister, die er rief, wieder loswerden? Oder stürzt er unaufhaltsam in den Abgrund – und mit ihm die Finanzmärkte der Welt?

»Ein beklemmend aktueller Thriller über das computergestützte Chaos, das in unserem Finanzsystem die Macht übernommen hat.« *ttt, ARD*

Intrige
An Officer and a Spy

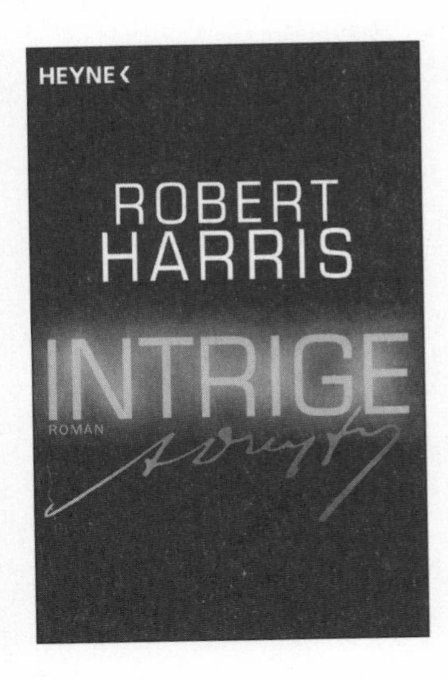

Paris 1894: Alfred Dreyfus soll ein Spion sein und wird wegen Landesverrat zu lebenslanger Haft verurteilt und verbannt. Geheimdienstchef Picquart hegt Zweifel und rollt den Fall neu auf. In den Wirren der Dreyfus-Affäre, die ganz Europa erschüttert, wird der Jäger schließlich selbst zum Gejagten. Die Parallelen zur Gegenwart liegen auf der Hand: ein Geheimdienst, der nicht zu bändigen ist; eine korrupte Justiz, die alles im Namen der nationalen Sicherheit rechtfertigt; eine parteiische Presse, die ein Kesseltreiben gegen eine Minderheit veranstaltet; der angeborene Instinkt aller Mächtigen, ihre Verbrechen erfolgreich zu vertuschen …

»Mit Intrige beweist Robert Harris abermals, dass Geschichte spannend ist wie ein Krimi.« *Frankfurter Neue Presse*

Cicero-Trilogie Band 3

Dictator *Dictator*

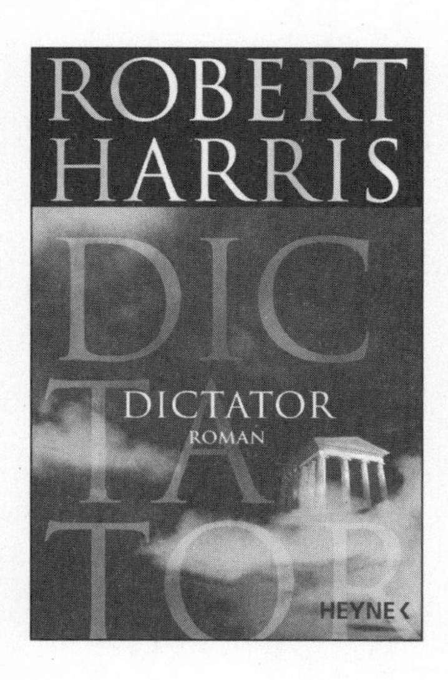

Einst konnte Cicero über Caesars Leben walten. Jetzt hat Caesar die Oberhand, während Ciceros Leben in Trümmern liegt. Mit Witz, Geschick und Mut schafft es der legendäre Redner jedoch, aus dem Exil nach Rom in den Senat zurückzukehren. Dort hat sich alles und nichts geändert. Politik ist eben ein Geschäft – mitunter ein blutiges.

»Der beste historische Roman dieser Saison.«

Denis Scheck in druckfrisch

»Ave Genius! Robert Harris erweist sich als Meister des historischen Romans, der seine Figuren aus der Erstarrung der Denkmalspflege erlöst, sie zu Menschen aus Fleisch und Blut macht.« *Stern*

Konklave
Conclave

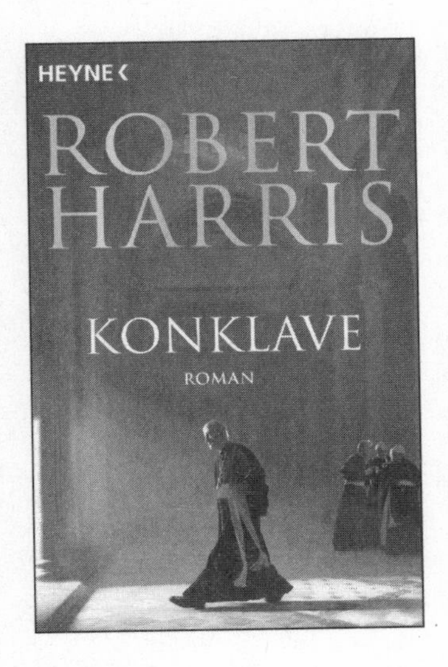

Der Papst ist tot. Die um den Heiligen Stuhl buhlenden Gegner formieren sich: Traditionalisten, Modernisten, Schwarzafrikaner, Südamerikaner … Als sich die Pforten hinter den 117 Kardinälen schließen, trifft ein allen unbekannter Nachzügler ein. Ist der aufrechte Kirchenmann der neue Hoffnungsträger in Zeiten von Krieg und Terror oder ein unerbittlicher Rivale mit ganz eigenen Plänen? Die Welt wartet, dass weißer Rauch aufsteigt …

»Was das Buch faszinierend und schwer aus der Hand zu legen macht, ist die Beschreibung: die Details, die Nebenbemerkungen, die Figuren. Die könnte es alle genau so geben.«

Radio Vatikan

München – Das Abkommen

Munich

September 1938. In München treffen sich Hitler, Chamberlain, Mussolini und Daladier zu einer kurzfristig einberufenen Konferenz. Der Weltfrieden hängt am seidenen Faden. Im Gefolge der Briten befindet sich Hugh Legat. Auf der deutschen Seite gehört Paul von Hartmann zum Kreis der Anwesenden. Beide verbindet eine Freundschaft, seit sie in Oxford gemeinsam studiert haben. Wie weit müssen sie gehen, wenn sie den drohenden Krieg verhindern wollen? Können sie sich überhaupt gegenseitig trauen?

»Harris liest sich wie ein Historiker – nur dass er ein besserer Erzähler und Stilist ist, als man das aus der Branche kennt.«

Allgemeine Frankfurter Sonntagszeitung

Der zweite Schlaf
The Second Sleep

England ist nach einer lange zurückliegenden Katastrophe in einem erbärmlichen Zustand. Der junge Priester Fairfax wird vom Bischof in ein Dorf entsandt, um dort die Beisetzung des mysteriös verstorbenen Pfarrers zu regeln. In der Umgebung finden sich besonders häufig jene verbotenen Artefakte aus vergangener Zeit – Münzen, Scherben, Plastikspielzeug –, die der Pfarrer akribisch gesammelt hat. Hat diese ketzerische Leidenschaft zu seinem Tod geführt?

»Es ist unmöglich, das Buch länger aus der Hand zu legen. Zu drängend ist die Frage, wie die Menschen in diese Lage geraten sind.« *NDR Kultur*